KYLIE SCOTT
Undoubtable Love

Die Romane von Kylie Scott bei LYX:

1. Trust
2. Perfect Mistake
3. Sweet Little Lies
4. Something Pure
5. Repeat this Love
6. Trust this Love
7. Sweeter than Fame
8. Undoubtable Love

West Hollywood:
1. Love Unscripted

Die Stage-Dive-Reihe:
1. Kein Rockstar für eine Nacht
2. Wer will schon einen Rockstar?
3. Rockstars bleiben nicht für immer
4. Rockstars küsst man nicht

Die Stage-Dive-Novellen (als E-Book):
4.5 Bodyguards sind auch Rockstars
5.5 So heiß wie ein Rockstar
6.5 Rockstars haben auch Gefühle
7.5 Happy End mit Rockstar

Die Dive-Bar-Reihe:
1. Crazy, Sexy, Love
2. Dirty, Sexy, Love
3. Naughty, Sexy, Love

Weitere Romane der Autorin sind bei LYX in Vorbereitung.

KYLIE SCOTT

undoubtable
LOVE

Roman

*Ins Deutsche übertragen
von Richard Betzenbichler*

LYX

LYX in der Bastei Lübbe AG
Dieser Titel ist auch als E-Book und als Hörbuch erschienen.

Die Bastei Lübbe AG verfolgt eine nachhaltige Buchproduktion.
Wir verwenden Papiere aus nachhaltiger Forstwirtschaft und
verzichten darauf, Bücher einzeln in Folie zu verpacken. Wir stellen
unsere Bücher in Deutschland und Europa (EU) her und arbeiten
mit den Druckereien kontinuierlich an einer positiven Ökobilanz.

NACHHALTIG
PRODUZIERT

MIX
Papier | Fördert
gute Waldnutzung
FSC® C014496

Die Originalausgabe erschien 2023 unter dem Titel »End of Story« inklusive
der Novelle »Beginning of the End« bei Graydon House, Ontario, Kanada
Copyright © 2023 by Kylie Scott
Published by arrangement with Kylie Scott.
Dieses Werk wurde im Auftrag der Jane Rotrosen Agency LLC vermittelt
durch die Literarische Agentur Thomas Schlück GmbH, 30161 Hannover.

Für die deutschsprachige Ausgabe:
Copyright © 2025 by
Bastei Lübbe AG, Schanzenstraße 6–20, 51063 Köln
Bei Fragen zur Produktsicherheit wenden Sie sich bitte an:
Produktsicherheit@bastei-luebbe.de

Vervielfältigung dieses Werkes für das
Text- und Data-Mining bleiben vorbehalten.

Textredaktion: Birgit Sarrafian
Umschlaggestaltung: Giessel Design, unter Verwendung von Motiven
von © MeSamong / Shutterstock, © Katerina Arts / Shutterstock,
© Reservoir Dots / Shutterstock, © YKvisual / Shutterstock,
© moobeer / Shutterstock, © NatalyFox / Shutterstock
Satz: Greiner & Reichel, Köln
Gesetzt aus Adobe Caslon
Druck und Verarbeitung: GGP Media GmbH, Pößneck

Printed in Germany
ISBN 978-3-7363-2352-0

1 3 5 7 6 4 2

Weitere Informationen unter:
lyx-verlag.de
luebbe.de | lesejury.de

Für alle unerschütterlichen
Leser:innen von Liebesromanen

1. Kapitel

»Das ist jetzt ein bisschen unangenehm.«

Der große blonde Mann auf meiner Türschwelle sah mich verblüfft an.

»Wie geht es dir, Lars?« Ich schenkte ihm mein bestes falsches Lächeln. »Nett, dich zu sehen.«

»Susie. Wie lange ist es her … fünf, sechs Monate?« Er stellte seinen Werkzeugkoffer ab und lächelte mich verkrampft an. Eigentlich war sein Lächeln eher ein Zusammenzucken. Denn als wir uns das letzte Mal gesehen hatten, war das kein guter Abend gewesen. Zumindest für mich nicht.

»So in etwa«, erwiderte ich.

»Ist das dein neues Zuhause?« Er deutete mit dem Kopf auf das heruntergekommene Arts-and-Crafts-Cottage. »Im Büro hieß es, du hättest einen Wasserschaden, um den wir uns kümmern sollen?«

»Ja, mir wurde gesagt, Mateo würde das übernehmen.«

»Er ist leider verhindert.«

»Oh.«

Er schaute mich bestürzt an. Wie sein Name suggerierte, sah er aus wie der typische Wikinger auf Raubzug. Halblange blonde Haare, helle Haut, blaue Augen, kurzer Bart, groß und kräftig. Da ich nur von normaler Statur war, überragte er mich deutlich. Er war Mitte dreißig und mehr als nur ein bisschen ungeschliffen. Ganz anders als sein aalglatter bester Freund. Ein Arschloch, an dessen Existenz ich am liebsten nie mehr erinnert werden würde. Aber man bekommt nicht immer, was man gern hätte.

Ich holte tief Luft und riss mich zusammen. »Komm doch rein, dann zeige ich dir …«

»Okay.«

»Die Schuhe kannst du anlassen. Der Teppich fliegt sowieso raus.«

Mit schweren Schritten folgte er mir durch das Wohnzimmer ins Esszimmer, wo wir uns nach links in den kleinen Flur begaben. Von hier gelangte man entweder ins Badezimmer oder in das rückwärtige Schlafzimmer. Wir gingen in Letzteres.

»Das Wasser ist wer weiß wie lange durch einen Spalt im Fenster eingedrungen«, erklärte ich. »Ich habe das Haus erst kürzlich geerbt. Da hier alle möglichen Kartons aufgestapelt waren, konnte niemand sehen, dass es ein Problem gab.«

Er gab einen Grunzlaut von sich.

»Den ersten Monat habe ich nichts anderes getan, als alles zu sortieren und wegzuwerfen.«

Unter dem Fensterrahmen war ein großer Fleck auf der goldgesprenkelten Tapete zu sehen. Als wäre sie nicht auch so schon hässlich genug. Aber meine Tante Susan war nun mal kein großer Fan von Veränderung gewesen. Das Cottage mit den zwei Schlafzimmern hatte ihren Eltern gehört, und nach dem Tod meiner Großeltern war alles mehr oder weniger unverändert geblieben. Abgesehen davon, dass Susans Kram noch hinzugekommen war. Was bedeutete, dass die Tapete und der Teppich aus den 1970er-Jahren waren, das Badezimmer hingegen aus den 1940ern und die Küchenschränke aus den 1930ern. Das Haus war wie eine Ode an den Einrichtungsstil des 20. Jahrhunderts. Im Guten wie im Schlechten.

Lars kniete sich hin und inspizierte den Schaden. »Der Fensterrahmen ist unten verzogen und muss ersetzt werden.«

»Kannst du das machen?«

»Ja«, erwiderte er. »Ich muss mir mal anschauen, wie es dahinter aussieht. Hängst du an der Tapete?«

»Um Himmels willen, nein.«

Er hätte beinahe gelächelt.

»Je schneller ich streichen und einen neuen Boden reinlegen kann, desto besser.«

Keine Antwort. Er nahm ein spitz zulaufendes Messer mit gezackter Klinge aus dem Werkzeugkasten. Problemlos fuhr er damit durch das Mauerwerk und bohrte es in die Wand hinein.

»Wie geht es ihm?«, stellte ich ihm die gefürchtete Frage. Neugier war ein schreckliches Laster. »Gefällt es ihm in London?«

»Yeah.« Mehr sagte er nicht.

»Und wie geht es Jane?«

»Wir sind nicht mehr zusammen.«

Was mich nicht wirklich überraschte. Während des Jahres, als ich mit Wie-hieß-er-noch-mal zusammen war, hatte Lars mehrere Freundinnen. Weder er noch sein Freund legten sich gern fest. Was okay war, wenn man einfach nur Spaß haben wollte. Aber Jane hätte er behalten sollen, sie war klug und hatte einen schrägen Humor. Lars stand definitiv auf einen bestimmten Typ Frau. Alle seine Freundinnen waren zierliche Puppen mit damenhaften Manieren. Ganz das Gegenteil von mir, die ich drall und vorlaut bin.

Er säbelte ein Stück Mauerwerk aus der Wand. »Hast du vor, auf Dauer hier zu wohnen, oder willst du es renovieren und verkaufen?«

»Habe ich noch nicht entschieden.«

»Die Lage ist toll. Und mit ein bisschen Arbeit ist es vermutlich eine Menge Geld wert.« Er lenkte das Gespräch lieber wieder auf die Dinge, die anstanden. Das war auch gut so.

Mithilfe der Taschenlampe in seinem Handy nahm er den Hohlraum unter die Lupe. Dieser Mann verkörperte den typischen Handwerker-Chic: klobige Schuhe, Jeans, verwaschenes schwarzes T-Shirt. Alles gut abgetragen. Und wie sich seine Jeans um seine kräftigen Oberschenkel und seinen Hintern spannte, war durchaus das Hinsehen wert. Ich hatte den Blick nicht absichtlich darauf gerichtet, es war mir einfach so aufgefallen. Vielleicht lag es daran, wie sein Werkzeuggürtel jenen speziellen Teil seiner Anatomie umschloss. Einen Moment lang war ich wie hypnotisiert. Der Anblick eines wohlgeformten Hinterns konnte mich durchaus in seinen Bann schlagen, was alles andere als in Ordnung war. Besonders in diesem Fall. Ich sollte diesen Mann nicht auf sexuelle Weise wahrnehmen, wenngleich es tröstlich war, dass mich so etwas noch anmachte.

Ich weiß nicht, ob Lars und ich jemals wirklich Freunde waren. Auf jeden Fall hatten wir einen freundschaftlichen Umgang gepflegt. Aber so war das nun mal mit Liebesbeziehungen: Gerade noch waren all diese großartigen Menschen Teil deines Lebens, und im nächsten Moment waren sie von der Bildfläche verschwunden.

Ich zupfte nervös am Ende meines dunklen Pferdeschwanzes herum. Ein alter Tick von mir.

»Bis jetzt sieht es aus, als wäre der Schaden nur oberflächlich«, sagte Lars. »Diese beiden Lagen Gipsplatten müssen weg. Dann erst kann ich genauer sagen, womit wir es hier zu tun haben.«

»Okay.«

»Aber es würde mich nicht wundern, wenn man davon auch einiges oder alles ersetzen müsste.« Er deutete auf die Wand zwischen Schlafzimmer und Badezimmer. »Siehst du, wie sich die Tapete dort in den Fugen wellt?«

»Ja.«

»Bist du einverstanden, dass ich loslege?«

Ich nickte.

Ich war nicht wirklich überrascht. Ältere Gebäude haben eine besondere Ausstrahlung, aber oft sind sie auch teuer im Unterhalt. Renovierungen kosten eine Menge Geld. Ich hatte kaum Ersparnisse, aber dieses hundert Jahre alte Haus hatte das Glück, dass mir meine Tante ein bisschen Geld vermacht hatte. Was mit einigen in meiner Familie zu Streit geführt hatte. Als ob sie jemals Zeit für Tante Susan gehabt hätten, als sie noch lebte. Abgesehen davon, dass sie meine Namensvetterin war, war sie auch das schwarze Schaf in der Familie gewesen. Für einige vermutlich ein bisschen zu schräg. Aber für einen schrägen Charakterzug hatte ich schon immer etwas übrig.

»Ich mache mir einen Kaffee«, sagte ich. »Möchtest du auch einen?«

»Ja, danke.«

»Wie trinkst du ihn?«

»Mit Milch. Ohne Zucker.«

»Du bist auch so schon süß genug, wie?« Kaum hatte ich das gesagt, wusste ich, dass ich einen Fehler gemacht hatte. So viel zum Thema unangenehm.

Er schnaubte, dann sagte er: »So in etwa.«

Lars fackelte nicht lange. Als ich zurückkam, hatte er die ersten beiden Gipsplatten bereits entfernt. Die Hände in die Hüften gestemmt, starrte er in das Innere der Wand mit dem problematischen Fenster. Zu sehen waren vor allem eine Menge Staub und ein paar Spinnweben. Allerdings bin ich keine

Handwerkerin. Als ich ihm seinen Becher reichte, lächelte er mich kurz an, bevor er einen Schluck trank.

»Wie sieht es aus?«, fragte ich.

»Dein Haus ist solide gebaut.«

»Na prima.«

»Solange der Schaden in der Wand nur eine Folge der Feuchtigkeit ist, die durch das Fenster dringt, und nicht von einem undichten Badezimmerrohr herrührt, dürfte sich das rasch erledigen lassen«, sagte er.

Ich hatte mich im Hauptschlafzimmer eingerichtet, aber dieses Zimmer hatte für mich noch immer einen großen sentimentalen Wert. Wann immer Mom und Dad beschäftigt waren oder eine Pause von uns Kindern brauchten, blieb mein Bruder bei einem Freund, und ich wurde bei Tante Susan geparkt – in genau diesem Schlafzimmer. Was mir nur recht war. Andrew war ein kontaktfreudiger Sportler, während ich eher etwas schüchtern war. In diesem Haus wurde ich so akzeptiert, wie ich war. Eine nette Abwechslung. Nach der Scheidung meiner Eltern wuchs ich abwechselnd in drei Haushalten auf und lebte überwiegend aus einer Schultasche, was echt blöd war. Aber Tante Susan gab mir die Sicherheit, die ich woanders vermisste.

»Ist der Boden in Ordnung?«

»Heben wir doch mal den Teppich an und schauen nach.« Er stellte seinen Kaffeebecher auf die Fensterbank. Dann machte er sich mit dem Messer über den Teppichboden her. Es war beeindruckend, wie das Werkzeug zu einem Teil von ihm wurde, wie eine Erweiterung seines Körpers. »Da drunter hast du einen guten soliden Holzboden.«

»Oh, lass mich mal sehen.«

Er zog die verschlissene Unterlage noch weiter zurück. »Eiche, wie es aussieht.«

»Wow. Kaum zu glauben, dass man auf so etwas Schönes einen potthässlichen Teppich klebt.«

»Nichts von einem Wasserschaden zu sehen. Du hast Glück gehabt.«

Ich lächelte. »Das klingt super.«

»Jetzt schauen wir mal, was hier dahinter ist.«

Ich trat einen Schritt zurück, damit er den nächsten Abschnitt der Trockenwand herausreißen konnte. Er hatte große fähige Hände. Ihm bei der Arbeit zuzuschauen war reiner Kompetenzporno. Als reife und ausgeglichene Dreißigjährige wusste ich nur zu gut, dass ich jetzt nicht an Sex denken sollte. Der beste Freund meines Ex ist nicht mein Freund. Wie schon Konfuzius sagte, oder wer auch immer.

»Da hinten scheint irgendetwas zu sein«, sagte er und stellte zwei Gipsplatten zur Seite.

»Etwas Gutes oder etwas Schlechtes?« Ich zuckte zusammen, als eine große haarige Spinne aus der Öffnung herauskroch. »Igitt.«

»Das ist nur eine Wolfsspinne. Nichts Gefährliches.«

»Aber da kommt vielleicht noch mehr.«

Ohne darauf einzugehen, griff er in das Loch hinein und zog ein Stück Papier heraus. Es sah alt aus. Was nicht weiter verwunderlich war. Wer weiß, wie lange es schon in der Wand versteckt gewesen war. Es war irgendwie, als würde man eine Zeitkapsel öffnen.

»Was ist das?«, fragte ich neugierig.

Mit zusammengekniffenen Augen überflog er die Seite und runzelte dann die Stirn. Seine Augenbrauen wanderten immer weiter nach oben, und seine Lippen wurden zu einem dünnen Strich. Mit einem erst ungläubigen und dann zornigen Gesichtsausdruck drückte er mir das Papier in die Hand. Von einem Mann seiner Statur so offensichtlich feindselig angeschaut zu werden war beängstigend. »Susie, was soll der Scheiß?«

»Häh?«

»Findest du das etwa witzig?«

»Nein. Ich …« Das Papier war mit den Jahren sehr dünn geworden, und die Schrift war verblasst, aber immer noch lesbar. Zumindest weitgehend. *Superior Court of Washington, County of King*, stand oben auf der Seite. Auch ein Datumsstempel war erkennbar. Dann folgten eine Reihe Zahlen und die Wörter *Rechtskräftige Scheidungserklärung*. »Moment mal. Ist das eine Scheidungsurkunde?«

»Yeah«, erwiderte er. »Für dich und mich. Datiert auf in zehn Jahren.«

Ich zog die Nase kraus und kreischte: »*Was?* Moment mal. Du glaubst, ich habe das dorthin gelegt?«

»Nein«, erwiderte er und trat drohend vor mich. »Ich weiß, dass du das dorthin gelegt hast.«

»Tritt bitte mal einen Schritt zurück.« Ich drückte fest gegen seine harte Brust.

Er tat wie geheißen, und seine Wut ließ sichtbar nach. »Tut mir leid«, knurrte er.

»Danke.«

»Warum machst du so was? Aber egal. Such dir einen anderen Handwerker.« Er packte sein Werkzeug zusammen. »Ich bin jedenfalls weg.«

»Kannst du mal einen Moment warten?«

Offenbar lautete die Antwort Nein. Er bewegte sich nämlich nur noch schneller. »Ich weiß nicht, was für ein Spiel du da treibst. Und ich will es auch gar nicht herausfinden.«

Ich holte tief Luft und atmete langsam aus. »Ich habe das nicht in die Wand gelegt, Lars. Denk doch mal nach. Du bist Handwerker. Wurde an dieser Tapete oder am Mauerwerk in den letzten vierzig oder fünfzig Jahren irgendwas gemacht?«

»Du hättest dir von der anderen Seite Zugang verschaffen können. Was weiß ich.«

»Ich wusste nicht mal, dass du heute kommen würdest.«

»Dafür habe ich nur dein Wort«, knurrte er.

»Und ich habe nur dein Wort, dass *du* es nicht aus irgendeinem blödsinnigen Grund dorthin gelegt hast.« Ich dachte darüber nach. *Wieso war mir das nicht eher eingefallen?* »Natürlich hast du es dorthin gelegt. Ich war nicht die Erste, die Zugang zu dem Hohlraum hatte. Das warst du. Mit ein bisschen Fingerfertigkeit wäre das kein Problem gewesen. Das ist so was von unseriös.«

»Echt nett. Diese Ansprache hast du garantiert zur gleichen Zeit geplant, als du die Urkunde dorthin gelegt hast, weil du wusstest, dass ich unweigerlich derjenige sein würde, dem sie als Erstes in die Finger fällt.«

»Und *du* hast diese Ansprache garantiert zur selben Zeit geplant, wie du die Urkunde da hingelegt hast, weil du wusstest, ich würde dich verdächtigen.«

Er starrte mich an. »Warum zum Teufel sollte ich das tun, Susie?«

»Warum zum Teufel sollte *ich* das tun, Lars?«, fauchte ich zurück. »Das ist lächerlich. Ich will nur mein Haus repariert haben. Das ist alles. Und ich habe extra gefragt, wen sie mir schicken, weil ich keinen Wert darauf gelegt habe, dich wiederzusehen.«

Mit dem Rücken zu mir blieb er stehen.

»Nimm es nicht persönlich. Aber ich wusste, es würde ziemlich unangenehm sein.«

»Wieso hast du dann meine Firma angerufen?«

»Weil ich weiß, dass sie seriös ist und gute Arbeit leistet.

Du hast selbst gesagt, dass das einer der Hauptgründe ist, weshalb du ihnen die Treue hältst. Weil sie dich nicht ermutigen, bei der Ausführung der Aufträge Abstriche zu machen oder minderwertiges Material zu verwenden und weil sie ihre Mitarbeiter gut behandeln. Außerdem machen sie so ziemlich alles. So etwas ist wichtig.« Ich hob einen Finger. (Nein. Nicht den.) »Nimm zum Beispiel Autoreparaturen. Da ich so gut wie nichts von Autos verstehe, werde ich von Werkstätten übers Ohr gehauen – da bin ich mir sicher. Ich wollte nicht, dass mir das hier ebenfalls passiert.«

Noch ein Grunzlaut. Es hatte schon etwas Animalisches.

»Ich möchte dich weder heiraten noch mich von dir scheiden lassen, Lars. Und ich bin mir ziemlich sicher, dass du das genauso siehst. Also bringt mir dieser Zettel überhaupt nichts. Sieh mich an. Lache ich etwa? Nein, tue ich nicht. Und ich finde auch keinen Gefallen an diesem Theater. Ganz im Gegenteil. Ich hasse Auseinandersetzungen.« Ich spürte, wie meine Schultern hinabsackten. »Ich weiß nicht, was ich sonst noch sagen soll. Das Ganze ist lächerlich.«

»Das hast du bereits gesagt.«

»Das kann man nicht oft genug sagen.«

Er warf mir einen Blick über die Schulter zu. »Wenn du mich verarschst …«

»Tue ich nicht. Verarschst du mich?«

»Nein.«

»Was zum Teufel soll das dann?«, richtete ich meine Frage an das Universum.

Ohne ein weiteres Wort stand er auf, ging aus dem Zimmer und geradewegs ins Badezimmer nebenan, wo er alles rasch untersuchte. Fliesen und Farbanstrich, den Bereich um das weiße Sockelwaschbecken, das Innere des in die Wand eingelassenen Spiegelschranks und den Ablauf der Klauenfußbadewanne. Dann drehte er sich um und fragte gereizt: »Wo ist der Zugang zum Dachboden?«

»Im Flur.«

Im Nullkommanichts hatte er die Klappe geöffnet, die Leiter heruntergelassen und stieg hinauf in die Dunkelheit. Wieder diente ihm sein Handy als Taschenlampe.

»Ganz schön viel Zeug hier oben«, sagte er.

»Das wundert mich nicht. Meine Tante hat gern Sachen gehortet. Nicht so schlimm wie die Leute in diesen Fernsehsendungen, aber … ja.«

Er nieste. »Und jede Menge Staub.«

»Gesundheit. Da oben war ich noch gar nicht. Hier unten sauber zu machen und auszuräumen hat meine gesamte Zeit in Anspruch genommen.«

Seine großen Stiefel verschwanden auf den letzten Sprossen der Leiter, während ich unten wartete – schließlich würde ich nur im Weg sein. Mit meiner Angst vor gruseligen Krabbeltieren hat das nicht das Geringste zu tun. Jemand musste schließlich unten mit dem merkwürdigen Dokument warten. Als Nächstes hörte ich ihn oben herumtrampeln und Dinge durch die Gegend schieben. Irgendetwas Schweres wurde zur Seite gerückt. Etwas anderes fiel zu Boden, und Glas klirrte.

»Tut mir leid«, rief Lars.

»Es war bestimmt nichts Wertvolles. Hoffe ich.«

Dann tauchte sein Gesicht in dem dunklen Loch über mir auf. »Sieht aus, als wäre der Dachboden mal als zusätzliches Schlafzimmer oder als Büro geplant gewesen. Der Holzboden und alles ist dicht. Kein richtiger Zugang zu den Wänden unten.«

»Mmm.«

»Außerdem liegen hier mindestens zwei Zentimeter Staub

auf dem Boden, und außer meinen sind hier keine Fußspuren zu sehen.«

»Gute Arbeit, Nancy Drew«, erwiderte ich. »Ist als Nächstes der Keller dran?«

Er warf mir einen unfreundlichen Blick zu. »Ja.«

Vielleicht sollte ich mich lieber nach einem anderen Handwerker umsehen. Im Grunde wusste ich, dass das besser wäre. Wobei ich mir damit nur andere Probleme einhandeln würde. Ich würde mich zwar nicht länger mit Lars herumschlagen müssen, aber in die Arbeit eines neuen Handwerkers würde ich lange nicht so viel Vertrauen haben. Das würde mir Sorge bereiten und vermutlich teuer werden. Ich befand mich in der Zwickmühle.

Unser alles andere als fröhliches Abenteuer führte uns zurück ins Esszimmer und von dort durch die Küche im hinteren Teil des Hauses. Ich öffnete die Tür zu der düsteren Treppe. »Ich nenne dies gern das Mordzimmer. Dunkel, feucht, bedrohlich. Was eben so dazugehört.«

Er zeigte keine Reaktion, während wir hinuntergingen. Schwieriges Publikum. Der Keller hatte Betonwände; in dem Raum befanden sich ein Boiler, eine Waschecke und ähnliche Sachen. Aber der alte Boiler, der vor dem jetzigen, hatte immer merkwürdige Geräusche von sich gegeben. Deshalb hatte ich als Kind immer Angst vor dem Keller gehabt. Es war immer eine Tortur gewesen, bei der Wäsche helfen zu müssen. Normalerweise entkam ich ihr, indem ich anbot, stattdessen abzuspülen.

Lars machte sich daran, die Decke zu untersuchen.

»Wann hast du von diesem Auftrag erfahren?«

»Heute Morgen gegen acht«, erwiderte er. »Ich erhielt einen Anruf aus dem Büro, dass Mateos Freund auf dem Weg zur Arbeit von einem Auto angefahren worden sei.«

»Geht es ihm so weit gut?«

»Ein paar blaue Flecke und Kratzer und ein verstauchtes Handgelenk.«

»Herrje.«

»Ja. Der letzte Auftrag war so gut wie erledigt, deshalb konnten sie mich da entbehren und haben mich gebeten, hierherzufahren.«

»Was mir zu denken gibt, ist, dass das Papier alt aussieht. Ich meine, so wie die Schrift verblasst ist und alles.« Vorsichtig drehte ich die Urkunde um. »Ich frage mich, ob man das irgendwie prüfen lassen kann.«

Er schnaubte. »Du hältst das doch nicht allen Ernstes für echt?«

»Ich weiß es wirklich nicht«, entgegnete ich. »Ich weiß nur, wenn du die Urkunde nicht dort versteckt hast, um mich zu ärgern – und vermutlich glaube ich dir, wenn du sagst, dass du es nicht warst –, dann fällt mir keine vernünftige Erklärung ein, wie sie dort hingekommen ist.«

Er runzelte die Stirn und untersuchte weiter die Decke. Selbst er musste zugeben, dass es höchst unwahrscheinlich war, dass ich die Scheidungsurkunde in der Wand versteckt hatte. Wahrhaftig.

»Fängt dein zweiter Name mit A an?«

»Alexander, ja.«

»Dann stimmen also zumindest die Details. Finanzielle Regelungen wurden nicht getroffen. Auch nicht in Bezug auf Immobilien. Diese Ehe wurde aufgelöst. Antragstellerin und Antragsgegner sind geschieden. Wenig Informationen, mit denen man etwas anfangen könnte.« Meine nächsten Worte wählte ich sehr vorsichtig. »Weißt du, meine Tante war ein bisschen exzentrisch. Sie hat immer Kerzen angezündet und Kristallkugeln gekauft.«

Er warf mir über die Schulter einen fragenden Blick zu.

»Manchmal hat sie auch mit dem Haus geredet«, fuhr ich schließlich fort. »Als wäre es tatsächlich ein lebendes, atmendes Wesen. Und ja, vielleicht war sie einsam oder ein bisschen seltsam. Bitte sag jetzt nichts Gemeines oder Verächtliches über sie.«

»Ich werde überhaupt nichts über deine Tante sagen.«

»Danke.«

Er blinzelte nicht einmal. »Aber da ist nichts Übernatürliches im Spiel, Susie. Das war kein Gespenst oder Geist oder was immer du glaubst.«

»Okay. Gut. Ich wollte es nur mal erwähnt haben. Hast du hier unten irgendwas gefunden?«

»Nein.«

»Und was jetzt?«

Mit starrer Miene trat er auf mich zu und sah mir in die Augen, als könnte er in meiner Seele lesen. »Susie.«

»Lars.«

»Ich will dir glauben, wenn du sagst, dass du nichts damit zu tun hattest. Ich habe dich immer für einen ziemlich ehrlichen Menschen gehalten. Ein bisschen zu ehrlich manchmal.«

»Wie meinst du das?«, fragte ich ein wenig genervt – wobei ich mich sehr zurückhalten musste.

»Manches von dem, was du manchmal so von dir gibst, ist … unnötig.«

»Einigen wir uns darauf, dass wir uns da nicht einig sind.«

Er schüttelte den Kopf.

»Ich möchte allerdings festhalten, dass ich nicht verletzend bin. Ist dir schon mal aufgefallen, wie Leute normalerweise sind, die behaupten, sie *wären nur ehrlich*?«

Er holte tief Luft, und seine Nasenlöcher blähten sich auf. Ich hatte keine Ahnung, wie ich das auch nur ansatzweise attraktiv finden konnte. Irgendetwas stimmte nicht mit mir. Vermutlich wurde mein Vibrator allmählich ein bisschen langweilig. Vielleicht war der Zeitpunkt gekommen, mich mal wieder mit Männern zu treffen. Andererseits wäre es großartig, nie wieder im Leben ein Date zu haben.

»Zum letzten Mal«, sagte er langsam und feierlich. »Hast du diese Urkunde in die Wand gelegt?«

»Nein. Ich schwöre es.«

»Mist«, murmelte er.

»Mist«, stimmte ich zu.

Er seufzte. »Irgendjemand verarscht uns.«

2. Kapitel

»Korrigiere mich, wenn ich falschliege, aber ich dachte, du hättest gerade gesagt, du wüsstest nicht, wie irgendjemand die Urkunde in die Wand hineinbekommen konnte«, sagte ich verwirrt.

»Ich muss irgendwas übersehen haben.«

»Nämlich?«

»Wenn ich das nur wüsste«, erwiderte er völlig frustriert.

»Lass mich nachdenken.« Ich holte tief Luft und atmete langsam aus. »Was hältst du davon, wenn wir die anderen Platten von dieser Wand abmontieren, um nachzusehen, ob da sonst noch irgendwas für uns hinterlassen wurde?«

Einen Moment lang starrte er vor sich hin, dann nickte er. »Gute Idee.«

Nichts von alldem ergab Sinn. Ich konnte mir nicht vorstellen, wer die Scheidungsurkunde in der Wand versteckt haben sollte, um mich zu verarschen. Hinzu kam, dass ich schon vor langer Zeit beschlossen hatte, niemals zu heiraten. Meine Eltern hatten sich scheiden lassen, als ich fünf war. Etwa zehn Jahre zuvor hatten sie jeglichen Kinderwunsch aufgegeben, und dann kam völlig überraschend mein Bruder daher. Danach vergrößerten sie das Problem, indem sie mich bekamen. Ich habe mal von einer Studie gelesen, in der es hieß, dass die Ehe von Kindern geschiedener Eltern mit fast siebzig Prozent höherer Wahrscheinlichkeit mit einer Scheidung endet. Zwar träumte ich davon, den einen zu finden, aber nicht von einem tollen weißen Kleid. Und ich brauchte auch keins. Wenn die Beziehung nicht auf Liebe und Verbundenheit beruhte, würde eine Heiratsurkunde auch nichts mehr ändern.

Im Nullkommanichts hatte Lars den nächsten Abschnitt der Trockenwand im zweiten Schlafzimmer entfernt.

Nichts außer noch mehr Staub und Spinnweben. Aber beim dritten …

»Bei diesem ist ganz unten ein Loch«, sagte Lars und beugte sich vor, um die Trockenwand zu inspizieren. Das Loch war in etwa so groß wie seine Hand und geschickt hinter einer Tapetenbahn versteckt.

»Siehst du, dass der Teppich dort dunkler ist?« Ich deutete auf die Stelle. »Dort stand eine Kommode. Niemand wäre auf die Idee gekommen, dass dort ein Versteck ist.«

Wieder entfernte Lars ein Stück Mauerwerk und legte das Innere des Hauses frei.

»Bingo«, murmelte er.

»Was hast du da?«

Er fegte den Staub von der Zeitschrift. »Sexheftchen.«

Tatsächlich betrachtete auf dem Cover ein blondes Hippie-Mädchen in einem durchscheinenden Blumenkleid ihre Zehen. Garantiert hatte sie Schamhaare und alles. Schön für sie.

»*Playboy*. April 1972.« Ich schlug das Heft auf. »Oh, Wahnsinn. Weißt du, was das sein muss? Die Onaniervorlage meines Vaters, damals als er Teenager war.«

Er versuchte, sich ein Grinsen zu verkneifen. »Vermutlich.«

»Eklig!«

»Zumindest sind die Seiten nicht verklebt.«

»Das ist nicht lustig.« Ich warf die Zeitschrift auf den Boden. »Ich brauche ein Bleichebad.«

Er wandte sich wieder der Wand zu. »Die Trockenwand schließt nahtlos mit den Stützbalken ab. Da ist kaum Platz, um etwas durchzuschieben.«

»Stützbalken sind die Holzteile, die den Rahmen des Hauses bilden?«

»Genau.«

»Selbst wenn man den Arm in das Loch bekäme, wüsste ich nicht, wie man ein Blatt an dem ersten Stützbalken vorbei, über den Zwischenraum hinweg und dann an dem zweiten Stützbalken vorbei dorthin bugsieren könnte, wo wir es gefunden haben.«

»Nein.« Er kratzte seinen kurzen Bart. Oder vielleicht waren es auch lange Stoppeln. »Mir fällt nichts weiter ein. Dir?«

Ich zuckte mit den Schultern und holte die zusammengefaltete Urkunde aus der Tasche meines schwarzen Baumwollkleids. Denn in einer Welt, in der alles seine Ordnung hat, sollten Kleider Taschen haben. »Ich wüsste nicht, was.«

»Dann mache ich mich wohl besser wieder an die Arbeit.«

»Wirklich, du bleibst?«

Jetzt war er derjenige, der mit den Schultern zuckte. Dann griff er nach seinem inzwischen kalten Kaffee und trank ihn halb aus.

Ich lächelte. »Okay. Dann lasse ich dich jetzt mal machen.«

Während im Schlafzimmer munter gesägt und gehämmert wurde, machte auch ich mich an meine Arbeit. Zuerst antwortete ich auf Kommentare auf die heutigen Posts, besänftigte einen wütenden Kunden mit einem Zwanzig-Dollar-Geschenk und arbeitete an zukünftigen Werbeaktionen. Was halt so zu den Freuden eines Social-Media-Managers gehörte. Die meiste Zeit konnte ich von zu Hause aus arbeiten. Aber ich musste freundlich, witzig, kreativ, eine Problemlöserin und quasi vierundzwanzig Stunden am Tag verfügbar sein. Meine wichtigsten Kunden waren eine Firma für ökologisch hergestellte recycelte Kleidung, ein Fuhrpark aus Coffee Trucks und ein Onlinehandel für Menstruationsartikel. Ich liebte meine Arbeit.

Als ich ein paar Stunden später Mittagspause machte, war ich bereit, mich wieder mit der Lösung des Rätsels um die Scheidungsurkunde zu beschäftigen. Außerdem wollte ich etwas essen. »Hast du Hunger?«

Lars sah zu mir hoch. »Ich bin am Verhungern.« Irgendwie hatte es etwas Befriedigendes, einen Mann auf den Knien zu sehen. Schade nur, dass es bloß mit den Renovierungsarbeiten zusammenhing. Aber ich schweife ab. »Was vom Grill?«

»Gebongt.«

Dem Lieferdienst sei Dank, saßen wir bald mit unserem Essen vorn auf der Veranda. Es war einer dieser angenehmen Sommertage. Blauer Himmel, Vögel, das Übliche. Der Berg war draußen, der Mount Rainier war also zu sehen, was immer ein gutes Zeichen war. Wenngleich Seattle für seinen Regen bekannt ist, haben wir oft gutes Wetter. Und all der Niederschlag sorgte dafür, dass Gras und Bäume in einem Grün leuchteten, wie ich es noch nie irgendwo anders gesehen hatte. Das Grundstück, auf dem sich das Cottage befand, hatte die Größe einer Briefmarke, aber der Platz reichte für einen kleinen Garten vor und einen hinter dem Haus. Ich hatte mehr als genug Zimmerpflanzen umgebracht. Vielleicht war dies meine Chance, einen grünen Daumen zu entwickeln.

»Ich hätte da ein paar Fragen«, sagte Lars und lud sich Krautsalat auf die Gabel. »Wer hat dich besucht, seit du eingezogen bist?«

»Haben wir nicht bereits festgestellt, dass es keine Möglichkeit gibt, wie jemand die Urkunde dort hätte verstecken können, ohne das Mauerwerk aufzustemmen?«

»Bitte verrate es mir.«

»Okay.« Ich trank einen Schluck Wasser. »Es ist nicht so, dass ich Partys oder Ähnliches veranstaltet hätte. Das geht mit dem Haus noch nicht. Meine Freundin Cleo war ein paar Mal hier.«

Er starrte einen Moment lang auf die ruhige Straße hinaus. »Die habe ich, glaube ich, nie kennengelernt.«

»Nein. Das glaube ich auch nicht. Und sie würde so etwas nicht in der Wand verstecken. Ich habe dich ihr gegenüber auch nie erwähnt.«

»Das ist bitter.«

»Du warst der beste Freund. Nicht der Boyfriend.«

»Reden Frauen nur über Beziehungen?«

Ich zog verächtlich die Nase kraus.

»Was ist?«, fragte er.

»Diese Frage ist einfach so blöd, dass ich echt nicht weiß, was ich darauf antworten soll.«

Er sah mich mürrisch an.

»Frauen reden über vieles, Lars. Ich habe nur nicht über dich im Besonderen geredet.«

»Okay«, erwiderte er. »Wer noch?«

»Nur meine Familie.«

»Weiß die von mir?«

»Kann sein, dass ich dich mal erwähnt habe. Aber keineswegs so ausführlich, dass sie sich bemüßigt fühlten, mir solch einen Streich zu spielen.«

»Gibt es irgendjemanden in deinem Leben, dem du das zutrauen würdest?«

»Ich habe einen Onkel, der mal ein künstliches Hundehäufchen in meinen Schuh gelegt hat, als ich zwölf war.« Ich wischte mir den Mund mit der Serviette ab. »Aber mehr von der hinterhältigen Sorte gibt es nicht.«

»Wie sieht es mit Nachbarn aus?«

»Wie meinst du das?«

»Kennst du jemanden von ihnen?«

Ich schüttelte den Kopf. »Tante Susan kannte einige von ihnen, aber …«

Schweigend widmeten wir uns eine Zeit lang unserem Essen. Dann hielt er mir seine zur Hälfte gegessene Rinderbrust mit Krautsalat und Maisbrot hin. »Magst du tauschen?«

Ich reichte ihm mein Pulled Pork mit Mac'n'Cheese und Blattkohl. Keine Ahnung, wie es angefangen hatte, aber das mit dem Essen-Tauschen hatten Lars und ich immer gemacht, wenn wir alle zusammen essen gingen. Bei Doppel-Dates oder Ähnlichem. Uns schmeckten ähnliche Gerichte, und so konnten wir mehr von der Speisekarte ausprobieren. Wer würde schließlich nicht gern zwei unterschiedliche Nachspeisen probieren wollen?

Ich tippte mir nachdenklich mit der Gabel gegen die Lippen. »Nur um das noch mal aufzugreifen – vor acht Uhr heute Morgen wusste niemand, dass du hierherkommen würdest?«

»So ist es«, erwiderte er.

»Das ist dermaßen absurd. Wie aus einem Film.«

Er biss in sein Maisbrot und nickte. Nachdem er geschluckt hatte, sagte er: »Das ist nicht das erste Mal, dass wir bei Renovierungen Sachen hinter den Wänden gefunden haben. Zeitungen als Dämmung, Werkzeuge, die beim Bau des Hauses fallen gelassen wurden, sogar alte Flaschen aus der Zeit der Prohibition.«

»Wow.«

»Andere haben bei einem Auftrag mal eine Waffe und Geld gefunden.«

»Ich wünschte, wir hätten Geld gefunden.«

»Wenn wir zehntausend Dollar gefunden hätten, was würdest du damit machen?«, fragte er.

»Irgendetwas Leichtsinniges. Zum Beispiel nach Paris reisen oder mir ein Paar Prada-Schuhe kaufen.« Ich lächelte. »Und du?«

»Nichts. Dein Haus, deine Wände, deine Porno-Sammlung. Das Geld gehört ausschließlich dir.«

»Angenommen, wir teilen.«

»In dem Fall würde ich es zu dem Ersparten für meine eigene Firma legen.«

»Wie reif und vernünftig.«

»Du sagst das, als wäre es etwas Schlechtes«, entgegnete er. »Wir sind alt genug, wir sollten unser Leben in geordnete Bahnen lenken.«

»Ich habe ein Haus.«

»Nicht weil du gespart und dafür gearbeitet hast.«

»Autsch.« Ich riss die Augen auf, dass es wehtat. »Nur dass du es weißt, ich arbeite seit Jahren an meiner beruflichen Selbständigkeit.«

»Klingt, als hätte ich einen wunden Punkt getroffen.«

»Oh, glaubst du?«

Er legte den Kopf schief und schwieg.

»Du redest, als wäre ich eine Verschwenderin.«

»Ich wollte damit nicht sagen …«

»Doch, wolltest du. Und es stimmt, ich genieße gern schöne Sachen, aber ich arbeite auch hart dafür. Ich investiere viel Zeit in meine Arbeit, und meine Kreditkarte ist schuldenfrei und mein Auto komplett abgezahlt.«

»Okay«, erwiderte er.

»Männer wie du bringen mich aus dem Konzept – du weißt schon, ihr haltet euch für nette Jungs, ganz entspannt und unkompliziert. Und dann schwingt ihr euch unversehens zu Urteilen über andere Leute auf. Und meistens sind diese anderen Leute Frauen.«

Einen Moment lang starrte er mich einfach nur an, dann seufzte er. »Tut mir leid.«

»Wirklich?«

»Ja«, erwiderte er. »Du hast recht. Ich bin zu weit gegangen.«

»Freut mich, dass du das einsiehst.«

»Du und ich, wir haben die schlechte Angewohnheit, uns gegenseitig auf die Nerven zu gehen. Das war schon immer so.«

»Kann sein.«

Aufgewühlt fuhr er sich mit der Hand durch sein goldenes Haar und strich es sich aus dem Gesicht. Er hatte ein angenehmes Gesicht. Hohe Wangenknochen und ein kantiges Kinn. Schade nur, dass er ein derartiger Blödmann sein konnte. Auch mein Ex neigte dazu, alles schwarz-weiß zu sehen. Als wäre alles in Beton gegossen. Engstirnige Menschen machten mir Angst. Wenn jeder denken würde, man wüsste bereits alles, was es zu wissen gibt, Irrtum ausgeschlossen, wie zum Teufel sollte man da jemals etwas Neues lernen?

»Jedenfalls wundert es mich nicht mehr, dass wir uns haben scheiden lassen.«

Wieder zog Lars eine Augenbraue nach oben. »Das ist nicht echt, Susie.«

»Ich weiß, ich wollte nur ...« Ich sah einem Schmetterling zu, wie er um den Lavendel an der vorderen Treppe herumflatterte. »Zwischen uns besteht nicht einmal eine gegenseitige Anziehung.«

Er schwieg einen Moment. »So würde ich das nicht sagen.«

»Nicht?«

»Nein.« Er klang, als wäre das eine feststehende Tatsache.

»Ach.« Mehr brachte ich vor lauter Verblüffung nicht heraus.

»Nicht dass es eine Rolle spielen würde«, fuhr er fort. »Du warst mit meinem Freund zusammen, deshalb läuft da sowieso nichts.«

»Aha. Der Bro-Code.«

»Genau.«

»Ihr Männer mit euren Prinzipien. Das mag ich so sehr an euch.«

Jetzt funkelten seine Augen wieder amüsiert. »Susie, wenn wir in einem anderen Leben tatsächlich zusammenkämen, glaube ich ehrlich gesagt nicht, dass wir uns länger als fünf Minuten ertragen könnten. Meinst du nicht auch?«

»Vermutlich.«

Und dann lächelte er. Er hatte ein umwerfendes Lächeln. Verdammt. Dann war da vielleicht wirklich etwas. Nur nichts, was wir jemals in die Tat umsetzen würden. So viel stand fest.

»Das ist ja *irre*«, sagte Cleo, als wir abends telefonierten. Sie war Fotografin und meine Seelenverwandte. Wir hatten uns vor Jahren durch die Arbeit kennengelernt.

»Nicht wahr?«

»Glaubst du, das Haus ist verhext?«

»Mir gefällt, dass du dich gar nicht erst mit Logik aufhältst und sofort zu diesem Schluss kommst.«

Sie lachte. »Es gibt einen Grund, weshalb wir Freundinnen sind.«

»Ich dachte mir, dass das Loch ein Riss im Raum-Zeit-Kontinuum ist.«

»Das würde passen«, erwiderte sie. »Nur würde das dann auch bedeuten, dass du ihn an irgendeinem Punkt in der Zukunft heiraten und dich von ihm scheiden lassen müsstest.«

»Nicht wenn die Urkunde aus einer Parallelwelt stammen würde.«

»Okay. Akzeptiert. Red weiter.«

»Weißt du, ich habe versucht, ihm zu sagen, dass es vielleicht etwas Übernatürliches ist, aber davon wollte er nichts hören.« Ich legte mich auf dem Bett zurück und starrte an die Decke, die dankenswerterweise einfach weiß war. Anders als Wände und Böden war sie von sämtlichen hässlichen Innendekorationstrends früherer Jahre verschont geblieben. Die Urkunde lag neben mir auf der Matratze. Ich hatte sie den ganzen Tag mit mir herumgetragen, so als könnte das seltsame Ding sich in Luft auflösen, sobald ich es aus den Augen ließ. »Wobei mir nichts aufgefallen ist, dass das Haus verhext sein könnte. Ich meine, es knarzt ab und zu. Aber das tun doch alle alten Häuser, oder?«

»Mmm.«

»Es ist nicht so, als hätte ich Tante Susans Anwesenheit gespürt oder irgend so etwas«, fuhr ich fort. »Ich würde zwar gern mal einen Geist sehen, aber ich hätte auch schreckliche Angst davor.«

»Da bin ich ganz bei dir.«

»Vielleicht sollten wir eine Séance abhalten.«

»Bei unserem Glück öffnen wir garantiert aus Versehen eine Pforte zur Hölle«, entgegnete sie. »Und meine Mama wäre entsetzt, wenn wir mit so etwas Unsinn machen.«

»Stimmt. Keine Séance.«

»Es ist jedenfalls eine sehr merkwürdige Entdeckung.«

»Lars ist überzeugt, dass uns jemand einen Streich spielen will. Was die wahrscheinlichste Erklärung ist. Ich kann mir nur nicht vorstellen, wieso.«

»Du bist dir hundertprozentig sicher, dass er sie nicht dorthin gelegt hat, als du gerade mal weggeschaut hast?«

»Ja, bin ich.« Ich runzelte die Stirn. »Zuerst war er verblüfft, genau wie ich, aber dann war er wütend. Als würde ich ein

Spielchen mit ihm treiben oder Ärger machen wollen. Er wollte schon gehen, aber ich konnte ihn noch umstimmen. Nicht dass ich ihn so gern hier habe. Ich bin gerade erst darüber hinweg, dass mich sein bescheuerter Freund vor versammelter Mannschaft abserviert hat. Lars in meiner Nähe zu haben entspricht nicht meiner Vorstellung von Spaß haben. Es ist einfach zu kompliziert und weckt zu viele Erinnerungen. Heute hat er mich quasi als unreif hingestellt, und als jemanden, der nicht mit Geld umgehen kann.«

»Was für ein Flachwichser.«

Ich lachte.

»Und wenn du es deinem Blödmann von einem Ex heimzahlen wolltest, würdest du das auf reife und überlegene Art tun.«

»Genau.«

»Zum Beispiel, indem du sein Haus mit Eiern bewirfst.«

»Das könnte mir gefallen. Wie geht es dir allein in deiner Wohnung?«

»Ich verwandle dein früheres Zimmer in mein Büro«, erwiderte sie.

»Ein gutes Werk.«

»Josh möchte bei mir einziehen.«

»Oh, echt?«

»Es würde mir mit der Miete helfen. Und ich habe nichts gegen ihn.«

»Ah. Das hört sich nach wahrer Liebe an.«

Cleo lachte. »Vielleicht. Ich weiß es nicht. Es ist ein großer Schritt, und ich genieße es, die Wohnung für mich zu haben. Nach der Scheidung konnte ich mir nicht vorstellen, einem Mann wieder so viel Platz in meinem Leben einzuräumen. Allerdings konnte ich mir auch nicht vorstellen, jemals wieder Lust auf Dates zu haben.«

»Lass dir ruhig Zeit.«

»Ja.« Sie seufzte. »Dann sind wir jetzt wohl beide Geschiedene.«

»Stimmt. Gewissermaßen. Wobei meine Scheidung offenbar erst in der Zukunft droht.«

»Du hast mich hoffentlich gefragt, ob ich deine Brautjungfer sein will.«

Ein klagendes Miau ließ mich den Kopf drehen. »Auf dem Fensterbrett vor meinem Schlafzimmerfenster sitzt ein Kater und starrt mich an.«

»Kleiner Spanner«, witzelte sie. »Hast du was an?«

»Er ist grau und hat hübsche grüne Augen. Wem er wohl gehört?« Das Tier setzte sich auf die Hinterpfoten und begann, seinen Bauch zu lecken. »Oh, es ist eine Sie. Danke für die Aufklärung, Freundin.«

»Gehört wahrscheinlich einem Nachbarn«, sagte Cleo. »Was hast du in dem heutigen Karton gefunden?«

An den ersten Wochenenden nach meinem Umzug hatte Cleo mir beim Auspacken geholfen. Wir schrubbten und saugten und sortierten. Da meine Mom mit ihrem neuen Mann in Michigan weilte, Dad in die Hauptniederlassung nach Florida gewechselt hatte und mein Bruder darunter litt, dass er in Tante Susans Testament nicht berücksichtigt worden war, hatte sich Cleo als Lebensretterin erwiesen. Jetzt, da ich auf mich allein gestellt war, hatte ich mir jeden Tag einen Karton mit Susans Kram vorgenommen. Hatte das Wichtige vom Belanglosen und vom Verwirrenden getrennt. Hatte Platz für die Zukunft gemacht, indem ich die Vergangenheit aussortierte. So hatte ich es mir jedenfalls zurechtgelegt. Der Gedanke an diese Aufgabe hatte mir seit Jahren insgeheim Angst gemacht, aber jetzt, da ich mittendrin steckte, entpuppte sie sich als größer, als ich mir jemals vorgestellt hatte.

»Die, die ich heute aufgemacht habe, enthielt Urlaubs- und Geburtstagskarten aus den Achtzigern. Einen Stapel Dias aus den Siebzigern von Ferien mit der Familie. Ein paar rissige weiße kniehohe Leder-Discostiefel, einige coole bunte Plastikperlenhalsketten und die Asche eines Hunds namens Rex.«

»Ruhe in Frieden, Rex.«

»Amen. Ich wünschte, sie wäre hier und könnte mir ein paar dazugehörige Geschichten erzählen.«

»Mmm.«

»Zumindest ist das Erdgeschoss jetzt ausgeräumt«, fuhr ich fort. »Alles, was noch aussortiert werden muss, steht inzwischen im Keller. Bleibt nur der Dachboden. Vielleicht tue ich einfach so, als gäbe es ihn nicht.«

»Keine schlechte Idee. Steht unser Essenstermin für Donnerstagmittag noch?«

»Unbedingt. Wie läuft es mit den Fotos für den Blumenladen?«

»Sollten morgen fertig sein. Der Kunde war sehr zufrieden«, erwiderte sie. »Weißt du, vielleicht meldet sich derjenige, der die Urkunde in der Wand versteckt hat. Zeigt mit dem Finger auf dich und lacht. Irgend so was.«

»Dann wüsste ich wenigstens, was es damit auf sich hat.«

»Ich habe mal ein Gerichtsdrama im Fernsehen gesehen, in dem ein Experte für Dokumente hinzugezogen wurde. Da ging es um eine gefälschte Geburtsurkunde. Vielleicht brauchst du so jemanden.«

»Vielleicht. Oder vielleicht einen der Geisterjäger aus diesen Fernsehserien.«

»Halt mich auf dem Laufenden«, erwiderte sie. »Ich stehe auf geheimnisvolle Dinge.«

Zu meiner großen Enttäuschung hatte sich niemand zu der Urkunde bekannt. Allerdings war auch erst ein Tag vergangen, seit wir sie gefunden hatten, und bei Lars' weiterer Arbeit waren keine Dokumente mehr aufgetaucht. Was vermutlich nur gut war. Sandra Bullock und Keanu Reeves fanden es vielleicht gut, sich in diesem Film, *Das Haus am See*, durch eine Zeitschleuse Briefe zu schreiben, aber ich fand diese Erfahrung nicht sonderlich romantisch, mir kam es eher wie mentale Selbstsabotage vor.

Lars stand früh am nächsten Morgen vor der Tür und machte sich sofort daran, den verzogenen Fensterrahmen auszubessern. Er sagte so gut wie nichts, warf mir aber jedes Mal schräge Blicke zu, wenn wir uns über den Weg liefen. Ausgesprochen uneindeutige Blicke. Und wenn er mir jetzt wieder mit Zweifeln wegen der Scheidungsurkunde kommen sollte, konnte er seinen Kaffee vergessen. Wir ignorierten uns gegenseitig, bis es Zeit für meine Mittagspause war.

Jeden anderen Handwerker hätte ich problemlos weiter links liegen lassen können. Aber Lars war so ein Zwischending. Er fühlte sich eher wie ein Gast in meinem Haus an als wie ein Handwerker, aber auch nicht so richtig. Es war kompliziert.

»Ich mache mir was zu essen«, sagte ich. »Magst du ein Sandwich?«

»Nein.«

»Dann nicht«, blaffte ich.

Man kommt einer Frau nicht dumm, die prämenstruell und hungrig ist. Das weiß jeder. Lars war leider ein Idiot. Denn wieder warf er mir einen dieser schwer zu interpretierenden Seitenblicke zu. Dieser Blödmann.

»Ich kann nicht glauben, dass wir wieder an diesem Punkt angelangt sind«, sagte ich und stemmte die Hände in die Hüften. »Gibt es irgendwas, das du mir gern sagen würdest?«

»Nein.«

»Bist du dir da sicher?«

»Ja.«

Ich strich die Vorderseite meines schwarzen Tanktops glatt und zog den Bund meiner bauchfreien Jeans hoch. Der schwarze Lack auf meinen Zehennägeln glänzte, was Wunder für mein Selbstvertrauen bewirkte und in Kombination mit meinen flachen Lederriemchensandalen großartig aussah.

»Lass mich raten, als du gestern Abend nach Hause kamst, hat dein kleines Gehirn angefangen, Überstunden zu machen. *Wie könnte die Scheidungsurkunde dorthin gelangt sein? Ich habe sie nicht dorthin gelegt. Susie war die einzige andere Anwesende. Sie muss es gewesen sein. Verbrennt die Hexe!*«

Er sah mich kühl an.

»Nun?«

»Niemand wusste, dass ich hierherkommen würde«, knurrte er. »Das ist das Einzige, was Sinn ergibt.«

»Meine Güte! Niemand, einschließlich mir, wusste, dass du hierherkommen würdest. Und trotzdem glaubst du, ich müsste sie dorthin gelegt haben. Wo ist da die Logik?«

»Das ist so, wie sie in dieser Fernsehsendung sagen: Wenn man das Unmögliche ausschließt, dann muss das, was übrig bleibt, die Wahrheit sein, so unwahrscheinlich es auch scheinen mag.«

»Wenn du das wirklich glaubst, dann pack deinen Kram und verschwinde. Sag deiner Firma, sie sollen mir eine Rechnung schicken für die Zeit, in der du hier warst. Wir sind hier fertig.«

Er erstarrte. »Ist das dein Ernst?«

»Da kannst du deinen Hintern drauf verwetten. Mit so was muss ich mich nicht herumschlagen. In *meinem* Zuhause, wo ich zu arbeiten versuche. Wenn du wirklich glaubst, ich würde irgendetwas im Schilde führen und dich für dumm verkaufen wollen, dann geh.«

An diesem Tag trug er ein verblasstes Pearl-Jam-T-Shirt, was in dieser Stadt so eine Art Uniform war. Und es stand ihm gut. »Gestern hast du noch gesagt, eine andere Handwerksfirma würde dich vielleicht über den Tisch ziehen. Die Arbeit nicht richtig machen.«

»Das kann dir doch egal sein.«

Eine Zeit lang starrte er mich nur an. Dann seufzte er. »Ich habe dich immer gemocht.«

Ich wusste nicht, was ich sagen sollte.

»Nicht so.« Er ließ den Kopf hängen. »Was ich sagen will … dieser Schwachsinn ist lächerlich. Er ergibt keinen Sinn.«

»Da stimme ich dir zu. Aber wieso machen wir nicht was Konstruktives, statt uns gegenseitig anzugreifen?«

»Und was?«

Ich verschränkte die Arme vor der Brust und lehnte mich an den Türrahmen. »Eine Freundin hat mir einen Tipp gegeben, wie man am besten feststellen kann, ob die Urkunde echt ist.«

»Das ist sie nicht.«

Ich zuckte mit den Schultern. »Gut. Dann schicken wir sie eben an einen Experten, um diese Möglichkeit auszuschließen.«

»Aber sie ist nicht echt. Das können wir uns sparen.«

»Hast du eine bessere Idee?«

»Nein«, rang er sich schließlich ab.

»Ich habe bereits angerufen und ein Angebot eingeholt. Ich mache es.«

»Na gut.« Das Leid, das ihm die Frauenwelt zufügte, stand ihm deutlich ins Gesicht geschrieben. »Ganz wie du meinst, Susie.«

»Gute Antwort, Lars.« Ich machte mit beiden Händen das Daumen-hoch-Zeichen. »Weiter so.«

Als Antwort brachte er seine Halswirbel ein paar Mal zum Knacken. »Ich habe gelogen. Ich hätte gern ein Sandwich.«

»Natürlich hättest du gern eins.«

»Was hast du hier draußen vor?«

Wir saßen hinter dem Haus auf den zwei alten Adirondack-Stühlen unter dem japanischen Ahorn und aßen. Wir waren umgeben von einer kleinen Rasenfläche und einer Ansammlung heller Keramiktöpfe, in denen verschiedene Kräuter, eine Tomatenpflanze, grüne Zwiebeln, Bohnen und Kopfsalat wuchsen. Noch war es mir nicht gelungen, sie eingehen zu lassen. Hoffentlich blieb das so.

»Ich hätte gern eine kleine Feuerstelle«, entgegnete ich. »So einen netten kleinen Ort, wo man abends gern sitzt.«

Er nickte. »Und die Außenwände?«

»Die brauchen auf jeden Fall einen neuen Anstrich. Ich habe an einen Blauton gedacht. Falls ich beschließe, es zu verkaufen, trifft das einen breiten Geschmack.«

Wieder ein Nicken.

»Schau nicht hin, wir werden beobachtet.« Ich deutete mit dem Kopf auf die Hausecke, wo die graue Katze saß und uns anstarrte.

Lars lächelte und biss in sein Sandwich mit Roastbeef, Senf, Käse, Tomate und Kopfsalat. Es ging doch nichts über Trostessen. Dann riss er ein bisschen von dem Roastbeef ab und warf es der Katze hin. Noch nie habe ich ein Tier sich so schnell in Bewegung setzen sehen. Oder so glücklich schauen.

Die Urkunde war bereits von einem Boten der Dokumentenexpertin abgeholt worden. Aber es würde zwei Wochen dauern, bis ihr Bericht über die Scheidungsurkunde vorlag.

Ziemlich frustrierend, schließlich war Geduld noch nie meine Stärke gewesen.

»Wie geht es mit dem Rausreißen von Tapete und Teppich weiter?«, fragte ich.

»Mateo und Connor kommen morgen mit und helfen dabei. Heute Nachmittag werde ich die Teile der Holzverkleidung ausmessen, die ersetzt werden müssen. Vielleicht schaue ich mir auch mal die Stufe an der Eingangstür an, die ein bisschen wackelt.«

»Dich kann man gebrauchen.«

Er knurrte.

»Und, was hast du in den letzten sechs Monaten so alles gemacht?«

»Was ich gemacht habe?« Er zog eine Augenbraue hoch. »Lass mich nachdenken … ich habe an diesem coolen Hausboot gearbeitet, das ein Freund gekauft hat. Das hat Spaß gemacht.«

»Schön.«

»Und ich bin ab und zu mal wandern gegangen.«

»Wie sportlich.«

»Vorletzte Woche war ich auf einer Weintour. Das war okay.«

»Klingt nach einem Date«, erwiderte ich. »Mit wem warst du unterwegs?«

»Sie ist nur eine Freundin.«

»Weil du ja genau der Mann für Freundschaften bist.«

Er fasste sich an den Nacken. »Ich hatte ganz vergessen, wie gern du mich aufziehst.«

»Oh, fühl dich nicht als was Besonderes. Das mache ich mit allen.«

»Ich weiß nicht. Mir schien, du warst immer ziemlich nett zu …«

»Wehe, du sagst seinen Namen.«

Er schwieg einen Moment lang. »Und du? Was hast du so gemacht?«

»Meine Tante ist gestorben, kurz nachdem wir uns das letzte Mal gesehen hatten. Das war hart.«

»Tut mir leid«, sagte er leise.

Ich nickte. Es gab eine Menge, was man über den Verlust eines geliebten Menschen sagen konnte. Aber es gab kein einziges Wort, das ihn zurückbrachte. »Mit der Arbeit lief es gut. Ich hatte viele Aufträge. Die meiste Zeit aber war ich mit diesem Haus beschäftigt.«

»Es muss seltsam sein, sich um die Hinterlassenschaft eines anderen Menschen zu kümmern.«

»Das ist es«, stimmt ich ihm zu. »Dieses Haus birgt eine Menge Geschichte. Mit mir wohnt jetzt die dritte Generation unserer Familie hier, aber außer mir interessiert sich niemand wirklich dafür. Vermutlich macht das die Entscheidung, was ich mit dem ganzen Kram machen soll, leichter. Was ich behalten und was ich aussortieren will. Aber es ist auch traurig.«

Er sah mich nur an.

»Hast du ein enges Verhältnis zu deiner Familie?«

Einer seiner Mundwinkel glitt nach oben. »Ja. Ich bin der Älteste von dreien. Meine Schwester wohnt in San Diego, sie ist verheiratet und hat zwei Kinder. Mit meinem Bruder teile ich mir eine Wohnung.«

»Du wohnst mit deinem Bruder zusammen? Das wusste ich nicht. Läuft es gut?«

»Ja.« Er sah sich in dem kleinen Garten um. »Wir besitzen gemeinsam ein paar Anlageimmobilien. Die sind Teil eines Wirtschaftsplans, an dem wir seit einiger Zeit arbeiten. Irgendwann werden wir es satthaben, uns so eng auf der Pelle zu hocken. Aber im Moment läuft alles gut.«

»Prima. Das freut mich.«

»Mich auch.« Ein Summen ertönte, und er zog sein Handy aus der Tasche. Seinen Gesichtsausdruck … konnte ich nicht deuten. »Entschuldige mich.«

»Gern.«

Schon war er aufgestanden und ging weg. »Hi, Mann. Wie ist es in London? Wie spät ist es bei euch?«

Ich starrte ihm hinterher, während er um die Hausecke und außer Hörweite verschwand. Nicht dass ich auch nur ein verdammtes Wort hätte hören wollen. Ich sollte mich schämen, dass ich mich einen Moment lang entspannt und vergessen hatte, dass Lars und mein Ex eng befreundet waren, und das schon, seit er mit acht Jahren in das Nachbarhaus gezogen war. Niemals würde ich jemandem trauen können, der, was Besties anging, einen derart schlechten Geschmack hatte. Ein Makel, über den man einfach nicht hinwegsehen konnte. Deshalb bestand nicht die geringste Chance, dass ich ihn jemals heiraten oder mich von ihm scheiden lassen würde. Vermutlich hatte Lars letztlich doch recht mit seiner Ansicht über die Überprüfung der Urkunde.

Ein einziger Zeit- und Geldverlust. Mehr nicht.

3. Kapitel

Ich saß mit einer Tasse Kaffee auf der Veranda, als am nächsten Tag zwei Pick-ups vorfuhren. Die Katze lag am anderen Ende der Veranda neben der Schüssel mit Wasser, die ich ihr hingestellt hatte. Es war mir unhöflich erschienen, ihr nicht auch etwas zu trinken anzubieten. Wir hatten eine Weile über das Wetter geredet, aber sie hatte nicht viel dazu zu sagen. Meistens bewegte sie nur den Schwanz hin und her, beobachtete die Autos, die gelegentlich vorbeifuhren, und behielt die Vögel im Blick. Trotz der frühen Stunde hatte ich mein Haar bereits zu lockeren Wellen gestylt, Make-up aufgelegt und schwarze Leinenshorts sowie ein schwarzes Knit Top mit quadratischem Ausschnitt und Flügelärmeln angezogen. Wozu hatte Gott mir Brüste gegeben, wenn nicht, um sie einzusetzen?

»Susie«, sagte Lars. »Hübsch siehst du aus.«

»Danke.«

»Verdammt hübsch«, stimmte ihm ein junger Weißer mit stacheligem Haar und Grübchen begeistert zu.

Lars sah ihn stirnrunzelnd an. »Nicht sehr professionell, Connor.«

»Was?«

»Das sind Mateo und Connor«, stellte Lars die beiden Neuankömmlinge vor. »Wie ich dir schon sagte, helfen sie mir heute.«

»Hallo«, sagte ich und lächelte.

Mateo war ein gut aussehender Mann Mitte vierzig mit dunklem Haar und brauner Haut. Er nickte mir kurz zu und machte sich daran, den Pick-up abzuladen. Es war so weit; endlich würde ich die grässliche goldene Tapete und den braunen Teppichboden loswerden. Halleluja.

»Ich habe so viel wie möglich in den Keller geräumt.« Ich hob das verwaiste Schälchen auf. Die Katze hatte sich aus dem Staub gemacht, sobald sie fremde Stimmen gehört hatte.

»Prima«, erwiderte Lars. »Mit dem Rest kommen wir schon klar. Du gehst?«

»Ich habe einen Termin mit einem Kunden und treffe mich danach mit einer Freundin zum Mittagessen.« Mein Lächeln war die perfekte Mischung aus freundlich und unverbindlich. Das wusste ich, weil ich es am Abend vorher vor dem Spiegel geübt hatte. »Ich dachte, es wäre das Beste, wenn ich euch nicht im Weg rumstehe.«

Connor schlenderte an mir vorbei Richtung Haus. Dass es ihm gelang, lüstern auf meine Beine zu starren und gleichzeitig eine Sammlung diverser Werkzeuge zu tragen, brachte die Debatte über die Begabung von Männern zum Multitasking ein für alle Mal zum Verstummen. Dem Lustmolch sei Dank.

»Guck nach vorn«, fauchte Lars ihn an.

Mateo schüttelte den Kopf und murmelte etwas auf Spanisch.

»Tut mir leid, das mit Connor«, sagte Lars. »Er ist der Sohn des Besitzers.«

Ich nickte nur. »Ich schnappe mir jetzt besser meine Tasche und mache mich auf den Weg. Bevor ihr für heute fertig seid, bin ich wieder zurück. Du hast meine Nummer, falls du mich für irgendwas brauchst.«

Lars nickte.

Nachdem er gestern vom Ex angerufen worden war, hatten wir nicht mehr viel miteinander geredet. Was okay war, denn ich musste darauf achten, Abstand zu halten. Der Ex war nicht mein erster Fehler gewesen. Aber ich hatte mir fest vorgenommen, dass er mein letzter sein würde. Und Lars war durch diese Verbindung in ein schlechtes Licht geraten. Es war für alle besser, wenn wir die Dinge auf der professionellen Eben beließen.

Tante Susans Haus lag mitten in Ballard, einem aufstrebenden Viertel in Seattle mit vielen Bars, Restaurants und hippen kleinen Läden. In der Nähe gab es einen netten Park und eine Menge Bäume. Ich ging gern dort spazieren, und in Cafés zu arbeiten stellte einen angenehmen Tapetenwechsel dar.

Nach dem Termin mit meinem Kunden traf ich mich mit Cleo in einem Restaurant in der Nähe des Wassers. Sie trug ein Outfit aus weißem Jeansstoff, das gut zu ihrer dunklen Haut passte. Hätte ich es mit dieser Farbe versucht, hätte ich mir garantiert innerhalb der ersten fünf Minuten etwas darauf geschüttet. Aber Cleo war sehr viel gewandter als ich. Wir aßen gegrillte Austern mit Blattsalaten und zum Nachtisch Semolina-Kuchen. Das gute Essen und die nette Gesellschaft konnten mich fast schon dafür entschädigen, dass mein Uterus sich am Morgen nicht nur zu einem Gewaltausbruch entschlossen, sondern sich diesem auch voll und ganz hingegeben hatte. Zwei Ibuprofen hatten auch nicht geschadet. Nachdem wir geklärt hatten, dass es nichts Neues bezüglich der mysteriösen Scheidungsurkunde gab, wandten wir uns anderen Themen zu, und ich dachte nicht einmal an Lars. Vielleicht zweimal. Aber definitiv nicht einmal.

Was Lars anging, war mein vorherrschendes Gefühl Verwirrung. Er nervte mich, aber er brachte mich auch zum Lachen.

Am meisten verblüffte mich allerdings, dass jemand, der die meiste Zeit ein halbwegs anständiger Mensch zu sein schien, mit jemandem wie dem Ex so eng befreundet sein konnte. Einem Mann, für den der Begriff *Oberarschloch* erfunden worden war. Was zu der Frage führte, wieso ich ihn überhaupt gedatet hatte.

Sowohl Lars als auch mein Ex waren Männer, die es im Leben zu was bringen wollten. Während Lars sich selbstständig machen wollte, arbeitete der Ex mit Hochdruck an der Karriere in seinem Unternehmen, um sich mit allen Mitteln seinen Traum von der mondänen Eigentumswohnung in der Innenstadt verwirklichen zu können. Ich hätte nur nie gedacht, dass er auch mich dafür opfern würde. Vermutlich konnte das Mädchen, mit dem man Spaß hatte, rasch zu einer Ablenkung werden, wenn man sich voll und ganz auf sein Ziel konzentrieren wollte.

Als ich nach Hause kam, saß Lars auf der Eingangstreppe und wartete. Er sah müde aus, so verstaubt und verschwitzt wie er war, aber er lächelte. Ich musste unwillkürlich zurücklächeln. »Hi.«

»Seid ihr fertig?«, fragte ich überrascht. »Du hättest mich anrufen sollen, dann wäre ich früher nach Hause gekommen.«

»Die anderen sind eben erst gefahren. Alles gut.« Er stand auf. »Lass mich das tragen.«

Ich reichte ihm meine Einkaufstaschen. »Danke.«

»Ich denke, dir wird gefallen, was wir gemacht haben.«

Ich folgte seinem breiten Rücken ins Haus. Wow. Die weißen Wände des Wohnzimmers waren ein bisschen zerkratzt, aber nicht mehr mit goldgesprenkelter Tapete bedeckt, und das Ungetüm von einem Teppich war honigfarbenen Holzdielen gewichen.

»Es fühlt sich komplett anders an«, sagte ich, stellte meine

Handtasche auf dem Boden ab und drehte mich einmal langsam um die eigene Achse. »Als gäbe es Luft zum Atmen.«

»Wir dachten, wir würden zwei Tage brauchen, aber da ein anderer Auftrag verschoben wurde, bekamen wir zusätzliche Unterstützung.« Er stellte die Einkaufstaschen auf dem Tisch im Esszimmer ab. »Bist du zufrieden?«

»Kann man wohl sagen.«

Ohne die ganzen dunklen Farben und unseligen Muster wirkte der Raum viel größer. Von den Möbeln hatte ich nicht viele behalten. Nur den runden Mahagoni-Esstisch aus der Mitte des letzten Jahrhunderts und Stühle, die meine Großeltern zu ihrer Hochzeit geschenkt bekommen hatten. Die alte Couch mit dem Blumenmuster war kurz vorm Zusammenbrechen gewesen, und die Betten hatten ihre beste Zeit auch schon lange hinter sich.

Cleo gehörte das meiste an Möbeln in der Wohnung, die wir uns in West-Seattle geteilt hatten. Mir gehörte lediglich ein Kingsize-Bett, auf das ich Wert gelegt hatte, um alle viere von mir strecken zu können. Seit ich hier eingezogen war, saß ich im Wohnzimmer auf dem Boden und bewahrte meine Kleidung entweder in einem Koffer auf oder in dem Einbauschrank, der nur eine Kleiderstange hatte. Und da ich Susans restliche Kartons in den Keller gebracht hatte, war das Haus so gut wie leer. Eine krasse Veränderung in gerade mal einem Monat.

»Was ist los?«, fragte Lars.

Mir war tatsächlich mein Lächeln aus dem Gesicht geglitten. Ich streckte den Kopf in das vordere Schlafzimmer. Alles schien größer – das Zimmer, die Fenster. Auch wenn ich genau das gewollt hatte, war es doch ein merkwürdiges Gefühl. »Es sieht nicht mehr wie Tante Susans Haus aus.«

»Das liegt daran, dass es nicht mehr ihr Haus ist, sondern deins. Und das ist nicht respektlos, sondern einfach Tatsache.«

»Ja.«

Er verschränkte die Arme vor der Brust und lehnte sich an den breiten bogenförmigen Eingang zum Esszimmer. Schweigend sah er mir zu, wie ich herumging, als hätte ich mich verlaufen.

»Ich habe immer noch viele Fotos und Erinnerungsstücke.« Er nickte.

»Weißt du, selbst sie hat die Tapete und den Teppich gehasst«, sagte ich.

»Sie … hatte es einfach nicht so mit Veränderungen. Es war, als würde allein die Vorstellung sie schon überfordern. Zu viel hätte schiefgehen können. Deshalb hat sie immer nur neue Sachen hinzugefügt.«

»Dachboden und Keller sind voll mit ihren Sachen. Bad und Küche sind noch weitgehend im Originalzustand. Du hast nicht alles verändert.«

Kummer ist etwas Hinterhältiges. Gerade wenn man glaubt, man hätte sich im Griff, wird einem der Verlust eines geliebten Menschen nur wieder allzu deutlich bewusst. »Ich brauche ein Bier. Willst du auch eins?«

»Bitte.«

»Was steht als Nächstes an?«

»Die Wände zum Streichen vorbereiten und den Boden abschleifen.«

Ich holte zwei Dosen Dawn Patrol Pale Ale aus der einen Einkaufstasche und reichte ihm eine. Mit dem zweiten Schluck fand ich meinen inneren Frieden wieder. Alles war gut, kein Grund, die Nerven zu verlieren. Veränderung war sowohl gut als auch natürlich, und so weiter. Und das würde ich mir so lange einreden, bis ich es glaubte.

In diesem Moment klingelte mein Telefon. Ich eilte zu meiner Handtasche und stellte das Bier auf dem Boden ab.

»Das ist die Dokumentenexpertin«, sagte ich und stellte das Telefon auf Lautsprecher. »Hallo?«

»Hier ist Nisha Singh. Es geht um die Urkunde, die Sie mir geschickt haben …«

»Ja?«

»Ich habe sie mir gestern angeschaut, und sie ist, wie soll ich sagen, sehr ungewöhnlich«, sprach sie weiter. Was nun wirklich die Untertreibung des Jahres war. »Zuerst hielt ich sie für einen Witz.«

Lars und ich warfen uns einen Blick zu. »Ich weiß genau, was Sie meinen.«

»Ihr Auftrag war eigentlich noch gar nicht dran, aber ich konnte es mir nicht verkneifen, mir diese Urkunde schon mal genauer anzuschauen«, fuhr sie fort. »Wer immer sie erstellt hat, scheint den Alterungsprozess sehr gut simuliert zu haben. Um Hinweise darauf zu erhalten, wie das bewerkstelligt wurde, habe ich die Urkunde unter das Mikroskop gelegt und dann versucht, sie mit unterschiedlichen Lichtquellen zu betrachten, und außerdem noch ein paar weitere Tests gemacht.«

»Sie ist gefälscht, nicht wahr?«

Die Frau holte tief Luft und atmete dann langsam aus. »Nach eingehender Untersuchung bin ich zu dem Schluss gekommen, dass ich mich außerstande sehe, einen Bericht zu dieser Urkunde zu verfassen. Ich werde Ihnen meine Zeit aber nicht in Rechnung stellen.«

»Moment mal«, sagte ich. »Wieso nicht?«

»Zwar kann ich die Echtheit der Urkunde nicht widerlegen, ich kann sie angesichts des Inhalts aber auch nicht bestätigen.«

Mir blieb der Mund offen stehen. »Sie sagen also, dass sie echt ist.«

»Ich sage, ich kann Ihnen nicht helfen, Miss Reid«, entgegnete sie. »Ich bin seit fast dreißig Jahren in diesem Beruf tätig, und mein Ruf ist mir wichtig. Ihr Eigentum wird Ihnen morgen Vormittag per Boten zurückgebracht. Auf Wiederhören.«

Und damit war der Anruf beendet.

Ich landete unsanft mit dem Hintern auf dem Boden. Lars, der meinen letzten Satz gehört hatte, starrte ins Leere. Eine halbe Dose Bier später wusste ich noch immer nicht, was ich sagen sollte. Dies war mehr als unerwartet. Zwar hätte mir die Vorstellung, eine Botschaft aus der Zukunft zu bekommen, irgendwie gefallen, aber dies war etwas völlig anderes.

»Wir suchen uns einen anderen Experten«, sagte Lars schließlich.

»O … okay.«

»Die war nämlich eindeutig auf Drogen oder so.«

»Echt?«, fragte ich. »Auf mich hat sie einen ziemlich nüchternen Eindruck gemacht.«

»Dann lügt sie.«

»Warum sollte sie das tun?«

»Ich weiß es nicht.« Sein Lachen klang gezwungen. »Ich weiß nur, dass diese Urkunde nicht echt sein kann. Das ist einfach unmöglich.«

»Manchmal denke ich schon vor dem Frühstück an sechs unmögliche Dinge.«

Er runzelte die Stirn. »Wie bitte?«

»Das ist ein Zitat aus *Alice im Wunderland*«, erwiderte ich und stand auf. »Wusstest du, dass Lewis Carroll Bücher über mathematische Logik geschrieben hat?«

Noch mehr Stirnrunzeln. Bald würde ihm der Platz auf der Stirn ausgehen.

»Egal. Bier ist für diesen speziellen Fall nicht stark genug.«

Der Mann folgte mir dicht auf den Fersen und laberte

einfach weiter. »Sei doch mal realistisch, sie kann einfach nicht echt sein. Wie würdest du sie dir denn erklären wollen?«

»Kann ich nicht.«

Mit einer Flasche Silver Tequila, einer Tüte mit Limonen, etwas Salz und zwei Schnapsgläsern fühlte sich die Lage gleich sehr viel mehr unter Kontrolle an. Oder völlig außer Kontrolle. Manchmal ließ sich das kaum auseinanderhalten. Ich schenkte uns ein und schob Lars eins der Gläser hin.

»Wir trinken Schnaps?«, fragte er. Er klang nicht gerade beeindruckt.

»Ja.« Ich hob das Glas. »Auf uns.«

»Das ist nicht witzig.«

Oh doch. Die Zitrusfrucht, eine Prise Salz plus ein Schuss Alkohol machten alles besser. Mit einem erleichterten Seufzer lehnte ich mich an den Küchenschrank. Dann fiel mir ein, dass die Einkäufe noch auf dem Esszimmertisch lagen. Eis und Tiefkühlgerichten bekam die Hitze sicher nicht besonders.

»Verdammt, verdammt, verdammt«, lautete mein nächster Gesprächsbeitrag.

Lars sah mir schweigend beim Auspacken und Wegräumen zu. Dann schenkte er uns beiden einen weiteren Tequila ein. »Ich kann mich noch immer nicht daran gewöhnen, dich fluchen zu hören.«

»Dein Freund mochte das nicht. Er bekam dann jedes Mal diese senkrechte Falte zwischen den Augenbrauen. Aber ich will nicht über ihn reden.« Ich seufzte. »Vielleicht werden wir niemals eine Erklärung für die Urkunde finden.«

»Und damit kannst du leben?«

Ich zuckte mit den Schultern und legte den Brotlaib auf den Küchentresen.

Er griff nach dem Messer und schnitt eine weitere Limone auf. Was an seinen Händen faszinierte mich bloß dermaßen? Die kräftigen, schwieligen Finger, das Spiel der Muskeln in seinen Armen bei jeder Bewegung. »Ich kann mich damit nicht zufriedengeben. Es muss eine Erklärung geben. Etwas, das Sinn ergibt.«

»Vielleicht sollten wir mit einem Medium reden«, erwiderte ich.

»Ich rede von logischen Erklärungen, und das ist deine Antwort.«

Ich lachte. Mehr oder weniger unhysterisch. Wie ich eben so bin.

»Halt mal für eine Minute den Mund und trink den Tequila« sagte er. »Bitte.«

Ich tat wie geheißen. Mehr Alkohol war definitiv die Lösung für dieses Dilemma.

Der große grüblerische Mann trug sein Bier zum Esszimmertisch, setzte sich, entblößte sein tiefstes Inneres. »Deine Katze ist wieder da.«

»Was?«

Er deutete mit dem Kopf auf die Streunerin, die in der offenen Eingangstür saß.

Ich griff nach einem Schälchen und füllte es mit Wasser. Dann legte ich noch ein paar kleine Stücke übrig gebliebenes Roastbeef in ein anderes Schälchen. Ein leckeres Abendessen. Sie ließ mich keinen Moment aus den Augen, als ich mich ihr näherte, lief aber nicht davon. Als ich die Schälchen hinstellte, miaute sie.

»Gern geschehen.«

Lars fuhr mit dem Daumen über die glatte Oberfläche des Holztischs. »Ich bringe Dinge gern in Ordnung.«

»Das klingt logisch. Ist schließlich deine Arbeit.«

»Deshalb gefällt es mir nicht, dass diese Sache so …«

»Ja«, stimmte ich zu, als er nicht fortfuhr. Diese Sache war so gar nicht in den Griff zu bekommen.

»Ich glaube nicht an Außerirdische oder Geister oder Feen oder irgend so einen Blödsinn.«

»Warum auch? Es gibt schließlich keine überzeugenden Beweise für ihre Existenz.«

»Genau«, erwiderte er. »Und ich würde niemals einen Freund hintergehen. Deshalb weiß ich, dass sie nicht echt ist.«

»Was du sagst, ergibt Sinn.«

»Wenn du all das glaubst, wieso zum Teufel schlägst du dann ein Medium vor?« Er wedelte gekränkt mit der Hand durch die Luft. Männer waren ja so was von empfindlich. So emotional.

»Sind wir jetzt wieder an dem Punkt?«, fragte ich. »Weißt du, ich kann mich deiner Meinung anschließen, ohne mich daran festzuklammern. Du beurteilst Dinge auf deine Art, und ich auf meine. Vermutlich habe ich kein Problem damit, nicht alle Antworten zu wissen und für andere Betrachtungsweisen offen zu sein.«

Er schüttelte den Kopf.

»Wie schaffst du das, gleichzeitig zu lächeln und die Stirn zu runzeln?«

»Häh?«

»Dein Mund ist mürrisch, aber deine Augen lächeln.«

Er schnaubte nur.

Ich packte die restlichen Einkäufe weg. »Tante Susan hat immer gesagt, das Leben ist ein Abenteuer.«

Ein weiteres Knurren. Manchmal war er wirklich mehr Tier als Mann.

»Was ich sagen will, ist: Du hast immer noch die Kontrolle über dein Leben, Lars«, erwiderte ich. »Du kannst sofort gehen und mich niemals wiedersehen. Du brauchst nie wieder mit mir zu reden und für den Rest deines Lebens nie wieder etwas mit mir zu tun haben. Und das Universum oder das Schicksal oder wer auch immer wird dich nicht daran hindern können. Diese Scheidungsurkunde, ob nun gefälscht oder nicht, hat nicht über unsere Zukunft zu entscheiden. Das kannst nur du.«

»Ich dachte, genau das wäre die Bedeutung von Schicksal, dass es vorherbestimmt ist.«

»Ach. Das glaube ich nicht.«

Er sah mich skeptisch an. »Nicht?«

»Wir alle sind unseres eigenen Schicksals Schmied.«

»Ist das ein Zitat aus *Terminator*?«

»Ich habe nie behauptet, tiefsinnig zu sein, nur einen exzellenten Geschmack zu haben.« Ich öffnete den Kühlschrank und betrachte erstaunt die ungewöhnlich gut gefüllten Glasplatten. Es waren die kleinen Dinge im Leben, die mich glücklich machten. Ich stellte Musik an und begann, mich im Takt hin und her zu wiegen. »Wir brauchen was zu essen.«

Lars sah mir amüsiert zu. »Kann ich helfen?«

»Du musst einfach nur sitzen bleiben und einen guten Eindruck machen. Du hast heute schon genug geschuftet. Willst du noch ein Bier?«

»Danke.«

Ich reichte ihm eine Dose und machte mir tiefschürfende Gedanken über Essen. Wie man das nach ein paar Drinks so macht. Aus Kühlschrank und Vorratskammer tauchten Schinken, Käse, Cracker, diese niedlichen kleinen Tomaten, grüne Weintrauben und Hummus auf. Alles wurde dann auf einem ziemlich alten Kristallglasteller zu einer kunstvoll arrangierten Feinkostplatte angerichtet. Zumindest redete ich mir das ein. Und was passte besser dazu als noch mehr Tequila?

Sobald alles auf dem Tisch stand, schob ich ihm sein Schnapsglas und die Limone hin. »Du willst also eine Party daraus machen?«, fragte er.

»Man findet schließlich nicht jeden Tag heraus, dass man vermutlich geschieden ist.«

»Meine Eltern wären so enttäuscht«, erwiderte er und kippte seinen Schnaps hinunter. »Sie sind seit einer Ewigkeit glücklich verheiratet.«

»Wow. Wie fühlt sich das an?«

Er zuckte mit den Schultern. »Wie Zuhause eben.«

»Nett«, erwiderte ich. »Ich finde es interessant, dass ich die Scheidung eingereicht habe. Aber das liefert uns auch keine Erklärung. Vielleicht habe ich resigniert, oder du warst schon längst über alle Berge. Wer weiß?«

Er knurrte.

»Tatsache ist, dass wir sehr gegensätzlich sind.«

»Ziehen sich Gegensätze nicht angeblich an?«

Ich rümpfte die Nase. »Ich weiß nicht, ob ich das wirklich glauben soll. Ich meine, was wolltest du zum Beispiel werden, als du klein warst?«

»Reich.« Mehr sagte er nicht.

»Na siehst du.«

»Wieso?«, fragte er. »Was wolltest du denn werden?«

»Prinzessin in einem Märchen mit Happy End. Aber einem mit viel Stil. Keine kitschigen pastellfarbenen Kleider.«

Er sah mich nur verblüfft an.

»Ich könnte mir vorstellen, dass du mich wegen einer anderen Frau verlassen hast.«

Er runzelte die Stirn. »Willst du behaupten, ich hätte dich betrogen?«

»Na gut. Das nicht. Wie wäre es damit, dass wir grundsätzlich inkompatibel waren?«

»Inwiefern?«

»Haben wir das nicht gerade besprochen?«, fragte ich.

»Ich bin nach wie vor nicht überzeugt.«

»Ähm. Wir haben wegen Geld gestritten.«

»Es geht darum, dass ich dich gestern blöd angemacht habe, oder? Weil du, wenn wir Geld gefunden hätten, es für schicke Schuhe ausgegeben hättest. Dafür habe ich mich bereits entschuldigt. Ich lerne aus meinen Fehlern. Es wird nicht wieder vorkommen.«

»Wie wäre es, wenn wir in dieser hypothetischen Zukunft eine Vereinbarung träfen, wie viel jeder zu den Haushaltsausgaben beiträgt, und was wir mit dem Rest machen, geht den anderen nichts an.«

»Klingt gut«, stimmte er zu.

»Okay. Wie sieht es mit … religiösen Unterschieden aus?«

»Mom hat mich immer in die Sonntagsschule geschleift, aber das ist lange her.«

Ich schnitt ein Stück Käse ab und legte es auf einen Cracker. »Ich bin quasi Atheistin. Glaube ich. Ganz sicher bin ich mir noch nicht.«

»Wenn du also nicht plötzlich beschließen solltest, davonzulaufen und einer Sekte beizutreten, sehe ich in religiösen Unterschieden kein Problem.«

»Nein«, gab ich ihm recht. »Was ist mit Kindern?«

»Du meinst, ob ich welche will?« Er überlegte einen Moment und nickte dann. »Ja. Und du?«

»Eins oder zwei wären in Ordnung.«

Er trommelte mit den Fingern auf die Tischplatte. »Ich kenne ein Paar, das sich dauernd darüber streitet, wo sie die Feiertage verbringen. Jedes Jahr gibt es ein Riesendrama. Sie kommt nicht mit seiner Mom aus, und er mag ihren Dad nicht, und dann gibt es noch den Onkel, der sich an Thanksgiving betrinkt und alle betatscht.«

»Igitt. Das hört sich grässlich an. Aber deine Leute klingen nett. Fahren wir zu ihnen.«

Er lächelte mich amüsiert an. Da war sogar ein dem Alkohol geschuldetes Funkeln in seinen Augen. Himmel, ich war auch leicht beschwipst. Aber der Tequila hatte Lars eindeutig die Zunge gelöst.

»Meine Familie ist schrecklich«, fuhr ich fort. »Das kannst du mir glauben.«

»Okay.«

»Was könnte es sonst noch geben?«

Er deutete mit dem Finger auf mich. Dieser unhöfliche Mann. »Wenn wir ausgehen, flirtest du immer mit dem Kellner oder dem Barkeeper. Das ist respektlos, und ich kann es auf den Tod nicht ausstehen.«

»Das ist jetzt sehr speziell.«

Er ließ den Kopf in den Nacken fallen und starrte an die Decke. »Jane hat das immer gemacht.«

»Echt?«

»Ja«, knurrte er. »Deshalb haben wir uns getrennt.«

»Das ist bedauerlich. Ich werde darauf achten, die Grenze zwischen freundlich und kokett nicht zu überschreiten, damit du dich nicht abgelehnt oder unwohl fühlst.«

Er trank von seinem Bier. »Danke.«

Die Katze hatte ihre Mahlzeit auf der Türmatte beendet und war damit beschäftigt, sich zu putzen.

»Du verbringst zu viel Zeit am Telefon«, sagte er.

»Ein Großteil davon hat mit meiner Arbeit zu tun, deshalb fürchte ich, musst du damit leben. Ich werde mich jedoch bemühen, nicht mehr so viel vor dem Bildschirm zu hängen. Obwohl ich dabei auch Bücher lese. Damit wirst du dann wirklich leben müssen.«

»Einverstanden.« Er lächelte mich kurz an.

»Was noch? Oh, eins fällt mir noch ein.« Ich stippte eine kleine Tomate in den Hummus. »Hausarbeit. Du beteiligst dich nie genug. Du vergisst immer, den Müll nach draußen zu bringen.«

»Der Müll gehört zu meinen Aufgaben? Okay. Ich stelle mir einen Alarm ein, damit ich ihn nicht vergesse«, erwiderte er. »Was übernimmst du, wenn ich den Müll und was weiß ich rausbringe?«

»Ah. Die Spülmaschine ein- und ausräumen. Ich kann es nicht leiden, wie manche Leute einfach alles wild durcheinander in die Maschine stopfen. Das geht gar nicht. Es gibt ein System, und daran muss man sich halten.«

»Einverstanden. Ich übernehme die Wäsche. Dann musst du nicht in den gruseligen Keller oder das Mordzimmer oder wie du es genannt hast, hinuntergehen.«

»Das ist sehr rücksichtsvoll von dir. Aber trennst du sie auch nach Farben?«

»Wenn du Wert darauf legst, dann ja.«

»Und du würdest hier wohnen wollen?«

Er nahm sich ein paar Trauben. »Es ist dein Haus, das musst du entscheiden. Wie steht es mit Kochen?«

»Ich koche gern.«

»Das passt gut, ich esse nämlich gern. Ich könnte mich um das Einkaufen, den Garten und die Autoreparaturen kümmern. Dann können dich die Mechaniker nicht mehr über den Tisch ziehen.«

»Ich gehe auch gern einkaufen.«

»Dann teilen wir uns das Einkaufen. Gehen gemeinsam oder so.«

»Okay. Also das ist jetzt wirklich überraschend«, erwiderte ich, sobald ich den Mund wieder leer hatte. »Ich hatte wirklich geglaubt, es könnte nicht so schwer sein herauszufinden, woran unsere Beziehung gescheitert ist. Und jetzt haben wir uns als ein funktionierendes fiktionales Paar entpuppt.«

»Ist die leer?«, fragte er und deutete auf meine Bierdose. »Willst du noch eins?«

»Danke.«

»Du weißt natürlich, dass das trotzdem alles Schwachsinn ist.«

»Ich weiß.« Ich lachte. »Aber du musst zugeben, dass unsere Kommunikationsfähigkeiten brillant sind. Immerhin haben wir pragmatische Lösungen für alle Alltagsaspekte einer Beziehung gefunden. Wer hätte das gedacht?«

»Das ist nicht weiter schwer, wenn weder Sex noch Gefühle im Spiel sind.«

»Stimmt.« Ich nahm die Bierdose entgegen und trank einen Schluck. »Danke. Aber ich habe schon vor langer Zeit beschlossen, dass ich niemals heiraten werde. Und deshalb ist mir vom Kopf her klar, dass diese Scheidungsurkunde niemals ausgestellt werden wird. Allerdings taugt sie weiterhin als spannendes Rätsel.«

»Du willst *niemals* heiraten?«

»Niemals. Natürlich habe ich nichts gegen Beziehungen. Aber mit Ehegelübden habe ich überhaupt nichts am Hut.«

»Ich habe mir immer vorgestellt, dass ich etwa mit vierzig so weit sein werde, in fünf Jahren also«, erwiderte er. »Bis dahin haben mein Bruder und ich die Firma aufgebaut.«

»Wenn du dann mit der richtigen Frau zusammen bist, natürlich.«

»Natürlich.«

»Und wenn du schon früher jemanden kennenlernst?«

»Man muss Prioritäten setzen.«

»Aua. Ich hoffe, deine zukünftige Lebenspartnerin, wer immer sie sein mag, hat dafür Verständnis.« Ich zog die Nase kraus. »Ich bleibe weiterhin bei niemals.«

Lars erwiderte nichts, sondern kratzte nur die Stoppeln an

seinem Kinn. Er hatte etwas Kantiges an sich. Wirkte immer ungekämmt. Während der Ex stets überaus gepflegt ausgesehen hatte. Sein gut aussehendes Gesicht war wie eine Maske, hinter der er sein narzisstisches Inneres verbarg. Ich hatte viel zu lange gebraucht, bis ich es erkannt hatte. Nichts ist so schlimm, wie von sich selbst enttäuscht zu sein. Natürlich hatte es dem Ex nie etwas ausgemacht, dass ich nicht heiraten wollte. Es hatte ihm perfekt in den Kram gepasst, da er von Anfang an nie etwas Ernstes mit mir vorhatte. Wieder war ich das Mädchen, mit dem man spielte und das man dann abservierte. Manche Männer waren das Allerletzte. Und jetzt hatte ich diese merkwürdige Scheidungsurkunde, die mir bestätigte, dass ich recht hatte, Liebe und Heirat schon immer zu misstrauen. »Was für ein schlechter Witz.«

»Es muss am Sex gelegen haben«, sagte Lars auf einmal.

»Sex?« Dass dieses Wort aus seinem Mund kam, konnte mein Gehirn nicht so schnell verarbeiten. Vermutlich war einfach der Alkohol schuld. »Moment mal. Was?«

»Wir haben uns wegen Sex getrennt. Das ist das Einzige, was mir noch einfällt.«

»Stimmt.« Es leuchtete mir tatsächlich ein. »Vermutlich war er am Anfang ganz gut. Das ist er ja in den meisten Beziehungen. Er macht Spaß und ist neu und aufregend. Aber dann im Laufe der Jahre …«

Einen Moment lang starrte er mich nur an. »Vermutlich werden wir es nie herausfinden«, sagte er schließlich.

4. Kapitel

»Hier haben Sie sie gefunden?«

Ich nickte.

Miss Lillian holte tief Luft und presste die Handfläche gegen die Trockenwand. Ihre üppige Sammlung Silberarmreifen klirrte bei jeder Bewegung.

»He. Was ist los?«, fragte Lars, der in der Tür zum zweiten Schlafzimmer aufgetaucht war und uns misstrauisch betrachtete.

Anders als ich hatte er heute Morgen keine Tube Concealer gebraucht, um die dunklen Ringe unter seinen Augen zu kaschieren. Allerdings waren seine Augen rot. Irgendwann nach unserem sechsten oder siebten Tequila hatte er sich von einem Taxi nach Hause bringen lassen. Unser Gespräch war in den Austausch peinlicher Anekdoten aus unseren College-Tagen abgeglitten. Dass er den Ex nicht ein einziges Mal erwähnt hatte, wusste ich sehr zu schätzen.

Mateo war zum üblichen Zeitpunkt erschienen, aber Lars war erst noch bei einer anderen Baustelle vorbeigefahren. Daher sein spätes Eintreffen.

»Miss Lillian, das ist Lars«, sagte ich.

»Er sieht freundlich aus.« Die alte Dame blickte ihm in die Augen. »Hallo, Lars. Nett, Sie kennenzulernen.«

»Ma'am.«

»Miss Lillian war eine Freundin meiner Tante«, erklärte ich. »Als ich ihr von der Sache erzählt habe, hat sie darauf bestanden, gleich herzukommen. War das nicht nett von ihr?«

»Sehr nett.«

»Sie ist ein Medium.«

Lars riss die Augen auf.

»Ich nenne es lieber Beraterin mit hellseherischer und intuitiver Kompetenz«, sagte Miss Lillian.

Ich lächelte. »Natürlich.«

»Wie schön, dass Sie vorbeikommen konnten.« Er log, und das nicht einmal gut.

»Da ist auf jeden Fall eine starke Verbindung zwischen Ihnen beiden. Eine Menge sexueller Energie.« Mit zusammengekniffenen Augen untersuchte Miss Lillian die Luft um uns herum. »Es überrascht mich nicht, dass sich da in Ihrer Zukunft eine romantische Beziehung entwickeln wird.«

»Wir kommen nicht zusammen«, widersprach Lars im Brustton der Überzeugung. »Das wird nicht passieren.«

»Das sehe ich genauso«, stimmte ich ihm zu.

Miss Lillian bedachte uns mit einem wissenden Lächeln. »Ganz wie Sie meinen.«

»Ich dachte, Miss Lillian könnte uns vielleicht sagen, ob es noch mehr Wände gibt, hinter die wir schauen sollten.«

»Glaubst du wirklich, wir finden noch mehr?«, fragte Lars.

»Wer weiß?«

Mit auf die Seite gelegtem Kopf trat Miss Lillian näher an den großen Mann hin. »Ihr Herz-Chakra ist blockiert, mein Lieber. Sie sollten vielleicht versuchen, daran zu arbeiten. Ansonsten fällt es Ihnen schwer, vertrauenswürdige Menschen zu erkennen, wenn sie in Ihr Leben treten.«

Lars sah sie verblüfft an.

»Nun dann.« Sie strich mit den Fingerspitzen über die

Wand. Ganz langsam arbeitete sie sich einmal durch das Zimmer. Dann folgten Badezimmer, Schlafzimmer, Wohnzimmer, Esszimmer und Küche. Schließlich blieb sie stehen und nickte. »Hier sind keine weiteren Botschaften für Sie beide.«

»Wollen Sie damit sagen, dass hier schon noch etwas ist, nur nicht für uns beide?«, fragte ich neugierig.

»Wir sind nur Verwalter, meine Liebe. Geister auf der Durchreise. Dieses Haus wird nicht immer Ihnen gehören. Eines Tages werden Sie es Ihren Nächsten und Liebsten weitervererben. So wie Susan es Ihnen vererbt hat. Mir gefällt übrigens, was Sie mit dem Boden gemacht haben.«

»Oh, danke. Das waren Lars und seine Helfer.«

»Da wir gerade davon reden. Seien Sie heute besonders vorsichtig. Ich habe da so ein Gefühl«, warnte sie Lars.

»In Ordnung«, erwiderte er mit gerunzelter Stirn. Botschaften aus dem fernen Jenseits waren eindeutig nicht seine Sache. »Ich mache mich jetzt besser an die Arbeit.«

Miss Lillian winkte ihm zum Abschied zu.

Sobald er weg war, fragte ich: »Ist dieses Haus verhext?«

»Haben Sie irgendetwas erlebt, das Sie das denken lässt?«

»Nein.«

Sie sah sich interessiert in der Küche um. »Große Veränderungen wie diese können durchaus etwas aufwühlen. Rastlose Geister und Echos aus der Vergangenheit. Aber ich habe nicht das Gefühl, dass hier irgendetwas Ungutes ist, das Ihnen Böses will.«

»Das ist kein Nein.«

»Es ist auch kein Ja, meine Liebe.«

»Was, würden Sie vorschlagen, sollen wir mit der Scheidungsurkunde machen?«, fragte ich. »Sind wir zum Scheitern verurteilt, nur für den unwahrscheinlichen Fall, dass wir tatsächlich etwas miteinander anfangen?«

Sie lächelte mich freundlich an. »Die Zukunft ist immer im Fluss, Susie. Nur weniges ist vorausbestimmt. Wir werden geboren, also werden wir eines Tages sterben. Das ist unvermeidlich. Aber alles andere dazwischen …«

»Und was ist mit Schicksal?«

»Was soll damit sein?« Sie streichelte mir die Hand. »Geben Sie einfach Ihr Bestes, meine Liebe. Das ist alles, was jeder von uns tun kann. Aber so viel kann ich Ihnen sagen, Sie werden eine Menge Geduld brauchen.«

Auf einmal hörten wir Lars im Wohnzimmer laut fluchen.

»Was ist los?«, rief ich.

Weitere Flüche ertönten, gefolgt von einem verärgerten: »Ich habe mir mit dem Hammer auf den Daumen gehauen.«

»Alles in Ordnung?«

»Ja«, knurrte er.

Miss Lillian schüttelte nur den Kopf.

Es war nicht witzig, und ich hätte nicht lachen sollen.

»Miss Lillian hatte dich schließlich gewarnt.«

Lars saß mit einer Flasche Wasser vorn auf der Verandatreppe. »Habe ich zufällig schon mal erwähnt, dass du zu viel redest?«

»Nein. Du hast gesagt, dass ich übermäßig und unnötig offenherzig bin.«

»Das ist die höfliche Art zu sagen, dass jemand zu viel redet.«

»Vielleicht hörst du zu wenig zu«, erwiderte ich. »Hast du daran schon mal gedacht?«

Schweigen. Was bedeutete, ich hatte gewonnen.

Da das Haus nach Grundierung und Mörtel stank, war es draußen angenehmer. Ich hatte stundenlang auf einem der Verandastühle gesessen und an meinem Laptop gearbeitet. Mateo war bereits gefahren. Die Katze kam hinter dem Lavendel hervor und nahm Lars ins Visier. Dann kam sie die Stufen herauf, um an seinen Stiefeln zu schnüffeln. Was immer sie dort roch, schien ihr zu gefallen, jedenfalls begann sie, den Kopf an seiner Jeans zu reiben. Was für ein Flittchen.

Die Scheidungsurkunde war zurückgebracht worden und lag in meiner Tasche. Irgendwie fühlte ich mich besser, wenn ich sie bei mir hatte. Als wäre sie so etwas wie ein Prüfstein.

»Hallo«, sagte er.

Ich lächelte. »Sie mag dich.«

»Ich bin ein liebenswerter Mensch.«

»Natürlich«, stimmte ich zu. »Unter anderem.«

Er schnaubte und beugte sich hinunter, um sie hinter den Ohren zu kraulen. »Ich habe für morgen Freunde auf ein paar Drinks zu meinem Geburtstag eingeladen. Nichts Großes. Hättest du Lust zu kommen?«

»Echt?«, fragte ich überrascht. »Du willst mich dabeihaben?«

»Ja.« Er zuckte mit den Schultern. »Wieso nicht?«

»Ich weiß nicht. Wäre es nicht irgendwie seltsam?«

»Nein.«

Da ich nicht recht wusste, ob ich ihm glauben sollte, gab ich eine Minute lang nur Hms und Ahs von mir. »Nun, ich gebe zwar nicht gern zu, dass ich Samstagabend noch nichts vorhabe, aber ich würde gern kommen.«

»Prima.«

»Sind wir dabei, Freunde zu werden?«, fragte ich irritiert.

»Waren wir nicht bereits Freunde?«

Ich ließ mir einen Moment Zeit, um meine Antwort sorgfältig abzuwägen. »Wenn wir Freunde wären, hätten wir uns bemüht, in Kontakt zu bleiben, nachdem mit dem, dessen Namen wir nicht aussprechen, Schluss war. Aber das haben wir nicht getan. Wir sind eher so etwas wie Bekannte.«

»Stimmt.«

»Es ist nett, dass wir diese Woche angefangen haben, miteinander zu reden. Dass wir uns unabhängig von … all dem verstehen.«

»Yeah.« Er hielt seinen Daumen hoch und betrachtete den armen verfärbten Nagel. »Sie hatte ein *Gefühl.*«

»Und sie hatte recht.«

Er lächelte mich nachsichtig an. »Sie hat gesehen, dass ich einen Kater hatte und abgelenkt war. So machen das Leute wie sie, sie kennen sich mit Körpersprache aus.«

»Willst du sagen, sie hatte recht, als sie behauptet hat, wir wären scharf aufeinander?«

»Das werde ich auf gar keinen Fall beantworten.«

»Du bist klüger, als du aussiehst.«

»Danke.« Er lachte. »Wieso hackst du dauernd auf mir rum?«

»Wieso hackst du dauernd auf *mir* rum?«, fragte ich zurück. »Das ist wie dieser alte Blödsinn, dass der Junge aus der dritten Klasse, der einen herumschubst, insgeheim in einen verliebt ist. Ist er nicht. Er ist einfach ein Arschloch. Und trotzdem können wir offenbar nicht aufhören, aufeinander rumzuhacken.«

Er grinste. »Vielleicht sind wir beide Arschlöcher.«

»Vielleicht«, stimmte ich zu. »Ist es nicht nett, dass wir etwas gemeinsam haben?«

Die Geburtstagsfeier fand in einem auf Whiskey und Fleischgerichte spezialisierten Restaurant in der Innenstadt in der Nähe des Wassers statt. Ich trug ein schwarzes Seiden-Tanktop, Jeans und schwarze Slide-Sandalen aus Leder mit hohen Absätzen. Mein Haar hatte ich zu einem unordentlichen Bun hochgesteckt, meine Lippen glänzten, und ich fühlte mich wohl in meiner Haut. Es war großartig, unter Leuten zu sein. Die letzten sechs Monate hatte ich mich weitgehend verkrochen.

Zuerst hatte ich mit den negativen seelischen und geistigen Auswirkungen der Trennung fertigwerden müssen, dann mit Tante Susans plötzlichem Ableben, danach mit dem Haus und der überwältigenden Menge an Arbeit, die dort hineingesteckt werden musste. Ich war gespannt, was der Rest des Jahres für mich bereithielt. Glücklichere Zeiten wären großartig. Liebe war gar nicht unbedingt notwendig. Single zu sein war okay. Ich fühlte mich wohl damit.

Ich hatte mal gelesen, dass man nach einer Trennung für jedes Jahr, das man in einer Beziehung war, einen Monat lang trauert. Theoretisch hätte ich also nach einem Monat über die Trennung hinweg sein müssen. In gewisser Weise war es auch so, aber ich wollte mir Zeit damit lassen, bevor ich das Risiko einging, mich erneut auf eine Beziehung einzulassen. Vor allem nachdem ich mit dem Ex eine derart schlechte Wahl getroffen hatte. Nichts erschüttert das Selbstbewusstsein so sehr wie ein Liebhaber, der einem öffentlich das Herz bricht.

Bei der Party waren nicht beängstigend viele Leute. Lars hatte ein paar Arbeitskollegen einschließlich Mateo und seinem Partner James eingeladen, der ein bandagiertes Handgelenk hatte, sowie seine derzeitige Freundin Amie, eine hübsche Brünette, die ein Etuikleid von Givenchy trug, für das ich gemordet hätte (obwohl es das in meiner Größe gar nicht gab), sowie seine Wanderfreunde namens Brandon und River. Und natürlich Tore, Lars' Bruder, der sich gleich neben mich setzte. Tore war genauso groß wie Lars, hatte aber dunkles Haar. Er betrachtete mich mit leicht misstrauischem Lächeln, das jedoch keineswegs seltsam oder abschreckend war.

Als alle aufmerksam James' Erzählung über seinen Fahrradunfall lauschten, beugte sich Tore zu mir herüber und sagte: »Ich hatte noch nie eine Schwägerin.«

»Oh, du hast also davon gehört.«

»Äußerst seltsam.«

»Du sagst es.«

»Wie, glaubst du, ist die Urkunde dorthin gekommen?«, fragte er.

»Ich habe keine Erklärung«, erwiderte ich. »Um eines klarzustellen, ich will nichts von deinem Bruder, und ich habe kein Interesse an irgendeinem Drama. Ich habe auch nicht vor, Lars oder sonst jemanden in diesem Leben zu heiraten oder mich von ihm scheiden zu lassen. Beantwortet das alle eventuellen Fragen?«

Er lächelte, sah mich allerdings weiterhin misstrauisch an. »Lars sagte, dass du sehr direkt bist.«

»Ich finde, das spart Zeit. Und noch einmal auf das Thema zurückzukommen, ich denke, wäre ich ein jüngerer Bruder mit Beschützerinstinkt, wäre ich sehr misstrauisch, wenn in irgendwelchen Wänden Urkunden mit dem Namen meines Bruders auftauchten.«

»Und was wäre dein Vorschlag zur Zerstreuung dieses Misstrauens?«

»Mir fällt da ehrlich gesagt auch nichts mehr ein. Lars und ich haben es hundertmal durchgekaut. Von uns beiden kann es unmöglich jemand gewesen sein. Und es fällt mir auch niemand ein, der es getan haben oder irgendeinen Nutzen daraus ziehen könnte. Es *ist* einfach so. Das ist alles, was ich dazu sagen kann.«

»Ich verstehe.« Er hob sein Glas mit dem Bourbon. »Auf die Familie.«

Ich schnaubte und stieß mit meinem Wodkaglas gegen seins. »Klar doch. Warum nicht?«

Später am Abend waren Tore und ich gerade mitten in einer Diskussion darüber, wie nützlich ein Medium sein konnte, was eigentlich Schicksal bedeutete und ob es wirklich Geister gab –

als Lars vom anderen Ende des Tischs rief: »Susie, tauschen wir?«

»Was? Oh. Ja.«

Er stand auf und kam mit seinem Teller mit Schweinshaxe in der Hand zu uns herüber.

Ich reichte ihm mein gegrilltes Hähnchen. »Du hast Schwarzaugenbohnen als Beilage. Lecker.«

Amie aß nur einen Salat. Vermutlich gelang es ihr so, in dieses Kleid zu passen. Von solch einer Disziplin konnte ich nur träumen. Schließlich stand auf der Speisekarte Nusskuchen.

»Ihr beide habt keine Angst, Krankheitserreger auszutauschen«, stellte Tore fest.

Ich lud meine Gabel voll. »Nope.«

Und Lars blieb aus irgendeinem Grund bei uns stehen. »Ihr zwei kommt gut miteinander aus.«

»Ja, stimmt«, erwiderte Tore.

»Was ist?«, fragte ich. »Sollten wir das lieber nicht?«

»Siehst du«, sagte Lars. »Sie bekommt alles, was ich sage, in den falschen Hals und widerspricht mir ständig.«

»Stimmt doch gar nicht.«

Tore zuckte zusammen. »Du hast seine Behauptung gerade quasi bestätigt.«

»Das bildet ihr euch nur ein.«

»Worüber redet ihr zwei eigentlich?«, fragte Lars.

Ich legte den Kopf schief. »Ist dir eigentlich der mürrische Ton bewusst, mit dem du das gefragt hast?«

»Es ist sein Geburtstag«, sagte Tore. »Da kann er so muffelig sein, wie er will.«

Ich konnte kaum an mich halten vor Lachen. Vermutlich lag es an meinem dritten Cocktail. Ich hatte Spaß.

»War ja nur eine Frage.« Lars sah uns gespielt skeptisch an. »Ihr zwei gehört getrennt …«

»Buh«, erwiderte ich.

Tore lächelte nur. »Und die Ehe hat nicht funktioniert, sagst du? Das wundert mich jetzt, ihr kommt doch prima miteinander klar.«

»Mist.« Lars' Blick wanderte zu Amie. »Ihr solltet hier nicht darüber reden.«

»Ich mag deinen Bruder«, sagte ich. »Sein Sarkasmus gefällt mir.«

»Prima. Seid brav.« Lars ging zurück zu seinem Ende des Tischs.

Nach dem Essen zogen wir in eine Dachgartenbar ein paar Straßenecken weiter um. Es war ein perfekter Abend. Eine kühle Brise wehte vom Ozean herüber, und die Sterne funkelten am Himmel über uns. Ich machte ein Foto, um es auf Social Media zu posten, und die ganze Zeit blieb Tore an meiner Seite. Allerdings hatte ich nicht das Gefühl, dass er sich sexuell zu mir hingezogen fühlte, sondern er war einfach nur neugierig.

»Ich verstehe nicht, wie du in das Leben meines Bruders passt«, sagte Tore völlig unvermittelt.

»Nun … vermutlich bin ich so was wie eine Freundin.«

»Das ist genau das, was ich nicht verstehe. Lars hatte eine Menge Frauen. Aber nie eine, die nur eine Freundin war.«

»Alles nur Kumpel, wie?«

»Genau.«

»Dann stellt dies für ihn eine Weiterentwicklung dar.«

»Ich bin mir nicht sicher, ob mein Bruder an Weiterentwicklung glaubt. Mit ziemlicher Sicherheit hat er voll ausgereift und mit dem festen Vorsatz, hart und erfolgreich zu arbeiten, den Leib unserer Mutter verlassen. Er hat seine festen Grundsätze und genaue Vorstellungen, wie jeder in sein Leben passt.«

»Und ich passe da nicht hinein?«

Tore zuckte nur mit den Schultern.

»Ich weiß nicht, was ich davon halten soll. Was wünscht er sich eigentlich zum Geburtstag?«, fragte ich und beobachtete, wie Lars mit Amie sprach.

Sie gaben ein hübsches Bild ab. In seiner schwarzen Jeans und dem hellblauen Polohemd sah Lars deutlich lässiger aus. Beide waren sie attraktiv. Während es mich jede Menge Arbeit kostete, verführerisch auszusehen, brauchte Lars nur zu atmen. Echt nervig. Das Gleiche galt dafür, dass er sich dieser Tage in meinem Gehirn niedergelassen hatte, ohne Miete zu bezahlen.

Kurz trafen sich unsere Blicke. Er hatte einen sehr seltsamen Gesichtsausdruck. Ich wurde einfach nicht schlau aus dem Mann. Dann wandte er sich wieder seinem Date zu. Selbst ungezwungen und entspannt in Gesellschaft von Freunden schien er nicht viel zu lächeln. Wer immer ihn letztlich ehelichen würde, hatte ein hartes Stück Arbeit vor sich. Dieser Mann war einfach unglaublich ernst. Was nur ein weiteres Zeichen dafür war, dass die Scheidungsurkunde irgendwie gefälscht sein musste. Ich wünschte mir jemanden mit Sinn für Humor. Lars und ich zusammen wären eine wahre Katastrophe. Obwohl er vorgestern auf der Treppe mit mir gelacht hatte …

Tore zuckte mit den Schultern. »Lad ihn einfach zu einem Drink ein.«

»Mache ich.«

Sein Telefon meldete eine Nachricht, und er zog es aus der Hosentasche und sah mit gerunzelter Stirn auf das Display. Dann tippte er rasch eine Antwort.

»Alles in Ordnung?«

»Yep.« Er betrachtete einen Moment lang den Fliesenboden. »Lars hat mir von dem Haus erzählt, das du geerbt hast. Er sagt, du überlegst, es vielleicht zu verkaufen.«

»Ich habe mich noch nicht entschieden.« Bei dem Gedanken, das Haus aufzugeben, wurde mir allerdings ganz flau im Magen.

»Lass mich wissen, falls du dich zum Verkauf entschließt. Lars und ich sind an weiterem Erwerb von Anlageimmobilien interessiert.«

»Mache ich. Bin gleich wieder da«, erwiderte ich und machte mich auf den Weg zur Toilette.

Aus den Lautsprechern dröhnte Musik. Ich sah auf mein Handy und beantwortete eine Frage von Cleo, wie der Abend so lief, und erledigte mein Geschäft. Als ich aus der Kabine kam und mir die Hände waschen wollte, stand Amie vor dem Spiegel und zog ihre Lippen nach.

»Hallo«, sagte ich.

Sie lächelte. »Wir hatten noch gar nicht richtig Gelegenheit zu reden. Lars hat erwähnt, dass er an deinem Haus gearbeitet hat.«

»Ja, hat er. Er macht das richtig gut.«

»Und du warst mit seinem Freund zusammen?«

»Stimmt. Ich betrachte es inzwischen als alte Geschichte, obwohl das Kapitel tatsächlich erst vor sechs Monaten beendet wurde.«

»Nun, schön, dass du heute Abend kommen konntest. Lars ist so etwas wie ein Buch mit sieben Siegeln, deshalb ist es nett, ihn über seine Freunde ein bisschen besser kennenzulernen.«

»Das kann ich nachvollziehen«, erwiderte ich.

Wieder lächelte sie, holte Wimperntusche aus ihrer Tasche und widmete sich dem nächsten Punkt ihrer Nachbesserungsarbeiten.

»Bis später«, sagte ich und ging zur Tür.

Nachdem ich draußen etwa acht Schritte gemacht hatte, packte mich plötzlich Lars am Ellbogen und zog mich hinter einen Topf mit einer Palme. Was irgendwie seltsam war.

»Hast du Amie da drinnen getroffen?«, fragte er. »Du hast ihr doch nichts von der Scheidungsurkunde erzählt, oder?«

»Nein.«

»Bestimmt nicht?«

»Ganz bestimmt nicht. Das ist nicht gerade etwas, worüber ich reden möchte. Was ich übrigens heute schon mal tun musste, bei deinem Bruder. Je weniger Leute davon wissen, desto besser.«

»Genau«, erwiderte er und betrachtete mich dann aus zusammengekniffenen Augen.

»Was ist?«

»Nichts.«

»Wie du meinst«, erwiderte ich. »Ich hole mir was zu trinken. Kann ich dir was mitbringen?«

»Im Moment nicht.« Er lächelte. »Danke.«

Als ich von der Theke zurückkam, hatte Tore erneut sein Handy in der Hand und starrte es missmutig an. Ich fragte gar nicht erst, wieso. Offenbar war die Stimmung umgeschlagen. Irgendwie verhielten sich alle seltsam. Vielleicht lag es am Vollmond.

Wenn mich der heutige Abend eines gelehrt hatte, dann dass ich das Zusammensein mit jemandem definitiv nicht vermisste. Ich war glücklich allein. Ich konnte tun, was ich wollte, und reden, mit wem ich wollte, ohne mir um jemand anderen Gedanken machen zu müssen. Frei und unabhängig zu sein war genau das Richtige für mich.

»Ja, Wahnsinn!«, rief Lars auf einmal total aufgeregt. »Was tust du denn hier?«

»Ich konnte doch deinen Geburtstag nicht verpassen«, antwortete eine angenehme männliche Stimme.

Oh nein. Diese Stimme kannte ich. Ich hasste sie.

Und wahrhaftig, da stand er … der Ex. Sein dunkles Haar

war leicht nach hinten gegelt, sein weißes Hemd und seine schwarze Hose waren perfekt gebügelt, und seine Schuhe glänzten. Was für ein gut aussehendes Gesamtpaket. Nur schade, dass es nicht zu seinem Inneren passte. An seiner Seite war eine Rothaarige, die garantiert direkt vom Laufsteg kam. Sogar Amie in ihren tollen Designerklamotten konnte da nicht mithalten.

So ein Mist. Aber irgendwie auch hilfreich, wusste ich doch jetzt ohne jeden Zweifel, dass ich ihn weder vermisste noch wollte und mir das Herz wegen ihm nicht mehr wehtat. Ich hatte ein Jahr meines Lebens damit vergeudet, es ihm recht machen zu wollen. Eine schlechtere Version meiner selbst zu sein, in der vagen Hoffnung, es würde ihn vielleicht glücklich machen. Aber jetzt war ich frei. Der Bann war gebrochen. Und ich hatte garantiert meine Lektion gelernt.

»Susie«, sagte Tore. »Sollen wir uns noch was zu trinken holen?«

Meine Schultern waren so weit hochgezogen, dass sie meine Ohren hätten berühren können, so als wollte ich mich verstecken. »Ich habe mir gerade erst etwas geholt.«

»Was für eine Überraschung«, sagte Lars. »Gut, dich zu sehen, Mann. Ich dachte, du bist in London.«

»Das hat nicht so richtig hingehauen. Ich bin erst mal wieder zu Hause. Lass uns ein andermal darüber reden.« Der Ex streckte Amie die Hand hin. »Du musst Amie sein. Lars hat mir alles von dir erzählt. Nett, dich kennenzulernen.«

Amie schenkte ihm ein entzückendes Lächeln.

Der Ex ließ den Blick seiner kleinen Knopfaugen über die Gruppe schweifen. Ich hatte das Gefühl, als würde die Welt sich langsamer drehen, als schließlich kam, was kommen musste, und sein Blick auf mich fiel. Er rümpfte die Nase, als wäre er in ein Hundehäufchen getreten. Das ging mir runter wie Öl.

Aber fast sofort schlüpfte er zurück in die Rolle des netten Typen. »Susie? Was machst du denn hier?«

Ich zwang meine Schultern nach unten, wo sie hingehörten. Zur Hölle mit ihm. Es war viel dran an dem alten Sprichwort, man bekommt, womit man sich begnügt. Und ich hatte es satt, mich mit weniger zu begnügen, als ich verdiente. »Hallo, Aaron.«

»Sie ist hier, weil ich sie eingeladen habe«, sagte Lars.

»Wir wollten uns gerade etwas zu trinken holen.« Tore legte leicht die Hand an mein Kreuz.

»Moment mal«, erwiderte Aaron mit unübersehbar aufgesetztem Lächeln. »Seid ihr beide zusammen?«

»Du hast deine Begleiterin noch gar nicht vorgestellt«, entgegnete ich, bevor Tore etwas sagen konnte. »Du weißt schon, die Frau, die neben dir steht. Das ist ziemlich unhöflich.«

An seinem perfekten Kinn zuckte ein Muskel. »Das ist Hannah. Meine Verlobte.«

»Verlobte. Wow.«

»Du brauchst nicht schon wieder eine Szene zu machen«, murmelte Aaron.

Tore öffnete den Mund, um etwas zu sagen, aber ich kam ihm zuvor. »Oh, das tue ich nicht.«

»Tust du wohl. Du kannst gar nicht anders. Alles muss sich immer um dich drehen.«

Ich schüttelte den Kopf. »Der Mangel an Selbsterkenntnis in dieser Behauptung spricht Bände.«

»He«, sagte Lars beschwichtigend. »Lasst uns doch einfach …«

»Was hast du überhaupt hier verloren?«, fragte Aaron. »Ernsthaft? Ist das deine besondere Art von Rache? Das würde ich dir glatt zutrauen.«

»Leck mich am Arsch«, erwiderte ich lächelnd.

Oh, wie er zusammenzuckte. »Echt nette Ausdrucksweise, Susie.«

Ich wandte mich an das Geburtstagskind. »Danke für die Einladung, Lars, aber ich werde jetzt gehen.«

Er nickte nur.

Es gibt so eine spezielle Sorte Menschen, die diejenigen, mit denen sie mal was hatten, hinterher wie Dreck behandeln. Als würden sie die Intimität und die Verletzlichkeit, die man miteinander geteilt hat, als Schmach empfinden. Das ist die Sorte Mensch, die eine zu Recht wütende Frau als Verrückte abstempeln. Wobei Aaron auch schon während unserer Beziehung ein mieser Kerl war. Nur auf subtilere Weise. Er gab Kommentare von sich, die auf den ersten Blick freundlich schienen, in Wirklichkeit aber nur arschig waren.

Ich sah zu, dass ich möglichst schnell die Biege machte. Das Leben ist zu kurz, um sich so etwas anzutun, und die Rolle der verschmähten Frau passte nicht zu mir. Ich konnte mit meiner Zeit etwas Besseres anfangen. Ich blinzelte ein paar Mal, um jegliche unliebsame Flüssigkeit loszuwerden. Von Hormonen verursacht oder Rauch in der Luft. Was weiß ich. Ich hätte einfach zu Hause bleiben sollen. Dieses ganze Bedürfnis nach menschlichem Kontakt war eine einzige Enttäuschung. Hätte ich auch nur ansatzweise die Chance gehabt, hätte ich garantiert eine großartige Einsiedlerin abgegeben.

Ich hatte gerade den Aufzug betreten, als Tore dazukam.

»Fährst du nach Hause?«, fragte er. »Ich warte mit dir auf deinen Wagen.«

»Das ist nicht nötig.«

»Doch.« Eine Minute lang sagte er nichts. »Es tut mir leid.«

»Dich trifft keine Schuld.«

»Ich wusste, dass er kommt, und habe dich nicht gewarnt«, erklärte er. »Es sollte eine Überraschung für Lars werden. Deshalb habe ich nichts gesagt. Ich wusste, dass ihr beide euch getrennt habt, aber ich hatte keine Ahnung …«

»Wie übel es laufen würde?« Ich seufzte. »Vermutlich hätte ich sofort gehen sollen, als ich ihn sah.«

»Er war schon immer ein richtiger Kotzbrocken.«

»Moment mal. Du magst ihn nicht?«, fragte ich erfreut.

»Nicht im Geringsten.«

Ich grinste. »Da fühle ich mich ja gleich so viel besser.«

Tore lachte. Dann seufzte er. »Wir können nur hoffen, dass Lars eines Tages aufwacht und diesen Widerling als das erkennt, was er ist. Aber er weigert sich hartnäckig.«

»Sie sind schon länger befreundet.«

»Yeah.«

Ich lächelte ihn an. »Danke, dass du nach mir geschaut hast, Tore. Du bist wie Prince Charming, nur in größer.«

»Danke«, erwiderte er trocken. »Natürlich hätte das eigentlich mein Bruder tun sollen.«

»Es ist seine Party, und er hat eine Freundin, um die er sich kümmern muss. Und einen *Bestie*, den er lange nicht mehr gesehen hat. Ich komme schon klar.« Und das stimmte. Die Gründe, weshalb Lars mir nicht hinterhergelaufen war, hatten alle ihre Berechtigung. Zumindest fand das der rationale Teil meines Gehirns. Auf gefühlsmäßiger Ebene allerdings … Grrr.

5. Kapitel

Am Montag begrüßte ich Lars mit einem Lächeln. »Guten Morgen.«

»He. Hör mal, das mit Samstag …«

»Ich halte es für das Beste, wenn wir nicht mehr darüber reden.«

Er schwieg einen Moment und runzelte die Stirn. »Du bist sauer auf mich.«

Auch wenn es vielleicht nicht danach aussah, hatte ich mich mit einer engen schwarzen Baumwollhose und einem dazu passenden ärmellosen Oberteil nicht angezogen, um in den Krieg zu ziehen, sondern um zur Arbeit zu gehen. Ich trug häufig Schwarz. Nicht nur weil meine Kurven darin großartig zu Geltung kamen, es war auch meine Glücksfarbe. Mein Vater war der Ansicht, dass Frauen lediglich hübsches Beiwerk waren. Also hatte ich als Teenager dagegen rebelliert, indem ich mich ständig so kleidete, als wäre ich auf dem Weg zu einer Beerdigung. Irgendwann war es für mich dann zur Normalität geworden. Heute hatte ich mein Haar zu einem Pferdeschwanz zusammengebunden und meine Lippen mattrot geschminkt. Dazu trug ich flache Ledersandalen. Welche mit Absätzen wären vielleicht besser gewesen. Aber egal, wie drohend Lars über mir aufragte, ich würde mich nicht einschüchtern lassen. Ich hatte lange über unsere Situation nachgedacht und war zu dem Ergebnis gekommen, dass wir das Ganze auf einer professionellen Ebene belassen sollten. Sein Geschmack, was Freunde anbetraf, machte alles andere unmöglich. Das war jetzt zweifelsfrei erwiesen.

»Ich bin nicht wütend auf dich, Lars«, sagte ich. »Er ist dein bester Freund. Ich verstehe das. Aber für mich ist er ein grässlicher Fehlgriff, an den ich nie wieder erinnert werden möchte. Das Gute daran ist, dass wir jetzt endlich wissen, was der Grund für die Scheidung war. Meinst du nicht auch? Es wäre unmöglich für dich gewesen, dich uns beiden gegenüber loyal zu verhalten.«

Eisernes Schweigen.

»Auf jeden Fall halte ich es für das Beste, wenn wir das Ganze auf einer professionellen Ebene belassen.«

Er legte die Stirn noch mehr in Falten.

»Ich werde heute unterwegs sein. Ist es okay, wenn ich dir einen Schlüssel dalasse für den Fall, dass ich noch nicht zurück bin, wenn du hier fertig bist?«

»Klar doch.« Und mehr sagte er nicht.

Den Tag verbrachte ich in den Büros meines Kunden, der Kleidung aus ökologischem und recyceltem Material herstellte. Cleo machte die Fotos für deren Winterkollektion, während ich mich um die Hintergrundfotos kümmerte und mit dem Eigentümer und Manager ein paar Online-Marketing-Ideen besprach. Ein langer Tag, aber ein produktiver. Außerdem durfte ich einige Warenmuster mitnehmen, was meinem Job, der eine ständige Präsenz auf Social Media unabdingbar machte, zugutekam. Da war es immer gut, wenn es etwas Neues zu posten gab.

Cleo und ich gingen anschließend noch essen, und ich kam erst nach Hause, als es bereits dunkel war. Das Haus war noch nicht abgesperrt, und einige Lampen brannten, was seltsam war. Lars hatte offenbar beschlossen, Überstunden zu machen. Ich ging ins Haus und stellte meine Tasche (mitsamt der sicher darin verstauten Urkunde) und ein paar andere Dinge auf dem Esszimmertisch ab. Die Mörtelarbeiten an den Wänden waren fertig. Es sah vielleicht nicht mehr wie Tante Susans Haus aus, aber allmählich sah es aus wie mein Zuhause. Allerdings wäre eine Couch ganz nett gewesen. Etwas Bequemes, auf dem man es sich am Ende des Tages gemütlich machen konnte.

Lars war nicht im Haus, aber ich hörte ihn hinten im Garten leise reden.

In einer großen schwarzen Metallschale brannte ein Feuer, und zwischen dem Ahorn und dem Haus hing eine altmodische Lichterkette. Blassblaue Kissen zierten die Adirondack-Stühle, die um die Feuerschale herumstanden. Unter der Schale lagen ein paar Ziegelsteine, um den Boden zu schützen. Seine Leute mussten ihm geholfen haben, so wie der kleine Garten sich in einen magischen Ort verwandelt hatte. Genau wie ich mir das vorgestellt hatte.

Und da stand Lars, und die Katze strich um seine Beine herum. Vermutlich hatte ich ihn mit ihr reden gehört. Schatten tanzten über sein kantiges Gesicht, und es war wirklich absolut unfair, wie gut dieser Mann aussah. Das Leben wäre so viel einfacher gewesen, hätte man ihn leichter ignorieren können.

»Ich wusste nicht, was genau du dir vorstellst«, sagte er ein wenig zögerlich, als er mich sah. »Aber ich dachte, das wäre schon mal ein Anfang.«

»Es ist wunderschön.«

Er lächelte mich kurz an. Sehr kurz. »Ich mag es nicht, wenn du sauer auf mich bist.«

»Ich war nicht sauer.«

»Irgendwie schon«, erwiderte er. »Wie auch immer. Wie er

mit dir geredet hat … das war nicht richtig. Du warst mein Gast und …«

»Yeah«, erwiderte ich. »Obwohl ich vermutlich damit angefangen habe. Gewissermaßen.«

»Tore hat mir gestern schwer die Leviten gelesen.«

Ich sah ihn verblüfft an. »Oh.«

»Er hatte recht. Ich war dir kein guter Freund. Ich habe dich gehen lassen, allein und aufgewühlt. Ich würde gern die Chance bekommen, es noch einmal zu versuchen.«

»Wäre es anders nicht einfacher?«

»Einfacher vielleicht, aber vermutlich nicht besser.«

Ich wusste nicht, was ich sagen sollte. Und all diese Gefühle brauchte ich erst recht nicht. Ganz und gar nicht.

Dann kratzte er über seinen Bart und fragte: »Mein Bruder und du … läuft da irgendwas?«

»Nein.«

Er nickte.

»Deine Freundin macht einen netten Eindruck«, sagte ich, nicht ohne Grund.

Er drehte den Kopf zur Seite. »Yeah.«

»Das hast du echt toll gemacht hier.«

»Das ist doch nichts Besonderes«, erwiderte er. »Bei einem anderen Auftrag wollten sie die Feuerschale loswerden, und die Steine waren auch irgendwo übrig. Mateo hat geholfen.«

»Du hast das Ganze auch noch dekoriert, Lars. Du hast Sitzkissen gekauft.«

Er zuckte mit den Schultern. Es war ihm sichtlich peinlich. »Ich gehe jetzt besser.«

»Du willst *wirklich*, dass wir Freunde sind.«

»Nun … Ja.«

»Okay«, erwiderte ich. »Danke, Lars. Es ist wirklich wunderschön geworden.«

Wäre er ein anderer, hätte ich ihn vielleicht zum Dank umarmt. Aber wir waren sorgfältig darauf bedacht, Abstand zwischen uns zu wahren. Ohne ein weiteres Wort nickte er mir zu und ging. Und das war's dann.

Ich setzte mich auf einen der Stühle, die Katze machte es sich auf dem anderen bequem, und gemeinsam schauten wir den Flammen zu. Es hatte etwas wunderbar Beruhigendes. Schade nur, dass in meinem Kopf solch ein Durcheinander in Bezug auf einen gewissen Handwerker herrschte. Neuerdings auch bekannt als mein Freund, wie es den Anschein hatte. Ich hatte früher schon männliche Freunde gehabt, aber aus einem unerfindlichen Grund fühlte sich das hier anders an. In dem Jahr, in dem ich mit Aaron zusammen war, hatte ich gerade mal einen welken Blumenstrauß bekommen. Tja, wenn man die Zeichen ignoriert … Nicht dass ich mir nicht selbst Dinge kaufen konnte. Aber ab und zu ein wenig Wertschätzung zu erfahren, konnte wahrlich nicht schaden.

Das Auftauchen der Scheidungsurkunde warf Millionen von Fragen auf. Aber es hatte auch zur Folge, dass Lars und ich einander auf neue, andere und unwillkommene Weise betrachten. Es ließ an Herzklopfen, Blumen und erotische Momente denken, statt dem bisherigen *Du bist ganz okay, und ich habe nichts dagegen, gelegentlich Zeit mit dir zu verbringen.* Allein die Vorstellung, jemand könnte der Eine sein, war schon der Hammer. Und im Vorhinein herauszufinden, dass die Beziehung zerbrechen würde, erst recht. Botschaften aus der Zukunft waren nicht so hilfreich, wie man meinen sollte.

Was eine Freundschaft mit Lars anging, hatte ich nicht die geringste Ahnung, ob das funktionieren könnte. Die Zeit würde es zeigen. Fürs Erste flackerte das Feuer, der Stuhl war bequem, und mein Garten war super.

Ich beugte mich um die Hausecke und rief: »Mittagessen ist fertig!«

Nachdem Lars gestern meinen Garten verschönert hatte, war er jetzt mit dem Abriss der alten Hausfassade beschäftigt. Und so, wie sich die Muskeln in seinem Arm anspannten und vorwölbten, während die Sonne seine schweißnasse Haut liebkoste, sah er aus wie ein junger Gott. Männlich und groß und strahlend. Moment mal. Das war doch wohl nicht ich, die sich da in poetischen Schwelgereien über einen Mann erging? Das fehlte mir gerade noch. Wascht mir das Gehirn mit Seife aus.

»Wir essen draußen«, rief ich und wandte den Blick ab.

»Du brauchst mir nicht dauernd Mittagessen zu machen.«

»Das ist doch keine Arbeit.«

Etwas war anders, seit er heute Morgen eingetroffen war. Wir gingen jetzt nicht mehr unbefangen miteinander um. Ich schob es auf die Gartenverschönerung. Eine Linie war überschritten worden. Nicht dass es davor eine klare Abgrenzung gegeben hätte. Aber meiner Erfahrung nach kaufte ein Mann nicht gleich für jede Kissen und Lichterketten. Dass er so offensichtlich mit mir befreundet sein wollte, kam überraschend. Wenn ich jetzt allerdings so darüber nachdachte, hatte er vielleicht nur ein schlechtes Gewissen, weil seine Geburtstagsfeier ein solches Ende genommen hatte, und wollte es wiedergutmachen. In dem Fall interpretierte ich tatsächlich mehr in das Ganze hinein, als ich sollte. Sich endlos Gedanken über etwas zu machen machte ja so viel Spaß.

Nachdem er sich gewaschen hatte, setzte er sich mir gegenüber an den runden Mahagonitisch. Ohne ein Wort griff er nach seiner Gabel und stach sie in seine Schüssel mit Blumenkohlgnocchi mit getrockneten Tomaten, Hähnchen, Basilikum und einer cremigen Sauce aus Parmesan und Knoblauch. Ein eher einfaches Gericht. Absolut keine große Sache.

»Das schmeckt gut«, sagte er zwischen zwei Bissen.

Mein Lächeln glich eher einem Zusammenzucken.

Auf der anderen Hälfte des Tischs stand mein Laptop mit dem dazugehörigen Papierkram daneben. Eins der Probleme eines mobilen Büros war die Angewohnheit, alles überall herumliegen zu haben, und das war gut. Bedeutete es doch, dass ich noch nicht endgültig den Verstand verloren und alles darangesetzt hatte, Lars mit meinen häuslichen Fähigkeiten zu beeindrucken.

»Glaubst du, wir würden hier jetzt auch ohne die Scheidungsurkunde gemeinsam sitzen?«, fragte ich.

Er hielt inne und ließ sich die Frage durch den Kopf gehen. »Keine Ahnung. Ich dachte wirklich, inzwischen hätte sich jemand dazu bekannt, dass er die Urkunde gefälscht und irgendwie in der Wand versteckt hat.«

»Jaja.«

»Sie ist schließlich gefälscht. Das wissen wir beide. Sie muss einfach gefälscht sein. Wäre nur nett zu wissen, wie sie dort hingelangt ist. Ich habe nämlich noch immer keinen blassen Schimmer.« Er starrte einen Moment vor sich hin. »Aber vermutlich hast du recht. Ohne sie wäre diese seltsame Verbindung zwischen uns nicht zustande gekommen.«

»Ich denke, ohne die Urkunde hätten wir keines dieser Gespräche geführt«, stimmte ich zu. »Du hättest die Arbeiten am Haus erledigt. Es wäre zwar merkwürdig gewesen, dich hier zu haben, aber irgendwann wärest du mit der Arbeit fertig gewesen und hättest dein Leben weitergelebt. Aus. Ende.«

»Mmm.«

»Wir hätten uns nicht näher kennengelernt und wären auch nicht Freunde geworden. Denke ich jedenfalls.«

Er nickte.

»Wusstest du, dass es laut Aristoteles drei Arten der Freundschaft gibt?«, fragte ich. Nur um Konversation zu machen. »Freundschaft des Nutzens, Freundschaft des Vergnügens und vollkommene Freundschaft.«

Lars sah mich verblüfft an.

»Nutzen bedeutet, wenn man für jemanden nützlich ist. Zum Beispiel einem Nachbarn oder einem Kollegen oder einem Kunden. Während Freundschaften des Vergnügens bedeuten, dass man sich in der Gesellschaft des anderen wohlfühlt. So wie du und deine Wanderfreunde zum Beispiel. Ihr genießt es, gewisse Aktivitäten gemeinsam zu machen«, erklärte ich. »Während vollkommene Freundschaften auf gegenseitigem Respekt und Bewunderung beruhen, auf gemeinsamen Werten und Zielen. Auch wenn man vielleicht nicht viele gemeinsame Interessen hat, sind diese Menschen trotzdem deine engsten Freunde. Ist das nicht interessant?«

»Ja, doch.«

»Ich dachte, ich erzähle dir das.«

Er legte den Kopf schief. »Es gibt keinen besonderen Grund, weshalb du das heute erwähnst?«

»Nun, eigentlich nur, weil man sagen könnte, dass wir eine Freundschaft des Nutzens haben, aufgrund unserer derzeitigen professionellen Beziehung. Weil du an meinem Haus arbeitest.«

An diesem Punkt legte er seine Gabel hin und widmete mir seine ungeteilte Aufmerksamkeit.

»Man könnte aber auch argumentieren, dass wir vielleicht eher Freunde des Vergnügens sind. Weil wir beide gern gemeinsam essen und manchmal auch trinken.«

»Okay.«

»Aber vollkommene Freunde zu werden ist das endgültige Ziel, nicht wahr?«, fragte ich. »Langfristige Beziehungen aufzubauen mit Menschen, denen man vertrauen kann. Aber vielleicht hast du gar keinen Platz für so jemanden in deinem Leben, oder ein Verlangen danach.«

»Fragst du mich, welche Art Freunde wir sind?«

Ich zuckte mit den Schultern. »Es kann durchaus sein, dass ich mir zu viele Gedanken mache. Aber ich weiß gern, wo ich mit jemandem stehe. Und diese Situation zwischen uns beiden kann man schon als verwirrend bezeichnen.«

»Wegen der Scheidung?«

»Wegen allem.«

»Brauchst du so etwas wirklich?«, fragte er mit gerunzelter Stirn. »Eine Schublade, in die du uns steckst?«

»Vermutlich. Verwirrtheit steht mir zwar gut, aber ich könnte nicht behaupten, dass ich sie genieße.«

»Okay.« Er trank einen Schluck Wasser und starrte einen Moment lang aus dem Fenster.

Ich saß schweigend da und wartete auf seine Antwort.

»Um ehrlich zu sein: Ich habe dich nicht vermisst, als ihr beide euch getrennt habt. Ich habe ab und zu an dich gedacht, aber es hat mir nicht wirklich etwas ausgemacht, dich nicht mehr zu sehen. Jetzt hingegen würde es mir etwas ausmachen. Wir haben uns unabhängig von jener Situation besser kennengelernt, und nun es ist anders.« Er sah mich wieder an. »Beantwortet das deine Frage, Susie?«

»Ja. Vielleicht hätte Aristoteles einfach eine weitere Kategorie gebraucht. Danke.«

Er hielt mir sein Glas entgegen. »Freunde?«

Ich stieß mit ihm an und lächelte. »Freunde.«

Die beste Methode, über merkwürdige Gefühle für einen Freund hinwegzukommen, besteht darin, sich ins Nachtleben zu stürzen. Das weiß jede Frau. Und so kam es, dass ich Cleo an einem Donnerstagabend in einer Tiki-Gartenbar am Wasser gegenübersaß und einer Frau lauschte, die akustische Gitarre spielte und dazu sang. Und sie war verdammt gut. Ein weiterer Grund, Seattle zu lieben. Die Musikszene in dieser Stadt war fantastisch.

»Ich überlege, ob ich mir die neue Canon EOS leisten soll. Außerdem möchte Josh, dass ich seine Eltern kennenlerne.« Sie trank einen Schluck von ihrem alkoholischen Slushy. »Sonntagabendessen mit der Familie.«

Ich aß meinen Knödel zu Ende, bevor ich antwortete. »Du arbeitest verdammt hart und hast dir eine neue Kamera verdient. Und dem Klang deiner Stimme nach zu urteilen, macht dich die Einladung eher nicht glücklich.«

»Richtig geraten.« Cleo runzelte die Stirn. »Es ist zu früh.«

Ich öffnete den Mund und schloss ihn wieder. Weil ich weiß, was das Klügste ist.

»Schon klar, ich bin jetzt fast ein Jahr mit ihm zusammen …«

Ich nickte. »Glaubst du, es liegt an ihm oder an deinen früheren schlechten Erfahrungen oder an beidem?«

»Ich weiß es nicht.« Sie wickelte sich einen ihrer Zöpfe um den Finger und zog daran. »Er ist ein toller Mann, aber …«

»Aber …«

»Anderes Thema. Jemand an der Bar beobachtet dich. Lässige Geschäftskleidung, Bart. Designeruhr und schicke Schuhe. Ich würde ihn nicht nur in die Kategorie attraktiv einstufen, er lässt auch eindeutig erkennen, dass er in der Lage ist, seinen Lebensunterhalt zu bestreiten.«

»Gepflegt oder zottelig?«

»Die Gesichtsbehaarung ist unter Kontrolle.«

»Vermutlich hat er einen Mutterkomplex.«

»Haben sie den nicht alle?«, fragte sie trocken.

Ich warf einen Blick über die Schulter. »Tja. Löst nichts in mir aus.«

»Keine von uns will, was sie haben kann.« Cleo warf sich ein geröstetes Maiskorn in den Mund. »Woran liegt das?«

»Entweder haben wir zu hohe Ansprüche, oder wir sind einfach zu kompliziert. Ich kann mich da nie wirklich entscheiden.«

»Ehrlich gesagt, klingt beides richtig.« Sie lächelte. »Das Wetter sieht für das Fotoshooting am Freitag nicht gut aus. Verschieben wir es oder belassen wir es dabei?«

»Verschieben«, erwiderte ich. »Wir können die Coffee Trucks nicht drinnen fotografieren. Die Message lautet: großartiger Kaffeegeschmack und persönlicher Service, während man draußen ist und die große weite Welt genießt.«

»Ich schaue mal, wie es die nächsten Wochen in meinem Kalender aussieht, und melde mich wieder bei dir«, erwiderte Cleo. »Hast du ein Probepaket mit umweltfreundlichem Sexspielzeug bekommen?«

»Nein.«

»Dann ist es noch unterwegs. Ich habe dich einem neuen Kunden empfohlen.«

»Danke. Das klingt nach Spaß.« Ich lächelte. »Apropos Spaß, du musst unbedingt diesen wahnsinnig erotischen Liebesroman lesen, damit ich mit dir darüber reden kann. Es ist sehr wichtig.«

Sie zog die Stirn in Falten.

»Vertrau mir. Du wirst ihn lesen wollen.«

»Okay.«

Ich grinste.

In dem Moment passierte es. Amie kam mit einem anderen Mann in die Bar. Und er hielt sie so fest im Arm, als wollten sie miteinander verschmelzen.

»Verdammter Mist«, murmelte ich.

»Was ist?«

Amie sah mich, ließ den Blick kurz auf mir ruhen und wandte ihn dann ab. Sie würde so tun, als hätte sie mich nicht gesehen. War vielleicht besser so. Weniger seltsam, als sich zu begrüßen. Dann warf sie mir doch noch einmal einen Blick über die Schulter zu und sah dabei definitiv nicht glücklich aus. Großartig.

Ich deutete so diskret wie möglich mit dem Kopf auf das Paar, das jetzt an der Theke stand. »Sie war letzte Woche bei Lars' Geburtstagsparty und hat sich mir als seine Freundin vorgestellt.«

»Sie trägt diesen einseitig schulterfreien Overall mit ausgestellten Beinen, den ich wollte«, sagte Cleo, die sich nach ihr umgedreht hatte. »Aber meine Größe war ausverkauft.«

»Dir hätte er besser gestanden. Farblose Menschen sollten kein Beige tragen. Das ist so ziemlich das einzig Nützliche, was meine Mutter mir beigebracht hat. Das und dass ich immer Pfefferminzpastillen dabeihaben soll.« Ich trank einen großen Schluck Slushy. »Erzähle ich Lars davon?«

»Ja.«

»Echt? Oh je. Was sage ich ihm?«

»Die Wahrheit.«

Ich runzelte die Stirn. »Vielleicht führen sie eine offene Beziehung.«

»Vielleicht. Vielleicht aber auch nicht. Wie auch immer, als Freundin musst du es ihm erzählen.«

Mein Nicken kam ein wenig zögerlich.

»Was würde dir Tante Susan raten?«

Ich stocherte mit dem Strohhalm in meinem Drink herum. »Sie würde mich fragen, ob Oprah stolz auf meine Entscheidungen wäre. Dicht gefolgt von: Was würde Dolly Parton tun?«

»Ich habe deine Tante immer gemocht.«

»Trotzdem wäre ich nach wie vor lieber nicht in dieser Situation. Ich wäre schon froh, wenn Amie ihn nicht in meiner unmittelbaren Umgebung betrügen würde.« Ich seufzte. »Warum sie wohl das Bedürfnis verspürt, ihn zu betrügen?«

»Eigensucht. Mangelnde Bereitschaft, sich einzulassen, emotionale Bedürfnisse, die nicht befriedigt wurden … könnte vieles sein. Weißt du, vielleicht ist es das, was zu deiner unausweichlichen Scheidung führt«, schlug Cleo vor. »Du tröstest den armen Kerl, dem das Herz gebrochen wurde, derart gut, dass er dir einen Ring an den Finger stecken muss.«

»Ich will nicht heiraten. Eigentlich will ich nicht mal eine Beziehung. Alles ist gut, so wie es ist.«

»Aber du möchtest ihn trösten.«

»Wenn du mit *trösten* Sex meinst, dann lautet die Antwort Nein.«

»Oh, Mädel.« Sie lachte. »Was bist du doch für eine Lügnerin.«

Ich wurde nicht rot. Das war nur die Beleuchtung. »Es ist kompliziert.«

»Ist es das nicht immer?«

»Wow«, sagte Lars, als er ins Wohnzimmer trat.

»Ja«, stimmte ich mürrisch zu.

Draußen schien hell die Sonne, die Vögel sangen, und die Bienen summten herum. Die ganze Welt schien guter Stimmung zu sein. Und warum auch nicht? Freitag war ein perfekter Wochentag. Vorfreude auf das bevorstehende Wochenende war angesagt. Das Stimmungsbarometer in Tante Susans Haus stand jedoch nicht auf heiter.

Lars stellte seinen Werkzeugkoffer ab. »Wolltest du diese Farbe?«

Ich nickte ihm vom Boden aus zu, wo ich im Schneidersitz auf dem Malervlies hockte.

»Und, ähm, gefällt sie dir jetzt?«

Ich starrte die Wand hinter der Kaminumrandung an. Vermutlich war sie die größte Kränkung im Raum. Der Kamin an sich war schön, mit seinen grauen Fliesen drumherum und den polierten Einbauregalen zu beiden Seiten. Und darüber dann diese Scheußlichkeit, die das schöne Ambiente verschandelte.

»Es hatte dieses coole, leicht grünliche Gelb werden sollen, das toll zu einem marineblauen Sofa und Stühlen gepasst hätte«, sagte ich niedergeschlagen. »Ich habe gemerkt, dass es nicht ganz stimmte. Aber ich dachte, mach einfach weiter. Wenn erst das ganze Zimmer gestrichen ist, wird es schon passen. Aber, Lars, das tut es nicht. Ganz und gar nicht.«

»Stimmt.« Er verschränkte die Arme vor der Brust. »Du siehst ein bisschen übernächtigt aus. Wie lange bist du schon auf?«

»Die ganze Nacht. Ich konnte nicht schlafen. Da dachte ich mir, dann kann ich genauso gut mit Streichen anfangen.«

Seufzend kniete er sich vor mich hin. »So schlimm ist es nun auch wieder nicht.«

»Es sieht aus, als wäre Kermit der Frosch explodiert.«

Lars presste die Lippen fest zusammen. »Das ist eine ausgesprochen zutreffende Beschreibung.«

»Schon okay, du darfst gern lachen. Ich würde lachen, wenn ich nicht vor lauter Erschöpfung und dieser Beleidigung meiner Augäpfel durch diese scheußliche Farbe gleich weinen müsste.«

Er legte seine große Hand auf meine Schulter und rieb sie tröstend. »Schon okay, Susie. Das kriegen wir wieder hin.«

»Eine weitere beschissene Entscheidung in diesem für mich so glorreichen Jahr.«

»He«, sagte er ernst. »Mach dich nicht runter.«

»Für so was habe ich mein Geld aus dem Fenster geworfen!«

»Keine Renovierung läuft problemlos. Es gibt immer Rückschläge. Ich kann dir günstig neue Farbe besorgen.«

»Danke.« Ich holte tief Luft und atmete langsam aus. »Ich muss dir was erzählen.«

»Okay.«

»Es wäre besser, wenn du, ähm ... könntest du dich hinsetzen?«

»Klar.« Er setzte sich mir im Schneidersitz gegenüber. »Was ist los?«

»Die Sache ist die: Ich will nicht, dass du dich nicht für einen großartigen Menschen hältst, Lars, denn das bist du. Aber manchmal enttäuschen uns Menschen, weil sie das Verkehrte tun. Das hat nichts mit uns zu tun, sondern einfach mit der Tatsache, dass Menschen nun einmal fehlerhafte Wesen sind. Weißt du, was ich meine?«

»Worüber reden wir?«

»Eigentlich über das Leben.« Ich seufzte übertrieben laut. »Darf ich deine Hand halten?«

»Du willst Händchen halten?«

»Ja, bitte. Nicht aus romantischen Gründen, nur um das klarzustellen. Es ist der andere Grund, weshalb man die Hand von jemandem nimmt.«

Er runzelte die Stirn, wirkte aber eher verwirrt als besorgt, und streckte seine Hand aus. Seine Handflächen waren warm, seine Finger schwielig. Ich griff sie mit beiden Händen und wappnete mich sowohl geistig als auch seelisch.

»Mit Männern wie dir ist es so, dass ihr eure Gefühle so unglaublich gut verstecken könnt. Die meiste Zeit habe ich echt keine Ahnung, was du empfindest. Deshalb weiß ich einfach nicht, wie du aufnehmen wirst, was ich dir erzählen muss. Aber ich vermute, dass in deiner großen Brust ein warmes und sensibles Herz schlägt. Nur weil du so cool auftrittst und so muskulös bist, heißt das nicht, dass du keine Gefühle hast. Und ich möchte, dass du weißt, dass ich dich mag und für dich da bin. Du bist mir wichtig.«

»Danke«, erwiderte er verblüfft.

»Keine Ursache.«

»Geht es um unsere Freundschaft?«

»Nein.«

Er runzelte die Stirn. »Okay. Red weiter.«

»Die Sache ist die: Als ich gestern Abend mit Cleo in einer Bar war, kam Amie mit einem anderen Mann herein. Und, Lars … sie klebten förmlich aneinander. Es war offensichtlich, dass da etwas lief.«

»Oh«, sagte er und riss die Augen weit auf, als es ihm plötzlich dämmerte.

»Bitte glaub mir, dass mir das hier kein Vergnügen bereitet. Ich bedauere zutiefst, dass ich diejenige sein muss, die es dir erzählt.« Ich drückte tröstend seine Hand. »Du hast was Besseres verdient, Lars. Ich will sie nicht als Flittchen bezeichnen, aber … doch ja, ich nenne sie so, denn betrügen ist einfach nicht okay. Wenn sie sich auch mit anderen treffen wollte, hätte sie mit dir ein Gespräch unter Erwachsen darüber führen sollen, welche Art von Beziehung ihr vorschwebt. Und wenn es die richtige Entscheidung gewesen wäre, sie zu beenden, dann …«

»Wir haben sie beendet«, unterbrach mich Lars. »Montagabend.«

»Das … das habt ihr?«

»Ja.«

»Oh.«

Sein Blick hellte sich auf, und er lächelte amüsiert. »Wir treffen uns nicht mehr. Amie kann sich treffen, mit wem sie will.«

»Stimmt.« Ich schluckte heftig. »In dem Fall möchte ich mich als Erstes dafür entschuldigen, dass ich sie ein Flittchen genannt habe. Das war unangebracht.«

Er schaute auf meine Hand hinunter, die seine noch immer fest umklammert hielt. Sofort ließ ich sie los. »Hast du deswegen die ganze Nacht nicht geschlafen?«, fragte er. »Weil du mir das erzählen musstest?«

»Das könnte man so sagen.«

»Klingt, als hättest du diese Ansprache eine ganze Weile einstudiert.«

»Mmm ...« Ich starrte die Kermit-verunstaltete Wand an. »Ich hatte schon männliche Freunde, aber keine engen. Keine, die in einem parallelen Universum vielleicht meine Ehemänner sind. Verstehst du?«

»Ich verstehe.«

»Und ich wusste nicht, wie schwer dich die Nachricht treffen würde. Ich meine, ich habe Freundinnen durch Trennungen begleitet, aber ... wie auch immer.«

»Glaubst du, die Ausdünstungen von der Farbe und der Schlafmangel haben dich so aus der Bahn geworfen?«

»Das könnte gut möglich sein.«

»Komm«, sagte er und stand auf. »Schauen wir, dass wir dich sauber und ins Bett bekommen. Mateo und ich können frische Grundierung aufbringen, und wenn du heute Nachmittag wach wirst, ist alles bereit für eine neue Farbe. Klingt das gut?«

»Ja.« Ich nahm die Hand, die er mir reichte, und ließ mich hochziehen. »Danke.«

»Kein Problem. Du hast etwas Kermit an der Wange und seitlich an der Nase.« Er grinste mich an. »Danke, dass du meinen männlichen Gefühlen so einen hohen Stellenwert einräumst, Susie.«

»Nicht der Rede wert, Lars.«

6. Kapitel

Unser zweiter Versuch eines geselligen Beisammenseins folgte am Wochenende. Und da Aaron keine Zeit hatte, stand einer Teilnahme meinerseits nichts im Wege. Die Wohnung, in der Lars und Tore wohnten, befand sich in einem älteren drei-stöckigen Gebäude in der Nähe von Freemont, oben an der Queen Anne. Es verfügte über einen beheizten Außenpool, der von Mai bis September zur Verfügung stand. Wie hätte man den Sommer besser feiern können?

Mateo und sein Partner James waren dort, zusammen mit Austin, einem Musiker (mit coolen Tattoos), der mit Tore zur Schule gegangen war. Und ihre Nachbarin, Shu, eine Innende-korateurin, die im Erdgeschoss wohnte, und Andrew, ein Kran-kenpfleger aus dem ersten Stock.

»Das ist so eine Sache mit gewagten Farben wie einem grünlichen Gelb. Ein bisschen zu viel Grün kann da viel aus-machen.«

Ich stellte meinen Caprese-Salat zu all den anderen Sachen, die bereits im Angebot waren. Ich hatte mich für diesen Bei-trag entschieden, weil Tomaten und Basilikum fantastisch aus-sehen und Käse einfach himmlisch ist. »Ich weiß jetzt, was ich verkehrt gemacht habe. Die Wände werden marineblau, und als Farbtupfer gibt es ein grüngelbes Sofa.«

Andrew lächelte. »Das sieht bestimmt klasse aus.«

Natürlich hatte Lars allen von dem Zwischenfall mit dem explodierten Kermit erzählt. Immerhin hatte er offenbar seine Klappe gehalten, was meine dramatische Betrugsrede betraf. Er zwinkerte mir zu und reichte mir ein Bier.

»Danke.«

»Gern geschehen«, erwiderte er und betrachte forschend mein Gesicht.

»Keine Bange. Das letzte Grün habe ich gestern Abend bei einer gründlichen Wäsche wegbekommen.«

Grinsend setzte er sich an den langen hölzernen Gartentisch. »Wollte nur sichergehen.«

Mateo und James warfen sich im Pool einen Ball zu, während Shu, Andrew, Lars und ich am Tisch saßen und Austin bei Tore am Grill stand. Es war ein perfekter Tag an einem hübschen Ort mit Astern, Farnen und Spiersträuchern und einem großen Schirm, der für ausreichend Schatten sorgte. Aber wie um alles in der Welt konnte man zu einer Poolparty gehen, ohne die Sonne zu genießen und nass zu werden? Und wozu hatte das Jesuskind wasserfeste Wimperntusche erfunden, wenn nicht, um uns die Möglichkeit zu geben, in den Pool zu springen und Spaß zu haben?

Poolpartys waren ein großes Vergnügen für Voyeure aller Altersklassen, aber vor allem für mich. Denn Lars' Brust war wahrhaftig ein Hingucker. Muskeln und gebräunte Haut, so weit das Auge blickte. Nicht dass ich gesabbert oder gestarrt hätte. Aber als er aufgestanden war, um mir das Bier zu geben, hatte ich durchaus zu schätzen gewusst, wie tief seine Cargoshorts auf seinen Hüften hingen. Wie erwachsen von mir, dass ich all diese lustvollen Gedanken ignorieren und mit dem Mann einfach nur befreundet sein konnte.

Ich beugte mich zu ihm hinüber und fragte leise: »Dein Bestie kommt ganz bestimmt nicht?«

»Ganz bestimmt nicht«, versicherte Lars.

»Puh.« Mein gesamter Körper entspannte sich. »Weiß er überhaupt, dass ich hier bin?«

»Spielt das eine Rolle?«

Gute Frage. Und die ehrliche Antwort lautete: Ich wusste es nicht.

Lars' üblicher rustikal-frischer Geruch enthielt heute auch eine Spur Parfüm. Ich roch Salbei und Sandelholz und darüber hinaus irgendetwas schwer Definierbares. Aber ich konnte wohl kaum mein Gesicht an seinem Hals vergraben, um es genauer herauszufinden. Bei Lars' Anblick dahinzuschmelzen war der Gipfel schlechter Manieren, denn ich wusste, dass es nicht das war, was er wollte. Allerdings war er jetzt immerhin Single. Was noch immer kein Grund war, sich in einen Freund zu verlieben.

»Lars hat mir erzählt, wie toll dein Haus ist«, sagte Shu. »Alte Häuser im Originalzustand sind gar nicht leicht zu finden.«

Lars nickte. »Es ist solide gebaut und hat jede Menge Charakter. Es würde dir gefallen.«

»Hast du schon entschieden, ob du es verkaufen willst?«, fragte Tore.

»Nein«, erwiderte ich. »Noch nicht.«

Er deutete mit der Grillzange auf mich. »Wir können warten. Lass dir so viel Zeit, wie du brauchst, Hauptsache, du rufst mich zuerst an.«

Ich nickte.

»Aber es wäre nett, wenn ich es mir gelegentlich mal anschauen dürfte. Wäre das in Ordnung?«

»Ähm, natürlich.«

Wie üblich bekam ich bei der Vorstellung, es zu verkaufen … ich weiß auch nicht. Was ist das Gegenteil von Schmetterlingen im Bauch? Wenn ich das Haus verkaufte, wäre ich alle finanziellen Probleme los. Aber ich konnte auch nicht dieses Gefühl von Übelkeit ignorieren. Jedes Mal, wenn ich darüber nachdachte, ob ich das Haus verkaufen sollte, überkam mich dieses Unwohlsein. Ich weiß auch nicht. Am besten ignorierte ich das alles. Schluss, aus, fertig.

Ich streifte meine Flipflops ab, knöpfte meine Jeansshorts auf und zog mir mein schwarzes T-Shirt über den Kopf. Natürlich verfing es sich in meinem Pferdeschwanz, und ich musste mich erst freikämpfen. Als ich es schließlich geschafft hatte, starrte mir Lars mit krampfhaft zusammengepressten Lippen ins Gesicht. Er sah aus, als würde er physische Qualen erleiden. »Was ist los?«, fragte ich.

»Nichts.«

Nachdem ich mich vergewissert hatte, dass mein Badeanzug alle wesentlichen Teile bedeckte, drehte ich mich zu Tore um, der mich breit angrinste. Diesmal winkte er mir mit dem Pfannenwender zu. Noch einmal überprüfte ich meinen Badeanzug, nur um sicherzugehen. Er war ausgeschnitten, aber nicht übermäßig tief. Und dennoch hatte ich das seltsame Gefühl, dass es weder mein Bauch noch die Cellulitis an meinen Oberschenkeln war, die Lars' Aufmerksamkeit erregt hatten. Nope. Es musste der Busen sein.

Und dennoch hielt er den Blick stur auf mein Gesicht gerichtet. Interessant. Vielleicht war ich nicht die Einzige, die ab und zu ein Problem damit hatte, Freunde zu begaffen. Immerhin verfügte ich über die nötigen Umgangsformen und die Cleverness, es mir nicht anmerken zu lassen.

»Hast du Sonnencreme aufgetragen, Susie?«, fragt Tore und grinste sogar noch breiter. »Sag einfach Bescheid, wenn du Hilfe brauchst. Lars würde dich sicher nur zu gern eincremen.«

Lars richtete den Blick auf seinen Bruder, und diesen Blick konnte man nur als mordlüstern bezeichnen. Wie es schien, war Brudermord das Wort des Tages. Ihr Austausch mörderischer Blicke hielt ziemlich lange an.

»Nicht nötig, danke.« Das »Idioten«, das ich hinzufügte, kam fast lautlos, aber nicht ganz.

Shu schnaubte und griff nach ihrem Weinglas.

Andrew versuchte, sich das Grinsen zu verkneifen, und holte eine E-Zigarette heraus.

»Die Linsenbratlinge sind fertig und sehen köstlich aus«, rief Tore. »Als Nächstes kommen die Steaks für die Fleischfresser.«

Mateo und James verließen gerade den Pool, als ich hineinging. Wir grüßten uns, als ich am flachen Ende hineinwatete. Oh, war das gut, so kühl und erfrischend nach der Wärme der Sonne. Ich ließ die Finger über das glitzernde Wasser gleiten, dann schwamm ich an das tiefe Ende und lehnte mich an den Poolrand. Auf einmal war Lars neben mir. Natürlich war er mit seinem aus dem Gesicht gestrichenen nassen Haar und den Wasserperlen auf der Haut gleich noch attraktiver. Eventuell bei mir vorhandene harte Brustwarzen waren glücklicherweise unter der Wasseroberfläche verborgen. Das war das Problem, wenn man jemanden erst einmal auf sexueller Ebene wahrgenommen hatte: Es war verdammt schwer, wieder damit aufzuhören. Die Libido sollte wirklich einen An/Aus-Schalter haben.

Wir hatten die Arme Seite an Seite am Poolrand abgestützt.

»Tut mir leid, das mit eben«, murmelte er.

Ich zog die Nase kraus. Ich würde ihm da allen erdenklichen Ermessensspielraum zugestehen. Denn wenn mich jemand öffentlich in eine peinliche Situation bringen würde, dann garantiert ich selbst, vielen Dank auch.

»Er redet mich jetzt schon seit Tagen wegen dir blöd an. Spricht von dir als Angetraute und kommt immer wieder auf das Thema zurück. Er hört überhaupt nicht mehr auf.«

»Ich stimme dir zu, dass das ein grässlicher Spitzname ist. Aber du stehst doch sicher über so einem Blödsinn. Schließlich bist du fünf Jahre älter als ich, Lars. Somit solltest du auch reifer sein.«

Er runzelte die Stirn. »Ich kann es mir auch nicht erklären. Bis zu dem hier dachte ich, ich wäre es.«

»Willst du damit behaupten, ich wäre deine Schwachstelle?«

Das Knurren, das er als Antwort von sich gab, hatte etwas total Erregendes.

Ich beschloss, direkt zur Sache zu kommen. »Stimmt irgendetwas mit meinem Badeanzug nicht?«

»Nein.«

»Shu sitzt in einem String-Bikini am Tisch und sieht zum Vernaschen aus. Aber mein Busen ist ein Problem?«

Er schwieg lange. »Ja«, presste er schließlich hervor.

»Wieso?«

»Weil sich mir in keiner Weise die Frage aufdrängt, ob das Schicksal Shu zu meiner zukünftigen Ehefrau bestimmt hat.«

»Ach herrje.« Ich starrte ihn verblüfft an. »Glaubst du inzwischen, die Scheidungsurkunde könnte echt sein? Wann bist du denn zu dem Ergebnis gekommen?«

»Ich weiß auch nicht ... ich kann mir einfach nicht erklären, wie sie zustande gekommen ist. Wie sie in diese Wand gelangt ist. All das.«

»Ich kann es mir genauso wenig erklären.«

»Ich zermartere mir das Hirn und ... Mist.«

»Yeah.«

»Wir sind immer gut miteinander ausgekommen, aber wir haben uns nie sonderlich viel Beachtung geschenkt«, fuhr er fort. »Dann habe ich angefangen, an deinem Haus zu arbeiten, und dann ist dieses Ding aufgetaucht. Es kommt mir vor, als würde ich dich seitdem anders wahrnehmen, anders über dich denken. Auch wenn ich nicht wirklich glaube, dass das Dokument echt ist.«

»Wie eine sich selbst erfüllende Prophezeiung.«

»Genau.«

Ich ließ mir das eine Zeit lang durch den Kopf gehen. »Oh nein! Du hast mich angelogen!«

»Was?«

»Du willst nicht nur mit mir befreundet sein. Du willst mehr.«

»Susie, nein.« Er seufzte. »Ich will wirklich mit dir befreundet sein. Ich habe lange darüber nachgedacht, und selbst wenn ich außer Acht lassen könnte, dass du mit meinem besten Freund zusammen warst …«

»Igitt. Erinnere mich bitte nicht an diesen fatalen Fehlgriff.«

»… glaube ich immer noch, dass wir besser bedient sind, wenn wir so wie jetzt Zeit miteinander verbringen, ohne großes Tamtam. Das funktioniert doch, oder?«

»Ja.« Ich lächelte. »Du hast dir das offensichtlich gut zurechtgelegt, und das respektiere ich. Wobei ich klarstellen möchte, dass der Vorschlag, uns zu treffen, nicht von mir kam.«

»Notiert.«

»Diese offene und ehrliche Kommunikation fühlt sich sehr gut an, und ich bin mir sicher, dass wir eine lange und glückliche Freundschaft vor uns haben.« Ich lächelte. »Nur so aus Neugier, warst du schon mal mit einer Frau bloß befreundet?«

Er dachte kurz nach. »Nein.«

»Dann sind dies wahrlich herausfordernde Zeiten. Es tut mir nur leid, dass dich mein Busen verwirrt.«

»Wohl kaum, so sehr wie du es genießt. Gibt es denn an mir nichts, was dich verwirrt?« Und dann spannte dieser Mann doch wahrhaftig seine Deltamuskeln und seinen Bizeps an. Was für ein Angeber.

»Nein«, log ich und stieß mich ab. »Mir geht es prima. Danke.«

Der Montag kam und mit ihm der Regen. Lars und ich strichen das Wohnzimmer, die meiste Zeit in einvernehmlichem Schweigen. Mateo und Connor waren bei einem anderen Auftrag.

Ich hatte im Keller hinter einem Stapel Kartons einen alten Pioneer-Plattenspieler gefunden, und jetzt schmachteten abwechselnd Ray Charles und Bing Crosby vor sich hin, und alles war gut. Vermutlich war es das Beste, was ich bisher in diesem Haus gefunden hatte. Abgesehen von Tante Susans Debütantinnenfoto. Über die Mode der Achtzigerjahre konnte man geteilter Meinung sein, aber ihr Lächeln auf diesem Foto war umwerfend.

»Am besten streichst du von oben nach unten«, sagte Lars, der mich mit dem Blick des Experten beobachtete. »Dann erwischst du alle eventuellen Tropfspuren und kannst sie gleich einarbeiten. Vielleicht solltest du nicht ganz so viel Druck auf die Farbwalze ausüben.«

»Okay.«

Er wandte sich wieder der Wand über dem Kamin zu.

»Was hast du gestern gemacht?«, fragte ich.

»Habe mir ein Spiel der Mariners angesehen.« Bevor er mir antwortete, hatte er kurz die Stirn gerunzelt, woraus ich schloss, dass ich besser nicht nachfragte, mit wem er zu besagtem Spiel gegangen war. »Und du?«

»Gearbeitet und noch mehr Sachen sortiert.« Ich trat einen Schritt zurück und betrachtete die Wand. »Dieses Marineblau ist deutlich besser als die Froschfarbe.«

»Freut mich, dass es dir gefällt.«

In der hinteren Tasche meiner alten farbbespritzten Jeans

summte mein Telefon. Auf dem Bildschirm leuchtete das Bild meines Vaters auf, was seltsam war, da wir uns immer nur zu besonderen Anlässen meldeten. Normalerweise an Geburtstagen und wichtigen Feiertagen. Ich war kurz wie gelähmt. Dann legte ich die Walze hin und ging in die Küche, um ein bisschen Privatsphäre zu haben. »Dad, ist alles in Ordnung?«

»Ja, ja. Ich dachte nur, ich melde mich mal bei dir.«

»Das ist nett. Wie geht es dir? Wie war es in Mexiko? Das liegt allerdings schon eine Weile zurück, nicht wahr?«

»Es war großartig, Schatz«, erwiderte er. »Aber es war eine Firmenklausurtagung. Da blieb vor lauter Meetings und Teambuilding-Sitzungen nicht viel Zeit für touristische Aktivitäten.«

»Wie schade.«

»Hör mal, ich habe nicht viel Zeit. Ich wollte nur fragen, ob du schon über das nachgedacht hast, worüber wir letztes Mal gesprochen haben.«

»Ähm.« Ich wischte die schwitzende Handfläche an meiner zerrissenen Jeans trocken. »Redest du von Aktienanlagen?«

»Nein. Davon, dass du dein Erbe mit deinem Bruder teilst.«

»Moment mal«, entgegnete ich. »Wenn ich mich richtig erinnere, hast du gesagt, es sei schade, dass sich Tante Susan Andrew gegenüber nicht so großzügig gezeigt hat.«

»Stimmt.«

»Und daraus hätte ich schließen sollen, dass du erwartest, dass ich meinem Bruder Geld gebe?«

Dad räusperte sich. »Er möchte sich verändern und seine eigene Firma gründen, da könnte er das Geld gut brauchen. Es würde sich für dich als Schwester gehören, es mit ihm zu teilen.«

»Weil Andrew mir solch eine große Hilfe war, als ich mich selbstständig gemacht habe.«

»Susie, Sarkasmus passt nicht zu dir.«

Wie um diese Aussage ad absurdum zu führen, trat ich gleich noch einmal nach. »Wo er Tante Susan doch so gern besucht hat und an ihrem Leben teilhaben wollte. Dass sie ihm nichts hinterlassen hat, war mit Sicherheit nur ein Versäumnis ihrerseits.«

»Das muss jetzt wirklich nicht sein, Schatz. Er hat Fehler gemacht, die er inzwischen bereut.«

»Ach du liebe Güte.« Ich lachte. »Willst du damit etwa sagen, Andrew hätte sich bei Tante Susan einschleimen sollen, damit er bei ihrem Ableben Geld erbt? Das ist echt erbärmlich. Sie ist deine Schwester.«

»Natürlich habe ich das so nicht gemeint«, fuhr er mich an. »Sei nicht albern.«

»Wenn er so dringend Kapital braucht, wieso greifst du ihm dann nicht unter die Arme?«

Schweigen in der Leitung.

»Oh. Das hast du bereits. Was schon komisch ist, denn als ich mich selbstständig gemacht habe, hast du behauptet, es wäre zu früh und du hättest Zweifel, ob ich überhaupt weiß, was ich tue. Was, ehrlich gesagt, als andere als hilfreich war, Dad.«

»Das war etwas anderes.«

»Wusstest du, dass Mom und ihr neuer Mann mir Blumen geschickt haben, als ich meinen ersten Vertrag mit einem Kunden abgeschlossen habe? Ich meine, beide sind beschäftigt und haben ihr eigenes Leben, und trotzdem sind sie zu einem Minimum an familiärer Unterstützung fähig.«

»Du bist wohl kaum ein Kind, das man an die Hand nehmen muss, Susie.«

»Das Gleiche gilt für meinen Bruder. Weißt du, ich habe immer gedacht, wenn ich still und brav wäre, würdest du mich lieben. Aber dadurch war ich nur noch leichter zu ignorieren. Ist das der einzige Grund, weshalb du angerufen hast? Um für Andrew um Geld zu bitten?«, fragte ich. »Nein, sag lieber nichts. Natürlich ist es der einzige. Sag meinem Bruder, er hätte eher eine Chance gehabt, wenn er mich direkt gefragt und es nicht auf die Tour versucht hätte.«

»Susie!«

»Wobei er mir immer noch eine Entschuldigung dafür schuldet, dass er mich bei Tante Susans Beerdigung blöd von der Seite angequatscht hat, weil ich das Haus geerbt habe. Weshalb wir auch seit Monaten nicht miteinander geredet haben.«

Dad fing an, irgendetwas in den Hörer zu brabbeln, aber ich hatte die Nase voll. Ich wollte gern, dass man mich mochte. Das war ein Fehler, denn Menschen gefallen zu wollen war anstrengend. Aber ab einem gewissen Punkt muss man akzeptieren, dass man für manche Menschen niemals gut genug sein wird. Egal was man tut.

»Tut mir leid, Dad. Ich muss Schluss machen. Bye.«

Ich lehnte mich an den Küchentresen und konzentrierte mich eine Zeit lang nur auf meinen Atem. Ein und aus. Ein und aus. Alles war bestens. Mein Dad hatte nie großes Interesse gezeigt, mir gegenüber seiner Vaterrolle gerecht zu werden. Das war nichts Neues. Mein Bruder war ein Blödmann. Ebenfalls nichts Neues. In Zeiten wie diesen schien der Zusammenhang zwischen den gestörten männlichen Mitgliedern meiner Familie und meinem schlechten Männergeschmack geradezu eklatant. Vielleicht war es an der Zeit, einen Termin bei dem Therapeuten zu vereinbaren, den Cleo empfohlen hatte. Und das würde ich auch tun. Irgendwann demnächst.

Lars tauchte mit besorgtem Gesicht im Türbogen auf. Das war das Problem mit diesem Haus: Vom Wohnzimmer aus gelangte man in das Esszimmer und von dort zur Küche. Alles war sehr offen und ging wunderbar ineinander über. Und die Musik hatte aufgehört, was schneller passierte, als man denkt, wenn man Schallplatten hört. Lars musste jedes Wort mitbekommen haben.

»Alles okay?«, fragte er.

Ich verzog das Gesicht zu einem Zwischending zwischen Lächeln und Grimasse. »Ja.«

»Ich wollte nicht lauschen. Es ist halt ... ein kleines Haus.«

»Ja.«

»Du hast verärgert geklungen.«

»War ich auch.« Ich nickte. »Aber jetzt ist es wieder gut.«

Er bohrte die Zunge in die Wange. »Ich habe das Gefühl, ich sollte dir anbieten, jemanden für dich zu verprügeln. Allerdings bin ich mir nicht sicher, ob das die passende Antwort ist.«

»Oh, das ist lieb. Es bedeutet mir eine Menge, dass du bereit bist, nach Florida zu fliegen und auf meinen Vater loszugehen. Aber es ist wirklich nicht nötig.«

Er zuckte mit den Schultern.

»Ich habe dich gewarnt, dass meine Familie alles andere als großartig ist.«

Er lächelte mich mitfühlend an. »Die Ferien verbringen wir auf jeden Fall bei meinen Leuten.«

»Allein dafür wäre ich fast schon bereit, dich zu heiraten.« Ich holte das alte Vorratsglas mit den Keksen aus der Vorratskammer. Der erste Schokokeks wanderte sofort in meinen Mund, aber den zweiten reichte ich Lars. Zucker war mein Trostpflaster. In gewisser Weise. Sobald ich den Keks gegessen hatte, seufzte ich glücklich und sagte: »Jetzt geht's mir besser.«

Wie so oft sah er mich amüsiert an, doch dann wurde sein Blick ernst. »Darf ich dich was fragen?«

»Natürlich.«

»Wieso sagst du Tore nicht einfach, dass du nicht verkaufen wirst?«

»Weil ich mich noch nicht entschieden habe.«

»Susie.« Er lächelte mich nachsichtig an. »Du wirst dich von diesem Haus nicht trennen. Du liebst es. Sag ihm einfach, dass du an einem Verkauf nicht interessiert bist, dann hört er auf, dich zu fragen.«

Ich wusste nicht, was ich sagen sollte.

»Natürlich müsstet du dich dann tatsächlich auf das Haus einlassen, ein paar Möbel anschaffen und dich hier einrichten.«

»Wow, mein Freund aus einer anderen Dimension. Willst du etwa behaupten, ich hätte Schwierigkeiten, mich auf etwas einzulassen?«

»Wie viele Monate lebst du jetzt schon hier?«

»Ein paar«, erwiderte ich ausweichend.

Er zuckte mit den Schultern.

Oha. Dass meine Nicht-Anschaffung von Möbeln eine tiefere Bedeutung haben könnte, war mir nicht in den Sinn gekommen. Abgesehen davon, dass es klug schien, damit bis nach der Renovierung zu warten. Aber kein Sofa zu haben war nervig. Nur – wenn ich jetzt wieder die verkehrte Wahl traf? Vielleicht warf ich mein Geld für einen Stuhl raus, der mir in dem Moment perfekt zu sein schien, und dann war es doch nur ein Fehlkauf. Die Angst war berechtigt.

»Du hast doch wohl nicht immer noch Bedenken, deine Tante hier zu ersetzen?«, fragte er. »Denn offensichtlich wollte sie, dass du das Haus bekommst.«

Meine Schultern sackten herab. »Nein. Es ist nur …«

»Du hast das Gefühl, das alles nicht zu verdienen?«

»Ach. Ich weiß auch nicht«, wich ich erneut aus.

»Du hast Angst, dass du schon wieder eine falsche Entscheidung triffst?«

»Sag mal, Lars, seit wann glaubst du eigentlich, mich so gut zu kennen, dass du meine Sätze beenden kannst?«

»Seit du dieses traurige Gesicht aufgesetzt hast. Vor allem dein Schmollmund verrät dich.«

»Klasse.« Ich dachte über die Tragweite des Ganzen nach. »Aaron würde sagen: Nimm das Geld und verschwinde. Sich irgendwo am Stadtrand niederzulassen und dort sein Dasein zu fristen wäre für ihn unvorstellbar.«

»Wen interessiert auch nur im Geringsten, was er denkt?«

Mir blieb der Mund offen stehen. »Ich glaub es nicht! Das grenzt ja schon an *Bestie*-Blasphemie. Willst du dich kurz setzen und ein paar Ave Marias beten?«

»Ich meine das ernst. Es ist dein Haus, und es ist deine Wahl.«

»Stimmt.«

»Und du bist hier glücklich, nicht wahr? Zumindest erweckst du den Eindruck, als wärest du jetzt entspannter als früher.«

»Das liegt vielleicht an der Gesellschaft, in der ich mich befinde«, erwiderte ich. »Aber ja, das hier ist das einzige richtige Zuhause, das ich je gekannt habe. Zumindest ist es der Ort, wo ich am meisten erwünscht und willkommen war. Aber genug von meinem Kindheitstrauma. Schönes Wetter heute, nicht wahr?«

Anstatt einer Antwort beließ er es dabei.

Deshalb nahm ich mir einen Moment Zeit und dachte über das nach, was er gesagt hatte. Das hier war die Küche, in der meine Tante mir beigebracht hatte, wie man backt. Wie man kocht und brät und anderes. All das, was ihre Mutter ihr beigebracht hatte, als sie klein war. Und wenn man aus der Hintertür trat, waren dort der kleine Garten und der japanische Ahorn. Ich weiß nicht, wie viele Stunden ich in meiner Kindheit damit verbracht habe, in den Baum hinaufzuschauen und die Farben und das Spiel des Sonnenlichts auf den Blättern zu bewundern. Oft mit lauter Musik in den Ohren und einem Buch, das vergessen auf meinem Schoß lag. Dann war da das hintere Schlafzimmer, in dem ich früher schlief. Ob nun Geschichten von Dinosauriern oder später die Sorgen in der Schule und schließlich die Nöte in der Highschool, Tante Susan hatte sich alles mit unendlicher Liebe und Geduld angehört.

Ich wusste, dass ich mich glücklich schätzen konnte, sie gehabt zu haben. Aber vermutlich hatte ich mir nie so richtig bewusst gemacht, wie groß dieses Glück war. Vielleicht war sie nicht die Einzige gewesen, die Angst vor Veränderung hatte. Es konnte durchaus sein, dass auch ich etwas von diesem Charakterzug in mir hatte. Ich wünschte mir, sie wäre noch da. Ich hatte sie gar nicht genug nach ihren Ansichten über das Leben, über die Liebe und alles gefragt. Was hätte sie von der Scheidungsurkunde gehalten?

»Na gut«, gab ich zu. »Vielleicht hast du in dem einen oder anderen Punkt in Bezug auf das Haus und mich recht.«

»Heißt das etwa, du stimmst mir zu?«

Ich stöhnte. »Ja.«

Er lächelte. Dann wurde sein Gesicht wieder ernst. »Hast du irgendjemandem aus deiner Familie von der Scheidungsurkunde erzählt?«

»Himmel, nein. Du?«

»Nur Tore. Meine Schwester ist zu sehr mit ihrem eigenen Kram beschäftigt.«

»Und deine Eltern?«, hakte ich nach. »Wie glaubst du, würden die reagieren?«

»Ich weiß es echt nicht.«

»Hmm. Nun, wie du selbst gerade mitbekommen hast, stehe ich niemandem in meiner Familie sonderlich nahe. Ihnen von unserer Entdeckung zu erzählen ist mir gar nicht erst in den Sinn gekommen.«

Er sah mich nur an.

»Die gute Nachricht ist immerhin, wenn die Urkunde gefälscht ist, dann wird das Mithören dieses Gesprächs das Einzige bleiben, was du jemals mit einem von ihnen zu tun haben wirst, du Glücklicher.«

Er lächelte mich halbherzig an. »Sie ist gefälscht. Sie muss gefälscht sein.«

»Yeah. Hättest du Lust, nachher Möbel kaufen zu gehen? Und das frage ich nicht nur, weil du kräftig bist und Dinge heben kannst und einen Pick-up fährst. Du scheinst tatsächlich ein Händchen bei der Auswahl weicher Möbel zu haben.«

»Und du hast mich gern um dich.«

»Das auch«, gab ich zu. »Was werde ich bloß tun, wenn du Ende der Woche mit der Arbeit am Haus fertig bist?«

»Mach doch eine Party. Ein Einweihungsfest.«

»Hmm. Ich weiß nicht. Vielleicht eine kleine Feier mit ein paar Freunden. Kaufen wir jetzt Möbel oder nicht? Und was hältst du davon, wenn wir zum Mittagessen ins *Biscuit Bitch* gehen?«

»Alles was du willst, Susie.«

7. Kapitel

»Der Gin ist alle«, sagte Cleo.

Ich wickelte ein Brie-Rad aus und legte es auf das Charcuterie-Board. Es war schon das vierte, das ich an diesem Abend herrichtete. Snacks waren nicht unbedingt meine Stärke.

»Ich kann es kaum erwarten, dass dein Ex-Mann kommt und ich ihn endlich kennenlerne«, sagte sie. »Wobei er momentan vermutlich dein zukünftiger Ex-Mann ist.«

»So solltest du ihn unbedingt nennen. Das würde ihm gefallen«, witzelte ich. »Hast du nachgesehen, ob auf dem Getränkewagen im Wohnzimmer noch Gin ist?«

»Bin schon dabei.« Cleo schwebte in ihrem gelben Maxikleid aus der Küche.

Das Einweihungsfest fand tatsächlich statt. Lars und seine Leute waren am Freitag mit den Innen- und Außenanstricharbeiten fertig geworden. Alles war beängstigend schnell gegangen. Ich fragte mich, ob es das nun war für uns beide. Ob sich unsere Freundschaft allmählich in Nichts auflösen würde, wenn wir uns nicht mehr fünf Tage die Woche sahen. So wie man nicht selten Leute aus den Augen verliert, mit denen man in der Schule oder bei der Arbeit befreundet war. Die Zeit würde es zeigen.

Inzwischen war das Haus weitgehend eingerichtet. Denn wenn ich mir einmal etwas in den Kopf gesetzt habe, dann gebe nicht eher Ruhe, bis es in die Tat umgesetzt ist. Und Cleo, die nach ihrer Trennung von Josh ein bisschen Ablenkung brauchte, stürzte sich begeistert auf Möbelkauf und Vorbereitungen zur Einweihungsfeier. Lars hatte leider nicht für alle meine Möbelkäufe zur Verfügung gestanden. Vielleicht lag es an meinen wiederholten und unentschlossenen Besuchen in Möbelgeschäften. Jetzt waren alle hier, aßen mein Essen, tranken meinen Alkohol und bewunderten mein Zuhause. Außerdem brachten sie mir Geschenke mit, was ich toll fand.

Die Katze war allerdings völlig von der Rolle und hatte sich unter meinem Bett verkrochen. Armes Ding.

»Du wirst es nicht verkaufen, stimmts?«, fragte Tore, der in der Küchentür aufgetaucht war.

Ich lächelte. »Hallo.«

»Es ist wirklich toll geworden.« Er sah sich begeistert um. »Du bist echt gemein.«

»Tut mir leid.«

»Nein, tut es nicht.« Er hielt zwei Flaschen Wein hoch. »Ich habe weißen und roten gekauft, weil ich nicht wusste, was du trinkst.«

»Vielen Dank.«

Lars kam hinter seinem Bruder herein. »Ich dachte, du wolltest nur im kleinen Rahmen feiern.«

Allein das Wissen, dass er hier war, machte es mir nicht gerade leichter. Ich fühlte mich innerlich aufgewühlt, und sein Anblick machte es nicht gerade besser. Das sah nicht gut aus. Oh, verdammt. Er dafür umso besser. Schwarzes Leinenhemd, Jeans und schwarze Turnschuhe. Wobei es der Mann in der Kleidung war, der mir den Kopf verdrehte. Allein seine Größe haute mich um. Wie sich sein Körper von den breiten Schultern und der muskulösen Brust zu einer schlanken Taille hin verjüngte und … An dem Punkt musste ich mich zur Räson rufen, um nicht völlig den Verstand zu verlieren.

Lars runzelte die Stirn. »Susie?«

»Hi«, piepste ich. »Hallo.«

»Alles in Ordnung mit dir?«

»Yep. Ja. Habe nur gerade alle Hände voll zu tun, du weißt schon, als Gastgeberin.«

Da ich die meiste Zeit auf Einkaufstour gewesen war und wir beide gearbeitet hatten, hatten wir uns nicht allzu oft gesehen. Das Innere des Hauses war fertig, deshalb hatten Mateo, Connor und er an den Außenwänden gearbeitet. Ihm jetzt gegenüberzustehen machte mir mehr zu schaffen, als ich gedacht hatte. Was bescheuert war. Der Mann hätte mir nicht so viel bedeuten dürfen.

Er fuhr sich mit seiner großen Hand durch seine goldenen Locken, eine Bewegung, die ziemlich sexy war, und fragte: »Was kann ich für dich tun?«

»Ähm.«

Meine Kenntnisse der englischen Sprache waren … weg. Keiner der anderen männlichen Besucher hätte mich aus der Bahn werfen können. Nur er, verdammt. Seit wann war mein Verstand derart auf Sex fixiert? Und das Ganze wurde nur immer noch schlimmer. Dabei hatte ich mir erst diese Woche drei ernste Vorträge über unangebrachte Gedanken in Bezug auf ihn gehalten. Ich war eine willensschwache Frau.

»Susie«, wiederholte er. »Konzentrier dich. Wie kann ich dir helfen?«

Tore grinste.

Deshalb deutete ich mit dem Käsemesser als Erstes auf Tore. »Stell den Wein auf die Anrichte im Wohnzimmer und frag Cleo, ob sie Hilfe braucht.«

»Mache ich. Wer ist Cleo?«

»Beste Freundin. Gelbes Kleid.«

»Verstanden«, erwiderte er und machte sich davon.

»Und ich?«, fragte Lars.

»Ich brauche das Zaziki und die Trauben aus dem Kühlschrank und mehr Cracker und Cashewnüsse aus der Vorratskammer.«

Er tat, wie befohlen. »Wer sind all diese Leute?«

»Geschäftspartner und diverse Freunde.«

»Du bist beliebt.«

»Überrascht dich das?«, fragte ich ein wenig verschmitzt.

»Nein, überhaupt nicht.«

Lars lächelte mich an, als er die gewünschten Dinge auf den Küchentresen stellte, und ich lächelte zurück. Wir standen also nah beieinander, als er mich endlich in meiner ganzen Pracht in Augenschein kam. Und das nicht nur mit einem Stirnrunzeln, sondern mit einem mürrischen Blick.

Ich verstand seine Reaktion nicht – schließlich war mein Lippenstift ein sittsames Mattrosa, und mein Haar hatte ich zu einem ordentlichen Pferdeschwanz zusammengebunden. Gekleidet war ich quasi wie eine Nonne. Jedenfalls wenn eine Nonne einen schwarzen engen Lederrock mit dazu passendem Ripp-Tanktop aus Bio-Baumwolle und Schuhe mit Pfennigabsätzen trägt.

Er machte einen großen Schritt zurück und sagte: »Ich dachte, vielleicht solltest du mich deiner Freundin vorstellen.«

»Du möchtest Cleo kennenlernen?«

Seine Antwort bestand in dem zögerlichsten Schulterzucken aller Zeiten. »Nur so eine Idee. Könnte vielleicht eine Lösung für unser … Problem sein.«

»Hat das irgendetwas mit der sich selbst erfüllenden Prophezeiung zu tun?«, fragte ich. »Mit dem verbotenen Gedanken an die Möglichkeit von Sex zwischen uns beiden?«

»Das mit der unerwünschten Anziehung. Yeah.«

»Ach.«

»Denn so, wie du mich eben angeschaut hast, frage ich mich, ob ich vielleicht nicht der Einzige …«

»Stopp. Rede nicht weiter. Bitte.« Ich senkte beschämt den Kopf. Die Wahrheit war hässlich. »Das ist so demütigend.«

»Es ist okay.«

»Nein, ist es nicht«, widersprach ich. »Wie nennt man eine unerwiderte Schwärmerei, wenn sie zwar erwidert wird, der Angeschwärmte das aber so ganz und gar nicht will?«

Lars seufzte.

»Das ist sogar noch schlimmer, als wenn derjenige nicht weiß, dass man auf ihn steht. Du gibst zu, dass du dich von mir angezogen fühlst, und du *hasst* es.«

»Hassen ist zu viel gesagt.«

»Ich meine, führt das dann dazu, dass wir heiraten?«

Er schob das Kinn vor. »Die Scheidungsurkunde ist nicht echt. Das weißt du.«

»Weiß ich das?«, fragte ich. »Antworte lieber nicht. Dann willst du also, dass ich dich meiner besten Freundin vorstelle, damit du dich in sie statt in mich verliebst. Okay. Ich verstehe, wie du auf den Gedanken kommst.« Ich seufzte. »Ich meine, er ist durchaus berechtigt. Und immerhin würdest du innerhalb des erweiterten Freundeskreises daten.«

Er nickte. »Ganz genau.«

»Dann werde ich mir mal einen Drink mit Tore gönnen.«

»Moment mal. Was?«

»Dieser Verbindung eine Chance geben. Ich mag ihn wirklich. Er ist klug und witzig und irgendwie heiß.«

»Du hast gesagt, da wäre nichts zwischen euch beiden.« Das Knurren in seiner Stimme war überaus erregend. Der tiefe Klang und die Reizbarkeit, die darin mitschwangen.

Ich sah ihn mit großen unschuldigen Augen an.

Er beugte sich zu mir herab, bis seine Nasenspitze fast die meine berührte. »Verarschst du mich?«

»Das würde ich niemals tun.«

Er starrte mich durchdringend an. »Susie, er ist mein Bruder.«

»Genau, Lars. Und sie ist meine beste Freundin.« Ich schenkte ihm mein schönstes Lächeln. »Vielleicht sollten wir uns das beide noch ein bisschen durch den Kopf gehen lassen. Was meinst du?«

Er starrte mich weiter an.

»Übrigens, meine Grafikdesignerfreundin, Hang, möchte mit dir über die Renovierung ihres Hauses am Madison Park reden. Wieso schnappst du dir nicht diese Snacks und mischst dich ein bisschen unter die Leute?«

Er nahm den Teller und stürmte davon, um sich ins Vergnügen zu stürzen.

Da ich auch Leute eingeladen hatte, die ich beruflich kannte, konnte ich erst nach Mitternacht aus meinen Schuhen schlüpfen, etwas Stärkeres trinken und aufhören, mich von meiner besten Seite zu zeigen, als sich die Menge ein wenig lichtete. Ich hatte gerade Miss Lillian zur Tür gebracht (sie sagte, es sei gutes Karma, als eine der Letzten die Party zu verlassen), als sich Lars neben mich auf das graue Samtsofa setzte. Ich hatte noch immer vor, es neu polstern zu lassen. Wobei es durchaus etwas hatte, von Grau- und Blautönen, diesen Sturmfarben, umgeben zu sein. Sie waren düster und tröstlich zugleich.

Vieles, was ich gekauft hatte, war Vintage, dank der coolen Secondhandläden in der Stadt und einer Haushaltsauflösung ganz in der Nähe. Das Mahagoni-Sideboard war eine Antiquität. Aber der runde Spiegel über dem Kamin und der Getränkewagen aus Glas und Silber waren brandneu. Und der zerschrammte Couchtisch aus der Mitte des Jahrhunderts war von jemandem weiter oben in der Straße entsorgt worden und somit die perfekte Ablage für meine nackten müden Füße.

»He«, sagte er.

Ich wackelte mit den Zehen hin und her. Die Pfennigabsätze waren extrem unbequem gewesen. »Hast du dich gut amüsiert?«

»Ja. Ich war hinten im Garten, habe die Feuerstelle im Auge behalten und eine Zeit lang mit deiner Freundin Hang und ihrem Mann geredet.«

»Das sind nette Leute.«

Er nickte. »Dann kamen Mateo und James. Es war nett von dir, sie einzuladen.«

»Ich mag sie. Außerdem ist es der Verdienst von Mateo, dem kleinen Widerling und dir, dass dieses Haus so gut aussieht.«

»Aber du hast es nicht für notwendig gefunden, den kleinen Widerling einzuladen?«

»Wo denkst du hin?«, erwiderte ich. »So nett bin ich dann auch wieder nicht.«

Die Fenster standen offen, um die kühle Nachtbrise hereinzulassen, und vom Plattenspieler klang leise Jimi Hendrix herüber. In den späten Nachtstunden herrschte eine Stille, wie es sie zu keiner anderen Uhrzeit gibt. Mit Lars an meiner Seite fühlte sie sich noch angenehmer an. Und einen Moment lang schob ich meine Probleme und Sorgen beiseite und erlaubte mir, das zu genießen. Es war egal, dass überall im Haus leere Gläser und Teller herumstanden. Es war egal, dass unsere Gefühle füreinander für uns beide verwirrend waren. Alles war gut.

Bis er den Mund öffnete und sagte: »Ich dachte, Tore wäre vielleicht hier bei dir.«

Ich trank einen Schluck von meinem Wodka mit Wasser

und Limette. »Ich habe kein Interesse an deinem Bruder. Und ich habe keine Ahnung, wo er gerade steckt.«

Er hüllte sich in Schweigen.

»Ich dachte, Cleo wäre vielleicht draußen mit dir im Garten gewesen«, sagte ich und klang nicht im Geringsten wie ein eifersüchtiges zänkisches Weib.

»Nein.« Ein Lächeln breitete sich auf seinem Gesicht aus. »Ich habe deine Freundin noch nicht kennengelernt. Ich habe angenommen, dass du sie irgendwo versteckt hast. Aber mir leuchtet ein, was du vorhin in der Küche gesagt hast.«

»Oh?«

»Was auch immer es mit dieser Sache auf sich hat ... wir werden es unter uns klären und einfach abwarten müssen«, fügte er nachdenklich hinzu. »Ich habe keine Ahnung, wo diese Scheidungsurkunde hergekommen ist oder was zum Teufel sie bedeutet. Aber wie du schon gesagt hast, wir treffen unsere Entscheidungen immer noch selbst.«

»Ja, genau. Niemand kann uns zwingen, uns zusammenzutun oder gar zu heiraten und uns dann zu trennen. Ganz egal, ob da irgendwelche seltsamen unbegründeten sexuellen Regungen im Spiel sind oder auch nicht.« Ich nickte in voller Übereinstimmung mit mir selbst. »Weil du den Bro-Code verletzen würdest und ich mich in eine Beziehung stürzen würde, die vermutlich ein weiterer Fehler und somit zum Scheitern verurteilt wäre. Was keiner von uns beiden will.«

»Genau. Aber den Bruder oder die Freundin des jeweils anderen zu daten, wäre blöd. Und würde vermutlich wehtun.«

»Freunde tun Freunden nicht weh«, erwiderte ich. »Zumindest nicht absichtlich. Und ich habe Cleo wirklich nicht vor dir versteckt. Ich habe keine Ahnung, wo sie steckt. Vielleicht musste sie früh los. Ich schicke ihr gleich eine Nachricht. Sobald meine Füße aufhören zu schmerzen.«

Die Katze gab ein klagendes Miau von sich und streckte den Kopf unter dem Sofa hervor. Ich hatte gar nicht bemerkt, dass sie dort war. Da hatte sich jemand ein Schälchen Futter dafür verdient, die vielen Menschen ertragen zu haben. Sie hatte stundenlang in ihrem Versteck gehockt. Partys waren eindeutig nichts für sie.

»Du wirst vermutlich gleich wieder eine Dating-App herunterladen, oder?«, fragte ich.

»Ich habe keine Eile.« Er warf mir einen langen Blick zu. »Und du?«

Die Tür zum hinteren Schlafzimmer flog mit lautem Krachen auf. Lars und ich schauten beide über unsere Schulter und sahen Cleo kichernd ins Esszimmer stolpern, gefolgt von einem sehr großen, halb bekleideten Mann, der gerade den Reißverschluss seiner Jeans hochzog.

Mir fiel die Kinnlade hinunter. »Hah!«

»Damit hat sich die Frage vermutlich erledigt«, sagte Lars.

Cleo riss die Augen weit auf. »Oh. Hi.«

»Amüsierst du dich?«, fragte ich.

»Ja.«

Ich musste mir das Grinsen verkneifen. »Großartig.«

»Schätzchen«, sagte Tore, während er sein Hemd zuknöpfte. »Das ist der Bruder, von dem ich dir erzählt habe.«

Lars hob grüßend die Hand. »Hi.«

»Freut mich, dich kennenzulernen.« Cleo lächelte ihn an und richtete die Aufmerksamkeit dann wieder auf ihren neuen Freund. »Du hast das Hemd falsch geknöpft. Lass mich das mal machen.«

»Sich bei einer Party verdrücken, um rumzuknutschen«, tadelte ich sie. »Wie alt sind wir, achtzehn?«

Cleo sah mich durchdringend an. »Du bist nur eifersüchtig, Susie.«

»Das stimmt. Das bin ich tatsächlich.«

Lars klopfte mir leicht auf das Knie. »Ist ja gut.«

»Die Chaise, die du in das neue Büro gestellt hast, ist sehr bequem«, sagte Cleo.

»Der Stoff war okay? Nichts hat gescheuert?«

»Weich wie Seide.«

Ich machte das Daumen-hoch-Zeichen. »Gut zu wissen.«

»Wir müssen los.« Cleo zog den jetzt errötenden Tore mit einem triumphierenden Strahlen Richtung Haustür. »Aber ich komme morgen wieder und helfe dir aufräumen.«

»Genau«, sagte Tore. »Du wolltest mir dieses Ding in deiner Wohnung zeigen. Worauf ich wirklich gespannt bin. Aber wir kommen zurück, Susie. Versprochen.«

»Schon okay«, winkte Lars ab. »Wir schaffen das. Geht und amüsiert euch.«

Tore grinste. »Danke, Bruder.«

»Es geht doch nichts über junge Liebe«, sagte ich, als sie in die Nacht hinaus verschwanden. Es war viele Monate her, dass ich zum letzten Mal mit jemandem ins Bett gegangen war. Nicht dass ich nicht selbst für mich sorgen konnte. Aber es war nett, gelegentlich von einem anderen Menschen berührt zu werden. Und dann saß da Lars neben mir, so groß und kräftig. Vor allem seine Hände gefielen mir. Diese geschickten schwieligen Finger würden alle möglichen umwerfenden Dinge vollbringen. Allein bei dem Gedanken spannte sich alles in mir an. Was mich an etwas erinnerte … »Danke, dass du mir auf Tik-Tok und Instagram folgst.«

»Mache ich doch gern.«

»Aber du hast nur das Foto gelikt, auf dem ich den biologisch abbaubaren Vibrator in der Hand halte.«

»Bei dem Foto hat mir dein Lächeln gefallen. Es war … wie sagt man so schön?«

»Frivol?«

»So was in der Art.« Sein leises Lachen erweckte Gefühle in meinen unteren Regionen.

Und dann habe ich es tatsächlich getan. Ich habe den Mund geöffnet und gefragt: »Hast du jemals überlegt, dass wir als Freunde auch gelegentlich miteinander schlafen könnten?«

Seinem eindringlichen Blick nach zu urteilen, traf die Vorstellung entweder auf Begeisterung oder Ablehnung. Eine Frage, die sich rasch klärte, als er die Antwort ausspuckte. »*Nein.*«

»Oh. Das war eindeutig.«

Er sah mich alarmiert an.

»Es war nur eine harmlose Frage, Lars. Kein Grund, die Fassung zu verlieren. Ich dachte nur, dass es vielleicht eine Möglichkeit für uns wäre, die hormonellen Auswirkungen der Scheidungsurkunde eventuell *in den Griff zu bekommen*. Es einmal zu tun, um dann loslassen zu können.«

Er knurrte.

»Niemand hat sich zu diesem Wisch bekannt. Und keinem von uns ist bislang eine brauchbare Erklärung dafür eingefallen. Vielleicht ist es an der Zeit, die Situation in den Griff zu bekommen, statt nach Antworten zu suchen.«

Seine Wangenknochen stachen hervor. Der Mann war sichtlich aufgewühlt. »Susie, wenn du und ich was miteinander anfangen, macht es das alles nur unnötig kompliziert.«

»Okay, mir ist jetzt klar, dass das ein blöder Vorschlag war, und ich werde nicht mehr darüber reden.« Tatsache war, ich hätte das gar nicht erst fragen dürfen. Verdammt, ich war selbst schuld, wenn meine empfindsamen Gefühle verletzt wurden. Das Herz war ein Narr, und die Vagina eine noch schlimmere Närrin. Ich trank meinen Drink aus und stand auf. »Räum doch bitte die leeren Gläser zusammen, dann fange ich schon mal in der Küche an.«

»Mache ich«, erwiderte er, offensichtlich erleichtert über den Themenwechsel. »Ich wollte dich nicht beleidigen. Du weißt, dass ich dich attraktiv finde. Aber …«

»Du hast Angst, deinen besten Freund zu verprellen.«

»Nein. Ich meine, es wäre nicht toll, aber … du und ich – das ergibt keinen Sinn.« Er sah mich mit gerunzelter Stirn an. »Mist. Susie. Dein Gesichtsausdruck sagt mir, dass ich dich verletzt habe.«

»Ach. Doch nicht mit Absicht. Das ist auch was wert.«

Er starrte mich gequält an.

Ich setzte mein fröhlichstes Lächeln auf. »Vielleicht wäre es das Beste, wenn wir uns eine Woche lang aus dem Weg gehen, bis sich alles etwas beruhigt hat. Erst diese Urkunde, und dann waren wir die ganze Zeit zusammen, das war echt viel.«

Er ballte die Hände zu Fäusten. »Wenn du es so willst.«

»Ich glaube schon«, erwiderte ich. »Es ist spät. Vielleicht gehe ich einfach ins Bett. Danke für dein Angebot, mir zu helfen, aber es muss nicht sein. Ich räume morgen früh auf.«

»Bist du dir sicher?«

»Ja.«

Aber eines konnte man mit Sicherheit sagen: Selbst wenn ich gewusst hätte, was ich wollte, gab es kaum eine Chance, es zu bekommen. Nicht, wenn es sich um ihn handelte. So war das nun mal.

»Moment mal.« Cleo folgte mir die Treppe hinunter zu einem der unteren Geschosse des Pike Place Market. »Du wolltest mich mit dem Mann verkuppeln, in den du dich verguckt hast? Susie, ist das dein Ernst?«

»Nein. Das war seine brillante Idee. Die ich überhaupt nicht gut fand.«

»Gott sei Dank.«

Es war der Samstag nach der Party und unsere erste Gelegenheit, uns gegenseitig auf den neuesten Stand zu bringen. Am Morgen nach der Party hatte ich ihr eine Nachricht geschickt, dass ich das Aufräumen im Griff hätte. Ich war bis jetzt nicht in der Stimmung für Besucher gewesen, nicht einmal für hilfreiche. Und sie war die ganze Woche mit dem neuen Mann in ihrem Leben beschäftigt gewesen, Tore. Ich hatte die meiste Zeit der Woche mit Arbeit verbracht und versucht, nicht an Lars zu denken. Letzteres wurde dadurch erschwert, dass ich dauernd auf die verdammte Urkunde starrte. Es war zermürbend, ein Papier zu haben, das einem seine zukünftigen Entscheidungen zu diktieren versuchte. Deshalb musste ich mehr in Erfahrung bringen. Und das so bald wie möglich.

»Keine von uns wäre so blöd, sich mit einem Mann einzulassen, auf den die eigene Freundin ein Auge geworfen hat«, sagte Cleo.

»Genau.«

»Also ist Lars ein Blödmann, aber Tore ist toll.«

»Das ist die offizielle Meinung?«, fragte ich.

Cleo strahlte. »Ich mag ihn wirklich. Wobei *mögen* so ein harmloses Wort ist. Ich ... ich versuche einfach, mich nicht in etwas hineinzusteigern, weil ich weiß, dass wir noch ganz am Anfang stehen. Aber es ist verdammt noch mal nicht einfach.«

»Ich freue mich so für dich. Und sollte er dir wehtun, tue ich ihm ebenfalls weh. Vermutlich schlage ich ihm mit einem Golfstock gegen das Knie.«

»Danke. Ich glaube, man nennt das Schläger. Wir haben uns diese Woche fast jeden Tag gesehen«, gestand sie. »Ich habe solche Angst, dass alles zu schnell und dann schiefgeht. Aber im Moment fühlt es sich richtig an. Weißt du, was ich meine?«

»Yeah.«

»Es ist, als würde er ganz viel in mir auslösen, und ich ...
wie auch immer. Jedenfalls war ich deshalb diese Woche abge-
taucht.«

»Ein ausgezeichneter Grund.« Ich grinste. »Sobald wir endgültig geklärt haben, was es mit dieser dummen mysteriösen
Scheidungsurkunde auf sich hat, magst du da mit mir Donuts
essen gehen und zuschauen, wie Fische durch die Gegend geworfen werden?«

»Ja.«

Wir betraten Madam Karens kleinen Laden. Er sah aus, wie
man ihn sich vorstellte: rote Samtvorhänge und eine Auslage
mit zum Verkauf stehenden Tarotkarten. Und Kristallkugeln,
so weit das Auge blickte. Hinter dem Tresen lungerte ein ge-
langweilt wirkender Teenager herum und starrte uns an, dann
rief sie: »Mom, deine nächsten Klienten sind hier.«

Ich schob das Kinn vor. »Woher wusstest du das, ohne zu
fragen? Bist du auch ein Medium?«

Das Mädchen verdrehte nur die Augen.

Verständlich.

»Sie müssen Lillians Freunde sein«, sagte eine ältere Frau
mit einem akkurat geschnittenen schwarzen Bob und mehre-
ren Ketten aus bunten Steinen um den Hals. »Kommen Sie
herein.«

Hinter dem Vorhang standen ein kleiner Tisch und Stühle, auf
denen wir in dem spärlich beleuchteten Raum Platz nahmen.
Die Wände waren dunkelrot gestrichen, und alles war sehr at-
mosphärisch. Auf einem Regal in der Ecke standen eine Glas-
kugel und diverse Bücher zu spirituellen Themen. Zum Glück
hatte ich ein schwarzes Maxi-Slipkleid und flache Sandalen
angezogen, denn es war ein warmer Tag, und die Klimaanlage
war ihrer Aufgabe nicht gewachsen. Cleo trank einen Schluck

aus ihrer Wasserflasche und fächelte sich mit der Hand Luft zu.

Ich holte die Scheidungsurkunde aus der Plastikhülle in meiner Handtasche und legte sie auf den Tisch. »Miss Lillian sagte, Sie hätten sich auf Psychometrie spezialisiert und wären vielleicht in der Lage, ein wenig Licht in diese Angelegenheit zu bringen. Sie war …«

»Erzählen Sie mir nicht mehr«, unterbrach mich Karen.

Ich machte den Mund zu und warf Cleo einen Blick zu. Wir hatten beide keine Ahnung, auf was wir uns da einließen. Nicht so richtig jedenfalls. Aber letzten Endes machte mich alles, was mit dieser Urkunde zusammenhing, nervös. Bei Psychometrie ging es um das Erfassen von Vibrationen oder Eindrücken im Zusammenhang mit einem Objekt. Die Messung des Energiefelds durch übersinnliche Wahrnehmung. Das hatte mir Google erzählt. Und wenn man sich auf eins verlassen kann, dann sind es die Informationen im Internet über spirituelle Dinge. Da sich die Dokumentenspezialistin als Reinfall erwiesen hatte, war es an der Zeit, andere Wege zu beschreiten. Und Miss Lillian hatte dies für hilfreich erachtet, da sie selbst keine Spezialistin auf diesem Gebiet war.

Karen strich sanft über die Ränder der Urkunde und ließ die Finger dann über das Dokument selbst gleiten, ihr Gesicht der Inbegriff von Konzentration. Dann schloss sie die Augen und atmete aus. Holte erneut tief Luft und stieß sie geräuschvoll aus. »Ich erde meine Energie und errichte Schutzvorrichtungen um uns herum«, erklärte sie. »Jetzt öffne ich meinen Geist für das Objekt. Es ist von einer sehr weiblichen Energie umgeben.«

»Ich habe es immer bei mir oder bewahre es in meiner Unterwäscheschublade auf. Ich hielt es für das Sicherste. Da bewahre ich auch meinen … Na egal.«

Karen öffnete ein Auge und sah mich durchdringend an.

»Tut mir leid«, flüsterte ich.

»Im kürzlich zurückliegenden Kontakt ist eine Menge Verwirrung zu spüren. Die Menschen, die die Urkunde in letzter Zeit berührt haben, haben eine Menge Fragen, aber keine Antworten.« Das Medium runzelte die Stirn. »Schauen wir, ob wir weiter zurückgehen können. Sie war lange Zeit verloren und vergessen.«

Cleo beobachtete die Frau mit ausdruckslosem Gesicht. Ich versuchte, es ihr gleichzutun, konnte aber meinen Fuß nicht stillhalten. Angst war ein mieser Verräter.

»Ich spüre jede Menge Traurigkeit.« Karen legte die Handflächen auf das Papier. »Dieses Schicksal bereitet ihr große Qualen. Sie ist frustriert und zutiefst enttäuscht, weil beide Fehler gemacht haben.«

»Moment mal. Ich habe etwas falsch gemacht?«, fragte ich überrascht. »Ich dachte wirklich, er wäre derjenige gewesen.«

Cleo bedeutete mir zu schweigen, und ich schlug mir rasch die Hand vor den Mund.

»Es gehören immer zwei dazu«, erwiderte Karen, die mich wieder vorwurfsvoll aus einem Auge ansah. »Der Schmerz, der im Zusammenhang mit dieser Urkunde zu spüren ist, ist so groß, dass er ein Echo auslöst.«

»Ein Echo?«

»So laut, dass es Sie ein Jahrzehnt zu früh erreicht hat.«

»Ach.«

»Das ist alles, was ich Ihnen sagen kann«, entgegnete Karen. »Ohne Unterbrechungen nehme ich üblicherweise mehr wahr. Sie trüben sozusagen die psychischen Gewässer.«

Ich ließ die Hand sinken. »Das ist alles? Darf ich etwas fragen?«

Sie nickte. Inzwischen hatte sie beide Augen geöffnet.

»Wie ist die Scheidungsurkunde in die Wand gelangt?«

»Dazu war nichts zu spüren.«

»Verdammt. Das Rätsel bleibt ungelöst.«

»Wurden Ihre Fragen beantwortet?«, fragte Karen.

»Eher nicht«, erwiderte Cleo trocken. »Gibt es irgendeine Möglichkeit, wie Sie ihr mehr erzählen könnten?«

»Natürlich.« Karen griff nach einem Packen Tarotkarten und legte ihn vor mich hin. »Mischen Sie die bitte. Und denken Sie an das, was Sie wissen möchten.«

Ich steckte die Scheidungsurkunde ein und tat wie geheißen. Die Karten waren alt und abgegriffen. Außerdem waren sie ein bisschen zu groß für meine Hände und mühsam zu mischen.

Wie vereinbart hatten Lars und ich diese Woche nicht miteinander gesprochen. Weder per Nachricht noch per Telefon noch von Angesicht zu Angesicht. Das Entzugsprogramm war aufschlussreich gewesen, und was Karen bisher gesagt hatte, bestärkte mich nur in meiner Meinung, mich auf niemanden einlassen zu wollen. Schon gar nicht auf Lars. Warum sollte man sich so etwas antun? Gefühle waren chaotisch, und Männer eine Katastrophe. Aber ich vermisste ihn mehr, als ich zugeben mochte. Was auch nicht toll war. Es war eine einsame Woche ohne Lars gewesen, und ohne Cleo, die mit Tore beschäftigt gewesen war. Ich kannte zwar eine Menge Leute, aber ich hatte nur wenige enge Freunde. Immerhin war ich mit meiner Arbeit gut vorangekommen, hatte schöne Stunden mit der Katze verbracht und einige Kartons durchgesehen.

Ich reichte die Karten zurück. »Hier, bitte.«

Karen legte drei Karten mit dem Bild nach unten auf den Tisch. Dann drehte sie die erste um.

»Der Tod!«, kreischte ich. »Ist das Ihr Ernst?«

Sie klopfte mit ihrem lila lackierten Fingernagel auf die Karte. »In den meisten Fällen steht die Todeskarte für Veränderung.

Hier liegt sie verkehrt herum, was bedeutet, dass Sie sich dieser Veränderung widersetzen. Dass Sie etwas an Ihrem Verhalten und Ihrer Einstellung ändern müssen, um ein besserer Mensch zu werden. Nur so werden Sie eine gesündere Beziehung zu sich selbst und anderen aufbauen können. Mit anderen Worten, Susie, Sie halten an Dingen fest, die Ihnen nicht guttun.«

»Oh«, erwiderte ich und entspannte mich. »Okay.«

Sie drehte die nächste Karte um. »Der Ritter der Kelche. Das bedeutet, dass Sie demnächst vielleicht der Liebe begegnen. Aber Sie könnten dazu neigen, in die Liebe verliebt zu sein und unrealistische Erwartungen zu haben. Wenn Sie Erfolg haben möchten, müssen Sie auf Ihr Herz hören, ohne die Realität aus den Augen zu verlieren.«

Ich runzelte nur die Stirn.

Karen drehte die letzte Karte um und klopfte darauf. »Das ist der Narr.«

»Nun, auch das noch«, murmelte ich.

»Er liegt verkehrt herum, was bedeutet, dass Ihr irgendwie leichtgläubiges Naturell vielleicht mit mehr Vorsicht ausbalanciert werden muss. Sie könnten in Kürze eine riskante Beziehung eingehen, eine, der es vermutlich an Verbindlichkeit mangelt. Der beste Weg, damit klarzukommen, besteht darin, zu Ihrem inneren Gleichgewicht zu finden und nach vorn zu schauen.«

Ich seufzte. »Mit anderen Worten, ich soll mich auf Veränderungen einstellen, mich wie eine Erwachsene verhalten und alles daran setzen, keine falschen Entscheidungen zu treffen. Vor allem aber nicht dieselben Fehler zu machen wie zuvor. Und wenn all das passiert ist, weiß niemand so genau, wie sich die Dinge entwickeln werden.«

Karen ließ sich das einen Moment durch den Kopf gehen. »Sozusagen.«

»Genau.«

»Hätten Sie lieber noch ein bisschen mehr Hokuspokus gehört?«

»Jetzt verstehe ich, warum Sie mit Lillian befreundet sind.« Ich lächelte. »Glauben Sie an Schicksal oder Vorherbestimmung?«

»Ich glaube, dass vor uns allen große Dinge liegen«, erwiderte sie. »Wenn wir auf unserem Weg durchs Leben die nötigen Lektionen lernen und daran wachsen.«

»Ich spüre da ein Leitmotiv.«

»Witzig.« Karen schob die Karten zusammen und stand auf. »Sie können auf dem Weg nach draußen bei meiner Tochter bezahlen.«

Cleo klopfte mir auf die Schulter. »Zucker und Kohlenhydrate?«

»Unbedingt.«

»Wirst du Lars davon erzählen?«

Ich seufzte. »Gute Frage.«

8. Kapitel

Lars: Hast du Lust, heute Abend was trinken zu gehen? Wäre nett, sich mal wieder zu sehen. Cleo und Tore kommen auch.

Ich: Kommt Aaron?

Lars: Nein.

Ich: Okay. Klingt super.

Wir trafen uns in Ballard in einem Pub in der Nähe der Market Street, in dem es Honigwein und Aquavit gab. Lars' blonder Schopf ragte aus der Gruppe heraus, die sich in der Nähe des Tresens zusammengefunden hatte und somit leicht auszumachen war.

Alle Aufregung, die ich bei diesem Wiedersehen verspürte, war hinter einem schwarzen Jäckchen, einer schwarzen Hose und hochhackigen Riemchensandalen verborgen. Ein bisschen elegant vielleicht, aber manchmal braucht ein Mädchen eine Rüstung. Seit meiner Einweihungsparty, auf der ich zum letzten Mal mit Lars gesprochen hatte, war über eine Woche vergangen. Ich freute mich, ihn wiederzusehen. Ich vermisste seinen trockenen Humor und den Klang seiner Stimme. Wir konnten einfach Freunde sein, wenn man die Scheidungsurkunde außer Acht ließ. Schließlich hatte ich mindestens eine Minute lang nicht mehr die Hand in die Tasche gesteckt und das weiche Papier berührt. Der heutige Abend würde großartig werden. Ich war guter Laune, und das Lächeln auf meinen Lippen erstarb erst, als ich die Frau sah, die an seinem Arm hing. Oh, verdammt. Er hatte jemanden mitgebracht. Und nicht einfach irgendwen.

»Jane«, sagte ich. »Wow. Was für eine Überraschung.«

Sie löste sich sofort von Lars und umarmte mich. »Susie! Schön, dich zu sehen. Wie geht es dir?«

Es war, als hätte ich einen Schlag in die Magengrube bekommen. Das Herz tat mir weh, und ich hasste das.

Ich war immer gut mit Lars' Ex-Freundin ausgekommen. Damals hatten wir uns oft zu viert getroffen. Sie war zierlich und perfekt, was mir das Gefühl gab, dick und plump zu sein. Aber andere Menschen waren nicht für meine Unsicherheiten verantwortlich. Und Jane wiederzusehen war schön. Richtig schön.

Lars lächelte mich an und nickte. »Hi.«

Dann tauchte Cleo auf und reichte mir eins ihrer Gläser mit Honigwein. »Unser Tisch ist frei. Komm, Susie, setz dich neben mich.«

»Okay.«

»Darf ich an deiner anderen Seite sitzen?«, fragte Tore und blinzelte ihr zu.

»Ausnahmsweise«, zog Cleo ihn auf. Dann sah sie mich bedeutungsvoll an und sagte: »Wir sind gerade erst gekommen.«

Mit anderen Worten, sie hatte keine Gelegenheit gehabt, mich wegen Jane vorzuwarnen. Ich nickte und lächelte und gab mir selbst ein Versprechen. Diese blöde Verliebtheit oder diese Schwingungen oder wie immer man das nennen wollte, würden heute Abend ein Ende nehmen. Diesmal war es mir ernst.

Er würde mir niemals geben, was ich wollte, also musste ich aufhören zu wollen. Männer und Frauen konnten Freunde sein, ohne dass ihnen Sex in die Quere kam. Ihr werdet schon sehen.

Unser Tisch war im hinteren Bereich, ein wenig abseits des Trubels. Wir setzten uns gerade, als sich Tores Musikfreund Austin zu uns gesellte. Zumindest würde ich nicht der einzige Single unter lauter Paaren sein. Er setzte sich mir gegenüber und lächelte mir freundlich zu. Es war nett, dass jemand zu schätzen wusste, wie viel Zeit ich investiert hatte, um meinen Eyeliner perfekt aufzutragen und mein Haar zu stylen.

»Wie geht es dir?«, fragte mich Lars.

»Gut. Ich hatte viel zu tun. *Skol.*« Ich stieß mit meinem Glas gegen seines, bevor ich einen Schluck Honigwein trank. »Und du?«

»Das Gleiche.«

»Prima.«

»Alles okay bei dir?«, fragte er stirnrunzelnd. So war er einfach. Während einem andere Leute mit einem Lächeln Mut machen würden, sah einen Lars besorgt an. Er war gar nicht so mürrisch, wie er rüberkam. Aber er hatte die leidige Angewohnheit, alles ernst zu nehmen.

»Völlig okay«, erwiderte ich.

»Mit dem Haus ist alles in Ordnung?«

»Aber sicher doch.«

»Du weißt ja, dass ich vorbeikommen kann, wenn du bei irgendwas Hilfe brauchst.«

»Danke. Das weiß ich zu schätzen.« Ich lächelte. »Wie läuft es bei deinem neuen Auftrag?«

»Gut.«

»Jane und du, ihr seid also wieder zusammen?«

»Ja«, erwiderte er. »Sind wir, ja.«

Mehr sagte er nicht dazu.

Er sah mich an, und ich sah ihn an und … ach. Vermutlich würden wir niemals Freunde werden, und was gab es da noch groß zu reden? Ich sollte die Scheidungsurkunde vergessen. Die unseligen Gefühle ignorieren. Wir waren fertig miteinander. Was irgendwie auch eine Erleichterung war. Ich straffte die Schultern und schüttelte das Ganze ab. Ich wusste jetzt, woran ich bei ihm war.

Jane, die Rechtsanwältin war, erzählte Tore gerade von einem Fall, mit dem sie kürzlich zu tun gehabt hatte, als der Kellner erschien, ein hübscher junger Mann mit jeder Menge Piercings. Auf einmal schaute Jane hoch und fragte mit strahlendem Lächeln: »Oh, hallo. Wie heißt du?«

Der Kellner grinste und stammelte irgendetwas.

Lars presste die Lippen aufeinander.

Verdammter Mist. Genau das hatte er gemeint, als wir über mögliche Gründe für unsere Scheidung nachgedacht hatten. Dass Jane mit anderen Männern flirtete und er das respektlos fand. Ach.

Als ich an der Reihe war, bestellte ich den Salat mit gegrilltem Lachs und lehnte mich dann mit meinem Honigwein zurück. Lars' Gründe, sich wieder mit Jane zusammenzutun, gingen mich nichts an. Zweifellos gab ihm die Beziehung etwas. Allerdings sprach es nicht unbedingt für ihn, dass er offenbar nicht einmal ein paar Wochen lang ohne Freundin sein konnte. Das nannte man wohl serielle Monogamie.

Jane beugte sich zu mir herüber. »Wir haben nach diesem Abend im Restaurant nie mehr Gelegenheit gehabt zu reden.«

»Oh. Nun ja. Ich, ähm …«

»Ich fand Aarons Verhalten absolut daneben.«

Ich nickte nur.

Sie legte Lars die Hand auf den Arm. »Ich weiß, er ist dein bester Freund, aber echt. Sich volllaufen zu lassen und vor versammelter Mannschaft inklusive deiner Freundin, die die Abschiedsparty organisiert hat, zu verkünden, dass er sich auf alle möglichen *neuen Gelegenheiten* in Übersee freut! Und das anzügliche Zwinkern muss besonders demütigend für dich gewesen sein, Susie. Er sollte sich schämen.«

Als ob ich vergessen hätte, wie mich alle angeschaut hatten, um meine Reaktion zu sehen. Wie ich gekämpft hatte, mein Lächeln aufrechtzuerhalten. Denn die Tage davor hatte er mir versichert, wie wichtig es ihm sei, dass wir zusammenblieben. Dass wir bis zu seiner Rückkehr in einem Jahr eine Fernbeziehung führen würden. Keine große Sache. Natürlich war es nach seiner kleinen Rede hässlich geworden. Dass einem der wichtigste Mensch im Leben das Gefühl gibt, unwichtig zu sein, konnte ich unmöglich auf mir sitzen lassen.

»Nicht sein bester Moment«, murmelte Lars.

Ich starrte auf den Tisch. »Das ist Vergangenheit.«

»Was für ein Arschloch«, sagte Jane.

»Ja, das ist er.« Cleo rieb mir den Rücken. »Aber wie Susie schon sagte, das ist Vergangenheit. Reden wir von etwas anderem.«

»Natürlich«, erwiderte Jane peinlich berührt. »Tut mir leid, Susie. Ich wollte nicht …«

»Schon gut, wirklich.« Ich lächelte. »Was hast du in letzter Zeit so gemacht?«

Jane erzählte, und Lars hielt den Blick auf seine Hände gerichtet. Austin bestellte mir einen Drink, und Cleo und Tore turtelten miteinander. Es war schön zu sehen, wie verliebt die beiden offensichtlich waren. So breit hatte ich meine beste Freundin schon lange nicht mehr lächeln sehen.

Ich drehte mich zur Seite, als ein Mann am Nebentisch seinen Geldbeutel fallen ließ. Jane hob ihn auf, und die beiden unterhielten sich. Sie lachte und warf ihr Haar zurück, und

Lars hörte gar nicht mehr auf, die Stirn zu runzeln. Manche Menschen waren süchtig nach Aufmerksamkeit und Bewunderung. Meistens war es harmlos. Aber Lars hatte sich dafür entschieden, mit einer Frau zusammen zu sein, deren Verhalten ihn verletzte, und ich hätte nur zu gern gewusst, warum.

»Bin gleich wieder da«, sagte Lars und stand auf.

Ich schob ebenfalls meinen Stuhl zurück und folgte ihm, ohne etwas zu sagen.

Als wir an der Tür der geschlechtsneutralen Toilette ankamen, sah er mich überrascht an und hielt sie mir auf. »Nach dir.«

»Danke.«

Es war eine angenehme, saubere Toilette mit dunkelgrünen Fliesen und Kupferwaschbecken. Ich fuhr herum und verschränkte die Arme vor der Brust.

Lars erstarrte. »Ist irgendwas?«

»Wieso lässt du dich wieder mit einer Frau ein, die dich unglücklich macht?«

Seine Kiefer mahlten.

»Versteh mich nicht falsch, ich finde Jane klasse«, fuhr ich fort. »Sie erzählt tolle Geschichten, und ihre Balenciaga-Handtasche ist der Knaller. Aber ihr ewiges Flirten nervt. Genau deswegen hattest du mit ihr Schluss gemacht, aber das Problem ist offenbar nicht behoben.«

»Susie …«

»Wieso tust du dir das an, Lars?«

Er starrte mich aus zusammengekniffenen Augen an. »Das hört sich fast an, als wärst du eifersüchtig.«

»Das hört sich fast an, als wolltest du meiner Frage ausweichen.« Ich trat ein paar Schritte näher. Am liebsten hätte ich ihn gepackt und ihn geschüttelt. Aber wir berührten uns nie. Weder absichtlich, noch wenn es sich vermeiden ließ.

»Ich sehe dich unglücklich dasitzen, und ich verstehe es nicht. Kannst du denn nicht mal ohne Freundin sein? Ist das das Problem?«

»Das geht dich nichts an.« Er gab ein Knurren von sich, das tief unten aus seiner Kehle kam. »So ist es am besten, okay?«

»Nicht, wenn du unglücklich bist.«

»Halt dich da raus.«

»Nein. Du hast mich dazu gebracht, dich zu mögen. Jetzt musst du mit den Folgen leben.«

»Geh mir aus dem Weg, Susie. Ich rede darüber nicht mit dir.«

»Na gut«, fuhr ich ihn an.

Er knurrte.

»Ich kann nicht glauben, dass ich für dich einen trägerlosen BH angezogen habe.«

Er riss die Augen auf und öffnete den Mund, und ich schwebte aus dem Raum wie eine Königin. Weil ich so kleinlich war, es zu genießen, wenn ich das letzte Wort hatte. Also genoss ich es. Aber auch wenn ich seinen schockierten Gesichtsausdruck genossen hatte, sollte ich mich in Zukunft vielleicht doch ein bisschen reifer verhalten. Vielleicht nicht von meiner Unterwäsche reden. Das sollte ich meiner Liste von Dingen hinzufügen, die ich nicht sagen sollte. Nun gut. Lars hatte ein Händchen dafür, mich aus der Fassung zu bringen.

Zurück am Tisch wurde es schnell der zweitschrecklichste Restaurant-Abend meines Lebens. Lars und ich ignorierten einander, während sich alle anderen prächtig amüsierten. Und wir tauschten nicht nach der Hälfte unser Essen. Ich wollte seine blöde Wurst sowieso nicht probieren.

Draußen brüllte jemand »Susie!« und hämmerte dann gegen meine Tür.

Ich kannte diese Stimme. Ich hasste diese Stimme nicht. Allerdings war ich aus verschiedenen Gründen ziemlich sauer auf ihn, unter anderem weil es schon fast ein Uhr nachts war. Der Blödmann konnte von Glück reden, dass ich noch wach gelegen und gelesen hatte. Ich schloss die Tür auf, öffnete sie, und vor mir stand Lars. Er trug eine graue Trainingshose, deren Beine abgeschnitten waren, und Turnschuhe. Sein T-Shirt hatte er ausgezogen und oben am Bund seiner Hose befestigt, und seine nackte Brust glänzte vor Schweiß. Seine breiten Schultern bebten, und er schnappte heftig nach Luft.

Ich legte den Kopf schief. »Bist du den ganzen Weg hierhergelaufen?«

»Ja.«

»Brauchst du Wasser?«

»Das wäre nicht schlecht«, brachte er mühsam heraus. »Aber erst muss ich dir etwas sagen.«

»Okay, ich höre. Aber vielleicht solltest du dich erst mal entschuldigen, dass du mich angeschrien hast. Sonst wird dies ein sehr kurzes Gespräch.«

»Es tut mir leid, dass ich laut geworden bin. Das war nicht in Ordnung.«

»Danke.«

»Wirst du dich dafür entschuldigen, dass du deine Nase in meine Angelegenheiten gesteckt hast, sogar nachdem ich dich gebeten hatte, damit aufzuhören?«, fragte er.

»Könnten wir das nicht als Vermittlungsversuch bezeichnen?«

»Nein«, erwiderte er tonlos und unfreundlich.

»Tut mir leid. Ich hätte deine Grenzen respektieren sollen. Weswegen bist du hergekommen?«

Er starrte mich böse an und sagte in tiefernstem Ton: »Du kannst mir gegenüber nicht über deine Unterwäsche reden.«

Ich presste die Lippen aufeinander.

»Wirklich nicht.«

»Verstehe«, erwiderte ich. »Und du bist den ganzen Weg hierher gerannt, um mir das zu sagen?«

»Machst du dich über mich lustig?«

»Nein, Sir. Tatsächlich war ich selbst bereits zu der Keine-Unterwäsche-Regel gelangt.«

Er sah mich verwirrt an.

»Ich meine die Regel, nicht über Unterwäsche zu *reden*«, stellte ich klar und schenkte ihm mein freundlichstes Lächeln. »Hättest du jetzt gern ein bisschen Wasser?«

»Ja, bitte.«

Er folgte mir in die Küche, wo ich ihm ein Glas Eiswasser einschenkte. Und wie sein Adamsapfel hüpfte, als er es austrank! Wie dick sein Hals war! Ich weiß nicht – der ganze Mann haute mich um. Aber Anstarren ist unhöflich. Das Problem war nur, dass mein Blick, wenn ich ihn senkte, auf die Ausbuchtung in seinen Shorts fiel. Wie alles andere an ihm war er stattlich. Und was sein Anblick bei mir auslöste, war obszön. Meine Zehen zogen sich zusammen, und meine Oberschenkel spannten sich an. Bei seinem Grillabend war es nicht schlimm gewesen, ihn halbnackt zu sehen – in Gegenwart anderer Leute. Aber hier, allein in meiner Küche ... wie konnte er es wagen, nicht über mich herzufallen? Einfach empörend.

Das Dumme war, jedes Mal, wenn ich versuchte, vernünftig zu sein und meine Gefühle im Zaum zu halten, tat er etwas, das mir Hoffnung machte. Denn er konnte mich auch nicht besser ignorieren als ich ihn. Und wie um das zu beweisen, starrte er auf meine niedlichen schwarzen Schlafshorts und das Tanktop. Noch nie war meine Schlafbekleidung so kritisch gemustert worden. Vor allem das Fehlen eines BHs schien ihn aus der Fassung zu bringen. Aber vielleicht starrte er meinen Busen auch ganz generell böse an. Dies war nicht das erste Mal. Dass meine Brustwarzen ausgerechnet in dem Moment beschlossen, hart zu werden, war allerdings wenig hilfreich.

Aber diese ganze Situation war völlig verfahren. Er machte mich wütend und glücklich und hilflos und geil. Das einzig Gute an meiner Verliebtheit in diesen Mann war das Wissen, dass ich mit diesem Chaos und dieser Verwirrung nicht allein war. Und im Gegensatz zu ihm konnte ich zumindest ein bisschen Würde vortäuschen.

»Gehst du oft mitten in der Nacht laufen?«, fragte ich.

»Nein.«

»Du konntest nicht schlafen?«

»Nein, konnte ich nicht«, erwiderte er.

»Das geht mir auch manchmal so. Wenn mir viel durch den Kopf geht.«

Er stellte das Glas weg und verschränkte die Arme vor der Brust. »Ich wollte nicht herkommen, aber … was du über Jane und mich gesagt hast … du hattest recht. Wir hatten uns getrennt, weil ich nicht damit umgehen konnte, wie sie sich manchmal anderen gegenüber verhält, und daran hat sich nichts geändert. Wusstest du, dass ihr der Kellner heute Abend seine Telefonnummer gegeben hat?«

»Nein, das wusste ich nicht.«

»Ich saß direkt daneben, und sie hat sie angenommen. Als wir uns letzte Woche getroffen und beschlossen haben, es noch mal zu versuchen, haben wir vereinbart, dass es keine offene Beziehung sein soll. Ich habe ihr gesagt, dass es mir unangenehm war, dass sie seine Nummer angenommen hat, und sie hat erwidert, ich würde mich lächerlich machen. Dass sie nur höflich gewesen sei und es nichts zu bedeuten habe.«

»Manchen würde das vielleicht nichts ausmachen. Aber dir macht es was aus.«

»Ja«, erwiderte er.

»Es tut mir leid.«

»Wieso tut es dir leid?«

Ich zuckte mit den Schultern. »Es macht mir keinen Spaß, dich unglücklich zu sehen.«

»Mist.« Er rieb sich das Gesicht. »Ich habe mich in etwas hineingestürzt, von dem ich wusste, dass es nicht funktionieren würde. Es ist mein Fehler.«

»Aus welchem Grund hast du es getan, Lars?«

Er ließ die Hände an den Seiten herabfallen und sah mich an. Die Stille bekam schnell etwas Unangenehmes. Schließlich sagte er: »Mit dir nur befreundet zu sein ist schwieriger, als es sein sollte.«

Mein Mund formte ein perfektes O. Dabei kam diese Aussage gar nicht so überraschend. Ich hatte nur nicht damit gerechnet, dass er es tatsächlich laut aussprechen würde.

»Reden wir über was anderes«, befahl er mir total aufgewühlt.

»Ah. Okay. Habe ich dir erzählt, dass ich mit der Scheidungsurkunde bei einem weiteren Medium war?« Ich hievte mich auf den Küchentresen. »Diesmal bei einer Psychometrie-Expertin. Die lesen Objekte, indem sie sie berühren.«

»Ist das nicht das, was Miss Lillian macht?«

»Nicht genau.«

»Was hat sie gesagt?«, fragte er und trank einen Schluck von seinem Wasser.

»Dass eine Menge Traurigkeit mit der Urkunde verbunden ist.«

»Was hattest du anderes erwartet?«

»Manche Scheidungen machen einen glücklich«, argumentierte ich. »Mein Vater war so begeistert, als seine endlich durch war, dass er eine Woche lang mit seinen Freunden auf die Jagd gegangen ist und getrunken hat. Bier kippen und Häschen erschießen.«

»Dein Vater ist ein Arschloch.«

»Das stimmt.«

»Und was hat deine Mutter getan?«

»Sie redet nicht darüber. Jegliches Thema, das auch meinen Dad beinhaltet, ist verboten.« Ich verschränkte die Arme vor der Brust. »Meine Familie zieht es vor, zerrüttet zu sein. Man könnte sagen, das ist unser selbst gewähltes Erscheinungsbild.«

»Ich bin froh, dass du deine Tante hattest.«

»Ich auch«, entgegnete ich. »Sie war so witzig. Sie hatte immer so eine Masche … wenn sie mir ein Glas Wasser eingeschenkt oder ein paar Socken geholt hat, hat sie immer gesagt: *Das ist dein Weihnachtsgeschenk. Mehr gibt es nicht.* Damit fing sie kurz nach Thanksgiving an und machte bis zu dem großen Tag so weiter. Als ich klein war, fand ich das total lustig.«

»Hört sich an, als wäre sie toll gewesen.«

»Yeah.« Mein Lächeln erlosch. »Das war sie wirklich.«

»Hat das Medium sonst noch was gesagt?«, fragte er.

»Ähm, dass ich keine falschen Entscheidungen treffen sollte, vor allem aber keine alten Fehler wiederholen. Ich soll mich von Vernunft leiten lassen, den Blick nach vorn richten und Dinge loslassen, die mir nicht guttun.«

Lars nickte. »Kein schlechter Rat.«

»Du wirst mir jetzt nicht sagen, dass alle Medien Schwindler sind?«

»Ich bin mir ziemlich sicher, dass du das selbst beurteilen kannst. Ihre Ratschläge klingen ein bisschen nach gesundem Menschenverstand. Aber vielleicht ist es nicht das Schlechteste auf der Welt, wenn sich Menschen ein bisschen gesunden Menschenverstand anhören müssen.«

»Sehr unvoreingenommen von dir. Und was wirst du jetzt mit Jane machen?«

»Wir haben uns darauf verständigt, dass wir uns nicht einig werden. Deshalb ist es vorbei. Wieder einmal.« Er ließ den Kopf hängen. »Verdammt, es hat eine ganze Woche gehalten.«

»Sei nicht so hart mit dir. In der Mittelschule wäre das ein ganzes Leben gewesen.«

»Das ist kein Trost.«

»Wir können Eis essen und fernsehen, wenn du dich dann besser fühlst.« Ich lächelte. »Kannst du dir vorstellen, mal eine Zeit lang allein zu bleiben?«

Er sah mich durchdringend an.

»Nur so ein Gedanke.«

Er seufzte. »Ich war nach deiner Einweihungsparty nicht von Panik getrieben. Das war nicht der Grund, weshalb Jane und ich …«

Ich wartete einfach.

»*Du* hast gesagt, dass du mich nicht sehen wolltest. Ich wusste, du brauchst nur ein bisschen Abstand, aber es gefiel mir nicht.«

»Okay.« Er schloss den Mund und schwieg.

»Weißt du was, ich kann dir beibringen, wie man Single ist. Allein zu leben fällt mir leicht.« Ich sprang vom Küchentresen herunter. »Ehrlich gesagt frage ich mich, ob das der Grund für die Scheidung war. Dass du irgendwann Zeit für dich brauchtest, um dich selbst zu entfalten oder so was in der Richtung.«

»Wenn dem so wäre, hätten wir uns dann nicht für eine gewisse Zeit getrennt?«

»Wer weiß?« Ich zuckte mit den Schultern. »Ein Paar zu sein ist schwierig. Etwas über längere Zeit zusammenzuhalten und das Gleichgewicht zwischen zwei Menschen zu finden. Nicht den Fehler zu machen, sich jemandem anzupassen, um dessen

Erwartungen zu erfüllen, egal wie sehr man denjenigen mag. Deshalb waren die Erfahrungen mit meinen Beziehungen immer nicht so doll.«

Er runzelte die Stirn. »Du solltest dich für niemanden ändern müssen, Susie. Darum geht es nicht. Ich meine, Kompromisse sind in Ordnung, aber nicht dass du dich verbiegst, um jemand anderen glücklich zu machen.«

»Aber ich bin das absonderliche Mädchen, Lars. Das mit der großen Klappe. Nicht das, das man mit nach Hause nimmt und der Mutter vorstellt.«

»Dann gib ihnen einen Tritt in den Hintern. Und zwar einen kräftigen.«

Ein Lächeln machte sich langsam, aber sicher auf meinem Gesicht breit. »Danke, dass du das sagst.«

Er knurrte nur.

»Weißt du was, noch nie ist jemand mitten in der Nacht quer durch die Stadt gerannt, um sich mit mir zu streiten.«

»Das war doch kein richtiger Streit.«

»Vermutlich ging es mehr darum, dass wir unsere Missverständnisse ausräumen. Wieder mal.«

»Ich gehe jetzt besser.« Er holte tief Luft und atmete langsam aus. »Sag mir, dass alles okay ist zwischen uns.«

»Alles okay«, versicherte ich ihm und begleitete ihn zur Tür. »Eine Frage noch: Redest du mit sonst noch jemandem über solche Sachen?«

»Nein.« Er drehte sich weg. »Ich glaube, man kann behaupten, dass ich mit dir mehr rede als mit irgendjemandem sonst. Vielleicht ist es mir deshalb so wichtig. Dass du und ich Freunde sind, meine ich.«

»Vielleicht«, entgegnete ich. »Vielleicht haben wir deshalb in einem Paralleluniversum geheiratet. Wir haben uns irgendwie da hineingeredet.«

»In einem Paralleluniversum, meinst du?«

»Natürlich. In einem, in dem es dir nicht so viel ausgemacht hat, wenn ich meine Unterwäsche erwähnt oder ein bisschen Busen gezeigt habe. Die Erklärung ist genauso gut wie jede andere.«

»Fernsehen und Eis morgen Abend?«

»Hört sich gut an.«

9. Kapitel

Lars tauchte Donnerstagabend mit einem entspannten Lächeln im Gesicht und einer Großpackung Eis in der Hand vor meiner Haustür auf. Das Eis hatte er bei Molly Moon's geholt – eine ausgezeichnete Wahl. Ich hoffte, er hatte sich für die Sorte Honig mit Butterkeks entschieden.

Sein Lächeln hielt allerdings nicht lange an. Erst schoss die Katze unter dem Esstisch hervor und sprang den Mann an, als wäre er ihre letzte Rettung. Was er in gewisser Weise auch war. Ich lief hinter ihr her, während Cleo sie entsetzt und verblüfft anstarrte und Austin vor sich hin fluchte. Dieses Fotoshooting war eine einzige Katastrophe.

Lars drückte die Katze an die Brust. »Was zum Teufel ist hier los, Susie?«

»Du da!« Ich deutete mit dem Finger auf das Biest. »Ich bin ausgesprochen enttäuscht von dir.«

Die Katze vergrub ihre Krallen in Lars' T-Shirt und versuchte, sich noch fester an ihn zu klammern. Lars zuckte vor Schmerz zusammen. »Noch mal, was zum Teufel ist hier los?«

»Sie hat auf Austins Gitarre und in den Kasten gepinkelt.«

»Mist.«

»Du sagst es«, kreischte ich. »Es ist eine 1960er-Martin, die ein Vermögen wert ist. Wir haben Werbeaufnahmen für ihn gemacht, und dann beschließt die hier, dort ihr Geschäft zu verrichten, wo sie das nun wirklich nicht sollte.«

Die Katze streckte sich, um ihr Gesicht an Lars' Kinn zu reiben, und besaß die Frechheit zu schnurren.

Wieder deutete ich mit dem Finger in ihre Richtung. »Wenn du glaubst, dass ich dir weiterhin das teure Biotrockenfutter kaufe, dann hast du dich geirrt, Fräulein.«

»Ich glaube, wir haben alle Fotos, die wir brauchen«, sagte Cleo und packte ihre Kamera samt Blitzlicht weg.

Austin saß derweil stumm da und starrte verzweifelt auf sein geliebtes Instrument. In der Hand hielt er sein jetzt mit Katzenurin getränktes T-Shirt. Vermutlich war es das Erstbeste, was ihm in den Sinn gekommen war, um die Flüssigkeit aufzuwischen. Der Mann hatte eine Menge Tattoos, unter anderem einen Baum auf seinem Rücken. Verdammt cool.

»Was für ein Mist.« Ich zog mein Handy aus der hinteren Hosentasche meiner Jeans und fing an zu googeln. »Okay. Hier wird Essig und Backpulver empfohlen. Moment mal … nein. Bleichmittel ist offenbar besser. Allerdings ist mir nicht ganz klar, was wir mit dem Gitarrenkasten machen.«

»Bist du dir sicher mit dem Bleichmittel?«, fragte Austin besorgt. »Vielleicht wird es damit eher schlimmer.«

»Ich bin mir sicher«, erwiderte ich, während ich weiterlas. »Hier steht, es macht weder dem Holz noch dem Lack etwas aus.«

»Es ist durch einen Spalt und durch ein paar Rillen im Lack gedrungen.«

»Ich bringe die Katze erst mal nach draußen«, sagte Lars.

»Das wäre vielleicht das Beste«, erwiderte Cleo.

Ich fand das Benötigte und dazu ein paar Papierhandtücher in der Küche und kniete mich mit allem vor die Martin. Sie war eine wunderschöne alte Akustikgitarre.

»Es tut mir so leid, Austin.«

Er nickte mürrisch.

Ich rieb den verbliebenen Urin mit einem alten Handtuch weg. Dann drückte ich vorsichtig einen sauberen, mit Bleichmittel getränkten Lappen auf den Bereich. »Das soll man jetzt eine Zeit lang einziehen lassen.«

»Hallo, Lars«, sagte Austin und nickte ihm zur Begrüßung zu.

Lars war ohne Katze wieder hereingekommen. Gott sei Dank. »He, ich wusste ja gar nicht, dass ihr zusammenarbeitet.«

»Susie und ich hatten gestern beim Abendessen darüber geredet. Ich brauche ein bisschen Hilfe mit Social Media.« Austin lächelte mich traurig an. »Ich hatte nicht damit gerechnet, dass mich ihre Katze auf den ersten Blick hasst. Wenn das hier nicht funktioniert, bringe ich die Gitarre in die Werkstatt und schaue, was man dort tun kann.«

»Das hätte einfach nicht passieren dürfen«, seufzte ich. »Ich bringe sie selbst in die Werkstatt, das ist das Mindeste, was ich für dich tun kann.«

»Danke. Aber ich kenne die Besitzer.«

Ich runzelte die Stirn. »Ach so. Natürlich.«

»Ich habe bei Fotoshootings schon erlebt, dass neugeborene Babys auf Dinge gepieselt haben«, sagte Cleo. »Aber noch nie eine Katze.«

Ich hob den Rand des Lappens an, um nachzusehen, ob alles in Ordnung war. »Ich denke ernsthaft darüber nach, ob ich diesem kleinen Luder weiterhin ein Zuhause biete.«

»Nein, tust du nicht.« Lars ging Richtung Küche, um das Bier in den Kühlschrank zu stellen. »Du bist nur aufgebracht. Und das zu Recht.«

»War ja klar, dass du dich auf ihre Seite schlägst«, knurrte ich. »So wie sie sich bei dir einschleimt.«

Austin nahm den Lappen weg und seufzte. »Das wird wohl warten müssen. Ich habe heute Abend im North Admiral einen Auftritt. Würdest du dieses T-Shirt bitte für mich wegwerfen?«

»Klar doch«, erwiderte ich und nahm ihm das stinkende Kleidungsstück ab. »Hier, nimm die Flasche mit der Bleiche mit, dann kannst du noch mehr davon auf die Gitarre tun, wenn du Zeit hast.«

»Gute Idee.« Er legte das Instrument in den Kasten. »Wir reden später. Über die Fotos und … ja.«

Ich schenkte ihm mein bestes professionelles Lächeln, fühlte mich aber schrecklich wegen des unglückseligen Vorfalls. »Natürlich.«

»He.« Cleo rieb mir den Rücken. Den Rücken von meiner besten Freundin gerieben zu bekommen, hat mir schon durch die schlimmsten Zeiten geholfen. Sie ist ein guter Mensch. »Eigentlich wollte ich mich mit Tore treffen, aber …«

»Nein, schon okay«, erwiderte ich. »Geh nur.«

»Wirklich?«

Mein Lächeln fühlte sich von vorn bis hinten falsch an. »Das ist blöd gelaufen hier, aber ich komme klar.«

Cleo verabschiedete sich, und Lars half ihr, ihre Ausrüstung zum Auto zu tragen.

Der richtige Zeitpunkt, aufgewühlt im Wohnzimmer hin und her zu laufen, war gekommen. Natürlich erst, nachdem ich das T-Shirt entsorgt hatte. Alle Fenster standen offen, aber der schreckliche Geruch hing noch immer in der Luft. Was für ein wildes kleines Ding!

»Alles in Ordnung?«, fragte Lars, als er wieder hereinkam.

»Nein.«

»He, das ist …«

»Meine Katze hat auf die Fünfzehntausend-Dollar-Gitarre eines Kunden gepinkelt«, stöhnte ich.

147

Er schwieg einen Moment. »Susie …«

»Austin muss mich hassen, und endgültig hassen wird er mich, wenn ich ihm sage, dass ich nicht mit ihm essen gehen möchte. Obwohl er sich das vielleicht anders überlegt hat, und das zu Recht.«

»Austin hat dich eingeladen?«

Ich nickte. Noch immer lief ich wie von Sinnen hin und her. »Und er ist wirklich ein toller Typ. Attraktiv, klug, witzig …«

Lars verschränkte die Arme vor der Brust.

»Wir hatten ihr nur eine Minute den Rücken gekehrt, um das letzte Foto vor dem Kamin vorzubereiten. So etwas hat sie noch nie gemacht.«

»Das kommt wieder in Ordnung.«

»Was mache ich, wenn er verlangt, dass ich das Instrument ersetze? Ich habe mein ganzes Geld in die Renovierung des Hauses gesteckt.«

»Ich kenne Austin schon lange, und er ist nicht der Typ, der sich wie ein Arschloch aufführt. Nicht wegen so etwas.«

Ich lief weiter hin und her. »Hast du seinen Gesichtsausdruck gesehen, als er gegangen ist?«

»Ja«, erwiderte Lars. »Aber das legt sich wieder. Er war aufgewühlt. Nicht wütend.«

»Ich habe einfach die schlimmsten Befürchtungen.«

»Dir passiert schon nichts.«

»Er hasst mich bestimmt.«

»Wie es scheint, will er mit dir ins Bett«, widersprach Lars. »Aber er wird dich nicht gleich verklagen, wenn du ihn zurückweist.«

»Großer Gott.« Ich schnappte nach Luft. »Er könnte mich verklagen. Daran hatte ich noch gar nicht gedacht. Vielleicht sollte ich einfach mit ihm zu diesem dummen Essen gehen.«

»Was?« Er runzelte die Stirn. »Nein. Er wird dich nicht verklagen. Ich glaube nicht, dass es die richtige Lösung ist, mit ihm auszugehen. Außer du hast deine Meinung geändert und *willst* mit ihm essen gehen.«

»Nein, eigentlich nicht.«

»Na siehst du.« Die Spannung in seinen breiten Schultern ließ nach. »Da hast du deine Antwort.«

»Was für ein Chaos.«

»Das Bleichmittel hat doch was gebracht, oder?«

»Wer weiß?« Ich lief weiter auf und ab und zerrte kräftig an meinem Zopf. »Und wenn sich rumspricht, dass ich das Eigentum eines Kunden zerstört habe?«

»Es gibt keinen Grund, wieso das irgendjemand erfahren sollte.«

»Niemand wird mir jemals wieder einen Auftrag erteilen«, sagte ich verdrießlich. »Ich werde die Katzenpisse-Lady sein. So wird man mich nennen.«

»Susie ...«

»Hmm?«

Lars trat mir in den Weg und packte mich an den Schultern. Er hatte mich mitten im Umdrehen gestoppt. Mit gerunzelter Stirn sah er mich durchdringend an. »Du musst dich beruhigen«, sagte er ernst. »Bisher ist nichts Schlimmes passiert.«

»Aber es könnte passieren.«

»Glaubst du nicht, dass du ein bisschen arg dramatisch reagierst?«

»Ich weiß es nicht.« Ich seufzte. »Und wenn ich nun doch mit ihm zum Essen gehe?«

»Das ist nicht die Antwort«, presste er mühsam heraus. »Wie wir bereits zweimal festgestellt haben.«

»Ja, aber bist du dir wirklich ganz sicher, dass es nicht doch helfen würde? Denn im Moment ist es ja nicht so, als könnte es schaden. Meiner unmittelbaren finanziellen Zukunft zuliebe kann ich durchaus lächeln und freundlich sein, und er ist schließlich auch ein gut aussehender Mann.«

Lars starrte mich böse an. »Moment mal. Dann fühlst du dich doch zu ihm hingezogen?«

»Ich weiß es nicht.«

»Susie, ich brauche eine Antwort.« Er brachte sein Gesicht ganz nah an meins und sah mich mit einer Mischung aus Verwirrung und Wut an. »Ja oder Nein? Gehst du mit Austin essen oder nicht?«

»Ähm, na ja …«

Ich vermute, mein Zögern war das, was ihm den Rest gab, denn er stürzte sich mit einem knurrenden Geräusch auf meinen Mund. Warme feste Lippen wurden auf meine gepresst und verharrten dort eine gefühlte Ewigkeit. Um ehrlich zu sein: Es fühlte sich weniger wie ein Kuss und mehr wie ein Akt der Verzweiflung an. Es lag keine echte Leidenschaft darin. Jedenfalls keine der gängigen Art.

Als Lars die Lippen von meinen löste, war sein Blick sowohl wachsam als auch besorgt.

Meine Augen waren inzwischen so groß wie der Mond. Mein Herz hämmerte in meiner Brust. Falls er vorgehabt hatte, mich von dem Katzenpipiproblem abzulenken, war ihm das wirklich gelungen.

Er löste die Finger aus meinem Haar und trat einen Schritt zurück. Dann öffnete er den Mund, schloss ihn wieder und öffnete ihn erneut. »Mist«, sagte er schließlich.

»Bist du eben eifersüchtig geworden, hast Panik bekommen und mich geküsst?«

»Ja.«

»Passiert dir das sonst auch?«

Er kniff die Augen zusammen. »Nein.«

»Nein«, stimmte ich zu.

Stöhnend warf er sich auf die Couch, stützte die Ellbogen auf die Knie und schlug die Hände vor das Gesicht. Die Pose eines Manns in großer Pein. Nein. Ein verwirrter moderner Mann, konfrontiert mit seinen Gefühlen. Eines von beiden. Was mich anging – mir hatte sein Mund auf meinem gefallen. Auch wenn an dem Kuss noch ein bisschen gefeilt werden musste.

»Es hat sich improvisiert angefühlt«, fügte ich hinzu. »Ohne kritisch sein zu wollen.«

Er ließ die Hände sinken und sah mich fassungslos an. Als würde ich auf seinem allerletzten Nerv herumtanzen. Dieser Mann wusste wirklich, wie man einen Gefallen erwiderte. Kopfschüttelnd zog er sein Handy heraus und tippte rasch einen Text ein. »Wir sollten Tore dazu bringen, mit Austin zu reden und in Erfahrung zu bringen, was mit der Gitarre los ist.«

»Ich weiß nicht, was ich davon halten soll.«

Er sah mich ernst an. »Tore kennt Austin seit Kindertagen. Ich vertraue meinem Bruder. Ich verspreche dir, er wird mir helfen. Bitte lass uns das für dich tun.«

»Okay«, erwiderte ich. »Aber sag ihm, er soll sich vorsichtig rantasten. Ich will nicht, dass sich Austin unter Druck gesetzt fühlt. Wir wollen die Situation nicht schlimmer machen, als sie ist.«

Lars nickte, während seine Daumen weiter über das Display flogen.

»Vermutlich bedeutet es nicht das Ende der Welt, wenn ich einen kleinen Kredit aufnehme. Es wird mich eine Zeit lang zurückwerfen, aber was soll's? Wenn ich das mit meinen College-Gebühren hinbekommen habe, dann schaffe ich das hier garantiert auch.« Ich rieb über die Seiten meiner weit geschnittenen, tief auf den Hüften sitzenden Jeans. »Und mein Ruf ist einwandfrei. Meine Kunden kennen mich und vertrauen mir. Ich meine, was da passiert ist, ist doch nur eine amüsante Tragödie. Nicht das Ende der Welt.«

»Das stimmt. Alles wird wieder gut.« Sein Handy klingelte, und er las den Text. »Tore sagt, Cleo und er fahren heute Abend zu Austins Auftritt. Und sie werden subtil vorgehen. Aber er kennt Austin seit seinem vierzehnten Lebensjahr und kann sich wirklich nicht vorstellen, dass er dir Schwierigkeiten machen wird.«

»Wie auch immer, jedenfalls habe ich jetzt einen Alternativplan. Damit fühle ich mich gleich besser.« Und wenn ich mir das lange genug einredete, würde es garantiert wahr werden.

»Gut.« Er kniff die Augen zusammen. »Susie …«

»Du hast mich geküsst.«

»Ich weiß.«

»Vermutlich sollten wir darüber reden.«

Er ließ den Kopf sinken. »Verdammt.«

Ich machte es mir auf dem Ohrensessel ihm gegenüber bequem, denn sein Rückzug aus dieser Situation würde vermutlich legendär werden. Der Abgang des Jahrhunderts. Jede Menge Schamgefühl. Ganz viel Bedauern. Für diese Show brauchte ich unbedingt einen Platz in der ersten Reihe.

Doch dann hob er den Kopf und sagte: »Unser Schicksal ist vorprogrammiert.« Mit resigniertem Blick sah er mich an. Nichts in seinen blauen Augen deutete auf eine Lüge hin. Er schien sich in sein Schicksal zu fügen, so als würde ihm die Vorstellung zwar nicht gefallen, ein Entrinnen jedoch nicht möglich sein. Was nicht gerade ein großes Kompliment war. Dieser Idiot.

»Geht es hier um die Scheidungsurkunde?«, fragte ich.

»Um all das hier.«

»Das musst du mir erklären.«

»Ich fühle mich zu dir hingezogen. Du fühlst dich zu mir hingezogen. Offenbar bist du gern mit mir zusammen, sonst würden wir nicht immer wieder diese absolut verwirrenden Gespräche führen. Wobei ich immer ganz gespannt darauf bin, was als Nächstes aus deinem Mund kommt.«

Ich starrte ihn nur verblüfft an.

»Wir hatten beide mehrfach Gelegenheit, das Ganze zu beenden, und keiner von uns hat es getan. An uns beiden führt einfach kein Weg vorbei.«

»Ja«, erwiderte ich. »Das sagst du immer wieder. Aber was genau meinst du damit?«

»Ich habe sogar versucht, ein bisschen Distanz zwischen uns zu bringen, indem ich mich mit anderen Frauen getroffen habe.«

Ich schnappte nach Luft. »Du hast behauptet, das würdest du nicht tun.«

»Das war gelogen.«

»Nun, war ja klar. Ich wusste, dass es Schwachsinn war. Allerdings wusste ich nicht, dass dir das ebenfalls klar war, weil ich glaube, dass die männliche Spezies normalerweise nicht zu solchen Erkenntnissen in der Lage ist«, entgegnete ich. »Jedenfalls hatte ich nicht damit gerechnet, dass du diese Richtung einschlagen würdest.«

»Dagegen anzukämpfen hat nicht funktioniert. Mich von dir fernzuhalten auch nicht. Außerdem will sowieso keiner von uns eine Langzeitbeziehung.« Er nickte, wie um sich das selbst zu bestätigen. »Wir werden einfach daten müssen.«

»Ähm, daten?«

»Ja.«

Mein Lachen klang spröde. »Das ist nicht dein Ernst.«

»Doch, ist es.«

»Nein. Ist es nicht. Ich glaube vielmehr, dass du die Situation nicht richtig einschätzt. Willst du wirklich gegen den Bro-Code verstoßen und deinem besten Freund erzählen müssen, dass du und ich etwas … ansatzweise Romantisches und manchmal Sexuelles miteinander machen?«

Er lehnte sich auf dem Sofa zurück und legte den Fuß auf sein Knie, was irgendwie total locker wirkte. »Ich glaube, darüber brauchen wir uns schon lange keine Sorgen mehr zu machen, nicht wahr?«

»Es wird ihm nicht gefallen.«

»Er wird sich daran gewöhnen.«

»Ich will ihn nicht mal in meiner Nähe haben. Absolut nicht.«

»Ich verstehe«, erwiderte er liebevoll. So liebevoll, dass es mich völlig aus der Bahn warf. »Susie, ist dies deine nicht sehr subtile Art mir zu sagen, dass du mich nicht daten willst?«

»Ich halte es einfach nicht für eine gute Idee.«

»Darf ich fragen, wieso?«

»Du würdest meiner überdrüssig werden. Was aus meinem Mund kommt, würde seinen Charme verlieren. Vertrau mir. Das habe ich alles schon erlebt. Und sehen wir den Tatsachen ins Auge. Wir schaffen es nicht mal, mehr als ein paar Tage befreundet zu sein, ohne dass etwas schiefgeht. Nach allem, was dieses Jahr bereits passiert ist … sehe ich mich dazu einfach nicht in der Lage.« Ich zupfte am Saum meiner Jeans herum und vermied jeglichen Blickkontakt. »Ich weiß, diese mysteriöse Scheidungsurkunde macht es kompliziert, aber ich bleibe trotzdem dabei, dass es besser ist, wenn wir alles so belassen.«

Eine Zeit lang sagte er nichts. Ihm nicht in die Augen zu schauen war die richtige Entscheidung gewesen. Denn als ich es tat, lag in seinem Blick eine Sanftheit, die verstörend war. »Er hat dein Selbstvertrauen wirklich erschüttert, nicht wahr?«

Ich zuckte mit den Schultern.

»Du willst wirklich nicht, dass sich irgendetwas ändert?«

»Nun, ich meine … Sex wäre nett.«

Er runzelte die Stirn. »Sex?«

»Ach komm schon. Das kann dich doch jetzt nicht so sehr überraschen. Wir verzehren uns doch schon seit Wochen nacheinander. Ich würde behaupten, wir hätten beide ein bisschen Erleichterung verdient.«

»Okay.« Er kratzte sich seine langen Bartstoppeln. Sein Gesichtsausdruck kam inzwischen einer Mischung aus Verwirrung und Fassungslosigkeit gleich. Was seiner Attraktivität keinen Abbruch tat. »Nur um zu klären, ob ich das hier richtig verstehe. Ich habe vorgeschlagen, dass wir daten, und im Gegenzug hast du unverbindlichen Sex vorgeschlagen.«

»Genau.«

»Weil du nicht glaubst, dass eine Beziehung zwischen uns funktionieren würde.«

Ich nickte. »So in etwa. Du hältst eine Beziehung zwischen uns für unvermeidbar. Ich hingegen glaube, dass unter den derzeitigen Umständen eine *kurze* und *schlechte* Beziehung zwischen uns unvermeidbar ist.«

»Darf ich darüber nachdenken?«

»Nimm dir alle Zeit, die du brauchst.« Ich betrachtete ihn interessiert. »Du bist es nicht gewöhnt, zurückgewiesen zu werden, stimmts?«

»Das stimmt«, gab er mir recht.

»Betrachte es als persönliche Wachstumserfahrung.«

»Genau.« Er lächelte amüsiert und stand auf.

»Wir wollten doch fernsehen und Eis essen.«

»Willst du das immer noch?«

»Unbedingt, Freundin.«

Geduld war nicht meine Stärke, aber Lars war den Versuch wert. Meine Gründe, mich nicht Hals über Kopf in eine Beziehung mit ihm zu stürzen, erschienen mir absolut einleuchtend. Man ließ Trauer und Zurückweisung nicht einfach so hinter sich. Und emotional fühlte ich mich noch nicht wieder gefestigt. Ich und mein empfindsames Gemüt. Aber der Ex hatte meine Zweifel und Unsicherheiten jeden Tag aufs Neue genährt. Auch Tante Susans Verlust holte mich immer wieder auf brutale Weise ein. Ihr plötzlicher Tod war wie ein Schock für mich gewesen. Dann war da noch diese Sache, an der *kein Weg vorbeiführte*. Als würde dieser Mann sich dem Schicksal ergeben, wenn er mir eine Beziehung anbot. Wollte er mich wirklich daten, oder hatte ihn diese Urkunde zermürbt?

Diese Frage ließ sich nicht mit Sicherheit beantworten.

Freitagabend nahm ich in der Stadt aus beruflichen Gründen an der Vorstellung von periodensicherer Unterwäsche teil. Sie war ein großer Erfolg und endete gegen neun. Lars hatte mich auf ein paar Drinks in eine Bar ein paar Blocks vom Fremont Troll entfernt eingeladen, aber ich hatte abgelehnt, weil ich glaubte, die Vorstellung würde länger dauern. Jedenfalls fühlte ich mich wohl in meiner Haut, denn mein geglättetes, seitengescheiteltes Haar machte wirklich was her, und die Bar lag quasi auf meinem Nachhauseweg, warum also nicht?

Wie groß mein Fehler war, wurde mir rasch klar.

»Susie«, sagte Aaron, der mit einem Billardstock in der Hand hoch aufgerichtet dastand. Sein übliches hochnäsiges Grinsen tauschte er rasch gegen einen bewusst nichtssagenden Gesichtsausdruck ein. Von seiner Verlobten war weit und breit nichts zu sehen. Ich fand es interessant, dass er mich für würdig befunden hatte, mich ein Jahr lang zu daten. Aber dass ich die Frechheit besaß, nicht einfach von der Bildfläche zu verschwinden, nachdem er mich abserviert hatte, war in seinen

Augen offenbar eine schwere Beleidigung. Männer, die Frauen in vorgefertigte Schubladen stecken, sind die schlimmsten. Als könnten wir nur stereotypen Rollenbildern entsprechen und kein Eigenleben entwickeln. Als wären wir keine richtigen Menschen, sobald wir kein Anhängsel mehr von ihnen sind.

Mateo und sein Partner James saßen auf Stühlen und warteten, bis sie am Billardtisch an der Reihe waren. Sie lächelten mich an, und ich hob grüßend die Hand. Ich glaube, sie hielten auch nicht viel von Aaron. Jedenfalls schienen sie auf Abstand zu ihm zu gehen.

Wie konnte Lars das entgehen?

Als Lars mich entdeckte, stellte er sein Bier ab, und in seinen Augen blinkten sämtliche Alarmzeichen auf. »He. Was für eine Überraschung. Hübsch siehst du aus.«

Auch wenn es stimmte, dass meine schwarze Hose mit weitem Schlag, mein schulterfreies Sonnentop und meine Ballerinas perfekt waren, änderte das nichts an der extrem unangenehmen Situation. Allerdings konnte Lars' Anblick durchaus als Entschädigung dafür durchgehen. Diesem Mann standen Jeans wie keinem anderen. So wie sich sein T-Shirt an seinen Körper anschmiegte, die Baumwolle sich über seinen Schultern dehnte und seinen Bizeps umschlang, bot er einen umwerfenden Anblick. Das Glücksgefühl wich jedoch rasch einem Gefühl von Befangenheit.

»Diese Veranstaltung, zu der ich aus beruflichen Gründen musste, war früh zu Ende, und …« Ich nahm rasch einen Schluck von dem Cider, den ich mir am Tresen geholt hatte, und stellte das Glas auf einem Tisch in der Nähe ab. »Ich bin gleich wieder weg.«

Lars griff nach dem Drink und hielt ihn mir hin. »Bleib. Zumindest bis du das ausgetrunken hast.«

»Dein Freund fühlt sich unwohl in meiner Gegenwart.«

»Er wird es überleben.« Er trat näher, damit uns niemand belauschen konnte. »Ich habe ihn erst eingeladen, nachdem du gesagt hattest, du könntest nicht kommen. Aber jetzt bist du hier, und das ist auch gut so.«

Ich stöhnte.

»Wir haben geredet. Er wird dich nicht blöd anlabern.«

»Geredet?«, fragte ich. »Wann denn, und was genau hast du gesagt?«

»Nach meinem Geburtstag. Ich habe ihm gesagt, dass mir deine Freundschaft sehr viel bedeutet.«

»Meine Freundschaft, soso.«

»Ja.« Er lächelte amüsiert. »Hast du es dir anders überlegt, soll ich den Beziehungsstatus ändern?«

»Unnötig, *Freund*.«

»War nur eine Frage. Bleib. Trink dein Glas aus.«

»Na gut«, erwiderte ich. »Ich trinke erst noch aus.«

Mateo und James hatten keine Lust mehr zu warten und gingen zum Flipper. Währenddessen glitt Aarons Blick misstrauisch zwischen Lars und mir hin und her. Ich schenkte ihm mein unschuldigstes Lächeln. Was mir einen bösen Blick einbrachte. Und die ganze Zeit blieb Lars neben mir stehen. Ich muss zugeben, ich hätte zu gern erlebt, wie sich das weiterentwickeln würde. Ich war zu der Erkenntnis gelangt, dass Aaron Frauen gegenüber nur nett war, wenn er sich davon etwas erhoffte. Da er nicht glaubte, dass ich noch irgendeinen Wert für ihn haben oder ihm irgendetwas geben könnte, woran er interessiert war, gab es für ihn keinen Grund, höflich zu sein. Arschloch.

»Nun mach schon«, sagte Lars zu Aaron.

Was er auch tat, wobei er in meine Richtung sagte: »Was macht die Arbeit, Susie? Laufen die Geschäfte gut?«

»Ja.«

»Prima.« Er beugte sich über den Billardtisch und visierte

die Kugel an. »Hast du den großen Auftrag des Landschafts-gärtners bekommen, der mit deiner Preisgestaltung nicht ein-verstanden war?«

»Nein.«

»Wie schade.« Er versenkte eine Kugel und visierte die nächste an. »Hübsch siehst du aus. Ist das dein Businesslook? Du hattest immer schon einen Hang zu Originellem.«

»Danke«, erwiderte ich eher trocken.

»Und deine Eltern? Hast du in letzter Zeit mal mit ihnen gesprochen?«

»Ja.«

»Deinen Dad habe ich immer gemocht.«

Ich hielt den Mund.

Lars runzelte die Stirn, sagte aber nichts.

»Es hat mir leidgetan, als ich das von deiner Tante Susan er-fahren habe«, fuhr Aaron fort und zielte erneut auf eine Kugel. »Wir haben uns nicht verstanden, aber ich weiß, dass ihr beide euch nahestandet.«

Ich trank meinen Cider und dachte an beruhigende Dinge. Schuhverkäufe und Spaziergänge am Wasser und Ähnliches. Denn diesmal würde nicht ich diejenige sein, die in die Luft ging. Auf gar keinen Fall. Ich würde aus dem Schmerz ler-nen und Aaron nicht länger gestatten, mich zu verletzen. Zum Teufel mit ihm. Ich hatte über das nachgedacht, was Karen, das Medium, dazu gesagt hatte, dass man die eigenen Fehler nicht wiederholen solle. Mein Ex kannte alle meine Schwachstellen. Das war nun einmal so. Zwar konnte ich sein Verhalten nicht beeinflussen, wohl aber meine Reaktion darauf.

»Deine Tante und ich waren ein bisschen wie du und meine Mutter.« Er grinste hämisch. »Ich kann gar nicht beschreiben, wie erleichtert sie war, als ich ihr erzählt habe, wir hätten uns getrennt.«

»Mir war gar nicht klar, dass deine Mutter so dachte.«

»Oh, doch.« Er lachte. Subtil war anders. »Nur gut, dass es nicht geklappt hat mit uns, nicht wahr?«

»Du sagst es«, stimmte ich zu.

Lars runzelte die Stirn noch ein bisschen mehr, sagte aber nichts.

Aaron vergab seinen nächsten Stoß und reichte Lars das Queue. Jetzt gab es etwas, das das Hinschauen wert war. Lars, wie er sich über einen Billardtisch beugte. Wie der Jeansstoff seine kräftigen Schenkel und das Gesäß umspannte. Wie sich die Muskeln in seinen Armen anspannten, als er seinen Stoß vorbereitete. Ich hätte diesem Mann den ganzen Tag bei allem Möglichen zusehen können. Oder zumindest die nächsten Minuten, während ich meinen Cider austrank.

Lars versenkte die erste Kugel und konzentrierte sich auf die nächste.

Als Aaron mich beim Starren ertappte, bekam sein Blick etwas zutiefst Verächtliches.

Ich trank noch ein bisschen mehr Cider.

»Zu schade, dass Hannah heute Abend nicht mitkommen konnte«, sagte er. »Ich glaube, ihr beide würdet euch gut verstehen.«

»Oh?«

Lars sah kurz zu mir rüber, um meine Reaktion zu prüfen, und richtete den Blick dann wieder auf den Billardtisch.

»Wie du ist sie viel in Social Media unterwegs«, fuhr Aaron fort. »Hat all diese Fans aus ihren Zeiten als Model.«

»Okay«, erwiderte ich.

»Aber es gefällt ihr viel besser, als Systemanalystin zu arbeiten und etwas mit ihrem Abschluss zu machen. Sie hat bereits ein Stellenangebot von einer großen Firma hier.«

»Lass mich raten ... deine Mutter liebt sie.«

»Ja, das tut sie tatsächlich.«

Lars richtete sich zu seiner vollen Größe auf. »Was zum Teufel soll das, Mann?«

»Wir machen nur Konversation«, entgegnete Aaron abwehrend. Sein Grinsen verschwand, und er machte wieder auf nett. Dass ich auf so was mal reingefallen war! Ich sollte mich schämen.

»Was soll der ganze Mist?«, fragte Lars. »Du hat alles Negative zur Sprache gebracht, was dir eingefallen ist, hast ihr erzählt, dass deine Mutter sie hasst, und ihr dann deine Verlobte unter die Nase gerieben.«

»Lars ...«

»Ich habe dir gesagt, dass sie mir wichtig ist, und dann behandelst du sie so?«

Aaron trat von einem Fuß auf den anderen. »Wir kennen uns eben.«

»Das ist mir egal.«

»Schau, es tut mir leid, okay? Sie bringt mich immer dazu, mich von meiner schlechtesten Seite zu zeigen.«

»Mann, sie hat kaum den Mund aufgemacht.«

»Ich habe ausgetrunken«, sagte ich und stellte das leere Glas zur Seite. »Bis demnächst, Lars.«

»Warte einen Moment, dann bringe ich dich nach draußen.«

Diesmal war mein Lächeln echt. Ich hatte es geschafft. Ich war auf die Provokationen nicht eingestiegen. Ein Sieg auf ganzer Linie. »Danke, aber nicht nötig.«

Aaron packte ihn am Arm. »Lars, bleib hier. Reden wir über ...«

Ich schlängelte mich durch die Freitagabendmenge. Sobald ich draußen stand, konnte ich wieder atmen. Die kühle Nachtluft und das Verstummen der Musik waren eine Erleichterung. Jetzt hatte ich mir ein langes Bad mit einem guten Buch verdient. Ich hatte meine Zeit abgesessen und einen Drink lang durchgehalten. Wo ein Wille ist, ist auch ein Weg und so.

Ich ging die Straße entlang, weg vom Parkplatz, dann zog ich das Handy aus der Tasche und öffnete meine Taxi-App.

»He!«, hörte ich eine vertraute tiefe Stimme.

»He!«, antwortete ich überrascht.

Lars kam auf dem Bürgersteig auf mich zu. Ich öffnete den Mund, wusste aber nicht, was ich sagen sollte. Was sagte man zu jemandem, der gerade herausgefunden hatte, dass sein bester Freund ein Arschloch war?

Und wie seltsam, dass er mir hinterhergegangen war! Dass er sich diesmal für mich entschieden hatte. Um ehrlich zu sein, ich war reichlich verblüfft.

Im Licht der Laterne wirkten seine Gesichtszüge härter. Eine leichte Brise fuhr durch seine goldene Wikingermähne, während er auf mich zukam, groß und massiv und stark. Als könnte ich gegen ihn anrennen, so viel ich wollte. Er weckte in mir den Wunsch, schlechte Gedichte zu schreiben. Das war die Wahrheit.

Ich überlegte noch immer, was ich sagen sollte, als er auf mich zutrat und mich wie ein Wahnsinniger küsste. Dies hatte nicht die geringste Ähnlichkeit mit dem letzten Mal. Er ließ die Zunge in meinen Mund gleiten und spielte mit meiner. Kein sanftes Eindringen. Kein Zögern. Der Mann war entfesselte Leidenschaft. Er schob die Hand unter mein Haar und packte mich am Nacken, damit ich nicht ausweichen konnte, während er sich auf meinen Mund stürzte. Und er war begabt. Es war heiß und feucht und so verdammt gut. Alles war nur noch Lippen und Zunge und Zähne. Die andere Hand legte er auf mein Kreuz, um mich an sich zu ziehen. Ich klammerte mich an sein T-Shirt, während sich in meinem Kopf alles drehte wie verrückt. Diese gierigen Laute, die aus der Tiefe seiner

Kehle drangen … so etwas hatte ich noch nie gehört. Jede Faser meines Körpers war hellwach und voller Begierde.

Wir fuhren auseinander, als neben uns gehupt wurde. Wie unhöflich.

»Mein, ähm, mein Taxi ist da«, sprach ich das Offensichtliche aus. Seit wann war es derart schwierig, gleichzeitig zu stehen, zu atmen und zu denken?

Offenbar ging es ihm genauso, denn er starrte nur auf meine Lippen.

»Hast du es dir eventuell anders überlegt mit Sex zwischen uns?«

Er schwieg einen Moment. »Noch nicht.«

»Okay.«

Über Lars' Schulter hinweg konnte ich gerade noch Aaron sehen, der vor der Bar stand und uns beobachtete. Er war nicht glücklich.

»Komm«, sagte Lars.

Er begleitete mich zum Wagen und öffnete mir die Tür. Sobald ich sicher drinnen saß, nickte er und schlug sie zu. Dann trat er einen Schritt zurück und sah mich an. Der Fahrer fuhr los. Ich drehte mich erst nach Lars um, als er bereits außer Sichtweite war. So verzweifelt und meinen Gefühlen ausgeliefert war ich dann doch nicht. Zumindest noch nicht. Aber ich war gefährlich nah dran.

10. Kapitel

Lars: Arbeite das ganze Wochenende an einem eiligen Auftrag. Melde mich nächste Woche.

Ich: Okay.

Lars: Ich ignoriere dich nicht.

Ich: Okay.

Lars: Bist du ganz sicher, dass es okay ist?

Ich: Ja. Ganz bestimmt.

Lars: Das gestern Abend kam unerwartet.

Ich: Tatsächlich?
Ich: Bereust du es?

Lars: Nein.

Ich: Freut mich.

Mit der Scheidungsurkunde in der Hand stand ich Montagnachmittag vor der Rechtsanwaltskanzlei von Johnson & Cavanagh. Das waren die Rechtsanwälte, die in der Urkunde genannt waren. Allerdings hieß es dort Johnson, Cavanagh & Yeoh. Es war der übliche Bürokomplex aus Beton und Glas. Nichts Besonderes. Dennoch war alles völlig bizarr. Lars und ich hatten noch nicht einmal miteinander geschlafen. Gleichwohl war ich, ein paar Jahre vom heutigen Tag entfernt, offenbar hierhergekommen, um unsere Ehe zu beenden. Zum hundertsten Mal überprüfte ich die Adresse auf der Urkunde. Noch immer dieselbe.

Das Internet hatte bestätigt, dass es diesen Ort gab, aber ich hatte es mit eigenen Augen sehen müssen. Und hier war ich nun. Wie bei allem rund um die Urkunde gab es keine Antworten, dafür umso mehr Fragen. Ich fragte mich, wie meine Gefühlslage wohl sein würde, wenn ich in zehn Jahren durch diese Tür ging. Wie angeschlagen würden mein Herz und meine Seele sein?

An dieser Stelle wäre ein Seufzer einzufügen.

Ich hatte Lars nichts von meinem Plan erzählt. Das hier war ganz allein meine Sache. Jeden Morgen starrte ich die Urkunde an. Versicherte mich, dass sie noch existierte und mich immer noch vor dieses verrückte Rätsel stellte, dass ich eines Tages so viel für jemanden empfinden würde, dass ich meinen Abscheu vor der Ehe überwinden konnte. Und dass meine Hoffnungen und Träume auf die denkbar schlimmste Weise enttäuscht werden würden. Liebe war etwas Grässliches.

Das Schicksal hatte es gut gemeint, als es neben der Rechtsanwaltskanzlei eine Hipster-Bar angesiedelt hatte. Hier hatten garantiert viele Trost gesucht, und ich beschloss, dasselbe zu tun. Die Inneneinrichtung war cool, und auf einem Neonschild prangte *Ballard*. Nur falls man so betrunken war, dass man nicht mehr wusste, wo man sich befand. Der Mittagsansturm war vorüber, als ich mich an den Tresen neben eine Frau in einer lila Bluse setzte und Brot mit Ziegenkäse und Honig bestellte. Dazu ein Glas Sauvignon Blanc, aus medizinischen Gründen.

Es war schwierig, an die Scheidungsurkunde zu denken, ohne deprimiert zu werden. Am Anfang war es ein Rätsel gewesen. Etwas Spannendes, irgendwie. Aber jetzt ... waren wir wirklich zum Scheitern verurteilt, bevor wir auch nur angefangen hatten?

»Sie sehen so traurig aus«, sagte die junge Frau hinter dem Tresen, als sie mir das Glas hinüberschob. Sie hatte einen rasierten Schädel und die grandiosesten Augenbrauen, die ich je gesehen hatte. »Das nächste Getränk geht aufs Haus.«

»Danke.« Ich lächelte und faltete die Urkunde zusammen. »Das ist nett. Aber mir geht es gut.«

»Scheidung, wie?«

Ich zuckte nur zusammen.

Die Frau neben mir aß einen Wedge Salad. Sie tupfte sich die Lippen mit einer Serviette ab. »Es kann nur besser werden.«

»Stimmt.«

»Bedauern Sie irgendetwas?«, fragte die Barkeeperin und sah mich auf einmal ernst an.

Offensichtlich war ich in der Stimmung, Fremden mein Herz auszuschütten, denn ich sagte: »Meine Gefühle für ihn sind ... kompliziert.«

Und schon waren wir mittendrin in einem dieser zufälligen persönlichen Gespräche mit Fremden, die sich in der Regel in Bars entwickeln. Normalerweise fanden sie spät am Abend unter Einfluss von Alkohol in der Toilette statt, aber egal. Solche Gespräche waren der beständige Beweis für Frauensolidarität.

»Charlotte hier ist Scheidungsanwältin«, sagte die Barkeeperin und deutete mit dem Kopf auf die Frau in Lila.

»Oh. Arbeiten Sie in der Anwaltskanzlei nebenan?«, fragte ich.

Charlotte lächelte. »Genau.«

»Solche Gespräche müssen Ihnen bestimmt zum Hals heraushängen.«

Sie zuckte elegant mit den Schultern.

Schon ein komischer Gedanke, ich könnte neben meiner zukünftigen anwaltlichen Vertretung sitzen! Ich hatte keine Ahnung von Zeitreiseregeln, aber die Urkunde verschwand nicht wegen Charlotte, sie befand sich noch an derselben Stelle. Vermutlich war das ein ziemlich gutes Zeichen, dass ich das Raum-Zeit-Kontinuum nicht zerstörte.

Die Barkeeperin beugte sich vor und stützte die Ellbogen auf den Tresen. »Wenn ich Beziehungsratschläge brauche, gehe ich zu Charlotte. Sie hat schon alles erlebt. Weiß genau, wie man einem Problem auf den Grund geht. Dabei ist sie kein bisschen verbittert.«

»Ich hätte niemals gedacht, dass man solch einen Job machen kann, ohne zynisch zu werden«, sagte ich.

Charlotte zuckte mit den Schultern. »Ich bin eben romantisch veranlagt. Aber ich bin auch realistisch.«

»Wie geht das zusammen?«

»Sie hat eine Liste mit Tipps für eine gesunde Beziehung«, warf die Barkeeperin ein.

»Das stimmt«, bestätigte die Rechtsanwältin.

»Verraten Sie sie mir?«, fragte ich.

»Natürlich.« Charlotte nahm eine Gabel voll von ihrem Salat, kaute und schluckte. »Man kann den anderen nicht ändern. Gehen Sie davon aus, dass sich an dem, was Ihnen missfällt, nichts ändert. Das gilt auch für Familie und Freunde des anderen.« Sie zählte die Punkte nacheinander an den Fingern ab, die durch ihre perfekt manikürten Nägel bestachen.

»Ach herrje.«

»Das hört sich nicht gut an«, sagte sie. »Aber ich mache mal weiter. Der andere mag zwar ein heißer Typ sein, aber gibt es noch weitere Gemeinsamkeiten, die die Beziehung stärken? Sex und Intimität sind wichtig, aber sie sind nur ein Teil des Ganzen. Wie gut können Sie miteinander reden?«

»Ich denke, das ist ganz okay. Zumindest wird es immer besser.«

»Haben Sie keine Probleme damit, den anderen auf möglicherweise toxisches Verhalten anzusprechen, bevor es zum Äußersten kommt?«, fragte sie. »Können Sie gemeinsam Probleme lösen?«

»In gewisser Weise, ja. Manchmal.«

»Sind Sie beide bereit, an der Beziehung zu arbeiten? Bemüht sich der andere mindestens so sehr wie Sie?«

»Gute Frage. Darüber werde ich nachdenken müssen.«

»Als Nächstes kommen die unerotischen Diskussionen über Finanzen und Kinder – ob Sie welche wollen und wie Sie sie erziehen wollen.« Bei diesem Punkt gingen ihr die Finger aus. »Falls Sie erneut heiraten, brauchen Sie Sicherheiten. Einen Ehevertrag, einen Fluchtplan und genaue Kenntnisse darüber, was eine Ehe juristisch gesehen bedeutet. Dann erst sollten Sie bereit sein, sich füreinander zu entscheiden und sich immer wieder füreinander zu entscheiden. Jeden Tag, jede Woche, jedes Jahr, Ihr Leben lang. So einfach ist das, und so schwierig.«

»Wow«, erwiderte ich. »Das haben Sie wirklich alles gut durchdacht.«

»Ich erlebe viele traurige und wütende Menschen.« Sie griff nach ihrem Wasserglas und stieß damit gegen mein Weinglas. »Ich wünsche Ihnen viel Glück.«

»Danke«, entgegnete ich. »Darf ich Ihnen rasch etwas zeigen?«

»Wenn Sie meine professionelle Meinung hören möchten, müssen Sie einen Termin ausmachen.«

Ich faltete die Urkunde auf dem Tresen auseinander. »Werfen Sie einfach mal einen Blick darauf. Bitte.«

Stirnrunzelnd überflog sie das Blatt. »Ist das ein Scherz?«

»Sie sind nicht die Erste, die mich das fragt. Aber nein, ist es nicht. Das hier wurde kürzlich bei Renovierungsarbeiten in meinem Haus gefunden. Es war im Hohlraum einer Wand versteckt.«

»Ach, wirklich.« Sie zog die Nase kraus. »Und sie erwarten tatsächlich, dass ich das glaube?«

»So seltsam es klingt, es ist die Wahrheit. Ich schwöre es.«

»Wie viel hat Colin Ihnen gezahlt?«

»Ich kenne niemanden namens Colin.«

Sie lachte. »Er und seine Scherze. Irgendwann wird er deswegen mal Schwierigkeiten bekommen. Es ist ein Gesetzesverstoß, so etwas zu fabrizieren … er hat das wirklich gut hinbekommen. Wären da nicht das Datum und all das, hätte ich die Urkunde glatt für echt gehalten.«

»Dann haben sie also geglaubt, dass sie …«

»Sie können meinem Bruder ausrichten, ich freue mich, dass er so überzeugt davon ist, dass ich im Laufe der nächsten zehn Jahre zur Partnerin aufsteigen werde.«

»Moment mal«, erwiderte ich. »Sind Sie … Sie sind Charlotte Yeoh? Wie in Johnson, Cavanagh & Yeoh?«

»Richtige Reihenfolge.« Sie schüttelte lächelnd den Kopf und sprang von ihrem Barhocker. »Schönen Tag noch.«

Als ich nach Hause kam, saß Lars vorn auf der Treppe, und die Katze stupste ihm mit dem Kopf gegen das Bein. Er trug Jeans, ein schwarzes T-Shirt und Turnschuhe. Keine Spur vom Staub und Dreck, den ein Tag voller Arbeit mit sich bringt. Und es fühlte sich richtig an, ihn hier vorzufinden. In einem Selbsthilfebuch hatte ich einmal gelesen, dass der Mensch die Angewohnheit hat, immer etwas Besserem hinterherzujagen. Statt den Moment zu genießen, strebt er immer nur nach mehr. Dies hier allerdings fühlte sich einfach großartig an. Mein Tag wandelte sich bei Lars' Anblick schlagartig von einer Fünf zu einer Eins. Ich wusste nicht genau, wie wir zueinander standen. Aber ich weigerte mich zu glauben, dass wir zum Scheitern verurteilt waren. Zumindest unsere Freundschaft würde überdauern. Solang wir uns nicht hinreißen ließen und zu weit gingen.

»Ich wusste nicht, dass du hier wartest«, sagte ich. Mein Herz schlug heftiger, als es das hätte tun sollen.

»Ich dachte mir, früher oder später wirst du schon auftauchen.«

Ich setzte mich neben ihn. Es war früher Nachmittag, und auf der Straße war nicht viel los. Am Himmel türmten sich dunkle Wolken auf. Bald würde ein Sturm losbrechen. Aber noch war es nicht so weit.

»Wie lange bist du schon hier?«, fragte ich.

»Eine Stunde oder so.«

»Wieso hast du mir keine Nachricht geschickt? Dann hätte ich mich beeilt.«

Er kratzte über seine Bartstoppeln. »Ehrlich gesagt ... war ich mir nicht sicher, was ich sagen wollte.«

»Wie lief es bei dem Auftrag?«, fragte ich, als er weiter nichts sagte.

»Ziemlich gut. Überstunden sind immer nützlich«, erwiderte er. »Wie war dein Wochenende?«

»Am Samstag war ich bei einer Nutzgartenbesichtigung, und gestern habe ich die meiste Zeit gearbeitet. Habe einer

Gruppe von Klimawandel-Aktivisten ein bisschen bei ihrem Internetauftritt unter die Arme gegriffen.« Ich strich den Rock meines Fit-and-Flare-Kleids aus schwarzer Baumwolle über meinen Oberschenkeln glatt. Nicht weil ich beunruhigt war, nur nervös. Was ein großer Unterschied ist. »Heute habe ich mir einen Spaziergang durch den Botanischen Garten in Ballard Locks gegönnt. Habe ein paar Selfies gemacht und zwei Videos gedreht.«

»Habe ich gesehen.«

Der Mann konnte mich in Social Media stalken, so viel er wollte. Es brachte mich zum Lächeln. Allerdings währte meine Freude nicht lange, denn dann fiel mir wieder ein, was ich als Nächstes getan hatte. »Anschließend bin ich ein Stück weiter Richtung Osten zu der Anwaltskanzlei gegangen, die auf der Scheidungsurkunde steht.«

»Echt?« Er kniff die Augen zusammen. »Was hast du herausgefunden?«

»Die Kanzlei gibt es tatsächlich. Allerdings heißt sie derzeit nur Johnson & Cavanagh. Ich musste sie mit eigenen Augen sehen, aber eigentlich hat es mich nur traurig gemacht.«

»Hast du ihnen die Urkunde gezeigt?«

»Ja. Wie sich herausstellte, war die Rechtsanwältin, mit der ich gesprochen habe, Charlotte Yeoh. Der dritte Name im Briefkopf unserer mysteriösen Scheidungsurkunde. Sie hat geglaubt, ich würde ihr einen Streich spielen. Aber sie hat auch gesagt, wären da nicht das Datum und die Namensergänzung, hätte sie sie für echt gehalten.«

Er sah mich skeptisch an.

»Denk darüber, was du willst.«

Er schwieg längere Zeit. »Wenn du mir Bescheid gesagt hättest, wäre ich mitgekommen.«

»Danke, aber ich war mir selbst nicht sicher, was ich davon halten sollte. Ich dachte, es wäre das Beste, wenn ich allein gehe.«

»Okay«, erwiderte er. »Wenn eine Dokumentengutachterin schon nicht sagen konnte, ob sie gefälscht ist, kann eine Rechtsanwältin vermutlich auch zu keinem anderen Schluss kommen.«

»Vermutlich. Glaubst du immer noch, dass uns jemand einen Streich spielt?«

Er seufzte. »Denk rational. Was sollte es sonst sein?«

»Aber niemand von den Leuten, denen ich sie gezeigt habe, hatte eine Erklärung.«

»Es muss aber eine geben. Ich weigere mich, an magische Dokumente aus der Zukunft zu glauben.«

Ich zuckte nur mit den Schultern.

»Hast du was von Austin gehört?«

»Er hat gestern angerufen. Sein Freund in dem Gitarrenladen hat die Gitarre gesäubert und gewartet und alles in Ordnung gebracht. Gott sei Dank.« Ich fummelte an dem Saum meines Rocks herum. »Kann schon irgendwie sein, dass ich mit stressigen Situationen nicht umgehen kann. Danke, dass du mich beruhigt hast. Und dass du Tore gebeten hast zu helfen.«

»Du machst das schon richtig«, erwiderte er. »Hat Austin dich noch mal um ein Date gebeten?«

»Ja. Ich habe Nein gesagt.«

Lars schwieg. Er stützte die Ellbogen auf die Oberschenkel, drehte den Kopf in meine Richtung und sah mich an. Wir waren jedoch sorgfältig darauf bedacht, Abstand zwischen uns zu wahren, was die Katze sich prompt zunutze machte, indem sie um Lars Beine herumstreifte und sich an seinem Körper rieb.

»Schau sie dir an, sie fährt voll auf dich ab«, sagte ich amüsiert. »Sie tut, als wäre sie schlecht behandelt worden. Dabei habe ich ihr gestern winzig klein geschnittenes Steak gegeben.

In diesem Katzenleben ist alles bestens. Sogar der Tierarzt hat gesagt, dass sie für eine Streunerin in ausgezeichnetem Gesundheitszustand ist.«

Er kraulte sie. »Wann gibst du ihr einen Namen?«

»Wenn ich ihr einen gebe, wird sie ihn vermutlich einfach ignorieren.«

»Soll ich das übernehmen?«

»Nur zu«, erwiderte ich.

»Hmm. Das ist eine große Verantwortung.«

»Du machst das schon.«

Er hob die Katze hoch und hielt sie sich vor sein Gesicht. Natürlich fing das kleine Biest ganz laut an zu schnurren. »Ich werde dich Kat nennen, mit K. Kat die Katze. In Erinnerung an ein Mädchen, das gegenüber wohnte, als ich Kind war. Sie hatte ihren eigenen Kopf. Sie hieß Kate, hörte aber immer nur auf Kat und hat ihrer Mom den letzten Nerv geraubt.«

»Kat mit *K*. Das ist irgendwie albern, aber von mir aus. Wird ganz schön bescheuert klingen, wenn ich sie rufe. Die gesamte Nachbarschaft wird sich über mich lustig machen.«

»Es tut mir leid, was Freitagabend in der Bar passiert ist«, sagte er in ernstem Ton. »Ich glaube, mir ist das vorher nicht wirklich klar gewesen. Ich kenne ihn schon lange, und mir war er immer nur ein guter Freund.«

»Ich weiß.«

»Es tut mir leid, dass ich dich in eine Situation gebracht habe, in der du Zielscheibe für diesen ganzen Mist warst. Es wird nicht wieder vorkommen.«

»Reden wir von was anderem.« In der Ferne donnerte es, und die ersten Regentropfen fielen. »Würdest du gern reinkommen?«

»Klar doch.«

Kaum hatte ich die Haustür geöffnet, schoss Kat ins Haus.

»Ich würde dich gern zum Abendessen einladen«, sagte er und trat sich die Schuhe an der Fußmatte ab.

»Oder ich könnte etwas kochen, und wir machen es uns hier gemütlich«, machte ich einen Gegenvorschlag.

»Würde sich das für dich weniger wie ein Date anfühlen?«

»Ja.«

Er lachte und folgte mir in die Küche. »Zumindest bin ich nicht der Einzige, den du nicht daten willst«, sagte er. »Da fühle ich mich gleich ein bisschen besser.«

»Ich bin doch hier bei dir, oder?« Ich öffnete die Tür des Kühlschranks. »Hast du dir mal überlegt, ob mir deine Freundschaft vielleicht so wichtig ist, dass ich sie nicht mit Daten aufs Spiel setzen möchte?«

»Aber für Sex würdest du sie aufs Spiel setzen?«

»Ich bin auch nur ein Mensch, Lars, und habe Bedürfnisse. Und ich weiß, du hast gesagt, ich soll vernünftig sein. Aber was ist, wenn die Scheidungsurkunde der Wink des Schicksals ist, das mit uns nicht voranzutreiben?«

Er seufzte nur.

»So, wir haben Seattle Strong Cold Brew oder Reuben's Super Crush Hazy IPA. Wonach ist dir? Kaffee oder Bier?«

Statt mir zu antworten, starrte er mich an. Ohne zu lächeln, aber auch ohne die Stirn zu runzeln. Ganz einfach in Gedanken versunken.

»Lars?«

»Ja?«

»Worüber denkst du nach?«

Er sah mich weder verblüfft an, noch wandte er den Blick ab. »Ich weiß jetzt, was ich dir sagen will.«

»Okay.« Ich schloss die Kühlschranktür und versuchte, nicht nervös zu werden. Was nicht klappte, denn schon zupfte ich an meinem Pferdeschwanz herum. »Ich höre.«

»Wenn du irgendjemanden für Sex brauchst, dann nimm bitte mich.«

Ich brauchte einen Moment, bis ich meine Stimme wiederfand. »Aha.«

Keine Reaktion.

»Das ist ein weites Feld«, sagte ich. »Und wir werden das angehen. Ich habe allerdings das Gefühl, dass wir uns erst mal auf Dinge konzentrieren sollten, die gerade wichtiger sind.«

»Als da wären?«

Ich trat näher. Dass wir immer so peinlich auf Abstand bedacht waren, half überhaupt nicht. Ich ließ meine Hände seine Arme hinauf und über seine Schultern gleiten und schlang sie ihm dann um den Nacken. Als Nächstes stellte ich mich auf die Zehenspitzen und presste den Mund auf seinen. Ein zärtlicher Kuss, wie eine Frage, die auf eine Antwort wartete. Und ohne zu zögern öffnete er den Mund und gab sie mir. Er packte mich an den Hüften und presste mich gegen seinen kräftigen Körper. Ich hätte den Mann bestiegen, wenn ich es gekonnt hätte. Mein Verlangen, ihm so nah wie möglich zu sein, war grenzenlos, wie der Zustand meines Höschens nur allzu deutlich verriet. Und als ich dann spürte, wie er an meinem Bauch hart wurde, während wir einander verschlangen, übertraf das so ziemlich alles, was ich jemals gespürt hatte!

Und dann machte er die Bewegung, die mich endgültig dahinschmelzen ließ. Er legte beide Hände an meine Pobacken und hob mich hoch. Ich schlang die Beine um ihn und presste meinen Busen gegen seine Brust. Unsere Gesichter waren so nah beieinander, dass seine Nasenspitze nur eine Haaresbreite von meiner entfernt war. So an ihn gepresst und mit seinen Händen unter meinem Hintern fühlte ich mich definitiv gut aufgehoben, während draußen der Sturm wütete, mit Donnergetöse und Windgeheul.

Als wir uns voneinander lösten, hämmerte mein Herz, und mein Atem ging schnell. Ich hätte viel lieber weiter rumgeknutscht, aber was er da vorhin gesagt hatte, bedurfte einer Klärung. »He«, flüsterte ich und rang nach Luft. »Ich kann auch ohne Sex leben. Darum geht es mir nicht.«

Eine steile Falte bildete sich auf seiner Stirn, aber er sagte nichts. Dieser Mann konnte wirklich eine Menge mit Schweigen ausdrücken.

»Wenn es mir nur um Sex ginge, hätte ich den auch mit Austin haben können, oder mit sonst irgendwem.«

Er knurrte doch tatsächlich, und seine Brust vibrierte an meiner. Wahnsinn.

Lächelnd sah ich ihm in die Augen. »Es geht um dich.«

»Wirklich?«

»Ja.«

Er nickte nachdenklich und sah mich dann lange an. »Okay, Susie.«

»Okay.«

»Yeah.«

Man hat mir noch nie vorgeworfen, tiefsinnig zu sein. Meine Talente beschränken sich darauf, etwas herzumachen und blöde Sprüche zu klopfen. Falls ich ihn jedoch verletzt hatte, musste ich mir mehr Mühe geben. Man konnte Lars leicht für einen Griesgram halten, so wie er die Stirn runzelte, als wäre das seine Berufung. Dabei hatte dieser Mann so viel mehr zu bieten.

»Was bedeutet das?«, fragte ich. »*Okay*?«

Als Antwort packte er meinen Hintern.

»Und wir müssen darüber reden, ob das Lustgefühl auf Gegenseitigkeit beruht …«

Er schenkte mir ein schiefes Grinsen und küsste mich. Vermutlich war das die Antwort auf meine Frage.

Alles war perfekt, mit seinen Armen um mich geschlungen, seiner Zunge in meinem Mund, meinen Händen in seinem Haar und meinen Beinen fest um ihn geklammert. Ich spürte seinen Ständer, und sich dagegen zu pressen, fühlte sich unglaublich gut an. Auf dem Weg aus der Küche schrammte er an der Wand entlang, stieß gegen den Türbogen zwischen Ess- und Wohnzimmer und trat schließlich die Tür zu meinem Schlafzimmer auf. Und schon im nächsten Moment landete ich mit dem Rücken auf der Matratze.

Die Lust in seinen Augen, als er auf mich hinuntersah, gab mir das berauschende Gefühl, das Objekt seiner Begierde zu sein. Er ließ die Finger über meine Hüften und dann meine Oberschenkel hinuntergleiten. Er hielt erst an, als er bei meinem Turnschuh angekommen war, den er aufknotete und in die Ecke warf. Kaum war das erledigt, machte er sich an dem anderen zu schaffen. Falls meine Füße verschwitzt waren und müffelten, würde ich vor Scham sterben. Aber Lars' Aufmerksamkeit galt etwas anderem, er schob nämlich die Hand unter meinen Rock und beraubte mich mit einer geschmeidigen Bewegung meines Höschens. Und zwar beraubte er mich im wahrsten Sinne des Wortes. Er ließ meinen schwarzen Stringtanga um den Finger kreisen und dann hinten in seiner Hosentasche verschwinden.

»Den werde ich wohl nicht wiedersehen, oder?«

»Wie bekomme ich dich aus diesem Kleid?«, fragte er mit einer Stimme so rau wie das Wetter.

»An der Seite ist ein Reißverschluss, mit dem man das Mieder lockern kann, und dann hebt man den Rock hoch und zieht das ganze Ding über den Kopf.«

Er knurrte. »Zu kompliziert.«

»Ich fass es nicht, dass ein Mann deines Alters und deiner Erfahrung vor einem Kleid kapituliert.«

Aber Lars hatte keine Zeit für mein dummes Geschwafel. Er war viel zu sehr damit beschäftigt, den Kopf unter meinem Rock zu vergraben. Mit den Händen spreizte er meine Schenkel und machte sich sofort an die Arbeit. Er fuhr mit der Zunge zwischen meine Schamlippen. Jeder einzelne Nerv in meiner Klitoris war sofort hellwach.

»Oh, mein Gott«, stöhnte ich.

Die frisch gekrönte Gottheit unter meinem Kleid sagte kein Wort. Er waltete einfach seines Amtes, indem er an meinen Schamlippen saugte, erst an der linken, dann an der rechten. Anschließend fuhr er wieder mit der Zunge mitten hindurch, diesmal in einer Zickzackbewegung, die mir ein lautes Stöhnen entlockte. Während er mich mit dem Daumen massierte, gab er meinem Geschlecht einen Zungenkuss. Währenddessen kratzten seine Bartstoppeln über die empfindsame Haut innen an meinen Oberschenkeln, die sich sofort in Gänsehaut verwandelte. Er ging dabei mit derselben Geschicklichkeit und Konzentration zu Werke, mit der er auch alles andere machte. Und es war einfach wunderbar.

Ich schlug mir die Hand vor den Mund, um ihn nur ja nicht zu stören. Der Mann sollte sich konzentrieren können. Aber es half nichts. Er war einfach zu talentiert. Mein gesamtes Blut rauschte in meinen Schoß, und die Erregung war kaum noch auszuhalten. Jeder Muskel in meinen Beinen und meinem Unterleib spannte sich an. Als Lars an meiner Klitoris saugte und mit der Zunge darüber glitt, war alles zu spät. Mein gesamter Körper vibrierte, und mein Gehirn setzte aus. Der Orgasmus riss mir fast die Seele aus dem Leib. Ich schrie auf und klammerte mich an das Bettlaken, als hinge mein Leben davon ab. Meine Oberschenkel zitterten, und mein Inneres bebte. Ich schwebte hoch über den Wolken, von Glückshormonen geflutet. Alle meine Sorgen und Bedenken hatten sich in Luft aufgelöst.

Lars war aufgestanden und hatte nach der Wasserflasche gegriffen, die auf dem Nachttisch stand. Sein Schwanz beulte die Vorderseite seiner Jeans aus. Als er sich sein T-Shirt über den Kopf zog, kam mir der Gedanke, dass ich mir womöglich mehr zugetraut hatte, als ich bewältigen konnte.

Mein Lachen war wenig überzeugend. »Sexgeräusche, hm?«

»Ich habe dich zum Schreien gebracht. Damit kann ich gut leben.«

»Sollen wir das tatsächlich als schreien bezeichnen?«

»Ja«, erwiderte er, ohne zu zögern.

»O… okay.« Mein Kopf wollte einfach nicht aufhören, sich zu drehen. »Du hast mich mit dem Mund befriedigt, ohne dass ich dich darum bitten musste.«

Er legte den Kopf schief. »Ist das ungewöhnlich?«

»Für die Männer, die ich gedatet habe, ja.«

»Idioten.«

Er streifte seine Schuhe ab und die Socken von den Füßen, zog den Reißverschluss auf und schob die Hose nach unten, bis er nur noch mit grauen Boxershorts bekleidet dastand. Gott steh mir bei. Alle Konturen waren scharf umrissen. Dann waren auch die Shorts verschwunden und brachten goldene Haut und Muskeln zum Vorschein. Und sein Schwanz war lang, dick und bereit wie sonst was. Ich hatte ihn schon vorher betrachtet. Aber diesmal durfte ich ihn anfassen. Und am meisten begeisterte mich die Erkenntnis, dass er es sich nicht anders überlegen würde. Dass er sich für mich entschieden hatte und wir es jetzt wirklich tun würden. Es machte mich seltsam demütig. Um nicht zu sagen dankbar.

»Oh nein. Ich habe keine Kondome im Haus«, sagte ich. »Ich wollte welche kaufen, aber dann habe ich es gelassen, weil es vielleicht ein schlechtes Omen gewesen wäre.«

Er zog ein Kondom aus der hinteren Tasche seiner Jeans,

streifte es sich über und drückte seinen Schwanz. All das wurde mit äußerster Präzision ausgeführt. Ich fragte mich, ob er jemals irgendetwas nachlässig machte.

Er schob mir das Kleid bis zu den Hüften hoch und starrte es an, als wäre es sein Todfeind. Er musterte meine bedeckten Brüste und biss sich in die Unterlippe

»Moment«, sagte ich, setzte mich auf und kämpfte mit dem Reißverschluss.

Ich wand und drehte mich, während er den Saum packte und behutsam daran zog, bis ich endlich befreit war. Gekonnt hakte er meinen BH auf und strich die Träger über meine Arme nach unten. Dieser Mann kannte sich mit Frauen aus. Beim Anblick meines Busens riss er anerkennend die Augen auf. Er nahm meine Brüste in die Hände und streichelte sie mit den Daumen.

»Besser?«, fragte ich und befreite meine Haare aus dem Gummi.

Er nickte, dann fragte er: »Alles in Ordnung?«

»Ja.«

Er legte die Hand an meinen Hinterkopf und überhäufte mich mit heißen, feuchten Küssen. Es war wie eine Droge, die mir direkt in den Kopf stieg, als seine Zunge über mich hinwegglitt und seine Zähne an mir nagten. Und während er all das tat, kletterte er auf das Bett und legte sich auf mich. Seine Wärme und sein Gewicht fühlten sich wunderbar an. Sein Schwanz strich an meinem Geschlecht entlang, und ich erbebte von Kopf bis Fuß. Er nahm eine Hand von meiner Brust, legte sie an meinen Hintern und wieder an meine Brust. Als könne er sich nicht richtig entscheiden, weil ihm meine Üppigkeit so zu gefallen schien.

Ich vergrub das Gesicht an seinem Hals. Diese weiche Haut, gepaart mit leichtem Schweißgeruch und der Sandelholznote seines Rasierwassers, war einfach himmlisch. Lars stützte sich auf einem Arm ab und griff mit der freien Hand nach einer meiner Brüste. Wir waren wie voneinander fasziniert, so wie er nach Luft schnappte, als ich an seinem Ohrläppchen knabberte, und mir der Atem stockte, als er mich in die Brustwarze kniff. Auf jede Aktion folgte eine perfekte Reaktion. Und die ganze Zeit drückte sich sein steifer Schwanz gegen mich. Jede noch so kleine Bewegung bedeutete Ekstase, die meine empfindlichsten Regionen zum Krampfen brachte.

Der Mann folterte uns beide.

Als er den Mund auf meine Brustwarze legte, stemmte ich die Hüften in die Matratze. Er saugte und leckte und genoss es in aller Ausführlichkeit. Auch ich hatte nichts dagegen. Dann küsste er sich zu meinem Kinn hinauf. Als er die Eichel seines Schwanzes in mich hineinschob, sah er mich aufmerksam an. Langsam stieß er zu und stoppte nicht eher, bis er mich komplett ausgefüllt hatte. Und die ganze Zeit beobachtete er mich. Sein Blick verriet nichts anderes als Begierde und Entschlossenheit.

Der Kuss, den er mir gab, war zärtlich. Ein Dankeschön, dass ich ihn in meinen Körper ließ. Doch von einer Sekunde auf die andere verwandelte sich Zärtlichkeit in Begierde, und ich klammerte mich an seine Schultern. Er ließ eine Hand in mein Haar gleiten und packte es mit festem Griff. Als ich mich nicht beschwerte, zog er ein bisschen daran, was einen Schauder durch meinen Kopf jagte. Dann zog er fester. In seinem Grinsen lag etwas Ruchloses, und das war verdammt heiß.

Schließlich begann er, sich zu bewegen, und zog seinen harten Schwanz aus mir heraus, nur um ihn mit einer plötzlichen Hüftbewegung erneut hineinzustoßen. Das war seine Methode: langsam raus und schnell wieder rein, um seinen Schwanz über die empfindsamen Punkte in mir und sein angewinkeltes

Becken über meine Klitoris gleiten zu lassen. Als er auch noch die Hüften kreisen ließ, stöhnte ich gierig. Er wusste genau, wie er seinen großen starken Körper einsetzen musste. Schließlich war jede seiner Bewegungen so geplant und perfektioniert, dass sie mir Lust verschaffte. Seine verflossenen Liebhaberinnen und Freundinnen verdienten Dankesschreiben. Und vielleicht Cupcakes?

Fasziniert beobachtete ich, wie er seine Selbstbeherrschung zunächst allmählich und schließlich schlagartig verlor. Unsere Münder wurden eins, unsere Körper glitschig vom Schweiß. Sein behutsames Tempo wich einem schnellen, unkontrollierten Rhythmus, mit dem er mich in die Matratze vögelte. Meine Nägel hinterließen Spuren auf seinem Rücken. Seine Zähne hinterließen Spuren an meinem Hals. Draußen tobte der Sturm, aber durch meine Adern zuckten Blitze, als stünde mein Körper in Flammen. In meinen Ohren pulsierte das Blut wie Donner.

Das Zimmer war angefüllt mit der Hitze, die unsere Körper abstrahlten, und dem berauschenden Geruch nach Sex. Ich klammerte und krallte mich an ihm fest, während er mein Haar mit der Faust gepackt hielt. Und die ganze Zeit hämmerte er diesen großartigen Schwanz in mich hinein. Als er die perfekte Stelle in mir traf, wölbte sich mein Becken vom Bett hoch. Aber er hörte nicht auf. Himmel, nein. Er bearbeitete mich weiter, bis ich seinen Namen schrie. Der Druck in mir baute sich mehr und mehr auf, bis ein Tsunami aus Lust und Schmerz über mich hereinbrach. Noch nie in meinem Leben war ich so heftig gekommen. Zwei Tränen liefen meine Wangen hinunter, so überwältigend war der Orgasmus.

Lars fluchte und bäumte sich auf. Dann vergrub er das Gesicht an meinem Hals, als er ebenfalls kam. Das Pulsieren seines Schwanzes in mir und sein heftiges Schnappen nach Luft an meinem Hals schienen das Einzige zu sein, das wirklich war. Als wäre er mein Haltegurt. Als würde ich vielleicht davonschweben, wenn mich sein Körpergewicht nicht unten halten würde. Als er seinen Schwanz aus mir herauszog, stöhnten wir beide. Dann ließ er sich neben mich auf das Bett fallen. Es dauerte eine Weile, bis einer von uns wieder sprechen konnte. Und natürlich war diejenige dann ich. »War es okay für dich?«

Er öffnete ein Auge, sah mich an und schwieg.

»Ich weiß nicht recht, wie ich das verstehen soll.«

Ein leichtes Lächeln umspielte seine Lippen. Puh.

Ich drehte mich auf die Seite. Die maskuline Schönheit dieses Manns war geradezu beängstigend. Seine Haare sollten immer von meinen Händen zerwühlt sein. Und dieser friedliche Gesichtsausdruck. Sein weicher Blick ließen in mir die Vermutung aufkommen, dass meine Vulva tatsächlich magisch war. Mein Herz schlug hart und schwer; der Puls war zwischen meinen Beinen zu spüren. Wieder. Schon wieder. »Wie viele Kondome hast du dabei?«

»Ich habe immer nur eins dabei, tut mir leid.«

Sollte ich mich geschmeichelt fühlen, dass er ohne bestimmte Erwartungen hergekommen war, oder sauer sein, dass er nicht vorausgeplant hatte? Ich konnte mich nicht entscheiden. Fest stand jedenfalls, dass sich meine vage Hoffnung, Lars und ich könnten die gegenseitige Faszination aus uns herausvögeln, so gar nicht erfüllt hatte. Als würden sich alle unsere Gefühle in Luft auflösen, wenn wir einmal Sex hatten, und wir dann einfach nur Freunde sein könnten. Nope. Nada. Keine Chance.

Er streckte die Hand aus und wischte mir eine Träne von der Wange. »Was ist los?«

»Nichts. Das war nur … eine Menge aufgestaute sexuelle Energie, vermute ich.«

Er nickte.

»Okay«, griff ich das Thema gleich wieder auf. »Machen wir Folgendes: Wir holen in der Apotheke Kondome und gehen dann zum Essen zum Koreaner. Ich esse das Rib Eye, du nimmst den Fisch, und nach der Hälfte tauschen wir. Die Kimchi Fries können wir uns teilen. Was meinst du?«

Er sagte nichts.

Erst da dämmerte es mir. »Außer natürlich du hast was vor. Vielleicht musst du irgendwohin oder so.«

»Susie«, sagte er. »Essen und Bett klingen gut.«

Ich strahlte über das ganze Gesicht. »Großartig.«

11. Kapitel

»Ich habe den Verstand verloren.«

»Nein«, widersprach ich. »Hast du nicht.«

Cleo stand mit lauter Kartons um ihre Füße herum mitten im Wohnzimmer ihrer Wohnung. »Ich habe ihn vor nicht einmal einem Monat kennengelernt, und jetzt zieht er ein. Ich habe bereits eine Scheidung hinter mir. Was mache ich da gerade?«

»Du bist der klügste Mensch, den ich kenne. Wenn du ihn bei dir einziehen lässt, dann hast du einen verdammt guten Grund dafür«, entgegnete ich. »Aber falls du mir sagst, dass du deine Meinung geändert hast oder dass Zweifel dich zum Handeln treiben, helfe ich dir gern, seinen gesamten Kram wieder rauszuschaffen.«

Sie presste die Hand auf ihr Herz. »Liebe auf den ersten Blick ist ein Desaster. Ich habe nie geglaubt, dass es so etwas überhaupt gibt. Und jetzt benehme ich mich wie der letzte Trottel!«

»Du liebst ihn wirklich, wie?«

»Ja, und es macht mir Angst. Ich will nicht noch einmal verletzt werden.«

Diese Angst konnte ich nur zu gut nachvollziehen, kuschelte ich doch mit ihr quasi jede einzelne Nacht. Schwächen waren etwas Ätzendes.

Tore kam mit einem weiteren Karton herein, gefolgt von Lars. Seit unserer Sexnacht waren sechs Tage vergangen. Er hatte noch mehr Überstunden gemacht, und auch ich war ebenfalls gut beschäftigt gewesen. Schließlich waren wir Erwachsene mit einem eigenen Leben. Mein Bett war allerdings diese Woche ein ausgesprochen trauriger und einsamer Ort gewesen. Wie sich herausgestellt hatte, konnte man eine Fortsetzung kaum erwarten, wenn man erst mal gut gevögelt worden war.

Die beiden stellten ihre Kartons zu dem ohnehin schon gigantischen Stapel. Seit wann besaßen Männer so viel Zeugs? Schon seit Stunden schleppten wir Tores Besitztümer, Tennisschuhe, Graphic Novels und Pfeifensammlungen durch die Gegend. Tore wischte sich die Hände ab. »Das war der letzte. Jetzt geht es ans Auspacken.«

Cleos Versuch zu lächeln scheiterte kläglich.

»Schatz«, sagte er und schlang die Arme um sie. »He.«

»Schon okay. Das geht gleich wieder vorbei.«

»Lass dir so viel Zeit, wie du brauchst.«

Sie legte die Hände an seine Wangen und küsste ihn ausgiebig. »Ich liebe dich.«

»Ich dich auch.«

Lars und ich warfen uns einen Blick zu. Wie man das so tut, wenn man einem intimen Moment beiwohnt, in den man nicht selbst verwickelt ist.

»Der letzte Mann, mit dem ich zusammengelebt habe, war mein Ex-Mann, und wir wissen alle, wie das geendet hat«, sagte Cleo. »Tore, ich habe noch nicht mal deine Eltern kennengelernt. Wir halten irgendwie die Reihenfolge nicht ein.«

»Du kannst sie kennenlernen, sobald sie von ihrem Besuch bei meiner Schwester und deren Familie in San Diego zurückkommen. Wenn du magst, komm nächstes Wochenende mit mir zum Flughafen, sie abholen.«

»Machen wir keinen Fehler?«, fragte Cleo.

Tore zuckte mit den Schultern. »Wir wollen doch zusammen sein, oder?«

»Aber es geht alles so schnell.«

»Wir könnten doch diese ganzen Kartons zur Seite stellen und erst mal schauen, wie es läuft«, schlug er vor. »Ganz kleine Schritte machen.«

»Ich will dich ja hier haben. Ich bin nur …«

»Schon okay.«

»Ich will nicht, dass das mit uns schiefgeht.«

»Dann wird es das auch nicht«, erwiderte Tore. »Wir werden es behutsam angehen und gemeinsam einen Weg finden.«

Das Lächeln, das sie ihm schenkte, war nun um einiges glaubwürdiger. »Das klingt gut. Wir könnten es machen, wie Susie es in ihrem Haus macht, und jeden Tag einen Karton auspacken. Dann fühlen wir uns auch nicht überfordert.«

Ich lächelte. »Das stimmt.«

Tore wandte sich an seinen Bruder. »Lars, stapeln wir sie an der Wand auf. Ich suche später raus, was ich brauche.«

Cleo straffte die Schultern. »Ich hole uns was zu trinken.«

Ich dagegen ließ mich erschöpft auf die Couch fallen und nutzte die Gelegenheit, um Lars ausführlich zu betrachten. Er warf den Kopf in den Nacken, um sein unglaublich fotogenes Haar aus dem Gesicht zu befördern, und schon waren ihm meine Hormone gnadenlos ausgeliefert. Das war die traurige Wahrheit.

»Was war das denn?«, fragte Tore in unüberhörbar vorwurfsvollem Tonfall.

Cleo kam mit Cider-Dosen aus der Küche zurück. »Was war was?«

Diesmal ging er sogar so weit, mit dem Finger auf mich zu zeigen. »Na, wie Susie Lars gerade angesehen hat.«

»Vielleicht habe ich ihn angesehen wie einen guten Freund, den ich sehr schätze?«, fragte ich und trank einen Schluck von meinem Cider.

»Nein. Hast du nicht.«

»Danke«, sagte Lars, als er Cleo die Dose abnahm. Tores Fragen schienen ihn nicht aus der Ruhe zu bringen. »Lass sie in Ruhe, Mann.«

Tore sah uns mit zusammengekniffenen Augen an. Einen nach dem anderen.

»Liebling«, sagte Cleo und reichte ihrem Herzallerliebsten sein Getränk. »Mach dir deswegen keine Gedanken.«

»Was meinst du mit *deswegen*?« Tore stand da, eine Hand in die Hüfte gestemmt, ganz so, als würde er keine Ruhe geben. Verdammt. »Das würde ich wirklich gern mal wissen.«

Lars verschränkte die Arme vor der Brust. »Du bildest dir da was ein.«

»Der Herr, wie mich dünkt, gelobt zu viel, Bruder.«

Lars schüttelte den Kopf und setzte sich in einen Sessel. »Zumindest klinge ich nicht wie ein Idiot, was hier nicht jeder von sich behaupten kann.«

»Ihr beide wart nie so richtig einzuschätzen. Irgendwas war da die ganze Zeit. Aber dieser Ausdruck auf Susies Gesicht gerade eben, so verträumt und sinnlich, spricht Bände.«

»Ich habe, ähm, an die Wäsche gedacht, die ich waschen muss, wenn ich nach Hause komme«, sagte ich. »Die stapelt sich schon die ganze Woche. Es wird ein gutes Gefühl sein, sie endlich zu waschen. Befriedigend, verstehst du?«

»Lügnerin. Es sei denn, dieser ganze Mumpitz über Wäschewaschen wäre ein Code für sexuelle Anspielungen. Dann wärest du zwar noch immer eine Lügnerin, aber eine gute.«

Ich lachte. »Tore, ehrlich, ich weiß nicht, wovon du redest.«

»Eine oscarreife Darbietung«, murmelte Tore. »Das muss man ihr lassen.«

Cleo schnaubte. »Also bitte«, sagte sie. »Es war doch vom ersten Moment an nicht zu übersehen. Hast du wirklich geglaubt, du könntest es geheim halten?«

Mein Gesicht stand in Flammen. Die beste Reaktion wäre, den Mund zu halten. Und das würde ich auch tun, sobald ich offiziell dazu Stellung genommen hatte. »Wir sind nicht zusammen. Das ist alles noch ganz frisch, und die Situation ist kompliziert, aber darauf möchte ich gar nicht erst näher eingehen, und deshalb sage ich jetzt auch nichts mehr dazu.«

Tore schnalzte mit der Zunge. »Sieh an, sieh an.«

Lars saß derweil völlig ungerührt da. Offenbar war ihm egal, was sie wussten. Er kam mir auch nicht zu Hilfe, als ich ins Stammeln geriet. Mistkerl.

»Willst du damit sagen, dass Lars gerade keine offizielle Freundin hat?«, fragte sein Bruder ungläubig.

Cleo legte den Kopf schief. »Ist das etwas Besonderes?«

»Das kannst du wohl sagen«, erwiderte Tore. »Seit er auf dem Spielplatz ›Fangen und Küssen‹ entdeckt hat, war er quasi in einer Beziehung nach der anderen. Das steht mit auf seiner Liste. Guter Arbeitsplatz. Erledigt. Auf die Gründung einer eigenen Firma hinarbeiten. Erledigt. Ein guter Sohn sein. Erledigt. Eine Freundin haben. Erledigt.«

Lars trank einen weiteren Schluck von seinem Cider. Jetzt wirkte er nicht mehr so glücklich.

Tore schien das egal zu sein. »Das sind nur die Kästchen, hinter die man jetzt einen Haken machen muss. Andere werden sich ergeben, wenn er auf die Vierzig zugeht. Er und ich werden unsere Immobiliensanierungsfirma gegründet haben. Daraufhin wird er sich eine Ehefrau zulegen. Eine erfolgsorientierte Frau, die trotzdem mit beiden Beinen auf dem Boden steht. Der Typ, der nie auch nur davon träumen würde, nach dem Labor Day Weiß zu tragen. Kurz darauf wird sich der Nachwuchs einstellen.«

Lars begann, mit den Zähnen zu knirschen.

»Klingt durchorganisiert«, sagte Cleo.

»Du meinst engstirnig«, korrigierte Lars sie.

Cleo runzelte die Stirn. »Dieser Plan lässt definitiv keinen Platz für mysteriöse Scheidungsurkunden. Was Sinn ergibt. Ich meine, sie kann nicht echt sein. Susie hat geschworen, niemals zu heiraten. Das ist das Einzige, bei dem sie ihre Meinung nie geändert hat. Was das angeht, haben ihre Eltern sie für alle Zeiten verdorben. Wenn sie auch nur in die Nähe eines weißen Kleids kommt, macht sie das Kreuzzeichen. Und die Pläne deines Bruders klingen auch nicht im Geringsten nach ihr. Sie ist eher der Typ, der intuitiv und aus dem Bauch heraus handelt.«

Es war, als wären Lars und ich gar nicht anwesend. Verrückt.

»Ich habe gehört, dass sie strikt gegen die Ehe ist«, entgegnete Tore. »Ich hoffe nur, dass das Techtelmechtel der beiden nicht negativ auf uns abfärbt.«

»Ich bin ja so froh, dass wir von unserem arbeitsreichen Wochenende Zeit abgeknapst haben, um deinem Bruder und meiner Freundin zu helfen«, murmelte ich.

Lars starrte mürrisch vor sich hin.

»Und du?«, fragte Cleo. »Führst du auch eine Liste?«

Tore schüttelte den Kopf. »Nicht mehr. Ich stehe ganz zu deiner Verfügung.«

»Gute Antwort.« Sie verkniff sich das Lächeln. »Ich frage mich, ob es typisch für ältere Kinder ist, dass sie so strukturiert sind. Einzelkinder wie ich sind irgendwie völlig unorganisiert.«

»Die Jüngsten sind die Besten«, erwiderte Tore. »Kreativ, lösungsorientiert, das haben wir alles drauf. Nicht wahr, Susie?«

»Oh, ja.« Dankbar für den Themenwechsel wandte ich mich an Lars und fragte: »Wie ist das für dich, wenn du jetzt allein lebst?«

Tore lächelte. »Du machst dir Sorgen, dass mein fünfunddreißigjähriger großer Bruder jetzt auf sich allein gestellt ist?«

»Ehrlich gesagt«, antwortete Lars, »freue ich mich irgendwie darauf. Vor allem nach den letzten paar Minuten.«

Ich nickte. »Kann ich verstehen.«

»Soll das ein Witz sein?«, fragte Tore. »Und was ist mit Feierabendbier und Nachos nach einem langen Tag? Ganz zu schweigen von sämtlichen Folgen *MythBusters – Wissensjäger*, die ich mir mit dir ansehen musste. Und zwar sämtliche Staffeln. Und immer einen Joggingpartner zur Verfügung zu haben war auch praktisch. Zumal du ohne mich keine zwei zusammenpassenden Socken hättest. Im Wäschesortieren bin ich unschlagbar.«

»Das bringst du also in die Beziehung ein?« Cleo grinste. »Gut zu wissen.«

»Und meinen gebackenen Lachs. Du hast nie was Besseres gegessen, mein Schatz.«

»Du kannst nur ein Gericht?«, fragte ich.

Tore legte Cleo den Arm um die Schulter und zog sie an sich. »Wenn man es so gut macht wie ich, braucht man kein anderes.«

»Er macht es so gut, dass die Frauen nie wieder zum Essen gekommen sind«, sagte Lars grinsend.

Tore kniff die Augen zusammen. »Das stimmt nicht.«

»Wirklich nicht?«

»Bleibst du in der Wohnung?«, fragte ich, bevor die Brüder sich in die Haare gerieten.

Lars richtete die Aufmerksamkeit wieder auf mich. »Wir haben ein gutes Angebot bekommen, und jetzt verkaufen wir sie.

In zwei Wochen ist der Notartermin. Die Besitzer der Wohnung nebenan wollen sich vergrößern.«

»Das ist einer der Gründe, weshalb ich Tore angeboten habe, hier einzuziehen.« Cleo schlang ihm die Arme um die Taille. Die beiden passten perfekt zusammen. »Er war sowieso jede Nacht hier.«

»Sie wird mich einfach nicht los«, sagte Tore.

Die beiden sahen sich mit einer Liebe und Zuneigung an, wie ich es nie erfahren hatte. Sie verströmten sie geradezu. Gut möglich, dass ich mir bei früheren Beziehungen nicht genügend Gedanken gemacht hatte. Man lernt einen Mann kennen, es funkt, er sieht nett aus und scheint in Ordnung zu sein, also lässt man sich mit ihm ein. Eigentlich ganz einfach. Und doch war ich dabei häufiger auf die Nase gefallen, als ich gern zugab. Es musste doch einen Mittelweg geben, bei dem man sein Herz weder auf der Zunge trug, noch es zu Stahl werden ließ. Da war ich mir ganz sicher.

»Wird Zeit, dass wir gehen«, sagte Lars und stand auf.

Cleo und Tore hatten angefangen, aneinander herumzufummeln, und es sah nicht so aus, als würden sie so bald damit aufhören.

Ich stellte mein Getränk beiseite, ging zur Tür und rieb mir das Kreuz. »Das war ganz nett, aber wir sollten es nicht so bald wiederholen.«

Lars folgte mir. »Ich habe dir doch gesagt, du sollst mir die schweren Sachen überlassen.«

»Ich habe mich mehr auf den Teil bezogen, wo sie uns in unserer Anwesenheit auseinandergenommen haben.«

Er knurrte nur.

Tore winkte uns hinterher. Cleo löste kichernd ihren Mund von seinem. Es war schön, sie so glücklich zu sehen. Bevor sie uns irgendetwas zum Abschied sagen konnte, küsste Tore sie erneut. Von einem frisch verliebten Paar kann man schließlich nichts anderes erwarten.

Lars schloss die Tür hinter uns und folgte mir die Treppen hinunter. Es war zwecklos, auf den Aufzug zu warten, auch wenn meine Wadenmuskulatur das anders sah. Was ich brauchte, waren ein langes heißes Bad und ein gutes Buch, das beste Heilmittel in neun von zehn Fällen.

»Bleibt es bei heute Abend?«, fragte ich.

Er nickte.

»Was würdest du gern machen?«

»Was immer du möchtest«, erwiderte er und warf einen Blick über die Schulter. Nicht dass es dort irgendetwas zu sehen gegeben hätte.

»Ich könnte uns was kochen.«

»Okay. Was soll ich mitbringen?«

»Eine Flasche Rotwein wäre prima«, entgegnete ich. »Zum Beispiel einen Cabernet. Wäre dir sieben Uhr recht?«

»Klar doch.« Er trat einen Schritt auf mich zu und sah mich liebevoll an. »Wir können erst essen und dann schauen, wozu wir Lust haben. Wie hört sich das an?«

»Sehr gut.«

Einen Moment lang starrte er mich nur an. »Du steckst voller Überraschungen, Susie.«

»Ich dachte, ich wäre vorprogrammiert.«

»Das auch. Und eines Tages wirst du in ein Date mit mir einwilligen.«

Mein Lächeln erlosch. »Lars, du weißt, dass es nichts mit dir zu tun hat, wenn ich dich nicht daten will, oder? Ich meine, hast du dich mal im Spiegel angeschaut? Und versteh mich nicht falsch. Ich halte dich nicht nur für gut aussehend, sondern auch für klug und kompetent. Ich bin nur noch nicht so weit.«

»Es liegt nicht an mir, sondern an dir?«

»Ja.«

Er sah mich einen Moment lang an, dann griff er an mir vorbei und öffnete mir die Haustür. »Ich wollte dir wirklich keinen Druck machen. Lass uns über was anderes reden.«

»In Ordnung. Wann hast du das letzte Mal allein gewohnt?«, fragte ich.

»Das dürfte vier oder fünf Jahre her sein.«

»Das ist ziemlich lange. Es wird eine Umstellung werden. Die Wohnung ganz für sich zu haben kann großartig sein. Aber wenn man niemanden zum Reden hat, kann es ein bisschen einsam werden.«

»Ich komme schon klar, Susie.« Er lächelte mich halbherzig an. Es war kein sehr überzeugendes Lächeln. »Ich überlege, ein Hausboot von jemandem zu kaufen, den ich durch die Arbeit kenne. Er zieht nach Colorado und muss es verkaufen.«

Ich hob die Hand, um mein Gesicht von der Nachmittagssonne abzuschirmen. »Ein Hausboot? Cool.«

»Yeah.« Aber er wirkte trotzdem nicht unbedingt glücklich. Er fasste sich an den Nacken. »Es ist gut, dass Tore und Cleo zusammenziehen. Ich hoffe, sie bekommen es hin.«

Ich lächelte nur und wartete. Und es funktionierte.

»Es stimmt, ich werde meinen Bruder vermissen, aber ... das Leben geht weiter.«

»Das stimmt. Und er wird ja auch nicht weit weg sein.«

»Genau.«

»Du kommst schon zurecht.«

»Ja«, erwiderte er. »Ich komme zurecht. Können wir jetzt aufhören, über Gefühle zu reden?«

»Ja.« Ich grinste. »Danke, dass du es mir erzählt hast, Lars.«

Um zehn Uhr abends lief ich nur noch in meinem schwarzen, knielangen, ärmellosen Etuikleid auf und ab. Meine Keilabsätze klackten laut auf dem Holz, ein nettes, wütendes Geräusch, das meiner Seele guttat. Denn der Mann war nicht aufgetaucht. Kein Anruf, keine Nachricht. Ich hatte versucht, ihn anzurufen, hatte aber nur seine Mailbox erreicht. Ich hatte keine Nachricht hinterlassen. Meine Gefühle hatten die gesamte Skala von Wut bis Angst und wieder zurück durchlaufen. Wo zum Teufel steckte er?

Ich hatte die Kerzen gelöscht, als sie fast heruntergebrannt waren, und das Risotto, das ich zum Abendessen gemacht hatte, war vermutlich trocken geworden. Ich hoffte, er hatte eine gute Entschuldigung. Nein. Die hatte er auf jeden Fall. Lars war nicht der Typ, der mich einfach versetzte. Wobei es mir nach drei Stunden Warten und dreißig Jahren schlechter Erfahrung nicht leichtfiel, mir das einzureden. Genau deshalb wollte ich nicht daten. Verletzungen brachten einen dazu, zum Selbstschutz ein wenig Abstand zur Welt zu halten. Aber da war jetzt nicht der geringste Abstand zwischen mir und meinen knospenden Gefühlen für diesen Mann. Verdammt.

Vielleicht hatte er seine Meinung über unseren Status *Freunde mit gewissen Vorzügen* geändert. Vielleicht hatte er Probleme mit seinem Wagen, und sein Handy war kaputt, sodass er natürlich nicht anrufen konnte. Oh nein. Vielleicht war er krank. Allerdings hatte er heute vor Gesundheit nur so gestrotzt. Was auch immer. Ich würde auf unsere Freundschaft vertrauen. Es gab garantiert eine völlig logische Erklärung. Hoffentlich.

Die Frau, die ich gern gewesen wäre, hätte ihre hochhackigen Schuhe ausgezogen, sich ein Glas Wein eingeschenkt und sich einen guten Film angeschaut. Sie hätte ihrer Angst Gute Nacht gesagt und sich ganz allein einen schönen Abend gemacht. Sie brauchte keinen Mann. Sie brauchte niemanden.

Diese Frau konnte ganz allein Drachen töten – emotionale und andere. Stattdessen lief ich weiter auf und ab.

Kat hatte sich brav unter die Couch verzogen und peitschte mit dem Schwanz hin und her. Mein Auf-und-ab-Gerenne gefiel ihr nicht.

Mein Handy, das ich in der Hand hielt, summte, und ich fuhr zusammen. »Hallo?«

»Susie«, sagte Cleo. »Reg dich nicht auf, aber es hat einen Unfall gegeben.«

Die Notaufnahme war an einem Samstag das reinste Tollhaus. Maschinen piepsten, Menschen redeten zu laut, ein Betrunkener brüllte herum, und Menschen stöhnten vor Schmerz. Und durch all das hindurch hörte ich seine Stimme von einem mit einem Vorhang abgetrennten Bett in der Ecke her. Gott sei Dank. Vielleicht konnte sich mein Herz jetzt endlich beruhigen. Es war in der letzten halben Stunde kurz davor gewesen, entweder einen Infarkt zu bekommen oder zu brechen. Die Fahrt hierher war eine der längsten meines Lebens gewesen. Ich hatte das Steuer so fest gepackt, dass meine Finger zu krampfen anfingen.

Der überwältigende Geruch nach Desinfektionsmittel machte es nicht besser. Als ich das letzte Mal an einem solchen Ort war, hatte ich Tante Susans Leichnam identifiziert. Eine Erfahrung, die sowohl schrecklich als auch Angst einflößend gewesen war. Aber Lars würde nicht sterben. Es würde keinen zweiten plötzlichen Telefonanruf geben, in dem man mir mitteilte, dass sich sein Zustand verschlimmert hatte. Alles war gut. Cleo hatte gesagt, Tore und sie könnten sich um ihn kümmern, aber ich hatte mich persönlich davon überzeugen müssen, dass es ihm so weit gut ging. Außerdem hatte er nach mir gefragt, was mein Bedürfnis, ihn zu sehen, nur noch verstärkte.

»Hi«, begrüßte mich Cleo hinter dem Vorhang mit einem angedeuteten Lächeln. »Vergiss nicht zu atmen.«

»Ich atme doch.« Allerdings wäre Hyperventilieren die treffendere Beschreibung gewesen. »Wie geht es ihm?«

»Nicht schlecht dafür, dass er von einem Auto angefahren wurde.«

Lars lag mit freiem Oberkörper auf weißen Bettlaken. Unten herum trug er seine Jeans. Er sah blasser aus als sonst. Um seinen Hals lag eine Nackenstütze, um das linke Handgelenk war ein Gipsverband angelegt, an der Wange hatte er eine mehrere Zentimeter lange, frisch genähte Schnittwunde und überall blaue Flecken und Schürfwunden. Die dunklen Male an seinem Oberkörper boten ein Bild des Grauens. Heiliger Strohsack.

»Das ist die Prinzessin, von der ich Ihnen erzählt habe«, sagte Lars völlig ernst.

»Sie ist sehr hübsch«, erwiderte die ihn behandelnde Ärztin und lächelte mich an, als wollte sie sagen, dass sie das alles schon gehört hatte. Auf dem Namensschild an ihrem weißen Kittel stand: *Dr. Kelly Lopez.*

»Aber sagen Sie ihr nicht, dass ich sie Prinzessin nenne. Das tu ich nur in meinem Kopf.«

»Verstanden.«

Tore lehnte sich zu mir herüber. »Sie haben ihn richtig zugedröhnt.«

Lars veränderte seine Position und zuckte zusammen. Sie mochten ihn zwar mit Schmerzmitteln vollgepumpt haben, aber er war noch immer nicht schmerzfrei. »Wir werden heiraten, aber dann werden wir uns scheiden lassen.«

»Das ist schade«, erwiderte Dr. Lopez.

»Ja.« Er seufzte. »Vierter Dezember. Verdammt schade.«

Dr. Lopez runzelte die Stirn. »Sie haben sich schon ein Datum ausgesucht?«

»Lars macht gern Pläne.« Ich legte die Hand auf seinen Arm und versuchte, ihm möglichst keinen Schmerz zuzufügen. »He, du.«

Er lächelte mich glückselig an, sein Blick klebte an meiner Brust. »Susie. Hallo. Tolles Kleid. Echt eng.«

»Danke.«

»Tut mir leid, dass ich unser Sex-Date verpasst habe.«

Tore gab ein würgendes Geräusch von sich.

»Oh, tut mir leid«, sagte Lars. »Ich soll es ja nicht Date nennen.«

»Schon okay.« Ich lächelte. »Was ist passiert?«

»Ich wollte dir gerade die Flasche Wein kaufen, und da ist so ein Irrer bei Rot über die Ampel.« Er lallte ein wenig. »Hat mich durch die Luft geschleudert. Ist das zu fassen?«

»Das ist passiert, als du den Wein kaufen wolltest?«

»Nicht deine Schuld, Susie«, sagte Tore.

Lars runzelte die Stirn. Und zuckte gleich wieder zusammen. »Natürlich ist das nicht ihre Schuld. Verdammt, Tore. Wieso sagst du so was?«

»Tut mir leid. Mein Fehler«, sagte Tore, ohne das Gesicht zu verziehen. »Susie, es tut mir leid.«

»Verzeihst du ihm?«, fragte Lars mit ernster Stimme. »Das musst du nicht. Es ist okay.«

»Ähm. Ja. Ich verzeihe ihm.«

Tore blinzelte mir zu.

»Du wirst doch nicht weinen, oder?«, fragte Lars.

»Mir geht es gut. Versprochen. Du hast mir nur Angst eingejagt.« Ich schniefte und lächelte. »Wie schlimm hat es ihn erwischt?«

Dr. Lopez steckte die Hände in die Taschen ihres Arztkittels. »Könnten wir bitte klären, in welcher Beziehung Sie zu Lars stehen?«

»Sie ist meine bessere … ähm … Hälfte.« Lars nickte. »Ich, ähm, liebe … sie und yeah.«

Ich hielt den Atem an und wartete, aber mehr kam nicht. Was sicher das Beste war. Lars hatte eine Menge Medikamente bekommen und wusste nicht, was er redete. Offensichtlich. Aber für den unwahrscheinlichen Fall, dass seine Worte bei mir plötzliches Herzversagen auslösen würden, war ich zumindest am richtigen Ort.

Dr. Lopez nickte nur. »Knochenfissur im Handgelenk, Rippenprellung und Schleudertrauma. Kein Hinweis auf eine Gehirnerschütterung, aber es war ein heftiger Aufprall. Ich möchte, saß Sie ihn die nächsten beiden Tage im Auge behalten. Nur um sicherzugehen.«

»Natürlich. Wird er heute Abend entlassen?«

»Ja. Bettruhe und Schmerzmittel die nächsten zweiundsiebzig Stunden und nur leichte Bewegung. Es ist wichtig, dass er aufsteht und ein paar Schritte macht, aber lassen Sie es langsam angehen. Für den Gips machen wir einen Termin in zwei Wochen aus.«

Lars starrte amüsiert auf das Licht über seinem Bett. Der Inbegriff ahnungsloser Glückseligkeit.

»Ich kann wieder zu ihm in die Wohnung ziehen«, sagte Tore. »Auf dem Boden schlafen. Oder eine dieser Luftmatratzen von Walmart kaufen.«

»Du bist doch gerade erst bei Cleo eingezogen.« Ich runzelte die Stirn. »Und tagsüber wäre er allein. Ich arbeite von zu Hause aus. Wieso bleibt er dann nicht einfach bei mir?«

»Keine schlechte Idee«, erwiderte Tore. »Aber ich bin mir nicht sicher, ob er sich darauf einlässt.«

»Es gibt nur eine Möglichkeit, das rauszufinden.« Ich wandte mich dem Verletzten zu. »Lars, du kommst mit zu mir nach Hause.«

»Aber Prinzessin«, klinkte Lars sich wieder in das Gespräch ein. »Ich will keine … Mist. Wie heißt das Wort?«

»Last?«, schlug Tore vor. Dann fügte er leiser hinzu: »Ich wünschte, sie würden mir auch was von dem geben, was sie ihm verabreicht haben.«

Cleo stieß ihm den Ellbogen in die Rippen.

Lars dachte darüber nach, was eine Weile in Anspruch nahm. »Ja. Genau. Eine Last.«

»Du bist keine Last«, widersprach ich.

»Aber du hast kein zusätzliches Bett.«

»Hast du Angst, du fängst dir Mädchenkeime ein, wenn du in meinem Bett schläfst?«

Lars lachte und entgegnete entschieden: »Nein.«

»Wo liegt dann das Problem?«

»Ich weiß einfach nicht, ob es eine gute Idee ist«, murmelte er.

Ich schenkte ihm mein überzeugendstes Lächeln. »Probieren wir es doch einfach ein paar Tage aus und sehen, wie es läuft. Ich meine, wie schlimm kann es schon werden?«

12. Kapitel

»Alles in Ordnung mit dir?«

Langsam und vorsichtig drehte sich Lars herum, um mich anzuschauen. Die Kühlschranktür hinter ihm stand offen. Sein Gesicht war blass und schmerzverzerrt. In der einen Hand hielt er die Überreste meines Essens vom Abend zuvor, in der anderen eine Gabel. »Hatte Hunger. Was anderes konnte ich nicht finden.«

»Ich muss dringend einkaufen.«

Er lud die Gabel voll und schaufelte sich das Essen in den Mund, und zwar geradewegs aus der Kasserolle. Was vermutlich okay war.

»Soll ich einen Teller holen?«

Ein Knurren als Verneinung.

»Das Schmerzmittel wirkt wohl nicht mehr?«

Noch ein Knurren, dann schlurfte er an mir vorbei zum Esstisch, wo er mit finsterer Miene vorsichtig Platz nahm. »Ich wusste erst, wie gut die waren, als sie nicht mehr wirkten. Also ehrlich, wie kann man jemandem Morphium entziehen und ihm dann Paracetamol geben? Ich wundere mich, wie sie einem das ins Gesicht sagen können, ohne dabei einen Lachkrampf zu bekommen.«

»Hast du gut geschlafen?«

Er zuckte mit den Schultern.

»Ich habe tatsächlich richtig gut geschlafen. Offensichtlich klappt es mit dir in einem Bett.«

Ich schenkte ein Glas Wasser ein und stellte es ihm hin. Dann machte ich mir meinen Morgenkaffee. Ich hatte mich nach dem Aufwachen bereits ins Badezimmer geschlichen und mir die Haare gekämmt und die Zähne geputzt. Anschließend hatte ich mir das Gesicht gewaschen und Concealer, Wimperntusche und getönten Lippenfettstift aufgetragen – mit dem Ziel, der Inbegriff der eben erst erwachten natürlichen Schönheit zu sein. Einen Mann beeindrucken zu wollen war harte Arbeit. Ich hatte sogar meinen besten Pyjama angezogen: schwarze Baumwolle mit weißen Paspeln. Viel hübscher als mein übliches T-Shirt mit Höschen. Nicht dass er in der Verfassung gewesen wäre, das zu bemerken.

Aber ihn in meinem Haus zu haben, egal in welcher Verfassung, machte mich eindeutig nervös.

»Bisher habe ich immer nur mit einem Mann zusammengelebt, wenn ich mit einem Freund auf Reisen war«, sagte ich, nur um das Gespräch in Gang zu halten. »Abgesehen natürlich von meinem Vater und meinem Bruder, als ich klein war. Hast du jemals mit einer Frau zusammengelebt? Nicht das, was wir gerade tun, aber du weißt, was ich meine.«

»Nein.« Seine Stimme klang mürrischer als normal. »So ernst ist es nie geworden.«

Ich lächelte ihn verhalten an. »Du meinst, du hast es nie so ernst werden lassen.«

»Vermutlich.«

»Also nur Urlaube.«

»Yeah.«

»Dann wird das hier eine neue Erfahrung für uns beide«, sagte ich. »Ich habe frische Handtücher ins Badezimmer gelegt, falls du duschen willst.«

»Danke. Ich habe das Gefühl, als würde noch der ganze Staub und Dreck von der Straße an mir kleben.«

»Ich beziehe das Bett neu, damit du auch frische Bettwäsche hast. Der wasserdichte Überzug für deinen Gips ist im Bad. Brauchst du Hilfe beim Duschen, mit den Verbänden oder so?«

»Nein«, erwiderte er leise und aß weiter.

Ich trank meinen Kaffee und sah Kat zu, wie sie ihren Kopf an seinem Bein rieb. Er beugte sich mühsam zu ihr hinunter und streichelte sie. Es war schrecklich zu sehen, wie sehr die Schmerzen ihm zusetzten. Diesen normalerweise so starken und robusten Mann warf so leicht nichts um. Und dass irgendeinem Idioten am Steuer genau das beinahe gelungen war, erschreckte mich zutiefst.

»Hast du deine Medikamente genommen, oder soll ich sie dir holen?«

»Ich habe sie genommen«, erwiderte er. »Ich denke, es wäre das Beste, wenn ich nach Hause gehe.«

Ich schwieg einen Moment. »Wieso?«

Keine Antwort.

»Die Ärztin hat gesagt, es sollte jemand ein Auge auf dich haben.«

»Ich komme schon klar.«

»Du bist von einem Auto angefahren worden«, widersprach ich. »Gönn dir mal ein bisschen Ruhe. Bitte.«

»Ich weiß nicht.« Er starrte das Hähnchen mit Reis an. »Es fühlt sich seltsam an, unter diesen Umständen hier zu sein. Ich will dir nicht im Weg sein.«

»Du bist mir nicht im Weg. Ich weiß, es ist ein wenig ungewohnt, aber es ist okay, wenn du gerade ein bisschen Hilfe brauchst. Und ich würde dir gern helfen, Lars.«

Er ballte die gesunde Hand zur Faust. Das war nicht der normale Lars. Das war ein schmerzgeplagter und völlig entnervter Lars. Ein vollkommen anderes Wesen. »Weil du glaubst, es wäre deine Schuld, dass ich diese verdammt Straße überquert habe.«

»Weil du mir wichtig bist und ich dir helfen will.«

»Susie, dieser Quatsch, den ich gestern Abend im Krankenhaus von mir gegeben habe …«

»Daran erinnerst du dich?«

Auf seiner Stirn bildete sich eine steile Falte. »An das eine oder andere.«

»Du warst von den Medikamenten völlig benebelt. Menschen sagen alles Mögliche, wenn sie high sind.«

»Ja«, erwiderte er schließlich. »Also was mein Hierbleiben betrifft. Wir haben nicht so eine Beziehung, dass …«

»Du meinst als Freunde?«

Er schwieg eine ganze Weile. Dann schaute er mit wie üblich gerunzelter Stirn hoch und betrachtete versonnen den noch immer gedeckten Esstisch. Ich hatte mir nach der Rückkehr aus dem Krankenhaus zu viele Sorgen um ihn gemacht, um mich darum zu kümmern. Stattdessen hatte ich im verdunkelten Schlafzimmer gesessen und ihm beim Schlafen zugeschaut. Was das über meine Gefühle für diesen Mann aussagte, ignorierte man besser. Jedenfalls waren Servietten, Kerzen und Besteck noch immer auf dem Tisch, und er starrte sie verwirrt an, als könnte er sich keinen Reim darauf machen. »Das hast du alles für gestern Abend gemacht?«

»Das ist doch nichts Besonderes.« Ich zuckte mit den Schultern. »Ich wollte etwas Nettes für dich tun, jetzt wo Tore ausgezogen ist. Ich weiß, du hast gesagt, es macht dir nichts aus, aber …«

Er starrte mich nur an.

Ich trank noch einen Schluck von meinem Kaffee.

»Wenn ich mich richtig erinnere, warst du gestern, als du

ins Krankenhaus kamst, auch sehr schick angezogen für einen Abend zu Hause.«

»Ich ziehe mich gern schick an. Ich meine … ich mache mich auch gern schön für dich. Das ist doch erlaubt, oder?«

»Selbstverständlich.«

Nein, ich würde mich nicht hinter meinem Kaffeebecher verstecken. Das war kindisch und feige.

»Okay«, sagte er, als wäre er zu einer Entscheidung gekommen. Dann entspannten sich seine Schultern, und er lehnte sich auf dem Stuhl zurück. »Kann ich Kaffee bekommen?«

Ich richtete mich auf. »Du bleibst?«

»Ja, Susie. Ich bleibe.«

Tore kam gegen zehn. »Hallo, Kinder.«

»Wurde auch Zeit«, knurrte Lars.

Tore musterte seinen Bruder, der in meinem kurzen schwarzen Seidenmorgenmantel im Sessel saß, und grinste. »Mir gefällt dein neuer Look.«

»Leck mich.«

»Wieso sollte ich? Das mache ich tausendmal lieber bei meiner Freundin.«

»Tore, hör auf«, befahl Cleo.

Obwohl ich Lars ermutigt hatte, wieder ins Bett zu gehen, hatte er sich anders entschieden. Um ihn herum war alles mit Kissen ausgestopft, und auf seinem Schoß saß eine Katze, die ihn anhimmelte. Im Fernsehen lief lautlos ein Baseballspiel und hielt ihn abgelenkt. Als sein Knurren allmählich in ein grollendes Geräusch übergegangen war, hatte ich aufgehört, ihn zu bemuttern, und ihn allein gelassen. Natürlich erst, nachdem ich einen Blick auf seine muskulösen behaarten Beine unter dem kurzen Morgenrock geworfen hatte. Es waren die kleinen Dinge, die das Leben lebenswert machten.

Tore stellte die Tasche mit Lars' Sachen neben die Schlafzimmertür. »Ich habe von allem etwas mitgebracht. Sag Bescheid, falls sonst noch was fehlt.«

»Danke«, erwiderte Lars.

»Wie fühlst du dich?«, fragte Cleo, die einen Einwegkaffeebecher in der Hand hielt.

»Als wäre ich von einem Auto angefahren worden.«

»Witzig.« Tore setzte sich in den Sessel. »Wir hätten dich gestern Abend beinahe verloren.«

»Um mich ins Jenseits zu befördern, braucht es mehr als einen Kleinwagen.«

»Das ist eine sehr männliche Einstellung«, sagte Cleo.

Tore nickte. »Ich persönlich bestehe darauf, mindestens von einem Hummer von der Straße geholt zu werden.«

»Darüber solltest du nicht einmal Witze machen.« Cleo deutete mit dem Finger auf ihn. »Ich meine das ernst, Tore.«

»Entschuldigung«, sagte er zerknirscht.

Ich saß am Esstisch und hatte den Laptop geöffnet vor mir stehen. Es ging doch nichts darüber, mich am Sonntagmorgen mit den Trollen meiner Klienten zu beschäftigen. Nachdem ich für die Geschäftsinhaber Screenshots der ekligen Kommentare gemacht hatte, blockierte ich diese Armleuchter. So konnte der Job richtig Spaß machen.

Tore schüttelte den Kopf. »Du siehst verdammt fertig aus.«

»Ich finde die neue Narbe in deinem Gesicht verdammt sexy, Pirat.« Ich lächelte. »Falls dich meine Meinung interessiert.«

»Stimmt«, sagte Cleo. »Das hat so was Verwegenes an sich.«

Lars' Lippen zuckten.

Tore schnaubte nur. »Was ist mit der Polizei?«

»Ich konnte ihnen nicht viel sagen. Ich habe echt überhaupt nichts mitbekommen, weil ich zu sehr damit beschäftigt war, mich zu erinnern, welchen Wein ich mitbringen sollte. Ich wollte gerade mein Handy rausholen und dir eine Nachricht schicken, als es passiert ist. Aber ich hatte Grün, und an der Kreuzung ist eine Kamera installiert, also dürften sie den Fahrer wohl finden.«

»Gut.«

Ich schüttelte den Kopf. »Ihr hättet sehen sollen, was von dem T-Shirt noch übrig war. Es ist ein Wunder, dass du noch ganz bist.«

Lars knurrte und rutschte im Sessel nach vorn. Ich sprang auf, um ihm zu helfen, aber sein mürrischer Gesichtsausdruck wies mich in die Schranken. Bloß nicht! Mühsam erhob er sich und schleppte sich durch das Zimmer. Als er versuchte, sich nach seiner Tasche zu bücken und sie hochzuheben, zuckte er vor Schmerz zusammen. Das keuchende Geräusch, das er von sich gab, war schrecklich.

»Könntest du vielleicht einmal um Hilfe bitten?« Tore stand auf, schnappte sich die Tasche und folgte ihm. »Sturer Bock.«

Die beiden verschwanden im Schlafzimmer und schlossen die Tür hinter sich. Vermutlich wollte Lars das schwarze Seidenteil loswerden und brauchte Unterstützung beim Anziehen. Verständlich.

»Finde das nur ich, oder steht ihm dieser Morgenmantel tatsächlich so gut?«, fragte Cleo.

»Du sagst es.« Ich nickte. »Die Hälfte seiner Sachen ist in den Müll gewandert, und die andere Hälfte in die Wäsche. Das war das Einzige von meinen Sachen, das ihm gepasst hat.«

»War er den ganzen Morgen in dieser Stimmung?«

»Du meinst, so sonnig?«

»Ja«, erwiderte sie. »Nur das Gegenteil.«

»Mmm.«

Sie trank von ihrem Kaffee. »Musst du Mittwoch bei dem Fotoshooting mit Coffee Trucks dabei sein?«

»Ja. Ich muss ein paar Dinge mit dem Besitzer besprechen, und ich habe vor, ein paar Hintergrundvideos zu drehen. Aber bis dahin sollte Lars eine Zeit lang allein klarkommen können. Er hat nie über Schwindel geklagt, und auch sonst deutet nichts auf ein Schädel-Hirn-Trauma hin. Die Rippen, das Handgelenk und die Hüften scheinen das meiste vom Aufprall abbekommen zu haben.«

»Und wie geht es dir?«

»Gut. Er ist einmal in der Nacht wegen Schmerzen wach geworden, und ich habe ihm seine Medikamente geholt und ihm zur Toilette geholfen. Davon abgesehen habe ich gut geschlafen. Obwohl der Kerl richtig viel Platz einnimmt.«

Sie sah mich über den Rand ihres Kaffeebechers hinweg an. »Tore hat gestern Abend seine Eltern angerufen. Er hat ihnen gesagt, dass es Lars so weit gut geht, aber sie haben einen früheren Flug genommen und kommen heute zurück. Seine Mom ist offenbar sehr besorgt.«

»Verständlich.«

»Sie sollten gegen fünf hier sein.«

Ich riss die Augen weit auf. »Hier im Sinne von *hier*?«

»Genau. Sie haben bereits jemanden, der sie vom Flughafen abholt. Und wir gehen mit meinen Eltern Abendessen, also …«

»Eltern. Was sagt man dazu.«

»Ich bin sicher, das sind nette Leute. Tore hat viel Respekt vor ihnen.« Sie lächelte mich liebevoll an. »Mach dich locker, Susie. Sie werden dich mögen.«

»Natürlich. Genau. Alles wird gut.«

Am späten Nachmittag öffnete ich einer schlanken Frau mit langem grauen Bob die Tür. Hinter ihr stand ein gut aussehender Mann mit kurzem grauen Bart. Lars und Tore kamen nach ihrem Vater, aber sie hatten die blauen Augen ihrer Mutter.

»Sie müssen Susie sein«, sagte Lars' Mutter mit einem Lächeln, das ihre Besorgnis nicht überspielen konnte. »Ich bin Deborah, und das ist mein Mann Henning.«

»Nett, Sie kennenzulernen.« Ich trat einen Schritt zurück. »Kommen Sie rein, bitte.«

Und hinter Lars' Eltern stand Aaron, da sie sich offenbar alle so verdammt nahe standen. Großartig. Er nickte steif. »Susie.«

Ich sagte nichts.

Deborah und Henning gingen sofort zu ihrem Sohn, der mit Kissen gestützt im Sessel saß und einen Sportsender sah. Vielleicht gab es irgendwo Menschen, die es noch weniger ertrugen, krank zu sein, obwohl die Wahrscheinlichkeit eher gering war. Der Mann weigerte sich, im Bett zu bleiben, und es waren nur seine Schmerzen, die ihn im Sessel hielten, sonst wäre er schon wieder unterwegs gewesen. Im Krankenhaus hatten sie ihm richtig starke Medikamente verabreicht, aber die Schmerzmittel, mit denen sie ihn nach Hause geschickt hatten, waren bei Weitem nicht so effektiv.

Deborah küsste ihn vorsichtig auf die unverletzte Seite seines Gesichts. »Ich habe mir solche Sorgen gemacht.«

»Junge«, sagte Henning und runzelte die Stirn auf die gleiche Weise wie sein Sohn, was irgendwie bemerkenswert war.

»Was ist passiert?«, fragte seine Mom.

»Ich habe die Straße überquert, und so ein Arschloch ist bei Rot über die Ampel gefahren.« Lars nickte seinem besten Freund zu. Allerdings hatte ich keine Ahnung, wie es zurzeit um die Freundschaft der beiden bestellt war. Jedenfalls schien er nicht überrascht, Aaron hier zu sehen. Vermutlich waren sie schon so lange befreundet, dass Aaron quasi zur Familie gehörte. Seine Eltern wohnten in dem Haus neben dem von Lars' Eltern, und wie es schien, waren sie alle sehr eng miteinander verbunden.

»Du siehst total fertig aus«, sagte Aaron.

Lars versuchte zu lächeln und zuckte zusammen. »Yeah.«

»Sobald wir davon erfahren hatten, habe ich uns Flüge nach Hause gebucht«, sagte Deborah.

»Deine Mom hat mich angerufen und gefragt, ob ich im Krankenhaus war.« Aaron druckste an der Türschwelle herum. Geschah ihm ganz recht, dass er sich unsicher fühlte, ob er willkommen war. »Ob ich mit dem Arzt gesprochen hätte.«

Deborah schüttelte verständnislos den Kopf. »Er hatte noch nicht einmal von dem Unfall gehört.«

»Das ging alles ziemlich schnell«, sagte Lars. »Außerdem haben die mir starke Schmerzmittel gegeben.«

Ein Lächeln huschte über Aarons Gesicht. »Ich habe angeboten, Deborah und Henning vom Flughafen abzuholen und sie hierherzufahren. Ich dachte, dann kann ich mich gleich mit eigenen Augen überzeugen, dass du noch lebst.«

Lars lächelte ihn halbherzig an.

»Das ist wirklich nett von deiner Freundin, dass sie dich bei sich aufgenommen hat.« Deborah ging neben dem Sessel in die Hocke und legte die Hand auf die ihres Sohns. Eine Mutter wie aus dem Bilderbuch. Ein schöner Anblick.

Henning nickte. »Danke, Susie.«

Ich lächelte.

»Aber jetzt kommst du doch mit zu uns nach Hause, nicht wahr?«, fragte Deborah. »Ich weiß, du willst immer alles allein machen. So warst du schon immer. Aber das hier ist offensichtlich eine Situation, in der du Hilfe brauchst. Meine Bastelsachen sind in deinem alten Zimmer, aber du kannst im Gästezimmer bleiben, während du dich erholst. Dann kann ich mich um dich kümmern.«

»Mom …«

»Ich glaube, das wäre das Beste.«

»Ich soll dir von meiner Mutter ausrichten, dass sie froh ist, dass es dir so weit gut geht«, sagte Aaron. »Sie kocht gerade ihre Hühnersuppe mit Nudeln für dich. Ich habe ihr gesagt, Brownies wären dir vermutlich lieber.«

»Und sie hat gesagt, wenn ich was zu erledigen habe und dein Dad beschäftigt ist, würde sie rüberkommen und sich um dich kümmern«, fügte Deborah hinzu. »Das ist alles bereits organisiert. Du wirst rund um die Uhr versorgt sein.«

Lars' Blick wanderte zu mir, die ich etwas abseits stand. Ich hatte das Gefühl, er wollte mir irgendetwas mitteilen. Aber ich war mich nicht sicher, was.

»Wir sollten bald aufbrechen und es dir zu Hause bequem machen, damit du dich ausruhen kannst.« Deborah stand auf und betrachtete mein chaotisches Zuhause. Denn natürlich war die Lebensmittellieferung fünf Minuten vor ihnen eingetroffen. Überall standen Flaschen und Tüten. Und meine Arbeit war auf dem Esszimmertisch ausgebreitet, damit ich Lars im Auge behalten konnte. Seine Mom lächelte verständnisvoll. »Du solltest Susie nicht länger zur Last fallen.«

Ich lächelte zurück. Dann wandte ich mich an ihren Sohn. »Was immer du willst, ist für mich okay. Das weißt du.«

Lars starrte mich weiter durchdringend an.

»Das ist sehr nett von Ihnen«, sagte Deborah. »Mir ist bekannt, dass Aaron und Sie mal zusammen waren ...«

»Ja«, erwiderte ich.

Aaron ließ seinen Autoschlüsselanhänger um den Finger kreisen.

Deborah lächelte sanft. »Es freut mich, dass es euch allen gelungen ist, Freunde zu bleiben.«

Aarons Lächeln war nicht mal ansatzweise überzeugend. Mistkerl.

»Sie müssen uns unbedingt mal besuchen kommen, Susie«,

fuhr Deborah fort. »Danke, dass Sie sich so gut um unseren Sohn gekümmert haben.«

»Ich komme gern.«

Sie klopfte Lars leicht auf die Schulter. »Allerdings war ich ein bisschen überrascht, dass du nicht bei Amie bist.«

»Das ist vorbei«, erwiderte Lars.

»Wie schade. Sie war so eine reizende junge Frau. Was ist passiert?«

»Das wird er uns erzählen, wann er das für richtig hält, falls überhaupt«, sagte Henning und blinzelte seinem Sohn zu.

»Natürlich.« Deborah wedelte mit den Händen. »Du kennst mich, ich bin nicht der Typ, der alles wissen muss.«

»Du weißt doch, dass Lars noch nicht bereit ist, sich ernsthaft einzulassen.« Aaron lächelte sie liebevoll an. »Er hat große Pläne.«

Deborah lachte. »Vergib einer Mutter, dass sie sich Hoffnung macht. Ich dachte nur, jetzt, nachdem du dich verlobt hast und Tore jemanden kennengelernt hat, kriegt mein Ältester vielleicht auch die Kurve.«

Der Wecker meines Handys klingelte. »Lars, es ist Zeit für deine Medikamente.«

Er gab ein knurrendes Geräusch von sich und griff nach der kleinen Schachtel auf dem Beistelltisch.

Sofort wurde seine Mom aktiv. »Sind das die Tabletten? Lass mich dir frisches Wasser holen. Oder hättest du lieber Eistee oder Saft? Vielleicht hat Susie so etwas im Haus. Sollst du die mit etwas zu essen nehmen? Ich habe noch einen halben Keks von einem Café am Flughafen in meiner Handtasche. Da fällt mir ein, Tore sagte, man hätte dir eine Nackenstütze gegeben. Solltest du die nicht tragen?«

Lars legte sich die Tablette auf die Zunge und schluckte sie trocken hinunter. »Mir geht es gut.«

»Aber ...«

»Mir geht es gut, Mom.«

»Dir wird es gut gehen, sobald wir dich zu Hause und im Bett haben. Ein bisschen Ruhe und gutes selbst gekochtes Essen, und du bist ganz schnell wieder auf dem Damm.« Deborah nickte bekräftigend. Diese Vorstellung gefiel ihr.

Lars' Stirn war inzwischen bis zum Äußersten gerunzelt. »Ich muss mit dir reden.«

»Mit mir?«, fragte ich.

Er nickte und versuchte mühsam, sich aus dem Sessel zu hieven. Seine Mom packte seinen Arm, und sein Dad trat näher, für den Fall, dass er gebraucht wurde. »Mom, lass ... mir geht es gut«, sagte Lars. »Bitte, lass mich das allein machen.«

Deborahs Mundwinkel sanken herab. Aber sie tat wie geheißen.

Lars schlurfte ins Schlafzimmer, und ich folgte ihm. Er schloss die Tür, drehte sich zu mir um und sah mich mit ernstem Blick an. »Ich brauche dich.«

»Wie bitte?«

»Du hast mich verstanden.«

»Ja. Aber ich würde es gern noch einmal hören.«

Er seufzte. »Ich brauche dich.«

»Das ist wunderbar. Okay. Und jetzt erklär mir, was du damit meinst.«

Er schlurfte auf mich zu, und ich trat einen Schritt zurück, und damit hörten wir erst auf, als mein Rücken die Wand berührte. Dann trat er so nah an mich heran, dass ich zu ihm hochsehen musste und er auf mich hinuntersah und unsere Nasen kaum eine Handbreit voneinander entfernt waren. Beim Anblick der langen genähten Wunde an seiner Wange wurde mir schlecht. Das Gleiche galt für den dunkelblauen Fleck, der sich unter seinen goldenen Bartstoppeln gebildet hatte. Der Gedanke, dass er verletzt worden war, war schrecklich.

Und er runzelte noch immer die Stirn. Wobei das mehr oder weniger sein normaler Gesichtsausdruck war. »Ich hasse es, Schmerzen zu haben. Ich kann es nur schwer ertragen, verletzt zu sein. Es geht mir auf die Nerven und macht mich wütend. Wenn ich dir also sage, dass es mir leidtut, dass ich heute so ein mürrisches Arschloch war, dann meine ich das ernst, okay?«

»Danke für die Entschuldigung.«

Er nickte.

»Gibt es noch etwas anderes, worüber du reden wolltest?«

Er stützte sich mit dem Gips gegen die Wand oberhalb meines Kopfes und beugte sich sogar noch näher zu mir herab. Nah genug, um mit seinem Mund über meinen zu gleiten. Wie üblich waren seine Hitze und sein Geruch äußerst willkommen, und ich genoss es, ihn so nah bei mir zu spüren.

»Das habe ich gebraucht.« Ich seufzte glücklich. Dann hörte ich auf zu lächeln. »Du riechst nach meinem Shampoo. Warum hast du mich nicht gebeten, dir beim Haarewaschen zu helfen?«

»Ich sagte doch bereits, dass ich ein mürrisches Arschloch war.«

»Stimmt.«

»Und du warst beschäftigt und hast am Laptop deine Lebensmittel bestellt, und ich wollte dich nicht stören.«

»Okay.«

Wieder küsste er mich. Diesmal ein bisschen nachdrücklicher. Er sog an meiner oberen und knabberte an meiner unteren Lippe. Er öffnete den Mund nicht allzu weit, denn das hätte ihm wehgetan. Aber es fühlte sich angenehm an, allerdings auch merkwürdig, schließlich warteten seine Eltern und sein bester Freund im Zimmer nebenan. Er fuhr mit der Nase an meiner entlang und blieb schön nah bei mir stehen. Mir war gar nicht bewusst gewesen, wie sehr ich das brauchte – nach der Angst in der vergangenen Nacht und den Tagen, an denen ich auf das Wiedersehen mit ihm gewartet hatte. Ich verzehrte mich nach diesem Mann. Und ich war mir ziemlich sicher, dass er das wusste. Wir küssten uns, bis er zusammenzuckte und sich seitlich an den Mund fasste. »Mist.«

»Verabschiedest du dich gerade, oder willst du mich zu etwas herumkriegen?«, fragte ich. »Nicht dass es mir was ausmacht. Ich bin nur neugierig.«

»Ich mag den lüsternen Ausdruck in deinen Augen, wenn ich dich küsse. Aber ich kann im Moment nicht mal atmen, ohne dass es wehtut.« Er holte tief Luft und ließ sie langsam und vorsichtig entweichen. »Susie?«

»Ja, Lars?«

»Bitte lass mich nicht mit meiner Mutter mitgehen.«

Ich versuchte, mir das Lachen zu verkneifen.

»Sie wird mich erdrücken. Sie meint es gut, aber ich halte das nicht aus.« Seufzend legte er die Stirn an meine. »Und wenn ich allein in meine Wohnung zurückfahre, kommt sie mir hinterher, nur dass sie dann auch noch alles aufräumen und sich über meine Sachen hermachen wird.«

»Oh je.«

Er nickte nur.

»Ich sehe jetzt, dass sich hinter deiner großen starken Fassade ein kleiner Junge verbirgt, der insgeheim Angst vor seiner Mommy hat.«

»Ich habe keine Angst vor ihr.« Er sah mich böse an. »Ich halte es nur nicht aus, wie ein Baby behandelt zu werden, verdammt. Das ist ein Unterschied. Hör auf, dich über mich lustig zu machen.«

»Tut mir leid.«

»Bitte, Prinzessin?«

Ich schnappte nach Luft. »Du hast das *P*-Wort gesagt. Dieser Kosename war nur zum Gebrauch in deinem Kopf bestimmt.«

»Das Geheimnis ist gelüftet.« Sein Gesicht war bleicher als sonst, und man sah ihm seine Schmerzen an. Als gäbe es irgendetwas, das ich für diesen Giganten nicht tun würde. »Kann ich bei dir bleiben? Bitte?«

»Was für nette Manieren du hast! Natürlich kannst du hierbleiben.«

Er lächelte triumphierend und schlurfte wieder Richtung Tür. Ohne auch nur innezuhalten und mich noch einmal zu küssen. Dann war er wieder im Wohnzimmer und sagte: »Danke, Mom, aber ich bleibe hier.«

»Aber, Schatz …«

Schön langsam ließ er sich wieder in den Sessel sinken. Sofort arrangierte seine Mom sämtliche Kissen sorgfältig um ihn herum. »Susie hat mich gefragt, ob es mir was ausmacht zu bleiben.«

Alle Augenpaare richteten sich auf mich. Er hatte mich den Wölfen zum Fraß vorgeworfen. Dieser Mistkerl.

»Wieso das?«, fragte Deborah.

Ich öffnete den Mund, aber außer »Ähm« fiel mir nichts ein.

»Sie fühlt sich einfach besser, wenn ich hier bin«, sagte Lars. Ich war also abhängig von ihm. Na, vielen Dank auch.

Aaron sah von Lars zu mir und wieder zurück. Dann richtete er den Blick gen Decke und ließ seinen Autoschlüsselanhänger noch heftiger kreisen.

»Sie schläft besser, wenn ich hier bin«, sagte Lars. »Nicht wahr, Susie?«

»Verstehe«, erwiderte Deborah. »Wie lange seid ihr zwei schon zusammen?«

Lars warf ihr einen misstrauischen Blick zu. Das sollte er auch. Dann fuhr er sich mit der Zunge über die Lippen und sagte: »Es ist noch ganz frisch. Schau, ich würde mich einfach besser fühlen, wenn ich hier bei ihr bleibe. Das ist die Wahrheit.«

Deborah schüttelte verwundert den Kopf. »Ihr beide habt euch kennengelernt, als Susie mit … Nun. Ist es nicht witzig, wie sich die Dinge manchmal entwickeln?«

Aaron fand es alles andere als witzig. Sein Gesichtsausdruck hätte von Lachen nicht weiter entfernt sein können. Er starrte mich wütend an, als hätte ich ihm seinen besten Freund weggenommen. Dann wandte er sich an Lars und sagte: »Ich hatte mir eigentlich morgen freinehmen wollen, um dir Gesellschaft zu leisten.«

»Vielleicht ein andermal«, erwiderte Lars.

»In Ordnung.« Aaron hielt den Schlüsselanhänger so fest in der Hand, dass die Knöchel weiß hervortraten. »Ich warte im Auto.«

»Wusste er von Susie und dir?«, fragte Deborah nach Aarons dramatischem Abgang.

»Er wusste es.« Lars dehnte vorsichtig seinen Hals. »Es ist kompliziert, Mom.«

Deborah richtete den Blick fragend auf mich.

Ich konnte noch nie gut mit den Eltern anderer Leute umgehen. Da meine so wenig Umgang wie möglich mit mir pflegten, waren Familienbeziehungen für mich unbekanntes Terrain geblieben. So heikel, wie die Situation war, hätte ich besser den Mund gehalten. Aber wenn man will, dass die Leute einen mögen, tut man dumme Dinge. »Unsere Trennung war … sie war unschön. Viele verletzte Gefühle. Es wäre mir einfach lieber, wenn …«

»Du brauchst nichts zu erklären«, unterbrach mich Lars.

»Wollen Sie damit sagen, dass er hier nicht willkommen ist?«
Deborah seufzte, als trüge sie das Gewicht der Welt auf ihren
Schultern. »Aber Lars bleibt offenbar hier. Aaron und Lars sind
schon so lange befreundet. Himmel, sie sind quasi wie Brüder.«

»Wir wollen nur, dass du glücklich bist, Sohn«, warf Henning ein.

Aber Deborah war noch nicht fertig. »Ich glaube wirklich,
wir sollten ihn wieder hereinrufen und das hier klären. Uns
einfach zusammensetzen und …«

»Es war nett, Sie kennenzulernen, Susie.« Henning legte
seiner Frau die Hand ins Kreuz und schob sie zur Tür hinaus.
Sie war nicht glücklich. So viel stand fest.

Ich versuchte zu lächeln. Aber die ganze Situation war mehr
als peinlich. »War nett, Sie beide kennenzulernen.«

Und dann waren sie auch schon fort.

»So«, sagte ich und setzte mich. »Das hätten wir also.«

»Tut mir leid, dass ich ihnen von uns erzählt habe.«

»Nein, tut es dir nicht.«

»Nein«, gab er mir recht. »Sie hätten es sowieso früher oder
später rausgefunden.«

»Du wolltest nur nicht nach Hause gehen und von deiner
Mutter behütet werden und hast mich als Schutzschild be-
nutzt.«

Er betrachtete mich einen Moment lang. »Du hast recht.
Aber wir haben eine Beziehung, Susie. Ist dir aufgefallen, wie
wir uns immer wieder füreinander entscheiden?«

»Es ist *vorprogrammiert*.«

»Genau. Und ich werde deinen sarkastischen Ton für Erste
ignorieren, weil ich mich total mies fühle.«

»Du bist mir trotzdem noch was schuldig, und deine Mutter
hasst mich jetzt. Sie glaubt, ich treibe einen Keil zwischen dich

und deinen besten Freund.« Ich lehnte mich auf dem Stuhl zurück. »Wie kommst du damit klar, dass sich deine Eltern derart in deine Angelegenheiten einmischen? Meine können sich kaum meinen Geburtstag merken. Aber deine …«

»Ich kläre das mit meiner Mutter.«

»Erwartet sie, dass du ihr alles erzählst, damit sie zu allem ihre Meinung sagen kann?«

Er zuckte leicht mit den Schultern und verzog das Gesicht. »Ehrlich gesagt, blende ich sie einfach aus, wenn sie sich so verhält. Ich liebe meine Mom. Aber ich treffe meine Entscheidungen selbst.«

»Sogar Tante Susan hat mir viel Raum gelassen. Vielleicht kommt es deshalb zu unserer Scheidung. Weil deine Mutter und ich nie miteinander auskommen werden.«

»Das sehe ich nicht als Scheidungsgrund. Aber ich habe nachgedacht. Vielleicht sollten wir die Scheidungsurkunde einfach vergessen.«

»Vergessen?«

»Ja.«

»Du hast aufgehört, eine logische Erklärung dafür zu finden.«

Er zuckte zusammen. »Ja.«

»Ohne dieses Ding hätten wir uns nicht näher kennengelernt. Es ist wie ein Ouroboros.« Ich malte mit Finger einen Kreis in die Luft. »Eine Schlange, die sich in den Schwanz beißt. Schicksal in einer Endlosschleife. Ich glaube nicht, dass wir das einfach ignorieren können.«

»Hattest du nicht gesagt, das Schicksal ließe sich beeinflussen?«

»Aber wir haben die Urkunde nun mal gefunden und, wenn auch widerwillig, Gefühle füreinander entwickelt. So viel steht fest«, erwiderte ich. »Wenn man das allerdings so interpretiert, ist es unvermeidlich, dass wir heiraten und uns scheiden lassen. Denn beide Tatsachen ergeben sich eben auch aus der Existenz dieser Urkunde. Was traurig ist. Und ein bisschen verwirrend.«

Er legte den Kopf hinten an die Sessellehne. »Du hast gerade zugegeben, dass du Gefühle für mich hast.«

»Als ob du das nicht längst wüsstest.«

»Nein. Ich habe es vermutet. Freundschaft und Sex waren für dich okay. Aber als du nicht daten wolltest, habe ich mir Gedanken gemacht.«

Ich seufzte. »Gefühle, wie?«

Er knurrte nur.

»Wir brauchen einen Physiker, der Löcher in der Zeit erklären kann, damit wir wissen, wie die Urkunde in die Wand gekommen sein könnte.« Ich überlegte. »Oder vielleicht einen Mystiker?«

»Mir gefällt, wie Wissenschaft, Religion und Magie für dich quasi alle fröhlich nebeneinander existieren.«

»Man sollte für alles offen sein. Wobei ich mir über so was bisher nicht sonderlich viele Gedanken gemacht habe. Ich war immer eher der kreative als der rationale Typ.«

»Und was bin ich?«, fragte er.

»Du baust und reparierst und planst. Du bist klug und hast geschickte Hände. Sehr geschickte Hände.« Ich lächelte ihn ebenfalls an. »Was kann ich für dich tun, um deine Schmerzen zu lindern, Lars?«

Er starrte ernst auf meinen Brustbereich. »Leider fällt mir keine Sexstellung ein, die nicht wehtun würde.«

»Das gefällt mir, dass deine Gedanken sofort zu meinem Schoß gewandert sind. Aber ich hatte eher an so etwas wie dir ein Bad einlassen oder eine Wärmepackung suchen oder Ähnliches gedacht.«

»Oh.« Sein Lächeln erlosch. »Nein danke.«

»Sag Bescheid, falls du deine Meinung änderst.«

»Mache ich. Und meine Mom wird dich mögen, wenn sie dich erst kennenlernt.«

Ich wandte den Blick ab. »Ja.«

13. Kapitel

»Was tust du da?«

Lars schaute aus luftiger Höhe auf den mittleren Stufen der Leiter auf mich hinunter. »Ich bohre Löcher für die Bilderhaken, die du wolltest. Hier sollte doch der erste hin, stimmt's?«

Es war Mittwoch. Vier Tage nach dem Unfall. Und offensichtlich hatte er es satt, sich zu schonen. Ich stellte die Einkaufstüten auf dem Boden ab. Dies war wahrlich nicht der Tag, an dem er solch einen Mist abziehen sollte.

»Lars, komm bitte da runter. Und zwar langsam.«

Mit einem genervten tiefen Seufzer tat er wie geheißen. »Ich habe auch den Putz im Schlafzimmer teilweise geglättet. Ich war nicht ganz glücklich damit. Ich streiche später noch mal drüber.«

»Du warst ganz schön emsig.«

»Ich habe es satt, vor dem Fernseher zu sitzen«, erwiderte er mürrisch.

»Dann lies ein Buch.«

»Ich besitze keins.«

Seine blauen Flecken verblassten allmählich zu einem Gelb mit lila Einsprengseln. Die Fäden in seiner Wange sollten sich in wenigen Tagen auflösen, aber der Gips an seinem Handgelenk würde ihm eine weitere Woche erhalten bleiben. Die Hautabschürfungen an Armen und Brust verheilten gut, wie nicht zu übersehen war, da er sich angewöhnt hatte, im Haus nur ein Paar Sportshorts zu tragen. Eine Entscheidung, die ich nur begrüßen konnte. Dennoch wäre es vernünftig gewesen, wenn er ein bisschen vorsichtiger mit sich umgegangen wäre. Denn die Vorstellung, er könne sich noch mehr wehtun, machte mir höllische Angst.

»Lies eins meiner Bücher.«

»Das sind alles Liebesromane.«

»Und?«

»Schon gut.« Er stöhnte. »Ich lese eins deiner Bücher.«

»Super. Viel Spaß.«

»Du hast schlechte Laune«, sagte er und sah mich prüfend an. »Wie lief das Fotoshooting?«

»Der Geschäftsinhaber hatte seinen neuen Partner dabei. Der entpuppte sich als visueller Typ, der online sehr aktiv ist und deshalb jede Menge hilfreiche Hinweise für Cleo und mich parat hatte. Weil wir es ja so lieben, wenn uns ein Mann unseren Job erklärt. So hat das Shooting doppelt so lange gedauert, als es hätte dauern sollen.«

»Blöd gelaufen.«

»Dann ist mir so ein charmantes Arschloch durch den Lebensmittelladen hinterhergelaufen. Er wollte meine Telefonnummer und ließ sich partout nicht abwimmeln.«

Er kniff die Augen zusammen. »Was zum Teufel sollte das?«

»Genau. Und dann komme ich nach Hause und muss sehen, wie du anstrengende körperliche Arbeiten verrichtest. Dr. Lopez hat von sanften Bewegungen gesprochen. Glaubst du wirklich, auf Leitern herumklettern fällt darunter?«

Er legte den Bohrer auf den Couchtisch. »Du hattest einen schlechten Tag.«

»Ja. Das kann man wohl sagen.«

»Wie kann ich ihn besser machen?«

»Bleibe mit den Füßen auf festem Boden.«

»Verstanden.«

»Danke.« In dem Moment sah ich sie. Auf dem Esszimmertisch stand eine schwarze Schuhschachtel mit silberner Aufschrift. »Was ist das?«

»Schau es dir an.«

Als ich das Logo auf dem Deckel sah, schnürte sich mir die Kehle zu. »Du hast mir Pradas gekauft?«

»Ich wusste nicht, was dir gefällt. Wenn sie also die verkehrte Größe oder das verkehrte Modell oder was auch immer sind, schick sie einfach zurück.« Er kratzte sich am Kopf. »Ich wollte mich auf diese Art bei dir bedanken.«

Ich nahm den Deckel des Kartons mit der nötigen Ehrerbietung ab. Unter Schichten von Seidenpapier lag ein Paar schwarze Sandalen mit Blockabsatz. Wunderschöne Riemchensandalen im Retrolook. »Oh, mein Gott!«

»Ist das gut oder schlecht?«

»Die sind umwerfend.« Ich würde nicht weinen. Es war einfach ein höllischer Tag gewesen, und mit einer solchen Aufmerksamkeit hätte ich niemals gerechnet. Mein Vater erinnerte sich schon seit zehn Jahren nicht mehr an meinen Geburtstag, und Aaron war letztes Jahr zu sehr mit seiner Arbeit beschäftigt gewesen, um meinen dreißigsten zu feiern. Aber Lars kaufte mir einfach so diese Prachtexemplare. Das brachte mich irgendwie aus der Fassung. »Darf ich dich küssen?«

»Ja.« Und das Funkeln in seinen Augen entfachte auch in mir ein Feuer.

Er ließ die gesunde Hand unter meinen Pferdeschwanz gleiten und umfasste meinen Nacken. Sein warmer Atem an meinen Lippen und die Entschlossenheit, mit der er seinen Körper an meinen presste und sich meines Munds bemächtigte, ließen meine Lebensgeister erwachen. Während sein Gips gegen meinen Rücken drückte, küsste er mich heiß und fordernd. Das Gefühl seiner Lippen auf meinen und die Entschlossenheit, mit der seine Zunge vordrang, ließen darauf schließen, dass dieses Vorgehen wohlkalkuliert war. Denn wir brauchten kaum eine Minute, bis wir in Flammen standen. Mit seiner Hand in meinem Nacken und all dieser köstlichen Hitze und Feuchtigkeit seines Munds verwandelte sich mein Tag im Nullkommanichts von beschissen zu grandios.

»Ich weiß nicht, wo ich dich anfassen darf, ohne dir wehzutun«, sagte ich schwer atmend.

»Vermutlich solltest du deine Hände bei dir behalten und mich machen lassen.« Und da klang etwas in seiner Stimme mit. Etwas Rohes und Gieriges, mit etwas leicht Forderndem als Zugabe. Sein Blick wanderte zu meinen harten Brustwarzen, die sich gegen mein Kleid drückten. Dann betrachtete er mein Gesicht. »Das macht dich an, wie?«

Ich war die geile Unschuld in Person. »Wie meinst du das?«

Der Mann hatte keine Zeit für meinen Blödsinn, sondern stürzte sich umgehend auf mich und küsste mich, bis mir schwindelig wurde. Ich spürte, wie sein Schwanz an meinem Bauch immer steifer wurde. Seine Zunge spielte mit meiner und brachte mich zum Stöhnen. Frustriert gab ich ein leises Knurren von mir, denn sein Körper reizte mich ungemein, und ich wollte ihn ebenfalls berühren. In dem Moment sagte er: »Zieh dich aus.«

»Bist du dir sicher?«

»Ja.«

»Aber was ist mit deinen …?«

»Susie«, sagte er und schaute auf mich hinunter. »Wir machen das jetzt folgendermaßen: Ich lege mich rücklings aufs Bett, und du wirst ein braves Mädchen sein und mich reiten.«

»Ich werde ein braves Mädchen sein, soso.«

»Ja. Mein gutes Mädchen.« Sein Lächeln war verheißungsvoll und so verdammt selbstbewusst. »Ausziehen, Prinzessin.«

Meine Knie wurden weich. Das ist die Wahrheit. Es gab un-
gefähr ein männliches Wesen, dem ich ausreichend vertraute,
um ihm die Kontrolle zu überlassen, und das stand gerade vor
mir. Meine Finger fummelten an den Knöpfen meines kurz-
ärmeligen schwarzen Kleids herum. Ich trat meine Sandalen
von den Füßen und ließ das Kleid zu Boden gleiten. Jetzt stand
ich in meiner Unterwäsche da, einem schwarzen Halbschalen-
BH und dazu passendem Hipsterhöschen.

»Verdammt.« Seine Stimme klang kehlig. »Dreh dich um.
Lass mich sehen.«

Ich drehte mich langsam um mich selbst.

»Wunderschön. Wenn wir das nächste Mal vögeln, trägst du
die Designerschuhe für mich. Aber für heute knie dich einfach
hin.«

»Bist du dir sicher, dass du das schon kannst?«

»Glaub mir, das ist für mich nie ein Problem.«

»Wie unschwer zu übersehen ist«, sagte ich in Richtung seiner zeltartig ausgebeulten Shorts. »Aber ich habe eher an Mus-
kelzerrungen und geprellte Rippen gedacht.«

»Mir geht es gut. Und ich glaube, wir brauchen das beide.«
Er hielt mir seine gesunde Hand hin. »Ja oder nein, Susie?«

Worte waren überflüssig, wenn Taten sprachen. Ich nahm
seine Hand und ließ mich langsam auf die Knie hinab. Vermutlich hatte ich vergessen, wie außerordentlich beeindruckend sein Schwanz war. Oder er wirkte aus diesem Blickwin-
kel einfach größer.

Mit der nötigen Vorsicht zog ich seine Shorts und Boxershorts seine Beine hinunter. Er trat aus ihnen heraus und schob
sie mit dem Fuß beiseite. Und die ganze Zeit sah er mich mit
diesem verhangenen Blick an. Meine Brustwarzen waren so

hart, dass es schon wehtat. Dieser Mann konnte mich nur mit einem Kuss und ein paar Worten in äußerste Erregung versetzen. Das war zwar großartig, aber nicht fair.

Ich nahm seinen Schwanz in die Hand, schlang die Finger fest um ihn und liebkoste ihn mit dem Mund. Mit der Zunge folgte ich dem Verlauf einer Vene, dann den ganzen Weg zurück zu seiner Eichel, wie weiche Haut über Stahl. Ich nahm die Eichel in den Mund, leckte und sog. Er ließ die Hand über meinen Kopf gleiten und packte meinen Pferdeschwanz mit festem Griff. Mit einer Hand knetete ich seine Eier, mit der anderen hielt ich seinen Schwanz.

Ich reizte seine Eichel mit der Zunge, dann nahm ich ihn, so tief ich konnte, in mir auf. Das Geräusch, das er von sich gab, als ich an seiner enormen Eichel sog, war fast so gut wie das, als ich meine Zunge in ihre Öffnung bohrte. Er zog an meinem Haar und fluchte wie ein Bierkutscher. Ich genoss es, dass meine Bemühungen geschätzt wurden und ihm ein gutes Gefühl bescherten. Der Anblick seiner angespannten Oberschenkel war absolut erregend. Der salzige Geschmack seiner Lusttröpfchen …

»Stopp!«, befahl er. »Steh auf.«

Ich gab seinem Schwanz einen Abschiedskuss und tat wie geheißen. Er legte die gesunde Hand an meine Wange und küsste mich auf die Lippen. Wie mein Tag bisher gelaufen war, spielte keine Rolle mehr. Es gab nur noch das Hier und Jetzt, und das war geradezu atemberaubend.

»Das war sehr gut, Susie.«

»Das freut mich.«

»Und jetzt zieh die Unterwäsche aus.«

Ich hakte den BH auf, ließ ihn zu Boden fallen und wand mich aus meinem Höschen. Er presste sich mit dem ganzen Körper an meinen Rücken. Den Gips fest an meinen Bauch

gedrückt, ließ er die andere Hand zwischen meine Beine gleiten.

»Du bist feucht«, murmelte er.

»Ich kann mir das auch nicht erklären.«

»Stell dich breitbeiniger hin.«

Ich gehorchte.

Er versenkte die Zähne in meiner Schulter und ließ die Fingerspitzen über meine Schamlippen tanzen. Vor und zurück.
Ein Zittern durchlief mich, als er zwei Finger und den Daumen in den Mund steckte, um sie zu befeuchten … Himmel,
war das heiß. Männer hatten schon zuvor intime Dinge mit
mir gemacht, aber mit Lars war es anders. Vielleicht war es
die Art, wie er mich hielt, und, die Zähne in meinen Schultern
vergraben, voll und ganz bei der Sache war. Und dann schob
er diese Finger tief in mich hinein und drückte mit dem Daumen auf meine Klitoris. Er vögelte mich mit den Fingern wie
ein Profi.

Und dann hörte er plötzlich auf.

»Warte«, jammerte ich. »Lars.«

»Diesmal kommst du auf mir.« Und das sagte er völlig gelassen. Als wäre seine Verweigerungshaltung ganz normal, wenn
es um mich und Orgasmen ging. Er drehte sich einfach um,
ging ins Schlafzimmer und legte sich auf die Matratze. Wäre
da nicht sein senkrecht zur Decke gestreckter Ständer gewesen,
hätte man meinen können, er wolle ein Nickerchen machen.
»Nun mach schon.«

»Herrischer Mistkerl.«

»Wie bitte?«

»Nichts.«

»Schnapp dir ein Kondom«, befahl er.

Er beobachtete mich, eine Hand hinter dem Kopf, den Gips
auf seiner Brust abgelegt. Die Lust in seinem Blick machte

mir Gänsehaut. Ich durfte nicht vergessen, den Mann in den nächsten Tagen mal um Nacktfotos zu bitten. Denn selbst so übel zugerichtet war er eine Augenweide. Ich holte ein Kondom aus der Nachttischschublade und hockte mich auf seine Hüften. Der blaue Fleck an seiner Seite war noch immer riesig. Ich musste behutsam vorgehen und gut auf meine Knie aufpassen. Nachdem ich die Hülle des Kondoms aufgerissen und beiseitegeworfen hatte, zog ich es ihm vorsichtig über.

Oben zu sein, gehörte zu meinen Lieblingspositionen. Was gab es daran schon auszusetzen? Man hatte einen großartigen Ausblick und die absolute Kontrolle, auch wenn man die ganze Arbeit machen musste.

Ich nahm seinen Schwanz in die Hand und positionierte ihn vor meinem Eingang, dann ließ ich mich schön langsam auf ihn hinunter. Es fühlte sich fantastisch an, wie er mich ausfüllte. Meine Möse zog sich zusammen, und er gab einen Zischlaut von sich. Der Mann konnte froh sein, dass ich starke Oberschenkel hatte, denn ich konnte mich schließlich nicht mit den Händen auf ihm abstützen. Und er war so verdammt groß, dass ich nicht ganz bis an das Kopfteil des Betts heranreichte. Das würde garantiert ein Workout für meinen Unterleib werden.

Auf einmal zuckte er zusammen. Ich erstarrte. »Was ist los? Lars?«

»Nichts. Reit mich.«

Ich seufzte erleichtert und bewegte mich vorsichtig auf und ab. Er erweckte nicht den Eindruck, als hätte er Schmerzen oder als wäre ihm etwas unangenehm, also erhöhte ich das Tempo, erhob mich und ließ mich nur ein wenig fallen. Drückte ihn mit meinen inneren Muskeln, während er die ganze Zeit mit einer Mischung aus Zärtlichkeit und Besitzerstolz seinen Blick über mich wandern ließ: mein Gesicht und meine Brüste und meinen Bauch. Meine Schenkel und mein Geschlecht. Mit seinen kräftigen Händen packte er meine Oberschenkel und drückte sie, als wolle er sie mit den Fingern testen. Dann hob er den Oberkörper leicht an und schlug mir auf den Hintern, dass ich aufkreischte.

»Verdammt, du bist umwerfend. In deiner Nähe zu sein war diese Woche das einzig Gute.« Er zuckte zusammen und lächelte. »Fester.«

»Ich will dir nicht wehtun.«

»Wenn du mir wehtust, sage ich es dir«, erwiderte er. »Jetzt tu, was ich dir sage, und reite mich härter. Du willst es doch auch.«

Er hatte recht. Ich wollte ihn wirklich so fest in mir spüren. Und wie er, wenn ich an ihm hochrutschte, über alle meine wichtigen Stellen glitt. Wieder und wieder. Härter und fester. Nichts konnte besser sein, als mich mit ihm zu verlieren. Die Spannung in meinem Unterleib breitete sich in meinem Körper aus. Wie ein Licht, das sich einen Weg durch mich hindurch bahnte. Alles war nur noch Hitze und Bewegung auf dem Weg zu dem lustvollen Höhepunkt der Erregung, bis alles so hell wurde, dass ich wie geblendet war. Ich schnappte nach Luft und kam, und er packte meine Oberschenkel, zog mich auf sich hinunter und hielt mich dort fest. Als ob ich irgendwo anders hätte sein wollen. Sein Schwanz bebte in mir und pumpte sein Sperma heraus. Er stöhnte. Das war es. Und es war genau das, was ich brauchte. Die Welt weit weg, und er einfach ganz nah bei mir.

Ich glaube, ich starb ein wenig. Auf Französisch nennt man den Orgasmus *den kleinen Tod*, was durchaus einleuchtet.

Er gab ein pfeifendes Geräusch von sich. »Susie.«

»Mist.« Vorsichtig schwang ich mich von ihm herunter und setzte mich neben ihn auf die Matratze. Sein Zustand ließ es nicht zu, dass eine gut gevögelte Frau auf ihm zusammenbrach. Ernsthaft. »Oh, mein Gott. Es tut mir so leid, Lars. Alles in Ordnung?«

»Ja. Jetzt ist es okay.« Er lächelte und kümmerte sich um das Kondom, das er in ein Papiertaschentuch einwickelte und auf den Nachttisch legte. »Du sitzt auf der Seite, wo mir nichts fehlt. Leg dich hin und lehn den Kopf an meine Schulter.«

»Bist du dir sicher?«

Er wartete nur.

Kuscheln im Anschluss an Sex war merkwürdig. Manche Partner wollte man, wenn der Akt an sich vorbei war, möglichst schnell loswerden, um wieder für sich zu sein. Mit anderen wiederum wären ein paar Stunden Zimmerservice und ein heißes Bad geradezu himmlisch. Lars fiel in die zweite Kategorie. Er roch gut und fühlte sich gut an, und ich war glücklich. Wegen seiner Verletzungen hatten wir in letzter Zeit nicht gekuschelt, aber Kuscheln mit Lars fühlte sich fast wie Weihnachten an. Und da waren sie wieder, diese ganzen Gefühle, mit denen mein Herz viel zu groß für meinen Brustkorb zu sein schien. Als könnte das Organ bei Lars' zärtlichen Worten und dem großartigen Sex aus mir herausspringen.

»Danke, dass ich bei dir bleiben darf«, sagte er leise.

»Du bist herzlich willkommen. Ich finde, im Großen und Ganzen war unser spontanes Zusammenleben ein Erfolg.«

»Ja.«

Ich lächelte.

»Allerdings wollte ich dich was fragen.« Er starrte an die Decke. »Würde es dir was ausmachen, ein paar von deinen Hautpflegemitteln und Kosmetika wegzustellen? Auf der Ablage im Badezimmer ist kein Platz für mein Rasierzeug.«

Oha. »Ich werde sehen, was sich machen lässt.«

»Danke.«

»Stört dich sonst noch irgendwas?«

Er gab ein kehliges Geräusch von sich. »Eigentlich nicht.«

Ich stützte mich auf meinen Ellbogen. »*Eigentlich nicht* bedeutet nicht Nein.«

»Irgendwie schon.«

»Jetzt komm. Du wohnst inzwischen seit vier Tagen hier. Was noch?«

Er lächelte. Lars war nach dem Sex tiefenentspannt. »Ich bin sehr dankbar, dass du mich bleiben lässt und dich so gut um mich kümmerst, ohne mir auf die Nerven zu gehen. Auch wenn du mich angeschrien hast, kaum dass du heute durch die Tür getreten bist.«

»Das war ja auch echt bescheuert von dir.«

»Ich wusste, was ich tat.«

»Einigen wir uns darauf, dass wir uns da nicht einig sind«, erwiderte ich. »Es ist schon kurios, was man über einen Menschen erfährt, wenn man mit ihm zusammenlebt. Es hat mich überrascht, dass du so gar kein Morgenmensch bist, wenn man bedenkt, dass der Beruf, für den du dich entschieden hast, frühes Aufstehen erfordert. Die erste Stunde oder so trottest du durch die Gegend wie ein schläfriger Bär, und die halbe Zeit frage ich mich, ob du gleich gegen eine Wand läufst.«

Er knurrte.

»Allerdings weiß ich zu schätzen, dass du so wenig Wert auf Oberbekleidung legst. Dich zu begaffen ist nämlich eine meiner Lieblingsbeschäftigungen.«

Er lächelte und strich mir mit der Hand über den Kopf.

»Auf die Bartstoppeln im Waschbecken könnte ich allerdings verzichten.«

»Ist das hier gerade so etwas wie eine Feedback-Runde?«

»Ganz genau.«

»Okay«, sagte er. »Ich liebe es, dir beim Anziehen zuzuschauen. Wie du dich so perfekt zurechtmachst, dass ich Angst habe, dich zu berühren, weil ich nichts zerstören möchte. Und dann macht es mich traurig, dass du angezogen bist, weil ich es wirklich mag, wenn du nackt bist.«

Ich lächelte. »Das ist nett. Und was ist jetzt mit dem, was dich nervt?«

»Ist das eine Falle?«, fragte er. »Es fühlt sich nämlich wie eine an.«

»Ich schwöre, es ist keine Falle. Ich bin nur neugierig.«

Er seufzte. »Nun, du lässt überall Kaffeebecher und Wassergläser rumstehen. Du denkst nie daran, das Licht auszumachen, und deine Schuhe fliegen im ganzen Haus herum.«

»Aber ich habe wirklich tolle Schuhe. Findest du nicht, die haben es verdient, gesehen zu werden?«

»Vorgestern wäre ich beinahe über einen gestolpert.«

»Tut mir leid.«

»Und was ist mit mir? Was nervt dich an mir, abgesehen von den Bartstoppeln?«

»Nichts. Du bist perfekt.«

Er schnaubte nur.

»Allerdings hast du die Zahnpastatube stranguliert, indem du sie von der Mitte her gequetscht hast. Und du hast sie nicht nur gequetscht, sondern erwürgt.« Ich machte die entsprechenden Handbewegungen. »Ich weiß nicht, wo diese ganze Wut herkommt, aber sie war absolut unberechtigt. Diese Zahnpasta hat dir nie irgendwas getan. Dann hast du eine leere Klopapierrolle auf dem Halter gelassen, obwohl da ein Abfalleimer steht, und ein Korb voller Klopapier. Und wieso stehen die Küchenschränke und -schubladen die ganze Zeit halb offen? Hast du Schwierigkeiten, dich so tief einzulassen, dass du sie ganz schließt?«

Er sah mich nur an.

»Außerdem hast du die ganzen guten Snacks gegessen und mir nicht einen übrig gelassen. Aber das lasse ich durchgehen, weil du Langeweile hattest, und Schmerzen obendrein.«

»Danke«, erwiderte er trocken. »Das ist sehr großzügig von dir, Susie.«

»Nicht der Rede wert.«

Er starrte wieder an die Decke. Dann sagte er: »Das Seltsamste an dir ist allerdings, dass du an mir riechst, wenn du glaubst, dass ich schlafe.«

Ich verschluckte mich fast vor Lachen. »Das würde ich doch niemals tun.«

»Danach drückst du sanft dein Gesicht in meinen Arm und bleibst ein oder zwei Minuten so liegen.« Er sah mich misstrauisch von der Seite an. »Würdest du mir das bitte erklären?«

»Ich bin dir gern nah. Was soll ich dazu sagen?«

Mein Gesicht fühlte sich ein wenig heiß an, aber egal. Es gab Schlimmeres, als auf der Suche nach Nähe zu jemandem erwischt zu werden. »Stört es dich?«

»Nein.«

»Dann tolerierst du also meine Marotten?«

»Ich mag deine Marotten«, erwiderte er. »Glaubst du, du hast dich vielleicht von mir scheiden lassen, weil ich dir immer die ganzen Snacks weggegessen habe? Oder glaubst du, es hatte eher mit dem Strangulieren der Zahnpasta zu tun?«

»Sagtest du nicht, du wolltest die Scheidungsurkunde ignorieren?«

»Vermutlich hast du recht, dass wir sie nicht einfach ignorieren können.«

»Es ist nicht einfach mit Beziehungen.« Ich drückte meine Wange wieder an seinen Bizeps. »Eins weiß ich allerdings. Ich werde dich vermissen, wenn du wieder nach Hause gehst.«

Er küsste mich oben auf den Kopf.

»Danke für die Designerschuhe und den Orgasmus. Durch dich ist mein Tag viel besser geworden.«

»Gern geschehen.«

»Bist du dir wirklich ganz sicher?«

»Ja.« Lars hievte sich in Zeitlupe aus meinem Auto und passte auf, dass er sich nicht wehtat. Was jedoch leichter gesagt als getan war, denn ich fuhr einen Mini Cooper. Zwar eins der größeren Modelle, einen Viertürer, aber dieser Kerl war eben groß. Seit dem Unfall war eine Woche vergangen, und es ging ihm deutlich besser. Dennoch sah man seinen Bewegungen an, dass er Schmerzen hatte. »Meine Eltern wollen sich bei dir bedanken, weil du dich um mich gekümmert hast, und sie wollen dich näher kennenlernen. Wieso machst du dir so viele Gedanken?«

Ich nickte und kaute auf der Innenseite meiner Wangen herum. »Na ja, was Eltern anbelangt, habe ich nicht allzu große Erfolge vorzuweisen. Aber zurzeit sind es zwei Dinge, die mir zu denken geben. Erstens, dass dein bester Freund mich mit zu seiner Mom genommen hat und sie mich offenbar leidenschaftlich hasst. Und zweitens, dass du deinen Eltern erzählt hast, ich wäre solch eine Klette, dass du bei mir bleiben musst. Das hat mir garantiert keine Sympathien eingebracht.«

Er küsste mich auf die Stirn. »Es wird schon alles gut laufen.«

»Hmm.«

Es war Samstagabend, und ich stand mit einem Charcuterie Board in der Hand im Garten des Hauses, in dem er seine Kindheit verbracht hatte. Was hatte ich mir den Kopf zerbrochen über die Anordnung der Oliven und des Schinkens! Ganz zu schweigen von der Käseauswahl! Das Haus seiner Eltern war ein weitläufiges zweistöckiges Gebäude auf einem Hügel in Lakewood. Nebenan stand das Haus, das den Eltern des Ex gehörte. Und wie nicht weiter verwunderlich, war es das größte in der Straße. Ich sah, wie sich eine der Gardinen im Obergeschoss bewegte. Wir wurden beobachtet. Keine Ahnung, ob Aarons Mutter Nadeln in eine Voodoo-Puppe stach, aber ich spürte, dass ich Kopfschmerzen bekam.

»He«, sagte er und ging mir über den Gartenpfad voraus. »Du siehst hübsch aus.«

Es stimmte, meine schwarzen Leinenshorts, mein seidenes Camisole-Top und meine neuen Plateausandalen machten echt was her, aber ich hatte dennoch Vorbehalte, an diesem kleinen familiären Grillabend teilzunehmen. Deborah hatte ihren Sohn kein zweites Mal besucht, während er sich bei mir zu Hause erholte. Stattdessen hatte sie Nachrichten geschickt und mit ihrem Liebling telefoniert. So besorgt, wie sie sich am Anfang gezeigt hatte, war es schwer, sich nichts dabei zu denken. Vielleicht war ich aber auch nur paranoid. Beides war möglich.

»Du hast sogar einen trägerlosen BH für mich angezogen.« Er blieb stehen, um mich auf den Hals zu küssen, was mir regelmäßig einen Schauer über den Rücken jagte. »Danke, Prinzessin.«

»Gern geschehen.«

Er öffnete die Haustür und rief: »Wir sind da.«

»Hinten auf der Terrasse«, rief Henning zurück.

Es war ein herrlicher Abend mit einer warmen Brise, dem Duft von Tannen in der Luft und einem unglaublichen Ausblick auf den Lake Washington. Die Wolken in der Ferne verhießen zwar Regen, aber das würde noch Stunden dauern. Das Haus war schön, geschmackvoll und gemütlich. Viel gebeiztes Holz, cremefarbene Akzente und Familienfotos. Die Terrasse hinter dem Haus schmückten Terrakottatöpfe mit blühenden Pflanzen. Vielleicht konnte Deborah mir ein paar Tipps für das Überleben meiner Tomatenpflanzen geben. Aus den Lautsprechern erklang Jazz, und Henning stand am Grill. Er winkte uns zur Begrüßung mit der Zange zu. Genau wie Tore das bei der Poolparty gemacht hatte. Familienähnlichkeiten faszinierten mich. Zum Beispiel, dass Henning und seine Söhne das gleiche Lächeln hatten. Meine nächsten Verwandten hatten wenig mit mir gemeinsam. Immerhin hatte ich Moms dunkle Haare und Dads trotziges Kinn. Das war aber auch schon alles.

»Hallo, Susie.« Deborah schenkte mir ein gezwungenes Lächeln und küsste ihren Sohn auf die Wange. »Wie geht es dir, Schatz?«

»Von Tag zu Tag besser«, erwiderte Lars und setzte sich an den Tisch. Als sie ihn am Arm packte, um ihm zu helfen, schüttelte er sie sanft ab. »Mir geht es gut, Mom.«

»Natürlich.«

»Ich war mir nicht sicher, was ich mitbringen sollte«, sagte ich und stellte das Charcuterie-Board neben die Salate und die Brötchen auf den Tisch. »Ich hoffe, das ist okay.«

»Ein Käsebrett.« Deborah lächelte. »Leider habe ich eine Laktoseintoleranz, und Henning muss auf sein Cholesterin aufpassen.«

Mühsam rang auch ich mir ein Lächeln ab.

»Was würdet ihr beide gern trinken?«, fragte sie. »Wir haben Bier, Wein, Mineralwasser …«

»Ein Bier wäre großartig, danke«, entgegnete ich.

Lars warf sich einen gefüllten Habanero-Chili in den Mund. »Für mich auch.«

Sobald Deborah außer Hörweite war, zischte ich ihn an. »Deine Mom hat Laktoseintoleranz?«

»Tut mir leid. Hatte ich vergessen.« Er legte die gesunde Hand weit oben auf mein Bein. »Ich esse dein Charcuterie Board, Susie. Und das ist kein Euphemismus.«

»Ja, aber du magst mich bereits. Ich wollte mich bei deiner Mutter einschleimen.«

Er drückte meinen Oberschenkel. »Ich weiß die Mühe zu schätzen.«

»Ich bin mir nicht sicher, ob mir der Umgang mit Familie liegt. Darin habe ich nicht gerade viel Übung.«

»Wie schade, dass Tore und seine neue Freundin nicht kommen können«, sagte Deborah und reichte uns die Bierflaschen. In ihrer Stimme schwang ein tadelnder Unterton mit. Oh, dieser Abend versprach spannend werden.

»Sie hatten Karten für ein Konzert. Ihr wärt ja eigentlich auch morgen erst nach Hause gekommen«, rief Lars ihr ins Gedächtnis. »Das kannst du ihnen wohl kaum zum Vorwurf machen.«

»Das tu ich ja auch gar nicht, Lars. Red keinen Unsinn.«

Wenn ich jedes Mal einen Schluck trank, wenn seine Mutter eine passiv-aggressive Bemerkung machte, bestand die reelle Chance, dass mich Lars am Ende des Abends nach Hause tragen musste, weil ich zu betrunken war, um zu laufen. Ganz abgesehen davon, dass Lars nicht in der Lage war, mich irgendwohin zu tragen. Zu schade, dass ich kein Edible in meine Handtasche gesteckt hatte. Schon ein bisschen Marihuana hätte alles erträglicher gemacht.

»Und, was hast du so getrieben?«, fragte Deborah. »Hast du viel ferngesehen?«

Lars kaute ein Stück Käse und schluckte es hinunter. »Ich habe ein paar Bücher gelesen, die Susie mir empfohlen hat. Liebesromane.«

»Liebesromane?« Deborah zog eine Augenbraue in die Höhe. »Meine Güte.«

»Wie fandest du sie?«, fragte Henning neugierig.

»Interessant«, erwiderte Lars. »Aufschlussreich.«

Ich lächelte nur. Jeder Tag, an dem ich einen Leser zu Liebesromanen bekehrte, war ein guter Tag.

»Ich habe gehört, du gehst Montag wieder arbeiten«, sagte Henning.

»Überwiegend in beaufsichtigender Funktion.« Lars wedelte mit seinem Gips in der Luft herum. »Bis der runterkommt, bin ich nicht sonderlich nützlich.«

»Vermutlich wirst du froh sein, wenn du wieder nach Hause ziehen kannst«, sagte Deborah. »Dir war deine eigene Wohnung immer so wichtig.«

Er zuckte mit den Schultern. »Ich habe jahrelang mit Tore zusammengewohnt.«

»Aber noch nie mit einer Freundin«, erwiderte Deborah. »Deshalb haben wir uns gewundert, dass du dich dafür entschieden hast, bei Susie zu bleiben. Und sie kann es bestimmt auch kaum erwarten, das Haus wieder für sich zu haben.«

Ich hielt den Mund. Das schien schon wieder eine dieser Situationen zu sein, in denen ich am besten so wenig wie möglich sagte.

Lars hatte sich nicht dazu geäußert, ob er in seine Wohnung zurückkehren wollte, und ich hatte nicht gefragt. Mir gefiel, dass er bei mir war. Nicht dass ich bereit gewesen wäre, ihn zu fragen, ob er dauerhaft bei mir einziehen wollte. Und dass ich als seine Freundin bezeichnet wurde, war durchaus interessant. In meinem Kopf fingen keine Alarmglocken an zu läuten. Obwohl ich Angst hatte, eine feste Beziehung einzugehen, machte mir das offensichtlich nichts aus. Nach ein paar Sexrunden und fast einer Woche Zusammenwohnen war ich durchaus bereit zuzugeben, dass da etwas zwischen uns war. Ich war mir nur nicht sicher, was genau.

»Das ist nicht seine erste Verletzung«, sagte Henning. »Erzähl Susie doch mal, wie oft er sich als Kind verletzt hat.«

»Ach herrje.« Deborah lächelte breit. »Er war immer anstrengend. Mit fünf wurde er in einem Streichelzoo von einem

Pony abgeworfen, auf dem er gar nicht hätte sitzen sollen. Damals hatte er zwei gebrochene Finger. Mit acht wurde er im Haus eines Freunds von einer herabfallenden Topfpflanze getroffen. Sieben Stiche oben am Kopf. Ich weiß bis heute nicht, wie das passieren konnte. Mit elf ist er im Park gegen einen Baumstamm gelaufen. Dort gab es so eine Spielburg und … nun ja. Fünf Stiche in der Stirn. Glücklicherweise verschwand die Narbe im Laufe der Jahre unter seinem Haaransatz. Dann, mit vierzehn, ist er vom Fahrrad gefallen. Keine Nähte oder gebrochene Knochen, aber viele fiese kleine Schnitte am Rücken und ein verknackster Knöchel. Das waren die ganzen größeren Unfälle.«

»Ach du Scheiße«, sagte ich und zuckte im selben Moment zusammen. »Tut mir leid, ich meinte, liebe Güte.«

Deborah lachte doch tatsächlich. »Sie hätten mich mal fluchen hören sollen, als die beiden noch klein waren.«

»Man sollte meinen, dass Tore das Problemkind war«, sagte Lars. »War er aber komischerweise nicht.«

»Du warst immer vorneweg.« Seine Mutter deutete anklagend mit dem Finger auf ihn. »Lars war immer der Anführer. Der unangefochtene Rudelführer. So haben wir ihn immer genannt.«

»Es war der einzige Weg, um zu verhindern, dass sich Tore bei dem Versuch, irgendetwas Dummes zu machen, den Schädel einschlägt.«

Lars lächelte. »Auch wenn das hieß, dass immer ich wegen allem Schwierigkeiten bekam.«

Henning grinste. »Du warst gut darin, deinen Bruder aus Schwierigkeiten rauszuhalten. Allerdings hatte das eben seinen Preis.«

»Deine Schwester ist im Schlaf mal aus dem oberen Etagenbett gefallen und hat sich den Arm gebrochen«, fuhr Deborah fort. »Bei Tore kamen lediglich die Mandeln und die Weisheitszähne raus.«

»Zeig Susie die Alben mit den Fotos von Lars, als er klein war«, sagte Henning und stellte einen Teller mit gegrilltem Hähnchen und Gemüse auf den Tisch.

»Nicht die Babyfotos«, widersprach Lars und reichte mir einen Teller.

»Wieso nicht?«, fragte sein Vater. »Ein wohlgenährtes, nacktes Baby auf einem Schaffell ist nichts, wofür man sich schämen muss.«

Lars runzelte die Stirn.

»Das Foto muss ich unbedingt sehen und vielleicht eine Kopie machen.« Ich verkniff mir das Grinsen. »Bitte.«

»Nein«, widersprach Lars. »Wie war es bei dir? Hattest du irgendwelche Kindheitsverletzungen?«

»Ähm, ich habe mir mit etwa zehn beim Skateboarden den Fuß gebrochen. Danach hat Mom Tante Susan überredet, das Skateboard zu entsorgen.«

»Du hättest ganz groß rauskommen können.«

»Ich hätte definitiv nicht groß rauskommen können.« Ich lachte. »Aber danke für dein Vertrauen in mich.«

Deborah versteifte sich auf einmal, den Kopf Richtung Nachbargrundstück gedreht, wo sich Aarons Mutter jetzt in aller Ruhe und Gelassenheit um die Pflanzen auf ihrer Terrasse kümmerte. Ich war gewillt gewesen, seine Behauptung, sie würde mich hassen, als weiteren Versuch abzutun, mich aus der Fassung zu bringen. Aber so, wie Deborah mich jetzt wieder misstrauisch ansah, stimmte es vermutlich. Wer weiß, was sie über mich geredet hatten?

Die Meinung anderer Leute war mir ziemlich egal, aber auf diesen Schwachsinn konnte ich gut verzichten.

»He«, sagte Lars. »Komm her.«

»Ja?«

Er packte mich hinten am Nacken wie ein Neandertaler und küsste mich. Was irgendwie großartig war. Er war eindeutig auf meiner Seite.

»Hannah ist abgereist«, sagte Deborah auf einmal wie aus heiterem Himmel.

Lars runzelte die Stirn. »Was?«

»Sie ist heute Morgen in ein Flugzeug nach London gestiegen und abgereist. Keine Erklärung. Nichts. Hat ihren Verlobungsring auf den Küchentresen gelegt und ist gegangen.« Deborah seufzte. »Aaron hat schwer daran zu knabbern, wie du dir vorstellen kannst.«

Lars sagte nichts.

»Ich dachte, er hätte sich vielleicht bei dir gemeldet.« Sie räusperte sich. »Ich weiß nicht, was zwischen ihm und Ihnen passiert ist, Susie. Aber eins weiß ich, dass er dir, Lars, lange Zeit ein guter Freund war. Es ist bedauerlich, dass du das Gefühl hast, du müsstest dich zwischen ihm und deiner neuen Freundin entscheiden.«

»Ich werde ihn anrufen«, versprach Lars.

»Das hoffe ich.«

Es war an der Zeit, unter Beweis zu stellen, dass ich Lars unterstützen und seinen besten Freund trotzdem hassen konnte. »Bring mich doch nachher nach Hause und fahr dann bei ihm vorbei. Mein Auto ist in deinem angeschlagenen Zustand vermutlich einfacher zu fahren als dein großer Pick-up.«

Lars' Lächeln bestätigte mir, dass ich genau das Richtige gesagt hatte. »Danke.«

Danach kam der Grillabend nicht mehr wirklich in Schwung. Familientreffen waren vermutlich einfach nicht mein Ding. Und Lars würde also den Ex besuchen. Das war okay. Alles war gut. Und ich weigerte mich, etwas anderes zu denken.

14. Kapitel

Zwei Stunden später kam Cleo mit einer Flasche Wein in jeder Hand in mein Haus gestürmt. Sie streifte ihre nassen Schuhe ab und sagte: »Du glaubst nicht, was Tore gesagt hat, als ich ihm verkündet habe, dass ich zu dir fahre.«

»Sag's mir«, erwiderte ich und stellte Gläser auf den Tisch.

»Findest du nicht, wir sollten unsere Probleme lösen, ohne deine beste Freundin mit reinzuziehen?«, wiederholte Cleo mit tiefer und genervter Stimme seine Worte. »Wenn er mir zugehört hätte und wir das Problem wie Erwachsene angegangen wären, hätte ich gar nicht erst zu dir kommen müssen, um Dampf abzulassen.«

»Hast du ihn aus der Wohnung geworfen?«

»Wo denkst du hin«, entgegnete sie. »Ich will schließlich wissen, wo er ist, wenn ich ihn noch ein bisschen mehr anschreien möchte.«

»Da hast du auch wieder recht.« Ich nickte und füllte unsere Gläser. Wir setzten uns auf Kissen am Boden und lehnten uns mit dem Rücken an die Couch. So machten wir das immer. In schwierigen Zeiten auf dem Boden zu hocken tat uns jedes Mal gut.

»Er hat während der gesamten Vorstellung nur blöde Bemerkungen gemacht«, sagte sie, trank einen Schluck Weißwein und wischte sich erst dann die Regentropfen aus dem Gesicht. »Da versuche ich, etwas zu genießen, auf das ich mich schon seit Monaten freue, und der Mann hält einfach nicht den Mund.«

»Unmöglich.«

»Was hat Lars verbrochen, dass du so traurig aussiehst?«

»Wir waren bei seinen Eltern zum Abendessen, und seine Mom erzählte, dass Aarons Verlobte ihn sitzen gelassen und sich davongemacht hat«, erwiderte ich und nahm meine Strickjacke vom Sofa, da mit dem Regen die Temperatur gesunken war. »Außerdem hat sie noch für ein kleines bisschen Schuldgefühle gesorgt.«

»Wie man das eben so macht.«

»Sobald wir zu Hause waren, hat er das Arschloch angerufen und ist jetzt bei ihm, um ihn zu trösten. Was in Ordnung ist. Nur dass ich … ach.«

»Dann ist die Neue also auf und davon, wie?« Cleo zog eine Augenbraue nach oben. »Gut für sie.«

Ich trank einen Schluck. »Das kann man wohl sagen.«

»Ist es für dich noch immer ein Problem, dass Lars mit ihm befreundet ist?«

»Ich versuche, keins damit zu haben. Schließlich hat es im Grunde nichts mit mir zu tun.«

Cleo klopfte mit den Fingernägeln auf ihr Knie. »Hmm.«

»Ich vermute, du hast Tore gebeten, mit Rumstänkern aufzuhören, aber er hat weitergemacht?«

»Zweimal. Auch wenn ihm die Vorstellung nicht gefallen hat, hätte er mir den Spaß nicht verderben müssen.« Sie schüttelte den Kopf. »Er hat sich wie ein kleines Kind aufgeführt. Als ihm schließlich dämmerte, dass ich sauer auf ihn war, ging er sofort in die Defensive.«

»Blödmann.« Ich trank einen weiteren Schluck Wein. »Ich weiß, dass Lars und Aaron schon seit Langem eng befreundet sind. Aber Aaron hat mich so beschissen behandelt, dass ich einfach nicht weiß, wie ich das unter einen Hut bringen soll. Aber ich will auch nicht, dass es als Problem zwischen uns steht.«

»Es ist dir ernst mit ihm«, sagte Cleo.

Ich nickte widerwillig. »Ich habe versucht, es auf einer unverbindlichen Ebene zu belassen, aber ich habe das Gefühl, auf verlorenem Posten zu kämpfen. Wenn das mit uns nichts wird, gehe ich ins Kloster.«

»Das kann ich nachvollziehen. Wie wütend bist du auf Lars, weil er Aarons Freund ist, und wie wütend bist du auf dich selbst, weil du so lange mit dem Arschloch zusammengeblieben bist und immer wieder Entschuldigungen für ihn gesucht hast?«

»Gute Frage. Herrje. Hör auf, mein Inneres nach außen zu kehren.«

»Mit Beziehungen ist das so eine Sache.« Sie seufzte. »Tore hätte die Vorstellung gar nicht gefallen müssen. Er hätte nur die Klappe halten und still neben mir sitzen müssen, damit ich dem Theaterstück ungestört folgen konnte. Jetzt weiß ich, dass ich ihn zu so etwas nicht mitzunehmen brauche, schon gar nicht, wenn es sich um eine Tragödie handelt, weil sein Kleinjungengehirn dann einen Kurzschluss bekommt und er nicht mehr zurechnungsfähig ist.«

»Wie wäre es mit einem Ballknebel?«

»Ich gehe lieber allein, als das Risiko einzugehen, dass er Ophelia zubrüllt: *Du kannst was Besseres finden, Süße.*«

Ich schnaubte. »Hamlet ist der absolute Fuckboy. Insofern könnte ich ihn verstehen.«

»Darum geht es gar nicht«, erwiderte sie. »Es geht um ungebetene Zwischenrufe während einer Vorstellung. Aber das ist das Problem mit neuen Beziehungen. Man muss herausfinden, womit man leben kann und womit nicht. Was man zusammen unternehmen kann und was man unbedingt getrennt machen sollte. Und wenn der Sex gut ist, muss man Bilanz ziehen und entscheiden, ob genügend Gemeinsamkeiten bleiben, die für eine Fortführung der Beziehung sprechen.«

»Ja«, erwiderte ich mürrisch. »Ich habe das ungute Gefühl, dass Lars und ich eine Beziehung haben.«

Sie legte den Kopf schief. »Ist dir das wirklich jetzt erst aufgefallen?«

»Es könnte mir vor ein paar Tagen gedämmert haben.«

»Bravo. So wie du letztes Wochenende über die Krankenstation gerannt bist, lag das zumindest nahe.«

Ich verzog das Gesicht. »Ich renne nicht wegen einem Mann.«

»Du bist gerannt, als hättest du Feuer unterm Hintern.«

»Da fällt mir übrigens ein«, lenkte ich ab. »Eine Sportbekleidungsfirma hier am Ort wird dich vielleicht anrufen. Sie haben wegen einem unserer gemeinsamen Projekte angefragt, und ich habe ihnen gesagt, du wärest das Genie hinter der Kamera.«

»Okay. Arbeitest du mit ihnen?«

»Sie haben einen eigenen Social-Media-Manager. Aber sie waren begeistert von deinen Fotos.«

»Fein. Ich werde die Augen offen halten.« Sie lächelte. »Erzähl mir mehr vom Essen mit Lars' Eltern.«

Ich trank noch mehr von meinem Wein. »Ach, ich weiß nicht ...«

»Sprich mit mir, Susie«, ermunterte sie mich. »Erzähl mir alles. Alles, okay?«

»Wenn ich hinterher besessen bin, werde ich stinksauer auf dich sein, Susie«, sagte Cleo einige Stunden später. Während der ganzen Zeit hatte Lars nicht auf meine Nachricht reagiert. Kein gutes Zeichen.

»Wir werden nicht besessen sein. Und falls sich dir wider Erwarten doch der Kopf dreht, suche ich dir einen heißen Priester.«

»Oh, prima.«

Wir lagen auf dem Wohnzimmerteppich und versuchten uns an einer Séance. Auf dem Couchtisch lag die Scheidungsurkunde, drumherum standen mehrere Kerzen und einige leere Flaschen. Es gut möglich, dass wir ein ganz klein wenig beschwipst waren. Aber, herrje, das konnte jedem mal passieren. Vor allem wenn man sehr viel Wein getrunken hat. Das erhöht die Wahrscheinlichkeit erheblich.

»Es ist nicht einfach, deine beste Freundin zu sein«, sagte sie. »Das weißt du, oder?«

»Durchaus.«

»Hmm.«

»Möchte irgendetwas mit uns kommunizieren?«, fragte ich in das dunkle Zimmer hinein. Über die Decke huschten die Schatten der flackernden Kerzen. Davon abgesehen blieb die Welt der Geister still. »Außer es wäre etwas Böses, in diesem Fall, hinweg damit.«

»Guter Schachzug.«

»Danke.«

»Vor allem würden wir gern mit Tante Susan reden«, fügte Cleo hinzu. »Wir haben Fragen.«

Nichts geschah. Dann kam Kat die Katze ins Zimmer geschossen, den Schwanz aufgefächert wie eine Toilettenbürste, sah, dass nichts der sofortigen Aufmerksamkeit ihrer Krallen bedurfte, sprang auf das Sofa und fing an, sich zu putzen. Höchstwahrscheinlich wartete sie auf Lars' Rückkehr. Sie war viel mehr seine Katze als meine. Wenn er irgendwann wieder in seine Wohnung zurückzog, würde es Kat das Herz brechen. Und sie würde nicht die Einzige sein. Verdammt.

»Müsste man nicht einen Schutzwall oder irgend so etwas errichten?«, fragte Cleo und stützte sich auf den Ellbogen, um einen weiteren Schluck Wein zu trinken. Sie trank aus ihrem Glas. Wie kultiviert. Ich trank schon mindestens seit einer Stunde Chardonnay direkt aus der Flasche wie eine Basic Bitch.

»Woher soll ich das wissen? Ich bin keine Hexe, und es ist Jahre her, dass ich *Supernatural* gesehen habe. Ich bin nicht mal überzeugt, dass es wirklich Geister gibt.«

»Glaubst du, ich etwa?« Cleo schüttelte den Kopf. »Erzähl von deiner Tante. Vielleicht erregt das auf der anderen Seite irgendein Interesse.«

»Okay.« Ich räusperte mich. »Tante Susan ist vor etwas mehr als sechs Monaten an einem Schlaganfall gestorben. Am Abend davor hatte ich mit ihr gesprochen, und sie sagte, es ginge ihr gut, sie sei nur ein bisschen müde. Sie lud mich für den nächsten Morgen zum Frühstück ein. Aber sie wachte gar nicht mehr auf, was hoffentlich bedeutet, dass sie keine Schmerzen hatte. Dass sie tot war, bevor sie auch nur merkte, was los war. Ihr Gesichtsausdruck war friedlich, aber … ich weiß nicht. Ihre Hand war ganz kalt. Als ich sie fand, muss sie schon mehrere Stunden tot gewesen sein. Jedenfalls habe ich sie sehr geliebt. Am meisten macht mir zu schaffen, dass ich keine Gelegenheit hatte, mich von ihr zu verabschieden. Ihre letzten Worte zu hören.«

»Sie hätte garantiert etwas Gutes zu sagen gehabt.«

»Yeah«, erwiderte ich. »Sie hätte garantiert einen Rat für das derzeitige Dilemma in meinem Leben gehabt. Sie hat immer gesagt, ich solle mich fragen, ob Oprah die Entscheidung billigen würde, die ich treffe. Aber das bringt mich auch nicht weiter, wenn ich mich nicht entscheiden kann, was ich mit ihm tun soll. Und ich habe keine Ahnung, was Dolly Parton zu meinen Beziehungsnöten sagen würde. Außer vielleicht einen Song darüber zu schreiben.«

»Und das wäre dann auch ein echt cooler Song.«

»Oh, der wäre grandios. Bei Dolly hätte das Auftauchen der Scheidungsurkunde etwas ganz Poetisches. Du weißt schon, mit ganz viel Symbolcharakter.« Ich seufzte. Die Decke drehte sich in langsamen betrunkenen Kreisen über meinem Kopf. »Das wäre so ziemlich alles. Wolltest du noch was hinzufügen?«

»Nein. Alles gut.«

»Okay.«

Auf der Rückseite des Hauses war ein leises Klopfen zu hören. Wir schnappten beide nach Luft und drehten uns in die Richtung, aber *nada*, nichts. Kein fließender Schemen. Nicht einmal einer dieser kleinen Lichtkegel. Kat sah uns genervt an, bevor sie wieder wegdöste.

Cleo schluckte. »Vermutlich hat nur der Wind einen Zweig gegen das Haus gedrückt oder so was. Es ist ein altes Gebäude. Das könnte alles sein.«

»Vielleicht brauchen wir nur die richtige Ausrüstung«, erwiderte ich und griff nach meinem Handy.

»Was machst du?«

»Ich schaue nach, ob es bei Etsy Sachen für Geisterjagd gibt.«

»Weil das sinnvoll ist.«

»Wer Zweifel hat, sollte einkaufen.«

Cleo schnaubte.

»Also, wir haben es bereits mit einem Medium, Psychometrie und Tarotkarten probiert. Offenbar übersehen wir etwas, denn in diesem Haus sind seltsame Dinge passiert. Wie die Scheidungsurkunde beweist.«

»Ist dir jemals der Gedanke gekommen, dass die Urkunde sozusagen die letzten Worte deiner Tante *darstellt*?«

Ich dachte darüber nach. Allerdings funktionierte mein in Alkohol getränktes Gehirn nicht sonderlich gut. »Wäre das nicht toll?«

»Tante Susan schickt dir von der anderen Seite Hinweise auf deine Zukunft.«

Wir dachten beide eine Zeit lang darüber nach. Dann sagte Cleo: »Du solltest ihnen außerdem sagen, welches deine aktuellen Probleme sind. Nur damit das klar ist.«

»Mit *ihnen* meinst du die Geister? Glaubst du, uns hört mehr als einer zu?«

Sie zuckte mit den Schultern. »Ich habe keine Ahnung, ob überhaupt einer zuhört. Aber wir sollten uns zumindest die Mühe machen, gründlich vorzugehen.«

»Stimmt. Okay.« Ich holte tief Luft. »Mein Problem ist Lars.«

Der Raum verharrte in Stille.

»Ja, aber was genau an ihm ist das Problem?«, fragte Cleo schließlich.

»Nun ... dass es ihn gibt.«

»Du bist unmöglich.« Cleo lachte. »Ich meine, du warst immer schon skeptisch, was Liebe betrifft. Das haben wir gemeinsam. Aber so schlimm war es noch nie.«

»Du wirst schon sehen, wie du dich fühlst, wenn dir das Universum nicht nur sagt, wen du heiraten sollst, sondern auch, dass die Ehe schiefgehen wird. Da fragt man sich doch, wozu man sich dann überhaupt erst aufeinander einlassen soll, verdammt.«

Sie seufzte. »Geister, wenn ihr irgendeinen Rat für meine liebeskranke Freundin hier habt, bitte sprecht oder stöhnt oder was auch immer. Wir hören.«

Nichts.

Ein Auto fuhr vorbei.

Noch mehr nichts.

Gefolgt von lautem Klopfen an der Haustür. Cleo und ich kreischten beide auf.

In dem Moment kam Tore völlig entspannt zur Tür herein. »Wieso lümmelt ihr betrunken auf dem Boden herum?«

»Heiliger Strohsack«, murmelte ich und presste die Hand gegen mein galoppierendes Herz. »*Herumlungern* klingt liederlich.«

Lars kam hinter seinem Bruder herein und grüßte mich mit einem Kopfnicken. Typisch Mann.

»Wir sind nicht so niveaulos«, fügte Cleo hinzu. »Wir sind durchaus kultiviert.«

»Welches Wort würdet ihr dann benutzen?«, fragte Tore. »Und wieso habt ihr geschrien?«

Cleo zog die Nase hoch. »Ich habe noch nicht mal entschieden, ob ich schon wieder mit dir reden will. Und schon gar nicht, ob ich irgendwelche Erklärungen zu meinem beschwipsten Zustand abgeben möchte.«

Tore runzelte die Stirn. »Ich habe doch gesagt, dass es mir leidtut.«

»Susie, bitte schick die Geister weg«, sagte Cleo.

Lars sah mich fragend an, sagte jedoch nichts.

»Danke für eure Zeit, ihr Geister und alles, was in die Richtung geht. Ihr könnt jetzt gehen. Und das solltet ihr auch. Bitte. Tschau.«

Cleo richtete die Aufmerksamkeit wieder auf ihren Freund. »Komm her, du.«

Tore lächelte und legte sich neben sie. Sie fingen an zu flüstern. Bald schon lag ihr Arm um seine Schultern, und ihre Finger spielten mit seinem Haar.

»Da hast mir nicht geantwortet«, sagte ich unglücklich.

Lars kratzte sich am Kinn. »Es war eine Menge los. Ich hatte keine Zeit, zurückzuschreiben, tut mir leid.«

»War alles okay mit deinem Bestie?«

»Als ich kam, hatte er bereits eine halbe Flasche Bourbon intus. Ich habe ihn ins Bett gebracht, in die Seitenlage verfrachtet und ihm Wasser, Ibuprofen und einen Eimer hingestellt, falls er sich übergibt.«

Ich nickte.

Cleo und Tore waren inzwischen heftig am Schmusen. Sah ganz so aus, als wäre ihr Streit beigelegt.

Lars reichte mir die Hand. Trotz dieser noblen Geste hievte ich mich weitgehend selbst vom Boden hoch, da sein Körper noch nicht vollständig wiederhergestellt war.

»Bist du sauer auf mich?«, fragte er und zog mich Richtung Schlafzimmer, um für ein wenig Privatsphäre zu sorgen. Sowohl für uns als auch für das Paar am Boden. Kat folgte uns und strich um seine Beine herum.

Ich seufzte. »Nein.«

»Miss Lillian hat angerufen«, sagte er. »Ich habe neulich bei deiner Party mit ihr über ihr Haus gesprochen, und jetzt hat sie sich endlich bei mir gemeldet. Sie hat beschlossen, es zu verkaufen. Die letzten zwei Stunden waren Tore und ich dort, haben es uns angesehen und uns mit ihr auf einen Preis geeinigt.«

»Wow. Sie war schon immer eine Nachteule. Aber hättet ihr euch das Haus nicht besser bei Tageslicht angeschaut?«

»Das war okay. Wir haben gesehen, was wir sehen mussten. Das Haus bedeutet eine Menge Arbeit, aber es ist wie mit diesem hier. Es hat eine großartige Lage und jede Menge Potenzial.« Er lächelte. »Sie möchte den Verkauf so schnell wie möglich über die Bühne bringen. Offenbar ist sie zu dem Schluss gekommen, dass sie wegen ihrer Arthritis in der Wüste besser aufgehoben ist. Sie hat bereits ein Auge auf ein Haus unten in Arizona geworfen. Ich werde morgen früh meinen Chef anrufen und alles mit ihm besprechen. Der Plan lautet, dass ich in einer Woche, wenn die Wohnung verkauft ist, in Miss Lillians Haus ziehe und gleich mit allem anfange, was ich machen kann. Mit diesem Gips am Arm bin ich bei der Arbeit sowieso zu nichts zu gebrauchen. Hoffentlich sieht mein Chef das genauso.«

»Wie schade, dass Miss Lillian wegzieht. Ihr wollt das also wirklich durchziehen?« Ich zog meine Augenbrauen fragend in die Höhe. »Tore und du, mit eurer eigenen Firma?«

Diesmal war sein Lächeln viel breiter. »Yeah.«

»Das ist fantastisch, Lars.«

»Danke. Der Zeitpunkt ist richtig. Es fühlt sich an, als ob alles endlich passt.« Er scharrte mit den Füßen. »Das ist eine große Sache. Ich kann es noch immer nicht ganz begreifen.«

»Es ist ein gewaltiger Schritt.«

»Mateo kommt bei der anstehenden Renovierung hoffentlich zu uns, wenn Miss Lillian zu dem Preis verkauft, den wir uns erhoffen. Tore behält seine Arbeit noch ein bisschen länger, damit sichergestellt ist, dass weiter regelmäßig Geld reinkommt. Aber ansonsten ist alles geregelt. Darauf haben wir all die Jahre hingearbeitet und gespart.«

»Ich freue mich für dich! Du wirst das schon hinkriegen.«

»Dieses verdammte Auto hätte mich letzte Woche umbringen können.«

»Ich weiß«, erwiderte ich leise. »Ich verstehe, dass das für dich ein Grund ist, den Plan lieber früher als später in die Tat umzusetzen.«

Er nickte. »Es gibt so verdammt viele Dinge im Leben, die ich noch tun möchte. Ziele, die ich erreichen möchte.«

»Yeah.«

Dann tippte er mir mit dem Finger auf die Nase, und ich

musste kichern. Entweder war er ein begnadeter Komiker, oder ich war sturzbesoffen. Es hätte wohl beides sein können.

»War dein Gespräch mit den Geistern erfolgreich?«, fragte er.

»Nein, ganz und gar nicht.«

»Hört sich ganz so an, als würde dich das überraschen.«

»Die Hoffnung stirbt zuletzt.« Ich lächelte. »Ich bin gespannt, ob du irgendwas in den Wänden von Miss Lillians Haus findest.«

»Das will ich nicht hoffen. Es ist alles auch so kompliziert genug.« Er drehte sich weg. »Morgen gehe ich in meine Wohnung zurück. Muss noch alles zusammenpacken.«

Mir fiel die Kinnlade herunter. »Oh.«

Er sah mich aus zusammengekniffenen Augen an. »Was bedeutet dieser Gesichtsausdruck, Susie?«

»Nichts.«

»Bist du dir da ganz sicher?«

»Nun, ich meine, kommst du zurück, wenn du das alles gemacht hast?«, fragte ich. »Oder gehst du jetzt eher für immer?«

»Ich falle dir erst mal nicht mehr zur Last«, erwiderte er. »Aber ich komme vorbei.«

»Okay. Das … das ist gut.«

»Das ist gut?« Er ließ den Blick über mein Gesicht wandern. Als wäre ich auch nur ansatzweise in einem betrachtenswerten Zustand. Es war höchste Zeit für mich, ins Bett zu gehen. Er trat einen Schritt zurück und lehnte sich an die Wand. Bildete ich mir das nur ein, oder schaffte er Abstand zwischen uns?

»Ja.« Ich runzelte die Stirn. Aber das war nicht das richtige Gesicht. Deshalb setzte ich stattdessen ein Lächeln auf. »Alles fügt sich so toll für dich, Lars. Alle deine Pläne werden Wirklichkeit.«

»Yeah.«

»Yeah«, wiederholte ich leise. »Ich, ähm … könnten wir das vielleicht morgen früh weiter bereden?«

Er nickte. »Okay.«

Über das beste Mittel gegen einen Kater gehen die Meinungen auseinander. Während einige darauf schwören, einfach weiter Alkohol zu trinken, setzen andere lieber auf Elektrolyte. Eine meiner College-Freundinnen weigerte sich schlichtweg aufzustehen, bevor sämtliche Symptome verschwunden waren. Vielleicht fiel sie deshalb oft durch Prüfungen, die für montags anberaumt waren. Mein persönliches Heilmittel bestand aus Koffein, Fett und Schmerzmitteln. Da es Sommer war, genehmigte ich mir eine Dose eiskaltes Coke. Dazu gab es Eier, Schinkenspeck und Toast und als Beilage zwei Paracetamol. Eine Kombination, die bald Wunder gegen mein Kopfweh und meinen in Mitleidenschaft gezogenen Magen wirkte.

Ich war erst nach zehn wach geworden, was bedeutete, dass Lars schon längst fort war. Aber er hatte mir einen Zettel geschrieben, dass er am Abend für unser Gespräch vorbeikommen würde. Ich fragte mich, was zum Teufel ich dem Mann sagen sollte, denn über Gefühle zu reden war nicht so mein Ding. Das Haus war ohne ihn seltsam still. Für eine wie mich, die erst vor wenigen Monaten selig gewesen war, endlich ein eigenes Zuhause zu haben, war dies eine nicht gerade willkommene Reaktion auf seine Abwesenheit. War ich gewillt, einen Teil meiner Unabhängigkeit für seine Gesellschaft zu opfern? Andererseits war er vielleicht gar nicht so interessiert daran, unsere Beziehung zu vertiefen. Oder zumindest nicht so schnell. Seine Reaktionen gestern Abend waren verwirrend gewesen, was allerdings auch am Alkohol gelegen haben konnte.

Da ich auf diese Fragen nicht gleich Antworten fand, stürzte ich mich in die Arbeit und nahm, um den neu auf dem Markt erschienenen Periodenslips zum Durchbruch zu verhelfen, Kontakt mit Influencerinnen auf. Dass sie an einem Sonntag online waren, war normal, denn auf Social Media herrschte für gewöhnlich eine Rund-um-die-Uhr-Präsenz. Ich bemühte mich zwar um eine ausgewogene Work-Life-Balance, aber das gelang nicht immer. Dafür war ich jedoch meine eigene Chefin, und das machte vieles wieder wett. Dass ich darüber hinaus gezwungen war, heute Morgen einen dieser Slips anzuziehen, verlieh dem Ganzen gleich noch die nötige Relevanz. Kein Wunder, dass ich in einem aufgewühlten emotionalen Zustand war, schließlich spielten meine Hormone verrückt, während das Blut nur so floss. Es war ätzend, wenn frau ihre Periode hatte.

Dann stellte ich mein Handy für ein paar Stunden auf stumm und fuhr mit Blumen zu Tante Susans Grab. So hatte ich Gelegenheit, ihr mein Herz auszuschütten und sie auf den neuesten Stand zu bringen. Ob sie auf dem Friedhof eher anwesend war als im Haus, hätte ich nicht sagen können. Aber ich fühlte mich trotzdem besser. Der Friedhof war ein ruhiger Ort mit viel Grün und nicht zu weit weg von zu Hause. Ich glaube, auch Tante Susan hätte ihn gewählt. Und der Strauß Wildblumen, den ich gekauft hatte, hätte ihr auch gefallen. Sie liebte alles Bunte und Leuchtende.

Das Leben hatte sich sehr verändert, seit ich mitgeholfen hatte, ihren Sarg zum Leichenwagen hinauszutragen. Es hatte geregnet an dem Tag, der Himmel war dunkel und grau gewesen. Die Hoffnung, eine Beziehung zu meinem Vater aufzubauen, hatte ich schon vor Jahren aufgegeben, aber ich hatte an der Hoffnung festgehalten, irgendeine Art von Freundschaft mit meinem Bruder aufrechtzuerhalten. Diesen Traum hatte er bei der Beerdigung zerstört. Tante Susan hatte mich zu Widerstandsfähigkeit erzogen. Dazu, mich auf mich selbst zu verlassen. Irgendwann im Laufe der Zeit hatte ich diese Lektionen vergessen und mich auf miese Beziehungen mit Männern eingelassen, die meinem Vater ähnlich waren. Von all den blöden Fehlern, die man machen kann, machte ich ausgerechnet diesen. Zumindest Lars ähnelte ihm nicht. Nicht im Geringsten.

Es war merkwürdig, wie viel sich in dem halben Jahr seit Tante Susans Tod geändert hatte und wie mein Blick auf mich und die Welt sich geändert hatte. Meine Trauer schien sich in so etwas wie einen anhaltenden Schmerz verwandelt zu haben, wenn auch nicht mehr so überwältigend wie am Anfang. Andererseits war Trauer auch etwas Unberechenbares. Als ich das letzte Mal dachte, dass es mir gut ginge, brach ich auf einmal in der Süßwarenabteilung eines Supermarkts in Tränen aus. Aus irgendeinem Grund hatte der Anblick ihrer Lieblingsschokolade diese Reaktion in mir ausgelöst. Es war gemein, dass man im Leben bestimmte Menschen nur für kurze Zeit hatte, was vermutlich ein Grund mehr war, mit aller Hingabe zu leben und zu lieben. So wie sie das getan hatte. Bunt und wild und mit freiem Geist. Ohne so verdammt ängstlich zu sein.

Auf dem Weg nach Hause holte ich mir ein paar großzügig mit Koriander bestreute Soft Tacos. Lars hasste Koriander. Aber das spielte auch keine Rolle, weil er nicht da war und sie nur für mich waren. Und meine Schuhe räumte ich auch nicht weg, als ich ins Haus zurückkam. Erwachsene Frauen konnten in ihrem eigenen Haus ihre Sachen rumliegen lassen, wo es ihnen gefiel. Schließlich war ich die Herrin dieses Schlosses. Und jetzt war es Zeit für eine große Runde *Gilmore Girls*. Lars hätte es gehasst. Er mochte Serien mit viel Action und Abenteuer, in denen die Protagonisten niemals über ihre Gefühle sprachen oder über das Buch, das sie gerade lasen. Aber wer weiß, immerhin las er seit Neuestem Liebesromane. Auf dem

Sofa machte ich mich dann richtig breit. Ich ganz allein. Geht doch.

Ich brauchte keinen Mann in meinem Leben. Das war die Wahrheit, ich schwöre. Aber wollte ich einen?

Als die Serie mich nicht fesseln konnte, stand ich auf und wanderte von Zimmer zu Zimmer. Auf der Suche nach ich weiß nicht was. Kat ließ sich von meiner Rastlosigkeit nicht beeindrucken. Alle Küchenschränke und -schubladen waren fest geschlossen. Mein Snackvorrat war geschrumpft, aber egal. Ich war nach all den Tacos nicht unbedingt hungrig. Ich holte die mysteriöse Scheidungsurkunde heraus und legte sie auf das Bett. Es waren keine weiteren Nachrichten aufgetaucht. Weder aus der Vergangenheit noch aus der Zukunft. Im Badezimmer versuchte ich, die strangulierte Zahnpastatube zu glätten, was gar nicht so einfach war. Als Nächstes stellte ich meine Hautpflegeprodukte und mein Make-up wieder auf den Badezimmertresen und machte mich überall breit, als wäre das mein Job. Dann trat ich einen Schritt zurück und betrachtete das Chaos, das mir wie die passende Metapher für mein Leben erschien. Mein normaler Daseinszustand. »He«, sagte Lars, der auf einmal in der Badezimmertür stand. An der Stirn hatte er einen Fleck, und er wirkte müde und verschwitzt. Er sah sich das Desaster auf dem Badezimmertresen an und lächelte. »Ich hoffe, es war okay, dass ich einfach aufgesperrt habe. Wie war dein Tag?«

»Gut. Hast du die Wohnung ausräumen können?«

»Alles, was ich nicht brauche, ist eingelagert, und der Rest ist entweder hier oder am Wochenende schnell zusammengepackt.«

»Ich hätte dir geholfen, das weißt du?«

»Du hattest ein wenig Schlaf nötig«, erwiderte er. »Weißt du, dass du schnarchst, wenn du betrunken bist?«

»Du kannst von Glück reden, dass du so gut aussiehst. Das macht die kleinen Lügen, die du erzählst, wieder wett.«

»Kein lautes Schnarchen, aber trotzdem.« Er lächelte, wurde aber gleich wieder ernst. »Ich war bei Aaron.«

»Wie geht es ihm?«

»Er ist über das Schlimmste hinweg, glaube ich.«

»Es ist nie einfach, abserviert zu werden.«

»Keine Ahnung.« Lars dehnte seinen Nacken. »Mir ist das noch nie passiert.«

»Ernsthaft?« Ich runzelte die Stirn. »Du sagst das, als wäre es etwas Gutes. Du bist fünfunddreißig, und immer warst du derjenige, der als Erster aufgegeben hat.«

»Nicht unbedingt. Manchmal war es im gegenseitigen Einvernehmen.«

»Hmm. Frag dich doch mal Folgendes: Hast du jemals auch nur in eine deiner Beziehungen viel an Gefühl investiert? Ich meine, *wirklich* viel Gefühl?«

Er öffnete den Mund und schloss ihn gleich wieder. Dann ließ er den Blick zurück zum Badezimmertresen wandern. »Ab morgen hast du den ganzen Platz wieder für dich.«

»Keine Bartstoppeln mehr im Waschbecken«, stimmte ich zu und erlaubte ihm so, das Thema zu wechseln.

»Ich werde dein Bett vermissen. Du hast eine wirklich gute Matratze.«

»Ist das alles, was du vermissen wirst?«

»Nein«, erwiderte er ernst. »Durchaus nicht.«

Ich seufzte. Was zum Teufel sollte ich mit diesem Mann machen?

»Du hast gestern Abend gesagt, du wolltest reden. Was bedrückt dich, Susie?«

Ich hockte mich auf den Rand der alten Klauenfußbadewanne und wälzte tiefsinnige Gedanken. Dieselben, die mir schon den ganzen Tag durch den Kopf gingen. »Ich, ähm, ich ...«

»Ja?«

»Du hast vor, diese Woche mit den Arbeiten an Lillians Haus zu beginnen, nicht wahr?«

»Genau. Ich kann schon einiges vorbereiten, während wir die Verträge machen und auf den Notartermin warten.«

»Stimmt.« Und dann öffnete ich den Mund und sprach es aus. »Du solltest bleiben.«

Er sah mich verblüfft an. »Wie bitte?«

»Ich meine, denk doch mal nach. Es wäre doch blödsinnig, wieder in deine Wohnung zurückzuziehen, wenn du es von hier aus viel näher hättest. Und es wäre ja nur für kurze Zeit.«

»Du willst, dass ich eine weitere Woche bei dir bleibe?«

»Ja.«

»Das wäre nicht zu viel Mühe?« Er legte den Kopf schief. »Du sagst das nicht aus Höflichkeit oder so? Ich will dir nämlich nicht zur Last fallen. Es war schon unglaublich nett von dir, mich die letzte Woche hier wohnen zu lassen. Und ich komme inzwischen ganz gut zurecht mit dem steifen Nacken und den Medikamenten und allem.«

»Absolut keine Mühe. Du wärest herzlich willkommen.«

»Okay.« Er lächelte, allerdings ein wenig verhalten. »Gut. Danke, Susie.«

Ich hatte das Problem mit diesem Mann für eine weitere Woche gelöst. Es war nun einmal so, dass wir erst ganz in den Anfängen steckten mit dem, was immer da zwischen uns lief. Allerdings fühlte er sich nicht wie eine schlechte Wahl an. Im Gegenteil, ihn um mich zu haben, fühlte sich außerordentlich gut an. Was auch irgendwie beängstigend war. Eines nicht allzu fernen Tages würde ich mich ganz erwachsen zeigen und ein paar ernste Entscheidungen in Bezug auf diesen Mann treffen

müssen. Aber nicht jetzt sofort. Mit Aaron hatte ich alles über-
stürzt, und ich war fest entschlossen, diesen Fehler nicht noch
einmal zu machen.

»Selbstverständlich, Lars. Kein Problem.«

15. Kapitel

Die zweite Woche des Zusammenlebens mit Lars fühlte sich ein wenig anders an. Jetzt, wo seine Verletzungen heilten, war er motivierter und nicht mehr so mürrisch. Zwar nahm er noch immer den Großteil des Betts ein, aber jetzt in der Löffelchenposition. Die letzten beiden Tage war ich mit dem Rücken an seine Brust gepresst und seinem Arm auf meiner Hüfte wachgeworden. Offenbar war er ein Schmuser. Die neue Positionierung störte mich nicht im Geringsten beim Schlafen. Allerdings neigte seine Morgenlatte dazu, mich schon vor meinem Wecker aus dem Schlaf zu holen. Der Mann konnte von Glück sagen, dass ich ein Faible für seine intimen Teile hatte.

Montag und Dienstag widmete er sich leichteren Arbeiten rund um Lillians Haus wie ausmessen und planen, bestellen und putzen. Am Morgen drückte er mir meine erste Tasse Kaffee in die Hand und verschwand dann für den Rest des Tages. Tore leistete ihm in der Mittagspause Gesellschaft und kam dann am späten Nachmittag wieder, um die schwereren oder schwierigeren Arbeiten zu erledigen. Lars und ich hatten es uns zur Gewohnheit werden lassen, gemeinsam zu Abend zu essen, manchmal vor dem Fernseher, manchmal am Tisch. Das Zusammenleben mit ihm war leicht. Und so wurde er schon bald zu einem selbstverständlichen Teil meines Lebens, wobei mir nur allzu bewusst war, dass es sich hierbei um ein zeitlich begrenztes Arrangement handelte. Ich hatte gedacht, dass mir eine unverbindliche Beziehung am liebsten gewesen wäre, aber da hatte ich mich geirrt. Ich musste ihn bitten zu bleiben. Aber ich hatte Angst, dass er mich zurückweisen könnte, weil ihm das alles zu schnell ging. Der Mann hatte noch nie mit einer Frau zusammengelebt, wie seine Mom ganz richtig bemerkt hatte.

Sobald die Sonne unterging und die Hitze nachließ, machten wir einen Spaziergang. Joggen konnte Lars noch nicht, aber ein bisschen herumlaufen war kein Problem. Wir drehten von der Salmon Bay aus eine Runde über den Spielplatz und vorbei an einem Pizzarestaurant in der Nähe. Auch wenn wir nicht Händchen hielten, fühlte es sich an wie etwas, das Paare tun. Jedenfalls mehr als etwas, das Freunde miteinander unternahmen, die gelegentlich miteinander schliefen, oder Mitbewohner, die Sex hatten, oder was immer wir sonst sein mochten. Aber vielleicht lag das auch an dem Gesprächsthema, das ich mir für diese besondere Gelegenheit vorgenommen hatte.

»Du willst wissen, was ich von einer Beziehung erwarte?«, fragte Lars überrascht. »Ehrlich gesagt, ich weiß es nicht. Kameradschaft, dass man zusammenpasst, solche Sachen.«

»Okay. Wie stellst du dir ein perfektes Date vor? Und sag jetzt nicht 25. April.«

Er sah mich verständnislos an.

»Du hast nie *Miss Congeniality* gesehen?«

»Nein«, erwiderte er. »Und normalerweise führe ich meine Dates zum Essen aus.«

»Schade für dich, und nicht gerade eine einfallsreiche Antwort. Nächster Punkt. Erzähl etwas von dir, das sonst niemand weiß.«

»Keine Ahnung. Vermutlich, dass ich mich von dir in die Enge treiben lasse.«

»Du nimmst das nicht ernst«, sagte ich. »In dem Artikel, den ich gelesen habe, hieß es, dass diese Fragen uns zu wertvollen Erkenntnissen über den jeweils anderen verhelfen und uns Einblicke in bislang verborgene Facetten unserer Persönlichkeit ermöglichen. Und das alles, um die Verbindung unserer Seelen auf festem Grund zu bauen.«

»Die Verbindung unserer Seelen?« Das klang eher spöttisch als verwundert. »Ist das dein Ernst?«

»Du hast wohl kein Interesse daran, an unserer Freundschaft-Schrägstrich-sprießenden-Beziehung zu arbeiten?«

»Tun wir das etwa gerade?«

»Du kannst es nennen, wie du willst.« Ich lächelte gelassen und ließ den Blick schweifen. Ich hatte ein ziemliches Problem damit, ihn nicht die ganze Zeit anzustarren, wenn er eine abgeschnittene Trainingshose trug. Meine Wertschätzung von weicher Baumwolle hatte ein Allzeithoch erreicht. Der Heilungsprozess nach seinem Unfall hatte unser Sexleben mehr oder weniger zum Erliegen gebracht, was bei meinen Hormonen auf wenig Gegenliebe stieß. Aber so wie ihn seine Muskeln am Tag nach unserem »ersten Mal« schmerzten, hatte ich mich zu seinem eigenen Besten geweigert, die Beine für ihn breit zu machen. Und er hatte mich nicht gedrängt, was die Vermutung nahelegte, dass seine Schmerzen weitaus schlimmer waren, als er zugab. Doch meine Oberschenkel schrien förmlich nach seiner Berührung. An ihn gekuschelt aufzuwachen, war also eine ganz spezielle Folter. Lars hatte meine Libido in der Hosentasche, und ich war mir nicht mal sicher, ob er sich dessen bewusst war.

»Was guckst du so?«, fragte er neugierig.

»Ich sehe dich an.«

Sein Lächeln war eine Mischung aus Genugtuung und männlichem Stolz. Zum Dahinschmelzen.

»Woran denkst du gerade?«, fragte ich.

»Daran, wie du schmeckst.«

»Ach.« Meine Kehle war eine trockene, öde Wüste. Jegliche Flüssigkeit in mir war nach unten gewandert. »Darauf fällt mir nichts Gescheites ein.«

»Erstaunlich. Es gibt doch für alles ein erstes Mal.« Er lächelte. »Was ich dich fragen wollte, hast du den dritten Band der *Rose-Bend*-Reihe von Naima Simone?«

»Nein, aber ich kann ihn dir bestellen.«

»Schon gut. Ich kaufe ihn mir. Noch eine Frage. Warum macht es dir eigentlich so viel Spaß, mich mit all diesen bescheuerten Fragen in den Wahnsinn zu treiben?«

»Ich versuche nur zu helfen. Möchtest du dich scheiden lassen? Ist es das, was du willst, Lars?«

»Ich wünschte, wir würden nicht dauernd auf diese blöde Urkunde zurückkommen.«

»Yeah.« Je weniger ich sie erwähnte, desto besser. »Okay. Keine Erstes-Date-Eisbrecherfragen mehr. Wobei ich noch immer finde, dass dein Lieblingssong einer aus diesem Jahrhundert sein sollte.«

»Led Zeppelin ist zeitlos«, knurrte er.

»So wie deine übernatürliche Fähigkeit Unsichtbarkeit ist?« Ich rümpfte die Nase. »Pfui. Perversling.«

»So habe ich das nicht gemeint.« In seinem Stöhnen schwang derart viel Schmerz mit. »Ich ändere meine Antwort in Superkraft.«

»Zu spät.«

»Was? Du hast deine Antwort bestimmt fünfmal geändert. Von fliegen können zu Schnelligkeit zu … ich weiß nicht mal mehr was.«

Ich lächelte. »Das haben wir längst hinter uns gelassen. Du bist zu spät. Finde dich damit ab.«

»Du bastelst dir die Regeln zurecht, wie es dir gerade gefällt.«

»Und wie kannst du nicht wissen, was dich glücklich macht? Ich werde nie verstehen, wieso ihr Männer so gern verdrängt. Komm mit deinen Gefühlen in Berührung, Dude.«

»Bist du etwa in Berührung mit deinen?« Er sah mich zweifelnd an.

»Natürlich. Meistens. In gewisser Weise.«

Er knurrte.

»Komm schon, Lars, was macht dich glücklich?«

»Nun, ich dachte, mit dir zusammen zu sein würde mich glücklich machen«, erwiderte er. »Aber dann hast du mir diese ganzen blöden Fragen gestellt.«

»Ach. Du sagst so süße Sachen.«

Er legte mir den Arm um den Nacken und zog mich an sich. »Susie, warst du schon immer so anstrengend?«

»Du meinst, ob ich meinen anderen Freunden derart zugesetzt habe?« Ich dachte kurz nach. »Nein. Nur dir.«

»Interessant. Und warum, glaubst du, ist das so?«

»Möchtest du eine ehrliche Antwort?«

»Unbedingt.«

Ein tiefer Seufzer brach sich Bahn. »Vielleicht habe ich mich mit ihnen nicht sicher genug gefühlt, um ganz ich selbst zu sein.«

»Du hast dich nicht sicher gefühlt?«

»Nein, vermutlich nicht.«

Er starrte mich einen Moment lang an. Dann starrte er an mir vorbei auf die Stufen am Hauseingang. Auf den gut gekleideten Mann, der gerade die Hand hob, um an meine Tür zu klopfen.

»Andrew?«, sagte ich überrascht.

»Dein Bruder?«, fragte Lars leise.

Ich nickte.

Lars ließ die Hand meine Wirbelsäule hinuntergleiten und unten auf meinem Rücken ruhen. Ich war dankbar für die Unterstützung, wenngleich ich mich durchaus in der Lage sah, das hier allein zu bewältigen. »Andrew, was führt dich her?«

Mit gerunzelter Stirn betrachtete er erst Lars, dann mich, und sagte: »Ich dachte, ich komme mal vorbei und sage Hallo. Wir haben uns ja schon länger nicht gesehen.«

»Okay«, erwiderte ich vorsichtig. »Hi.«

»Ich war mit meiner neuen Firma beschäftigt.«

»Dad sprach davon.«

Er sah sich um. »Das alte Haus sieht gut aus. Du hast einiges machen lassen.«

»Ja.«

»Hast du ein neues Gutachten anfertigen lassen, wie viel es wert ist?«

»Für die Versicherung, ja.«

Andrew nickte. Dann trat er von einem Fuß auf den anderen. Offenbar fiel ihm kein anderes Thema ein. »Also … willst du mich nicht reinbitten? Ich würde zu gern sehen, was du verändert hast.«

»Nein, Andrew. Du kommst erst in mein Haus, wenn du dich für dein Verhalten bei Tante Susans Beerdigung entschuldigt hast. Für die fiese Art, wie du mit mir geredet hast. Das ist jetzt sechs Monate her. Ich finde, du hast dir lange genug Zeit gelassen.«

Seine Brauen sanken wieder nach unten. »Wie bitte?«

»Du hast gehört, was ich gesagt habe.«

»Susan hat dich eindeutig begünstigt. Das war unfair«, maulte er. »Ich habe nichts gesagt, was nicht der Wahrheit entsprach.«

»Ich habe sie *geliebt*, wohingegen du sie kaum ertragen hast. Sie schuldete dir nichts, und ich schulde dir ebenfalls nichts.«

»Wir sind eine Familie.«

»Familie bedeutet mehr, als Menschen gelegentlich nützlich zu finden. Habe ich jedenfalls gehört.«

Lars nahm meine Hand und legte sie sich an die Brust. Er gab mir Halt. Ich war es zwar gewohnt, mit meiner Familie fertigzuwerden, dennoch war es nett, Unterstützung zu haben.

»Bist du deshalb hergekommen?«, fuhr ich fort. »Um rauszufinden, ob ich mich mit der Vorstellung angefreundet habe, das Haus zu verkaufen und dir die Hälfte des Gelds abzugeben?«

Andrew straffte die Schultern. »Das wäre nur recht und billig.«

»Nein, wäre es nicht. Nicht dass ich erwarte, dass du das kapierst.« Ich lächelte traurig. »Geh jetzt, bitte.«

Er starrte mich ungläubig an. Obwohl es Jahre her war, seit ich zuletzt auf seine Masche reingefallen war, verblüffte es ihn noch immer. »Susie …«

»Sie hat dich gebeten zu gehen«, knurrte Lars. »Und sie hat es verdammt viel netter gesagt, als ich das tun werde, wenn du in einer Minute noch hier bist.«

»Leck mich am Arsch«, entgegnete Andrew. »Ich weiß nicht mal, wer du bist.«

»Ich bin der Mann, der deiner Schwester den Rücken stärkt. Und jetzt verschwinde.«

Obwohl ich Lars gebeten hatte, sich rauszuhalten, musste ich zugeben, dass das eine ziemlich gute Ansage war. Noch nie hatte sich jemand von der männlichen Fraktion bemüßigt gefühlt, sich zwischen mich und meine Probleme zu stellen. Und was für eine große, gut aussehende Barrikade er war! Auch wenn ich allein damit fertiggeworden wäre. Allerdings hätte ich dann verpasst, wie sich Lars zu seiner vollen Größe aufrichtete, das Kinn vorschob und die Hände zu Fäusten ballte.

»Du solltest gehen, Andrew«, wiederholte ich.

»Susie …«

»Du wirst mich mit deinem selbstgerechten Geschwafel nicht weichkochen. Ich sollte mir deine sogenannte brüderliche Liebe nicht erkaufen müssen. Und jetzt geh.«

Andrew knirschte mit den Zähnen, dann stapfte er die Stufen hinunter zu der glänzenden neuen Limousine, die auf der anderen Straßenseite parkte. Die Chancen standen gut, dass es ihm und seiner Firma bestens gehen würde. Mom oder Dad würden ihm den Rest des Gelds zukommen lassen, schließlich hatten sie ihrem Goldjungen immer aus allen möglichen Schwierigkeiten herausgeholfen. Mir hingegen hielt man in solchen Fällen nur eine Strafpredigt mit der Ermahnung, mich zu bessern. Stöhn.

Deshalb hatte Andrew nie gelernt, für sich selbst zu sorgen. War ich eifersüchtig, dass er mehr Liebe bekam als ich? Früher vielleicht. Aber jetzt nicht mehr. Mit aufheulendem Motor raste er die Straße hinunter. Es war schon seltsam, dass es meinem Bruder so gar nicht mehr gelungen war, mich aus der Fassung zu bringen. Dafür musste einem der andere vermutlich etwas bedeuten. Wir hingegen hatten uns nie nahegestanden. Jetzt wusste ich, dass das auch nie so sein würde. Nicht nach dieser Szene bei Tante Susans Beerdigung. Und garantiert nicht nach dem heutigen Abend.

»Da geht er hin, der mittelmäßige weiße Mann«, sagte ich trocken.

Lars knurrte.

»Danke, dass du mich unterstützt hast.«

»Jederzeit«, erwiderte er in einem liebevollen Tonfall, so als würde ich ihm etwas bedeuten. Es haute mich regelrecht um.

»Sie einer an, wir treten schon füreinander ein. Wie ein echtes Paar«, witzelte ich. Jedenfalls sollte es so etwas wie ein Witz sein.

Er legte den Kopf schief. »Sind wir das ernsthaft?«

»Keine Ahnung.« Ich sog die Luft tief in meine Lungen und ließ sie wieder entweichen. »Sag du es mir.«

»Nun, du hast zugegeben, dass du Gefühle für mich hast.«

»Ich akzeptiere sogar, dass es so etwas wie eine romantische Beziehung zwischen dir und mir gibt. Nur für den Fall, dass mich die Erstes-Date-Eisbrecherfragen nicht bereits verraten haben.«

»Das ist ein großer Schritt«, erwiderte er nachdenklich. »Du hast ziemlich entschieden darauf bestanden, dich nicht auf jemanden einlassen zu wollen.«

»Das hat dich wohl echt getroffen?«

»Ja. Stimmt«, erwiderte er voller Ernst. »Aber ich denke, inzwischen vertraust du mir. Zumindest ein bisschen. Trotz meines Geschmacks, was Freunde betrifft, und der mysteriösen Scheidungsurkunde.«

Ich öffnete den Mund, aber nichts kam heraus. Das war mehr als merkwürdig. Unsere Probleme gaben mir Grund zur Sorge. So viel stand fest.

Kat tauchte auf und strich um Lars' Knöchel herum. Als er sie hochhob, ließ sie sich selig von ihm wie ein Baby über die Schulter legen. Er strich ihr fest über den Rücken, und schon bald fing sie laut an zu schnurren.

Lars lächelte ironisch. »Schon okay, Susie. Du brauchst es nicht zu sagen.«

»Ich vertraue dir.« Die Worte blieben mir nur ein ganz kleines bisschen im Hals stecken. »Aber, Lars, was genau willst du von mir? Vermutlich ist das die Frage, auf die ich mich mit all diesem Eisbrecher-Unsinn hingearbeitet habe.«

Sein Lächeln erlosch, und sein Gesichtsausdruck wurde düster. »Du bist bereit, ernsthaft darüber zu reden?«

»Yeah.«

»Okay«, erwiderte er leise. »Sag mir, was du denkst.«

»Ich meine, willst du dich immer noch mit mir verabreden?« Meine Schultern waren in etwa auf der Höhe meiner Ohren. »Schließlich geht es jetzt los mit deiner Firma, und das ist großartig. Aber ist da Platz für mich in deinem Leben, oder sind wir …? Ich weiß auch nicht. Ich habe das Gefühl, ich passe nicht in deinen Plan.«

Der Mann setzte die Katze behutsam ab, sah mir tief in die Augen und sagte: »Scheiß auf den Plan.«

Wow.

»Soll ich es wiederholen?«

»Ähm, nein. Ich habe dich laut und deutlich gehört.«

»Gut. Wir sind zusammen, nicht wahr?«, fragte er. »Es fühlt sich jedenfalls so an. Ich bleibe mindestens noch ein paar Tage bei dir wohnen.«

»Stimmt.« Ich wandte den Blick ab. »Du könntest auch länger bleiben.«

Er legte die Hand an mein Kinn und zwang mich sanft, ihn wieder anzusehen. »Du möchtest, dass ich länger bleibe?«

»Wenn du das möchtest.«

»Wie viel länger?«

»Ähm.«

Er erwiderte nichts, aber seine Finger blieben, wo sie waren. Warm und fest und nur für mich. So wie ich es mir von ihm wünschte. So wie all die anderen nicht gewesen waren.

»Wir könnten es zu etwas Dauerhaftem auf absehbare Zeit machen. Oder auch nicht, falls das zu schnell geht.« Mein Herz würde massenhaft blaue Flecken bekommen, so wie es gegen meine Rippen hämmerte. »Ich weiß, dass du noch nie mit einer

Freundin zusammengewohnt hast, und genau genommen sind wir auch noch nicht so lange zusammen, aber …«

»Ja«, erwiderte er, ohne auch nur im Geringsten zu zögern. »Ich möchte mit dir zusammenleben.«

Meine Gedanken schlugen Purzelbaum. Geht's noch? »Ja. Okay. Ich meine, es ist praktisch, wenn du hierbleibst. Das Haus ist gleich …«

Sein Blick war purer Gewittersturm. »Lass das.«

»Ich soll das lassen?«

Sein Griff an meinem Kinn wurde ein klein wenig fester. »Du hast recht. Ich betrete sozusagen Neuland. Bei meinen bisherigen Beziehungen habe ich es nie so weit kommen lassen. Aber können wir uns darauf einigen, dass ich mit dir zusammenleben werde, weil ich mit dir zusammen sein will und wir ein Paar sind? Nicht weil es praktisch ist oder aus einem anderen bescheuerten Vorwand, okay?«

»O…okay.«

»Danke.«

»Gern geschehen.«

Weiter unten auf der Straße parkte ein Auto ein, und aus dem Haus gegenüber dröhnte der Fernseher, der dann aber leise gestellt wurde. Ansonsten war es ein friedlicher Abend. In den Vorstädten war Ruhe eingekehrt.

»Wir machen das wirklich«, sagte ich einigermaßen verblüfft.

»Ja, das tun wir.«

Ich nickte bedächtig. »Ich habe Angst, aber du bist das Risiko wert.«

»Du brauchst keine Angst zu haben.«

»Lars, du magst es gern, wenn alles gut organisiert und ordentlich und sinnvoll ist. So bin ich nicht immer.«

»Prinzessin.« Er beugte sich zu mir. »Glaubst du wirklich, das wüsste ich nicht inzwischen?«

Sein Lächeln raubte mir den Atem, und bei seinen Worten wurde mir ganz warm ums Herz. Es fühlte sich so richtig an. Er und ich hier, in diesem Moment – es war alles so, wie es sein sollte. Mir drängten sich poetische Worte auf, um ihn mit einem Sommertag zu vergleichen oder vielleicht sogar zum ersten Mal das L-Wort auszusprechen. Das hatte er zwar im Krankenhaus gesagt, aber da hatte er starke Schmerzmittel verabreicht bekommen. Das zählte also nicht. Er war völlig weggetreten gewesen. Es gab in meinem Leben nicht viele Menschen, die ich liebte. Ich konnte sie an einer Hand abzählen. Was ich für diesen Mann empfand, ging sehr tief, und erfüllte mich mit … Hoffnung. Trotz der Existenz der Scheidungsurkunde. Vielleicht würde das hier gut ausgehen. Es waren schon seltsamere Dinge passiert. Aber würde es mich erstaunen oder ängstigen, wenn Lars sagte, dass er mich liebte? Beides, lautete die Antwort. Vielleicht konnte ich ihn so lange nerven, bis er mich liebte. Einen Versuch war es wert.

Wie auch immer mein Gesichtsausdruck aussehen mochte, er brachte Lars zum Lächeln. »Keiner von uns hat geplant, dass wir zusammenkommen. Ich werde ab und zu Mist bauen, und du ebenfalls. Wir müssen es einfach weiter versuchen, okay?«

»Okay.«

Sein Telefon, das in seiner hinteren Hosentasche steckte, fing an zu summen. Er zog es heraus und schaute auf das Display. »Das ist Aaron. Ich kann mich später bei ihm melden.«

»Nein«, widersprach ich. »Das ist okay. Geh dran. Ich weiß, dass du dir wegen der Trennung und all dem Sorgen machst.«

Er runzelte die Stirn. »Bist du dir sicher?«

Ich nickte und lächelte großherzig. Wir waren zusammen. Alles war wunderbar. Ich weigerte mich, meinen Ex ein Streitthema zwischen uns sein zu lassen. So viel dazu.

16. Kapitel

Lars stapfte über den Wanderpfad wie ein auf die Natur losgelassenes männliches Urwesen. Ein Wikinger auf Eroberungszug. Nichts konnte ihn aufhalten. Allerdings blieb er gelegentlich stehen, um sich die schmerzenden Rippen zu reiben. Ich dagegen machte mich auf unserer ersten Wanderung als Paar nicht so gut. Die Wiesenblumen und der Wald mit seinem alten Baumbestand waren wunderschön. Das Gleiche galt für die Brücken über den Creek. Ich machte ein paar tolle Fotos und Videos für Social Media, bevor die Wanderung losging. Wie sich herausstellte, waren Spaziergänge in der näheren Umgebung etwas ganz anderes als das Erklimmen eines Berghanges. Mit meinem Schnaufen und Stöhnen hatte ich ganze Herden von Wildtieren verscheucht. Mein neuer Freund war gut beraten, eine Vorliebe für verschwitzte Frauen mit rotem Gesicht haben, ansonsten steckte er in ernsthaften Schwierigkeiten.

»Bist du dir sicher, dass dies ein leichter Wanderweg sein soll?«, fragte ich und schlug mir auf den Arm. »Dieses verdammte Mückenschutzmittel hilft auch nicht.«

Er blieb stehen und musterte mich mit meinem tiefhängenden Pferdeschwanz, dem schwarzen Racer-back-Baumwoll-Tanktop und den dazu passenden Shorts. Seinem Blick nach zu urteilen, war das Urteil vernichtend. »Ich habe dir gesagt, dass diese Schuhe keine gute Idee sind.«

»Meine schwarzen Lederstiefeletten mit Blockabsätzen sind großartig.«

»Niemand trägt Blockabsatzstiefeletten zum Wandern.«

»Es ist ein sehr kleiner Absatz, Lars. Höchstens fünf Zentimeter. Das sind keine Stöckelschuhe. Das sind so ziemlich die bequemsten Schuhe, die ich besitze.«

»Du besitzt keine Sneaker?«

»Doch. Aber die sind aus Wildleder, und der Weg hätte ja matschig sein können. Diese sind leichter sauber zu bekommen.«

Er starrte mich verwundert an. Allerdings nicht auf die positive Weise. Was eine treffende Zusammenfassung des heutigen Tags war. Seit er gestern Abend von einem Drink mit seinem besten Freund zurückgekehrt war, war er in einer seltsamen Stimmung.

»Tut mir leid für dich, wenn du das nicht verstehst«, sagte ich.

Er presste die Lippen fest aufeinander und schwieg. Es war ein sehr lautes Schweigen.

»Was ist?«

»Ich finde es toll, dass du deinem Namen alle Ehre machst, Prinzessin. Außerdem möchte ich mich revidieren«, fuhr er fort. »Unser erster Ausflug als Paar hätte in die Mall führen sollen, mit mir als Packesel. Mir wird gerade klar, dass du das sehr viel mehr genossen hättest, denn das ist der einfachste Wanderweg, den es hier gibt.«

»Wenn du das sagst.« Ich schniefte. »Nimmst du alle deine Freundinnen mit zum Wandern?«

»Eigentlich nicht. Aber du schienst von der Idee ja geradezu begeistert zu sein.«

»Ich dachte, mit *Eins mit der Natur zu werden* meintest du so etwas wie einen Spaziergang am Strand oder ein paar Stunden in einem Biergarten oder so was in der Art. Es hat durchaus seinen Grund, weshalb ich den Fitnessfreaks auf Tinder aus dem Weg gehe.«

Er ließ den Kopf hängen und fasste sich an den Nacken. »Vielleicht sollten wir uns andere Sachen überlegen, die wir gemeinsam unternehmen können.«

»Ich weiß zwar zu schätzen, dass du diese Erfahrung mit mir teilen möchtest, aber ich kann gut damit leben, wenn du deine Wanderausflüge stattdessen mit Brandon und River machst. Das kann Teil deiner Ich-Zeit sein.«

Er nickte.

»Aber mir beim Shoppen hinterherzulaufen, wird uns einander auch nicht näherbringen und dir auch keinen Spaß machen. Die Antwort für eine Freizeitbeschäftigung als Paar liegt woanders.«

»Yeah.«

»Vielleicht sollten wir das Ganze auf ein andermal verschieben. Du hattest immerhin eine anstrengende Woche. Wie fühlst du dich?«

Er antwortete mit einem Knurren und starrte auf den Weg. Männer sind ja so empfindsame emotionale Wesen.

»Willst du darüber reden, wieso du heute Morgen auf die Scheidungsurkunde gestarrt hast?«

Er fuhr sich aufgewühlt mit der Hand durch das Haar. »Ich weiß es selbst nicht.«

»Okay.«

»Susie … Mist.«

Ich wartete einfach.

»Es tut mir leid.«

»Keiner erwartet, dass du die ganze Zeit glücklich bist«, sagte ich. »Das ist niemand. Aber ich höre dir gern zu, falls du über das, was dich beschäftigt, reden magst.«

Keine Reaktion.

Also weniger reden und mehr wandern war angesagt.

»Warte«, sagte er und ließ den Kopf noch ein bisschen mehr hängen. Noch nie war ein Mann derart schlecht behandelt worden. Schließlich sagte er: »Normalerweise wäre dies der Punkt, an dem ich gehen würde, um mir ein bisschen Freiraum zu verschaffen. Oder das Ganze zu beenden, weil es so verdammt schwer ist und mich völlig kirre macht.«

Mir schlug das Herz bis zum Hals. »Okay.«

»Aber in deinem Fall will ich das nicht.«

»Was willst du dann?«

»Ich habe Aaron gestern von der Urkunde erzählt.«

Meine Augen wurden groß wie Untertassen. »Echt?«

»Er hat mich gefragt, wie wir zusammengekommen sind, und ich wollte nicht lügen.«

»Das ist verständlich. Er ist immerhin dein ältester Freund.«

»Er hatte viele Fragen.« Lars fasste sich an den Nacken. »Dieselben, die wir uns auch gestellt haben.«

»Wie lange hat es gedauert, bis er behauptete, dass ich das getürkt habe, um mich an ihm zu rächen?«

»Das hat er nicht gesagt. Jedenfalls nicht so.«

»Klar doch«, erwiderte ich spöttisch.

»Susie, er weiß, was du mir bedeutest. Er sorgt sich nur um mich, das ist alles.«

Ich verschränkte die Arme vor der Brust.

»Er hat all das gefragt, was wir uns am Anfang auch gefragt haben.«

»Was du ihm erzählst, ist deine Sache. Aber ich glaube, es ist das Vernünftigste, wenn wir nicht zu oft über deinen *Bestie* reden. Ich vertraue auf dich, Lars. Aber wenn es um ihn und seine Ehrlichkeit und Verlässlichkeit geht, müssen wir einfach festhalten, dass wir uns nicht einigen können.«

»Und wie gehen wir damit um, dass die Sache mit meiner Mutter das Ganze auch nicht einfacher macht?«

»Du hast deiner *Mom* von der Urkunde erzählt?«

»Nein«, entgegnete er. »Ich will nur sagen, dass der Streit zwischen Aaron und dir der Grund dafür ist, dass sie dich nicht wirklich kennenlernen will.«

»Sie ist deine Mom, Lars. Was soll ich dazu sagen?« Ich zuckte mit den Schultern. »Deborah kann mich mögen oder auch nicht. Mir wäre lieber, wir würden uns vertragen, aber letztlich spielt es eigentlich keine Rolle. Ich bin nicht für sie da. Ich bin für dich da. Aber meine Meinung über deinen Freund werde ich so bald nicht ändern.«

»Ich weiß, und das verlange ich auch gar nicht von dir.« Er trat auf mich zu und legte die Hände an meine Hüften. »Es gefällt mir gar nicht, dass diese Probleme von meiner Seite kommen.«

»Das glaube ich gern. Dinge zu richten ist so etwas wie deine Berufung«, erwiderte ich. »Aber es ist ja nicht so, dass ich keine Probleme hätte, etwa jemandem zu vertrauen, ganz zu schweigen von anderen Neurosen. Wir haben beide Dinge, an denen wir arbeiten müssen. Wir sind beide nicht perfekt.«

Er zog die Stirn in Falten. »Ich weiß, aber ich frage mich die ganze Zeit, ob …«

Mein Lächeln war nicht unbedingt ein glückliches.

»Ob eins deiner Probleme zu der Scheidung führen wird?«

»Ja.«

»Ich mache mir auch Gedanken darüber, ob ich diejenige bin, die für das Scheitern unserer Beziehung verantwortlich ist. Vor allem weil ich diejenige war, die die Scheidung eingereicht hat. Aber zurück zu deinem besten Freund«, wechselte ich das Thema. »Früher oder später wird er sich als das absolute Arschloch outen, das er nun mal ist, wie ich nur allzu gut weiß.

Er ist nicht clever genug, um das dauerhaft vor dir zu verbergen. Und er ist zu eingebildet, um zu glauben, dass er das muss. Spätestens dann wirst du erkennen, was du tief im Inneren immer schon geahnt hast.«

»Und das wäre?«, fragte Lars mit der Andeutung eines Lächelns.

»Dass ich immer recht habe.«

»Komm her.« Er legte die Hände auf meinen Hintern, und die Wärme in seinem Blick ließ mich dahinschmelzen.

Ich schlang ihm die Arme um den Hals und presste mich mit aller Macht an ihn. Ihm so nah zu sein konnte niemals langweilig werden. Es war himmlisch.

Er knetete fordernd meine Hinterbacken, während er mich gegen die wachsende Ausbuchtung in seiner Hose drückte. Es war ein schönes Gefühl, begehrt zu werden, zumal ich mir ein wenig Sorgen gemacht hatte, als er gestern Abend kein Interesse gezeigt hatte. Aber die Zärtlichkeit, mit der er mich auf die Stirn küsste, brachte mein Herz zum Überlaufen. Es gab keine Mauern und Verteidigungsanlagen mehr, um ihn draußen zu halten. Mein Körper und meine Seele gehörten ihm. Das war die Wahrheit.

Er legte die Wange auf meinen Kopf. »Es tut mir leid, dass ich so ein mürrisches Arschloch war. Mal wieder.«

»Danke. Das freut mich zu hören.«

»Wirklich.«

»Ich bin froh, dass du geblieben bist und wir uns aussprechen konnten.«

»Was immer dich glücklich macht, Prinzessin.«

»Hatten wir gerade unseren ersten offiziellen Streit als Paar?«, fragte ich. »Wobei es wohl eher ernste Worte als ein handfester Streit waren. Dennoch. Ein großer Schritt!«

»Dann ist es jetzt wohl an der Zeit für Versöhnungssex.« Er

schob seinen muskulösen Oberschenkel zwischen meine Beine, verstärkte den Griff an meinem Hintern und presste mich an sich. Mein Magen zog sich zusammen, und meine Brustwarzen versteiften sich. Sein starker Oberschenkel drängte sich an mich, dass sich alles in mir anspannte. Was für ein talentierter Mann! Und er gehörte ganz mir. Er liebkoste meinen Nacken, setzte Zähne und Zunge ein. »Du bist so verdammt schön. Du hast ja keine Ahnung, wie sehr ich es die letzten eineinhalb Wochen vermisst habe, in dir zu sein. Mit dir zusammenzuleben, ohne dich anfassen zu können, war die reinste Folter.«

»Schade, dass wir diesen Streit nicht in der Nähe einer Matratze hatten.«

»Mir kam gerade der Gedanke, dass Sex etwas ist, das wir gemeinsam tun können und das uns beiden gefällt.«

Ich lachte. »In dem Artikel, den ich zum Thema erfolgreiche Partnerschaft gelesen habe, hieß es ausdrücklich, dass gemeinsame Interessen für eine gesunde Beziehung unabdingbar sind. Allerdings wurde vermutlich vorausgesetzt, dass Sex sowieso dazugehört.«

»Oh, da fällt mir ein«, sagte er und hob den Kopf, um Luft zu holen. »Würde es dir gefallen, wenn ich im Bad noch ein paar Regale einbaue?«

»Was an Trockenübungen auf einem Wanderpfad hat dich jetzt ausgerechnet an Badregale denken lassen?«, fragte ich perplex. »Das musst du mir erklären.«

Er lächelte. »Ich werde sie in die Wand einbauen, eine saubere, ordentliche Sache wie der Rest des Hauses. Dann hast du mehr Platz für deine Sachen, und zwar da, wo du sie sehen kannst. Ich weiß, dass du immer alles gern im Blick hast.«

»Du willst Regale für mein Make-up und meine Pflegeprodukte bauen?«

»Ja. Beim Lesen der Bücher bin ich ins Grübeln geraten. Dinge bauen und reparieren ist meine große Leidenschaft. Deshalb sollte dein Zuhause für dich so perfekt sein wie nur eben möglich.«

Ich schürzte die Lippen und seufzte. »Du wirst zu einem überaus glücklichen Mann werden, wenn wir nach Hause kommen.«

»Wozu warten?« Er ließ die Hände tiefer gleiten und hob mich hoch. Ich schlang die Beine um ihn und klammerte mich fester an seinen Hals. Worauf sein steifer Schwanz genau dort zu liegen kam, wo ich ihn brauchte, besten Dank auch. Dann wich Lars vom Weg ab und trug mich durch das Gebüsch in die Wildnis. »Irgendwo hier hinten muss es einen passenden Baum geben.«

»Das läuft nicht unter leichte Bewegung.«

»Entspann dich, Prinzessin. Die Ärztin hat mir schon wieder alles Mögliche erlaubt.«

»Bitte lass mich nicht in giftigen Efeu fallen.«

»Hab ein bisschen Vertrauen.« Er schnaubte. »Stadtmädchen!«

»Das dürfte ja wohl kaum eine Überraschung sein.«

Mit zusammengekniffenen Augen blickte er sich prüfend um. »Hier müssten wir weit genug abseits vom Weg sein. Ich denke, die Erle da drüben ist am besten geeignet, weil die Rinde weniger schuppig ist als bei den anderen Bäumen.«

»Hast du irgendwie eine Baummacke? Nur so aus Neugierde.«

Er lachte.

»Wir könnten zum Auto zurückgehen.«

Unter seinen schweren Wanderstiefeln knirschten Blätter und Zweige. »Nein. Wir werden eins mit der Natur.«

»Lars, wollen wir ernsthaft im Wald vögeln wie die Tiere?«

»Unbedingt. Betrachte es als verspätetes Geburtstagsge-schenk.«

Er presste mich gegen einen dicken Baumstamm und leg-te die Lippen auf meine. Dann ließ er die Zunge in meinen Mund gleiten, und mehr brauchte es nicht. Von mir aus konn-ten wir es gern mitten in der Natur treiben. Es spielte keine Rolle, wo wir waren, Hauptsache, er ließ die Hände, wo sie waren, und nahm seine Lippen nicht von meinen. Die Hitze und Feuchtigkeit seines hungrigen Kusses waren berauschend. Offenbar machte es mir doch nichts aus, mich im Wald zu ver-gnügen. Ich brauchte den Mann einfach so dringend. Mit einer Hand hielt er meinen Hintern gepackt, die andere schob er un-ter mein T-Shirt und legte sie an meine Brust, während sein Ständer immer härter wurde.

Geschickte Finger spielten mit meiner Brustwarze, und ich schnappte nach Luft. Ein Stromschlag durchfuhr mich von meinen Brüsten hinunter zu meiner Möse und wieder zurück. Das hier würde schnell und heftig werden, wenn es denn ge-schah. Aber es musste einfach geschehen.

»Setz mich ab«, befahl ich.

Er tat wie geheißen, und ich stürzte mich sofort auf die Knöpfe meiner Shorts. Bei dem Versuch, gleichzeitig eine meiner Stiefeletten abzustreifen, hätte ich beinahe das Gleich-gewicht verloren. Aber glücklicherweise hielt mich Lars fest. Dann zog er seine Geldbörse mit dem darin wartenden Kon-dom hinten aus seiner Hosentasche. Es ging doch nichts über einen Mann, der auf alles vorbereitet ist. Sein Schwanz war lang und hart und bereit. Erneut hob er mich hoch, brachte sich in Position und versenkte sich mit einem einzigen heftigen Stoß in mich. Er füllte mich absolut perfekt aus.

Das alles passierte in weniger als einer Minute. Sollte dies je-mals eine olympische Disziplin werden, standen unsere Chancen gut, in der Schnellstartpaarung eine Medaille für unser großartiges Land zu erringen. Auf die Plätze, fertig, los.

Sein Stöhnen an meinem Ohr, als er in mir versank, war göttlich. »Verdammt, Susie.«

»Mmm.«

Ich lehnte jetzt wieder mit dem Rücken am Baum, und er bewegte die Hüften, stieß in mich hinein und glitt wieder hinaus. Ich fühlte mich wie elektrisiert, wenn er seinen harten Schwanz aus mir herauszog, um ihn dann wieder hineinzustoßen. Alles in mir zog sich zusammen und zuckte. Es war einfach göttlich. In seinen Geruch einzutauchen, in seinen muskulösen Armen gehalten zu werden, als könnte mir nichts etwas anhaben, gab mir das Gefühl von Geborgenheit und Erfüllung. Und ich wäre am liebsten für immer und ewig hiergeblieben.

Aber Tatsache blieb, dass wir uns in der Öffentlichkeit befanden, auch wenn wir vom Weg aus nicht zu sehen waren. Er vögelte mich schnell und wild. Stieß seinen dicken, langen Schwanz tief in mich hinein, wieder und wieder. Rieb mit dem Becken über mein Geschlecht und stimulierte meine Klitoris. Mein Herz pumpte das Blut immer schneller und heißer durch mich hindurch, und ich klammerte mich an ihn, als ginge es um mein Leben. Ich stand von Kopf bis Fuß unter Strom, wie in weißes Licht getaucht, als ich nach Luft schnappend kam. Wozu die Nordlichter sehen, wenn Lars mich durch seine bloße Existenz erglühen ließ. Mein ganzer Körper war um ihn herumgeschlungen, meine inneren Muskeln fest um seinen Schwanz gespannt. Ich biss ihn in den Hals, um nicht noch mehr Geräusche von mir zu geben. Aber so wie er brüllte, als sein gesamter Körper erbebte und er seinen Samen tief in mir herauspumpte, musste ihn jeder im Umkreis von fünfzig Meilen hören. Bären mussten Deckung suchen, so verdammt laut war er. Meine Güte.

Als alles wieder still war, sagte ich: »Ich glaube, du liebst es, eins mit der Natur zu sein.«

Keine Antwort.

»Aua. Schlag mir auf den Hintern. Schnell.«

»Was ist los?«, fragte er.

»Mich hat gerade ein Insekt in den Hintern gestochen.«

Er setzte mich ab, und wir sortierten unsere Kleidung. Das Kondom wurde entsorgt, und als wir wieder anständig aussahen, gingen wir Hand in Hand zum Weg zurück. Wo wir gerade rechtzeitig ankamen, um eine dreiköpfige Familie vorbeiwandern zu sehen. Die Blicke, die uns die Eltern zuwarfen, sprachen Bände. Sie hatten uns definitiv gehört. Oh je. Das kleine Kind dagegen lächelte und winkte und hüpfte mit Leichtigkeit den steilen Weg hinauf, auf dem ich beinahe den Mut verloren hätte.

»Angeber«, murmelte ich mürrisch.

Lars pflückte ein Blatt aus meinem Haar und ließ es zu Boden segeln. »Witzig, dass du das sagst.«

»Was? Das über das Kind?«

»Nein. Dass ich es liebe, eins mit der Natur werden.« Er legte zärtlich die Hand an meine Wange, beugte sich herab und küsste mich. Dann lächelte er. »Weil ich gerade gedacht habe, dass ich dich liebe.«

»Du liebst mich?«

»Ja«, erwiderte er und lenkte seine Schritte wieder auf den Weg hinunter zum Parkplatz. »Kommst du?«

Einen Moment lang konnte ich ihn nur anstarren, unfähig zu atmen und zu denken. Ich war vor Schock wie gelähmt. Es fühlte sich an, als würde die ganze Welt stillstehen. Lars liebte mich. Und ohne Zaudern hatte er das einfach so gesagt. Er fragte nicht einmal, ob ich genauso empfand. Er schenkte mir einfach sein Herz.

»Susie?«

»Äh. Ja. Ich komme.«

»Ich glaube, das ist das zweite Mal, dass ich dich sprachlos gemacht habe.«

»Du zählst mit?«, fragte ich.

»Und ob ich das tue.«

Und kein weiteres Wort fiel, bis wir zu Hause waren. Aber sein Blick und sein Lächeln sagten mir alles.

17. Kapitel

Zu sagen, ich misstraute der Liebe, wäre eine Untertreibung. Aber ich vertraute Lars. Oder zumindest lernte ich, ihm zu vertrauen. Wenn er allerdings mit dem L-Wort um sich werfen wollte, musste er genau wissen, worauf er sich mit mir einließ. Doch bis jetzt hatte ich mich von meiner besten Seite gezeigt. So wie wenn man einen Gast im Haus hat. Man verbraucht nicht das gesamte heiße Wasser und läuft nicht in hässlicher alter Unterwäsche vom Bad ins Schlafzimmer. Man tut sein Bestes, um es dem Gast so angenehm wie möglich zu machen. Aber wenn dies hier sein zukünftiges Zuhause sein sollte, dann würden garantiert Zeiten kommen, wenn ich weder Zeit noch Energie noch Lust haben würde, die Perfekte zu spielen. Lars musste die Wahrheit erfahren.

Als wir von unserer fehlgeschlagenen Wanderung zurückkamen, legte er sich hin, um Mittagsschlaf zu halten. Ein weiterer Beweis dafür, dass er sich noch immer von dem Unfall erholen musste. Ich nutzte die Gelegenheit, um zu Demonstrationszwecken Chaos zu verbreiten, was nicht viel Zeit in Anspruch nahm. Aaron pflegte immer entsprechende Bemerkungen von sich zu geben, wenn er den Eindruck hatte, dass meine äußere Erscheinung zu wünschen übrig ließ. Es hatte mich jedes Mal getroffen. Aber sollte Lars mir jemals auf ähnliche Weise den Boden unter den Füßen wegziehen, hätte das verheerende Auswirkungen auf mich. Deshalb war es das Beste, wenn wir das sofort klärten.

»He«, murmelte er gähnend, als er wieder aufstand.

Ich drehte mich langsam um, um ihm die große Enthüllung vor Augen zu führen. Den schiefen, unordentlichen Bun, zu dem ich meine Haare hochgesteckt hatte, die algengrüne Hautpflegemaske auf meinem Gesicht, das ausgeleierte und verblichene Arctic-Monkeys-T-Shirt, die löchrige, abgeschnittene Jeans, die höchstwahrscheinlich eine Nummer zu klein war.

Und seine Reaktion ... nichts. Er kratzte sich nur an seinem kurzen Bart und fragte: »Hast du heute Abend etwas vor?«

»Ich dachte, nach deiner überraschenden Aussage vorhin sollten wir uns mal ein bisschen unterhalten.«

»Hat dich das überrascht?«

»Ja.«

»Aber das habe ich doch schon im Krankenhaus zu dir gesagt.«

»Als du high warst.«

»Mmm.« Er nickte. »High genug, dass mir die Wahrheit herausgerutscht ist.«

»Setz dich, Lars.«

»Okay.« Er ließ sich in einen Sessel sinken. »Ich höre.«

»Ich habe darüber nachgedacht, dass du meine schlechten Seiten noch gar nicht richtig kennst.« Ich stemmte die Hände in die Hüften. »Ich bin mit dir in der Woche nach deinem Unfall klargekommen, als du ... wie soll ich sagen ... ausgesprochen speziell warst?«

Er schnaubte. »Dafür habe ich mich bereits entschuldigt.«

»Ich weiß«, erwiderte ich. »Darum geht es nicht. Was ich sagen will, ist Folgendes: Ich habe in deiner Gegenwart ein gewisses Bild abgegeben, mit perfekter Frisur, Make-up und tollen Outfits.«

Bei diesen Worten runzelte er die Stirn.

»Während das hier«, ich fuhr mit der Hand von oben nach unten vor meinem Körper entlang, »eher ich bin. Bist du dir sicher, dass du damit leben willst?«

Er legte den Fuß auf das Knie des anderen Beins. »Du meinst das unordentliche Haar und die Gesichtsmaske?«

»Ja. Und das hässliche alte T-Shirt.«

»Wag es ja nicht, dieses T-Shirt hässlich zu nennen. Nicht nur, dass das eine großartige Band ist, das T-Shirt ist auch so oft gewaschen und so dünn, dass ich den Umriss deiner Brüste sehe. Das ist ein super T-Shirt, und du solltest es in meiner Gegenwart unbedingt häufiger tragen.«

Ich runzelte die Stirn. Was nicht einfach war, weil die Maske inzwischen eingetrocknet und hart war. »Du nimmst mich nicht ernst.«

»Meinst du?«

»Ich kann chaotisch und nervig und schwierig sein«, entgegnete ich. »Bist du dir sicher, dass du dir das alles jeden Tag antun möchtest? Ist das wirklich etwas, das du lieben kannst?«

»Du, chaotisch und nervig? Ich hatte ja keine Ahnung. Wie hast du das vor mir verborgen?«

»Bist du sarkastisch?«

Er presste die Lippen aufeinander, und ihm traten Tränen in die Augen. Moment mal. Das waren keine Tränen. Der Mistkerl lachte mich aus. Und er gab sich nicht mal Mühe, das zu verbergen. Was für eine Unverschämtheit.

»Ich versuche, dir gegenüber ehrlich zu sein«, sagte ich. »Ich will nicht, dass du zu hohe Erwartungen hast, die ich auf Dauer nicht erfüllen kann.«

»Susie, du bist es wert, geliebt zu erden. Das weißt du doch, oder?«

Es dauerte einen Moment, bis ich antworten konnte. Bis ich

die Nase hochziehen und lächeln und sagen konnte: »Natürlich. Darum geht es nicht.«

»Worum geht es dann?«

»Für den Fall, dass du deine Meinung änderst, weil dir etwas auffällt, weshalb du mich doch nicht lieben kannst, wäre mir daran gelegen, wenn wir das lieber früher als später klären.«

»Das wird nicht passieren«, erwiderte er ernst.

»Aber das kannst du doch gar nicht wissen!«

Er seufzte. »Es geht um die Scheidungsurkunde.«

»Unter anderem«, gab ich zu.

»Okay, Prinzessin. Red weiter. Erzähl mir, wie schrecklich du bist. Rede mir meine Liebe aus.«

»Nun …«

»Ich warte«, sagte er.

»Das sollte eher eine optische Demonstration sein.«

»In diesen engen kurzen Shorts sehen deine Beine unglaublich lang aus«, erwiderte er und legte den Kopf schief, um mich zu betrachten.

»Sie betonen meinen Hüftspeck. Willst du den sehen?«

Er zuckte nur mit den Schultern.

»Ach übrigens, ich kann manchmal eifersüchtig sein. Das ist eine ziemlich nervige Angewohnheit.«

»Ja. Das mit Jane hat dich aufgewühlt. Mir ging es so mit Austin. Daran müssen wir wohl beide arbeiten.« Wieder gähnte er und ließ seinen Nacken knacken. »Aber wenn wir uns darauf einigen, uns nicht auf Dates mit anderen einzulassen, hat sich das Problem vermutlich erledigt.«

»Stimmt.«

»Nächster Punkt?«

»Ich weiß nicht.« Meine Schultern sackten herab. »Ich habe mal mit einer Frau zusammengearbeitet, die *chic* immer wie *tschick* ausgesprochen hat, und das ging mir so gegen den Strich, dass ich sie nicht einmal korrigiert habe.«

Er nickte. »Das ist kleinlich. Da muss ich dir recht geben. Was hast du sonst noch?«

»Ich sehe, ich hätte mir die Zeit nehmen und eine Rede schreiben sollen.«

»Vorbereitung ist alles.« Er lächelte. »Ich finde, du solltest wissen, dass mir der Anblick der niedlichen Grübchen oberhalb von deinen Knien sehr gefällt. Falls du versuchst, mich davon abzubringen, wird dir das nicht gelingen.«

»Mein hässliches Haar und mein Verhalten hätten die meisten meiner Ex-Freunde in die Flucht geschlagen.«

»Idioten.«

»Yeah.«

»Ich wusste, dass es Folgen haben würde, als ich dir gesagt habe, dass ich dich liebe. Aber das hier hätte ich nicht erwartet. Weißt du noch, wie ich dich mal aus lauter Panik geküsst habe?«

Ich nickte.

»Könnte es sein, dass du jetzt diejenige bist, die Panik hat?«

»Schon möglich.«

»Prinzessin, jetzt wo ich wieder arbeite, stehe ich früher auf als du. Ich bringe dir deinen ersten Kaffee ans Bett und sehe dich jeden Morgen, bevor du Gelegenheit hast, dich um dein Make-up und all das zu kümmern. Ich betrachte es als Ehre, der Mann zu sein, der dich im Halbschlaf mit zerwühltem Haar und getrocknetem Sabber am Kinn zu sehen bekommt.«

»Mir läuft im Schlaf kein Sabber aus dem Mund«, widersprach ich empört. »Dem Rest kann ich allerdings nicht widersprechen.«

»Falls du glaubst, mir würde es irgendwas ausmachen, wenn du was Altes und Bequemes anziehen möchtest, dann liegst du vollkommen daneben. Und mit dem, was du sagst, hast du dich in meiner Gegenwart auch nie wirklich zurückgehalten.« Er winkte mir mit dem gekrümmten Zeigefinger. »Komm her.«

Ich setzte mich auf seinen Schoß, und er schloss mich in die Arme und zog mich an sich.

»Du wirst dich mit Algengesichtsmaske beschmieren«, warnte ich.

»Das ist mir egal«, murmelte er. »Ich weiß, wer du bist, und ich werde meine Meinung nicht ändern. Ich bin nicht irgend so ein gedankenloses Arschloch, das mit deinem Herz spielt.«

»Das weiß ich, aber …«

Er drückte einen Kuss auf mein wirres Haar. »Aber?«

»Vermutlich meldet sich meine Neurose gerade wieder zu Wort.«

»Ja«, stimmte er mir zu.

»Sollen wir uns zum Abendessen was vom Griechen kommen lassen? Du könntest den Gyroteller nehmen, und ich nehme die Moussaka, und dann tauschen wir.«

Er lächelte. »Klingt gut.«

Mein Handy, das auf dem Couchtisch lag, fing an zu vibrieren. Auf dem Display leuchtete *Mom* auf. »Ich sollte vermutlich drangehen. Diesen Anruf habe ich schon erwartet.«

Statt einer Antwort fing er an, mir den Rücken zu reiben. Eine passende Reaktion auf jeglichen Kontakt mit meiner Familie. Der Mann lernte schnell.

Ich hob ab. »Hallo, Mom. Wie geht es dir?«

»Susie. Uns geht es gut. Und dir, Schatz?«

»Gut.«

»Wunderbar«, sagte sie. »Hör mal, dein Bruder rief mich an, weil er einen Zusammenbruch hatte. Weißt du, was der Hintergrund ist?«

Das war eine altbekannte Taktik meiner Mutter: so zu tun, als habe sie keine Ahnung von eventuellen Zwistigkeiten zwischen Andrew und mir, in der Hoffnung, sich auf diese Weise heraushalten zu können. Nicht dass es funktionierte. Wie sich mal wieder zeigte.

»Es ging um Geld«, antwortete ich. »Hat er dich gebeten, mich anzurufen?«

»Ach, Gott. Er hat geredet und geredet.« Man beachte ihre Taktik, meine Frage unbeantwortet zu lassen. Sie stieß einen tiefen Seufzer aus. »Ich weiß nicht, was ich ihm sagen soll. Hast du eine Idee?«

»Nein.«

»Vielleicht könntest du ihn anrufen?«

»Das werde ich nicht tun.«

»Aber warum denn nicht?«, fragte sie. »Er ist dein Bruder.«

»Weil er unangekündigt auf meiner Veranda aufgetaucht ist und mich angebrüllt hat. Das ist kein Verhalten, das ich zu fördern gedenke. Und ich schulde ihm kein Geld. Das kannst du ihm gern ausrichten.«

Stille.

»Nur mal aus Neugier, Mom, hast du ihm Geld für seine Firma gegeben?«

Mom räusperte sich und schnitt ein neues Thema an, um der Frage aus dem Weg zu gehen. »Andrew sagte, du hättest so einen zwielichtigen Typen bei dir gehabt, der ihn bedroht hat?«

»Dieser zwielichtige Typ ist mein neuer Partner Lars«, entgegnete ich. »Er ist gerade bei mir eingezogen, und wir sind sehr glücklich zusammen. Ich hatte vor, dich anzurufen und dir von ihm zu erzählen. Es wäre schön, wenn ihr euch mal kennenlernen könntet.«

»Du bist mit jemandem zusammen? Wie aufregend!«, rief Mom begeistert. »Wann kommst du uns mit ihm besuchen?«

»Im Moment haben wir beide ziemlich viel um die Ohren. Aber wir müssen das auf jeden Fall bald mal organisieren.«

»Wunderbar. Erzähl mir von ihm.« Mom, die den Unsinn mit Andrew erfolgreich umschifft hatte, fragte mich die nächsten zehn Minuten munter nach Lars aus. Sie liebte guten Tratsch. Ich glaube, es gab uns beiden ein Gefühl von Nähe.

Als wir endlich aufgelegt hatten, lächelte Lars mich an. »Dein Bruder war fleißig, wie?«

»Wie heißt es doch so schön, wer am lautesten schreit, wird als Erster bedient?«

»Bist du fertig damit, mir meine Liebe zu dir ausreden zu wollen?«

»Sieht ganz so aus. Du warst für meine Argumente nicht gerade empfänglich.«

»Du musst doch wohl zugeben, dass deine Argumente reichlich mager waren«, erwiderte er.

»Hätte ich mehr Vorbereitungszeit gehabt, hätte ich …«

»Einfach versuchen können, mir zu vertrauen?«

»Ja. Genau das wollte ich sagen.« Ich lehnte den Kopf an seine Schulter. »Wusstest du, dass du mir der liebste Mensch auf der ganzen weiten Welt bist?«

»Jetzt weiß ich es.« Er drückte seine Wange auf meinen Kopf. »Wäschst du dir irgendwann das grüne Zeug aus dem Gesicht?«

Ich lächelte. »Irgendwann.«

Deborahs und Hennings vierzigster Hochzeitstag wurde am darauffolgenden Wochenende in einer Jazzbar mit Restaurant in der Nähe ihres Hauses gefeiert. Es war ein cooles Lokal, mit einem Boden mit Schachbrettmuster und viel Schmiedeeisen. In der Ecke hatte eine vierköpfige Band Aufstellung genommen und spielte Klassiker.

»Bist du so weit?«, fragte Lars.

Ich nickte und schob ihm meinen halbvollen Teller mit Hähnchenenchiladas, schwarzen Bohnen und Bauernsalat hinüber. Er reichte mir seinen halb gegessenen, nach Cajun-Art zubereiteten gegrillten Seewolf mit Reis und Gemüse.

»Das machen die immer«, erklärte Tore seiner Schwester. »Spinner.«

Ella nickte. »Das ist sinnvoller als das, was ich mache, wenn ich meinem Mann jedes Mal etwas von dem Essen stibitze, das er bestellt hat, weil ich es probieren will.«

»Nicht wahr?«, sagte ich. »So kann jeder zwei Gerichte ausprobieren.«

Ella war groß und blond wie Lars. Sie arbeitete als Röntgenassistentin in San Diego, wo sie mit ihrem Mann und zwei kleinen Kindern lebte. Da Henning und Deborah erst vor wenigen Wochen bei ihnen zu Besuch gewesen waren, hatte sie Emilio und die Kinder zu Hause gelassen. Was nur vernünftig war. Ich glaube, ich hätte mich auch nicht bei einer Party mit zwei Kleinkindern herumschlagen wollen.

Cleo saß an der Bar und redete mit Deborah. Denn natürlich kamen die beiden bestens miteinander klar. Ich war die Einzige, die vom Ex und seiner Mutter schlechtgemacht wurde. Dafür freute es mich umso mehr, dass Deborah sah, wie großartig meine beste Freundin war und wie glücklich sich Tore schätzen konnte, Cleo bekommen zu haben.

»Alles okay?«, fragte Lars und trank einen Schluck von seinem Corona.

»Ja. Alles bestens.« Und das war nicht mal ganz gelogen. Mein schwarzes Fit-and-Flare-Kleid aus Kreppstoff mit tiefem Ausschnitt war ein Eyecatcher und passte perfekt zu meinen hochhackigen Prada-Sandalen. Mit meinem hochgesteckten Haar und meinem neuen farblosen Lipgloss machte ich richtig was her. Wie konnte ich mich mies fühlen, wenn ich ein tolles Outfit anhatte, gutes Essen genoss und Livemusik hörte? Ich hatte einige von Lars' entfernten Verwandten kennengelernt, und alles war angenehm verlaufen. Jedenfalls weitgehend.

Tore und Lars warfen sich besorgte Blicke zu.

»Was ist los?«, fragte Ella.

»Die Nachbarn bereiten Susie Sorgen«, berichtete Tore, der mit Abstand die größte Klappe aller Zeiten hatte.

»Ich habe mich schon gefragt, warum er an einen Tisch mit seiner Mom gesetzt wurde und nicht zu uns.« Ella trank einen Schluck von ihrer Margarita. »Nicht dass ich etwas gegen ein bisschen Abstand hätte.«

Lars runzelte die Stirn. »Ich wusste gar nicht, dass du etwas gegen ihn hast.«

»Wie auch. Du hast manchmal einfach einen Tunnelblick.« Sie lächelte. »Seine Freundlichkeit hat sich für mich immer aufgesetzt angefühlt.«

»Die ganze Familie ist so«, sagte Tore. »Habe ich euch erzählt, dass ich mal gehört habe, wie seine Mom über unsere Mom hergezogen hat?«

Lars runzelte die Stirn. »Was?«

»Yeah.« Tore nickte. »Dabei sind sie doch eigentlich beste Freundinnen. Es war irgend so ein kleinkarierter, abwertender Kommentar über unsere neue Couch. Sie lief im Garten rum und posaunte in ihr Handy, dass das Möbelstück irgendein Ramsch aus einem billigen Laden wäre. Nicht das Klügste, was sie tun konnte.«

»Hast du das Mom nie erzählt?«, fragte Lars

»Nein.« Tore schüttelte den Kopf. »Das hätte ihr nur wehgetan.«

»Außerdem hast du damals alles Mögliche erzählt«, warf Ella ein.

»Stimmt. Ich hatte eine blühende Fantasie. Aber das habe ich mir definitiv nicht eingebildet.«

»Das glaube ich dir«, erwiderte Ella. »Wie sie uns immer beäugt hat, wenn wir bei ihnen zu Hause gespielt haben! Als würden wir gleich das Familiensilber klauen. Aber zu Mom war sie immer zuckersüß. Wieso wundert es mich nicht, dass diese Frau ihren Sohn zu solch einem verwöhnten Flegel erzogen hat?«

Tore kicherte.

»Ich wusste, dass ihr beide nicht gerade seine größten Fans seid, aber dass ihr so über ihn denkt, war mir nicht klar«, sagte Lars bestürzt.

»Loyalität kann zum Problem werden, großer Bruder«, erwiderte Ella.

Was mich anging – ich sagte schlichtweg gar nichts. Glücklicherweise saß ich mit dem Rücken zum Ex und seiner Mutter, was mich den Abend noch mehr genießen ließ. Ein Kellner kam, um die Teller abzuräumen, und ich reichte ihm meinen. Das Gespräch lenkte mich vom Essen ab, aber bis zum Kokosflan würde ich mich davon erholt haben. Den würde ich mir auf keinen Fall entgehen lassen.

»Lasst uns von was anderem reden.« Ella seufzte. »Susie, wusstest du, dass wir als Kinder immer Königliche Hochzeit gespielt haben, wenn ich an der Reihe war, ein Spiel auszusuchen? Ich hatte davon in einer Doku über England gesehen und war wie besessen.«

Lars stöhnte.

»Lars war immer der Bräutigam. Nicht wahr, Bruderherz?«

»Hätte das nicht gegen die Gesetze verstoßen?«, fragte ich. »Schließlich wart ihr nicht nur minderjährig, sondern auch noch verwandt.«

»Oh, nein«, entgegnete Ella. »Kat von gegenüber hat die Rolle der errötenden Braut gespielt.«

»Kat?«

»Du hast von ihr gehört?« Ella lachte erfreut. »Mit ihr konnte man richtig Spaß haben. Ich frage mich, was wohl aus ihr geworden ist.«

»Ich kann nicht glauben, dass du meine Katze nach einem Mädchen benannt hast, mit dem du die Ehe eingegangen bist. Mehrfach.« Ich sah Lars missbilligend an. »Was für ein Verrat, Lars. Das tut echt weh.«

Lars seufzte nur.

»Einmal hat sie ihn sogar geküsst«, sagte Ella.

»Und dann ist sie prompt davongelaufen und hat sich in ihrem Baumhaus versteckt, obwohl die Eheversprechen vermutlich nicht rechtsgültig waren«, fügte Tore hinzu. »Ich war nämlich derjenige, der die Rolle des Priesters gespielt hat, und ich war damals sechs und noch nicht in Amt und Würden.«

»Das bist du doch jetzt auch nicht, oder?«, fragte Ella.

»Nein.« Tore rieb sich das Kinn. »Aber ich denke darüber nach, mir ein Hobby zuzulegen. Wieso nicht die Kirche?«

»Cleo, dein Freund trägt sich mit dem Gedanken, Priester zu werden«, verkündete Ella.

»Was du nicht sagst.« Cleo setzte sich mit einem Glas Eiswasser in der Hand neben ihren ganz und gar nicht heiligen Partner. »Da fehlen mir echt die Worte.«

»Das wird super.« Tore grinste. »Keine Bange, ich werde jederzeit zur Verfügung stehen, um mir deine Sünden anzuhören.«

Cleo lächelte nur.

»Welche Rolle hast du bei der Hochzeit gespielt, Ella?«, fragte ich.

»Ich war das Blumenmädchen«, antwortete sie. »Wir sind immer durch die Nachbargärten gezogen und haben Blumen gepflückt. Hat uns ziemlich unbeliebt gemacht.«

Tore lächelte wehmütig. »Ich hatte ganz vergessen, wie gern Lars den Bräutigam gespielt hat. Er ist immer stolz wie Oskar vor dem Briefkasten gestanden.«

»Der Briefkasten diente uns als Altar«, erklärte Ella. »Des Öfteren hat sein Ninja Turtle auch meine Barbie geheiratet.«

»Schon merkwürdig, dass du als Kind so versessen aufs Heiraten warst.« Ich nahm seine Hand.

Er beugte sich vor, um mich zu küssen. »Das ist leicht übertrieben.«

»Hmm. Ich bin gleich wieder da.« Ich stand auf und ging Richtung Toiletten.

Deborah und Henning hatten unter großem Applaus die Tanzfläche betreten, als das Jazzquartett *Mad About the Boy* zu spielen begann. Ein Song, der auf einer der Platten von Ernestine Anderson war, die ich gefunden hatte. Livemusik und festliche Beleuchtung trugen dazu bei, alles in einem angenehmen Licht erscheinen zu lassen und für eine entspannte Atmosphäre zu sorgen. Auf einem Tisch an der Seite waren Hochzeitsfotos von Deborah in einem riesigen weißen Brautkleid im Stil der Achtziger aufgestellt – hochtoupiertes Haar, jede Menge Spitze und Puffärmel. Ihr Strauß bestand aus rosa Nelken mit einem Kranz aus weißem Schleierkraut. Trotz der übermäßig großen Schulterpolster machte Henning in seinem Anzug eine richtig gute Figur. Beide strahlten sie über das ganze Gesicht.

Die Hochzeitsfotos meiner Eltern hatte ich nie zu Gesicht bekommen. Lange bevor ich darum hätte bitten können, hatte Mom sie in Rauch aufgehen lassen. Man konnte sich kaum vorstellen, dass es den fotografischen Beweis dafür gab, dass meine Eltern Seite an Seite gestanden und tatsächlich glücklich ausgesehen hatten.

Vierzig Jahre waren eine lange Zeit. Länger, als ich auf der Welt war. Und da tanzten sie, Henning und Deborah, strahlten und sahen sich tief in die Augen. Natürlich war es das, was Lars wollte. Die Fotos, die Feste, die Geschenke und die Hochzeitstage, Jahr um Jahr. Die glückliche Familie, die sie gemeinsam bildeten. Und wenn es Zeiten gab, in denen nicht alles glattlief – das war das Leben. Aber sie hielten zusammen. Ihre Liebe füreinander war groß genug, um auch Schwierigkeiten zu meistern. Und ihre Kinder bekamen das alles mit.

Als ich aus der Toilette kam, wartete Aaron auf mich. Er lehnte mit vor der Brust verschränkten Armen an der Wand. Als ich an ihm vorbeigehen wollte, versperrte er mir den Weg. »Hallo, Susie. Ich glaube, es ist höchste Zeit, dass wir miteinander reden.«

18. Kapitel

»Du hast gewonnen«, sagte Aaron und starrte lüstern auf meinen Ausschnitt. Kaum zu glauben, dass ich dieses Verhalten mal für ein Kompliment gehalten hatte. Das würde mir nie wieder passieren. Nicht, was ihn betraf. »Ich hätte nicht gedacht, dass du so weit gehen würdest, aber ich muss sagen, ich bin durchaus beeindruckt.«

Mein Blick war ein einziges *WTF*.

Als ich nicht antwortete, sagte er: »Willst du dich nicht dazu äußern?«

»Nun.« Ich wählte meine Worte sorgfältig. »Erstens habe ich nicht die geringste Ahnung, wovon du sprichst. Und zweitens ist es mir auch vollkommen egal. Es interessiert mich nicht, was du zu sagen hast. Geh mir einfach aus dem Weg.«

»Susie«, erwiderte er und lachte übertrieben. »Das reicht jetzt. Ich sage dir doch, du hast gewonnen.«

»Was genau habe ich gewonnen?«

»Mich.«

»Dich?«, fragte ich ungläubig. »Ich will dich nicht.«

Mit einem fiesen Grinsen strich er sein Haar zurück. »Natürlich willst du mich. Nur deshalb machst du doch mit Lars rum. Versteckst diese Scheidungsurkunde in der Wand und all das. Der Schuss hätte echt nach hinten losgehen können. Aber wie du ihn dir geangelt hast, Respekt!«

»Was?«

»Du hast meinen besten Freund verführt, um mich eifersüchtig zu machen«, antwortete er, als gäbe es daran nicht den geringsten Zweifel. Wie hatte ich jemals denken können, dass dieses unreife Arschloch eine vernünftige Wahl für einen Lebenspartner war? Etwas Schlimmeres konnte man sich kaum vorstellen. »Deine Rechnung ist aufgegangen. Ich finde, wir sollten uns wieder zusammentun. Ich will aber auf keinen Fall, dass Lars verletzt wird, das muss also aufhören. Geradezu lächerlich, wie er von dir schwärmt. Wir beide hatten schließlich eine Menge Spaß miteinander, mit anderen Worten: Ich bin bereit, es noch mal mit dir zu versuchen.«

»Wow.« Meine Augen waren bis zum Anschlag aufgerissen. »Das ist jetzt echt unglaublich großzügig von dir. Ich muss unter einem glücklichen Stern geboren sein.«

Bei seinem breiten selbstgefälligen Grinsen grenzte es schon an ein Wunder, dass ihm die Lippen vor übermäßiger Inanspruchnahme nicht abfielen.

»Diesen ganzen Mist, den du da gerade abgesondert hast, den glaubst du tatsächlich, nicht wahr?«

Er runzelte die Stirn. »Es ist die Wahrheit.«

»Du glaubst ernsthaft, ich würde Lars das antun? Ihn anlügen und für meine Zwecke benutzen? Ihn behandeln, als wären mir seine Gefühle vollkommen egal? Aber du glaubst ja auch, dass ich so wenig Selbstwertgefühl habe, dass ich dir narzisstischem, unreifem, oberflächlichem, nutzlosem, nervtötendem Arschloch tatsächlich noch eine Chance geben würde?«

Er grinste höhnisch. »Sei nicht albern. Wie lange willst du es eigentlich noch abstreiten? Komm schon. Du kannst doch nicht ernsthaft erwarten, dass ich an eine Scheidungsurkunde als Botschaft aus der Zukunft glaube. Auf so was Verrücktes kannst auch nur du kommen.«

»Mir ist egal, was du glaubst.«

»Schau, Susie, ich vergebe dir, okay?«

»Du bist … ich … nein. Schlicht und ergreifend Nein.«

»Nun stell dich doch nicht so blöd an«, sagte Aaron und packte meinen Kopf, um mich zu küssen.

Es dauerte nur einen kurzen Moment, bis ich reagierte. Aber der reichte, dass er seine grässlich nassen Lippen auf meine pressen konnte. Wenn das hier vorbei war, würde ich mir unbedingt den Mund mit Seife auswaschen müssen. Oder ihn in Bleiche baden, falls nötig. Ich versuchte, Aaron von mir zu stoßen, aber er wich keinen Zentimeter zurück. Stattdessen packte er mich noch fester, sodass es schon wehtat, und versuchte, mir seine Zunge in den Mund zu schieben. Sowohl die Gewalt als auch sein Anspruchsdenken waren ekelerregend. Mir kam die Galle hoch. Es wurde Zeit, Ernst zu machen. Gott sei Dank hatte ich kein Kleid mit einem engen Rock angezogen. Ich hielt mich an seinen Schultern fest und rammte ihm das Knie in die Eier. Er klappte in sich zusammen. Anders konnte man das nicht nennen. Mit einem gequälten Stöhnen sank er zu Boden.

»Fass niemals eine Frau ohne ihre Erlaubnis an!«

Er zog die Beine an den Körper, um sich zu schützen. Als würde ich ihn treten, wenn er am Boden lag. Ich hatte meinen Standpunkt bereits klargemacht.

»Du widerwärtiges Arschloch.«

Ich ließ ihn einfach liegen und machte mich auf den Weg an der Tanzfläche vorbei zu unserem Tisch. Ich würde nicht diejenige sein, die bei Deborahs und Hennings Fest eine Szene machte. Die Schuld an so etwas würde ich mir nicht in die Schuhe schieben lassen. Diesmal nicht.

»Susie?«, fragte Cleo. »Alles in Ordnung?«

»Ja, ich, ähm …«

Als Lars mein Gesicht sah, erlosch sein Lächeln. »Was ist los?«

»Nichts. Wirklich, alles gut.« Mein Lächeln war verkrampft, und meine Hände zitterten. Zu viel Adrenalin. »Aber ich muss gehen. Bleib du. Wir sehen uns zu Hause.«

»Warte. W…«

»Es ist besser, wenn wir später darüber reden. Bitte, vertrau mir einfach.«

Lars sprang auf. »Halt. Was ist passiert?«

»Dieses Miststück hat mich angegriffen«, ertönte eine laute, vertraute und sehr verhasste Stimme von der anderen Seite des Raums. Alle Gespräche verstummten, und die Band hörte auf zu spielen. Die Leute gingen zur Seite, und da stand Aaron. Der alles andere als unschuldige Mann, der sein schmerzendes Gemächt mit den Händen umfasste. Oh, und dieses Gift in seinem Blick! Ich hatte ihn nicht nur zurückgewiesen, ich hatte ihn zu Boden geschickt. Ich. Sein Ego konnte die Situation nicht verkraften.

Derweil fing seine Mutter, Vivian, an, diese hohen Töne eines wütenden und leidenden Menschen von sich zu geben, die normalerweise Glas zum Zerspringen bringen. Jedes Weinglas, jedes Fenster im Raum. Vermutlich hatte sie sich die Unversehrtheit der Familienkronjuwelen auf die Fahne geheftet. Wobei ich mir ziemlich sicher war, dass die Welt auf diese spezielle Familie ganz gut hätte verzichten können.

Deborah und Henning sahen entsetzt zwischen Aaron und mir hin und her. Ihnen war soeben ihr Fest ruiniert worden.

»Es stimmt«, sagte ich leise zu Lars und stemmte mir die Fäuste in den Magen. Das Herz sank mir in die Hose. »Er hat gesagt, ich wäre nur mit dir zusammen, um ihn eifersüchtig zu machen. Dann hat er versucht, mich zu küssen. Also habe ich ihm das Knie in die Eier gerammt. Das war's.«

Lars legte die Stirn in Falten und immer noch mehr Falten. Er war verwirrt.

»Egal, was für einen Bären sie dir aufbinden will, Mann, sie lügt.« Aaron bahnte sich einen Weg durch die Menge und kam auf uns zu, gefolgt von Lars' Eltern. Aaron bewegte sich ... seltsam. Er hatte offensichtlich Schmerzen. Sosehr er das auch verdiente, wollte ich doch keinesfalls für eine hässliche Szene verantwortlich sein. Allerdings bezweifelte ich, dass die sich jetzt noch vermeiden ließ.

Mist. »Es tut mir leid ...«

»Sie ist einfach völlig unvermittelt auf mich losgegangen«, fuhr Aaron fort. Mit seinem zerknitterten Anzug, dem roten Gesicht und dem zerrauften Haar bot er ein Bild der Verwüstung. Noch nie hatte ich ihn so ungekämmt gesehen. Oder so wütend erlebt.

Vivians Blicke trafen mich wie messerscharfe Dolche. Aua. Lars rollte die Ärmel hoch. Zu einem anderen Zeitpunkt und unter anderen Umständen hätte ich den Anblick seiner muskulösen Arme genossen, und wie sich die weiße Baumwolle seines Button-down-Hemds an seinen hervortretenden Bizeps schmiegte. Da mein Leben gerade völlig aus den Fugen geriet, hatte ich allerdings keine Zeit zu glotzen.

»*Ich* habe *dich* angegriffen, aus heiterem Himmel?«, fragte ich verächtlich. »Ich? Gerade eben vor der Damentoilette? Bist du dir sicher, dass es so gelaufen ist?«

»Was um Himmels willen ist passiert?«, fragte Deborah. »Was habt ihr gemacht?«

Obwohl sie uns beide ansah, erstarrte Aaron. Der Fairness halber muss gesagt werden, dass er mit stressigen Situationen noch nie sonderlich gut umgehen konnte. Und nach ein paar Drinks war es eher noch schlimmer. So war es ja auch zu unserer Trennung gekommen. Er hatte seinen Mund nicht halten können, dieser verlogene Mistkerl, und durchblicken lassen, wie er mich in London betrügen würde. Aber zurück ins Hier und Jetzt. Immer wieder mit dem Finger auf mich deutend, sagte Aaron: »Susie hat mich angebaggert, und natürlich habe ich sie abgewiesen. Habe ihr gesagt, dass ich Lars erzählen würde, was sie vorhat. Da ist sie durchgedreht und hat mich angegriffen.«

Irgendjemand schnappte nach Luft. Jemand anderes kicherte. Ich weiß nicht, wer. Sämtliche Gäste hatten den Blick auf uns gerichtet. Dieses Debakel genoss die volle Aufmerksamkeit aller. Selbst die Band lauschte auf jedes unserer Worte. Was für ein Desaster! Da traf ich zum ersten Mal Lars' weitläufige Verwandtschaft und lieferte ihr gleich eine Showeinlage.

Cleo schnaubte. »Was für ein ausgemachter Schwachsinn.«

Ich lächelte sie dankbar an.

Henning legte seiner Frau zur Unterstützung den Arm um die Taille.

»Ach, wirklich?«, sagte Vivian mit einem bösartigen Funkeln in den Augen. »Mich überrascht das überhaupt nicht. Das kennen wir doch schon. Das ist alles nichts Neues. Ich habe es dir gesagt, dass du was Besseres finden kannst als solch eine habgierige Hu-«

»Das reicht«, schnitt Tore ihr das Wort ab. Und er schien alles andere als erfreut.

Wenn ich nur gewusst hätte, was ich der Frau getan habe, um so viel Feindseligkeit zu verdienen. Vermutlich hatte ich einfach gewagt, mich auf eine Beziehung mit ihrem kostbaren Sohn einzulassen. Aber sie war mir nicht wichtig, und ihr beschissener Sohn erst recht nicht. Der Einzige, der mir wichtig war, war Lars.

»Was hast du da eben gesagt?« Lars trat einen Schritt vor und sah mich fragend an. »Du hast gesagt, es täte dir leid? Was tut dir leid, Susie?«

Oh nein. Das klang nicht gut. Ganz und gar nicht.

Jede Menge vorwurfsvolle Blicke richteten sich auf mich, und ich bekam es mit der Angst zu tun. Lars' undurchdringlicher Gesichtsausdruck ließ mich erkennen, dass der Moment der Wahrheit gekommen war: Er glaubte mir nicht. Und mit Sicherheit würde er mich nicht mehr lieben. Nicht nach dem hier. Er würde den Worten seines ältesten Freundes glauben. Ich hatte noch nie Glück mit Männern gehabt. Wieso sollte es diesmal anders sein?

Ich würde weder weinen noch rumschreien oder sonst was in der Art. Nein. Ich würde diese unschöne öffentliche Trennung so würdevoll wie möglich durchstehen – auch wenn diese Trennung so viel schmerzhafter sein würde als jede andere zuvor. Das wusste ich hundertprozentig. Denn der Mann, der da vor mir stand, war mein Leben. Keine Ahnung, wann das passiert war. Aber es war nicht zu leugnen. Ich liebte sein Gesicht, seine kräftigen Hände und die Art, wie er mir selbst jetzt zuhörte. Er schenkte mir seine volle Aufmerksamkeit. Ein kleines, aber wichtiges Detail.

Ich schluckte heftig. »Ich … ähm.«

»He«, sagte er, legte mir die Hand in den Nacken und drückte mich zum Trost, um mich dann wieder loszulassen. »Atme tief durch und erzähl es mir, Susie. Was tut dir leid?«

»Dass ich das Fest deiner Eltern ruiniert habe.«

Er nickte.

»Ich wollte nicht, dass das passiert. Es tut mir so leid.«

»Du hast gesagt, er hätte dich gepackt und versucht, dich zu küssen«, sagte Lars laut genug, dass es alle hören konnten. »Stimmt das?«

»Ja.«

Aaron prustete los, und seine Mom schnalzte abwertend mit der Zunge.

»Tut mir leid«, sagte Deborah laut. »Du hattest deine Chance. Jetzt ist Susie dran.«

Henning bedachte die beiden mit einem warnenden Blick.

»Ich wollte, dass er mich loslässt, aber er ließ mich nicht los, und da habe ich ihm das Knie in die Eier gerammt«, sagte ich.

Lars nickte. »Das war alles?«

»Ja. Mehr oder weniger. Er hat allen möglichen Unsinn von sich gegeben, dass ich dich nur verführt habe, um ihn eifersüchtig zu machen, aber das war es im Wesentlichen. Wenn ich gewusst hätte, dass ich das Fest ruiniere und dich in Verlegenheit bringe ... aber eigentlich glaube ich nicht, dass ich irgendetwas anders gemacht hätte. So wie die Situation war und alles. Aber es tut mir leid, dass es passiert ist, Lars.«

Er sah mich ernst an. Er hatte die schönsten blauen Augen, die ich je gesehen hatte. »Das weiß ich«, erwiderte er. »Aber es ist nicht deine Schuld. Du hast schließlich mit alldem nicht angefangen, nicht wahr?«

»Nein«, stimmte ich ihm zu.

»Nein«, wiederholte Lars. »Natürlich nicht. Genauso wenig, wie du mir etwas vorgemacht hast oder der ganze andere Mist.«

Meine Güte, was für eine Erleichterung! Er glaubte mir. Er stand auf meiner Seite. Mein Lächeln war eher zittrig, aber er erwiderte es, ohne zu zögern. Das hier waren er und ich gegen den Rest der Welt, etwas, dem ich ohne Bedenken vertrauen konnte.

In dem Moment packte mich Aaron aggressiv am Arm und brüllte: »Du verlogenes kleines Mist-«

Zack. Weiter kam er nicht. Lars' Faust schoss vor, direkt in Aarons Gesicht. Aaron prallte zurück und gab ein wimmerndes Geräusch von sich, als ihm Blut aus der Nase schoss. Seine

Mutter bekam beinahe einen Herzinfarkt. Das ist die Reihenfolge, in der es geschah. Und damit war das Fest mehr oder weniger beendet.

Während sich Aaron ein mit Eiswürfeln gefülltes Handtuch an sein Gesicht drückte, regte sich Vivian immer mehr auf und konnte gar nicht mehr damit aufhören. Wenn man Menschen doch bloß stumm schalten könnte! Das wäre mehr als praktisch. Als sie auf mich zukam, verdrehte ich bloß die Augen, was sie nur noch mehr in Rage geraten ließ, aber ich konnte nicht anders. Deborah hatte die beiden gebeten zu warten, bis sie ihre Gäste verabschiedet hatte, um dann alles zu klären. Was auch immer.

Hoffentlich brachte mir der Weihnachtsmann dieses Jahr zu Weihnachten noch ein paar *Verdammt*. Ich hatte nämlich keine mehr auf Lager. Dies musste das längste Jahr seit Menschengedenken gewesen sein. Immerhin würde es mit Lars an meiner Seite vielleicht noch ein gutes Ende nehmen. Denn inzwischen glaubte ich, dass wir gute Chancen hatten, das hinzubekommen. Das mussten wir einfach. Alles andere kam einfach nicht infrage.

Deborah und Henning hatten Gäste umarmt und Hände geschüttelt und überhaupt alle nach Hause geschickt, während die Kellner die Tische abräumten und die Band ihre Instrumente einpackte. Es war ein Wahnsinnsabend gewesen.

»Er sollte Anzeige erstatten«, keifte die böse Hexe. Wobei das Hexen gegenüber zu gemein war. Selbst gegenüber den gemeinen. Und zwar aus gutem Grund.

»Und der Polizei erklären, wie er Susie nicht nur einmal, sondern zweimal tätlich angegriffen hat?«, fragte Cleo. »Das würde ich wirklich gern hören.«

Vivian schien vor Wut schier zu platzen, aber ihr Gesichtsausdruck bekam etwas Vorsichtiges. »Mein Junge hat niemanden angegriffen.«

»Wir haben alle gesehen, wie er sie gepackt hat. Netter Versuch.«

»Nun, wenn er das getan hat, dann nur, damit sie sich für diese ganzen schrecklichen Lügen entschuldigt!«

»Mom«, zischte Aaron. »Das reicht. Du machst es nur schlimmer.«

Das beleidigte Gesicht, das Vivian aufsetzte, war schon ziemlich gut. Ich hätte ihm acht von zehn Punkten gegeben. Aber es war der darauffolgende verblüffte Blick eines angeschlagenen Opfers, der den Tagessieg davontrug. Diese Frau verstand sich in Szene zu setzen. Es war nur blöd, dass das Hochzeitstagsfest ruiniert war. Ich würde Deborah auf jeden Fall Blumen schicken.

Wir saßen an der Seite des Raums. Lars' Hand ruhte in meinem Schoß. Ich glaube nicht, dass er den Eisbeutel wirklich brauchte, den ich an seine Fingerknöchel drückte. Er hatte mir mehrfach versichert, dass es ihm gut ging. Aber so hatte ich wenigstens etwas zu tun. Ich war innerlich aufgewühlt, obwohl das Schlimmste vorbei war. Zu viel Adrenalin oder irgend so was.

Das Einzige, was zählte, war, dass Lars sich für mich entschieden hatte. Ich hätte wissen sollen, dass er das tun würde, doch dreißig Jahre Selbstzweifel abzuschütteln ging nicht von einem Tag auf den anderen.

»Nicht deine Schuld«, sagte Lars. Wieder.

»Ich weiß. Ich weiß.«

»Es wird Zeit, dass wir alle mal in Ruhe miteinander reden.« Deborah, die soeben die letzten Gäste verabschiedet hatte, stellte sich zwischen die beiden Streitparteien, und Henning stellte sich neben sie.

»Wir verlangen eine Entschuldigung«, sagte Vivian. »Das ist das Mindeste, was uns zusteht.«

»Komisch«, erwiderte Deborah und sah ihre Nachbarin von oben herab an. »Genau das habe ich auch gedacht. Nur dass ich gehofft hatte, dein Sohn würde zu Verstand kommen und sich vor Augen führen, wie scheußlich er sich heute Abend aufgeführt hat.«

»Du schlägst dich auf die Seite dieser fürchterlichen Person?«

»Pass auf, was du sagst«, entgegnete Deborah. »Du sprichst von einem Mitglied der Familie.«

Diese Aussage brachte die böse Mom vollends aus der Fassung, ihr blieb der Mund vor Erstaunen offen stehen. »Wir kennen uns seit über fünfundzwanzig Jahren. Unsere Kinder sind zusammen groß geworden. Wir sind enge Freunde.«

»Und in dieser Zeit habe ich vieles entschuldigt und über so manches hinweggesehen. Aber damit ist jetzt Schluss.« Deborah straffte die Schultern. »Entschuldigst du dich jetzt bei Susie oder nicht?«

Bevor Aaron antworten konnte, sprach Vivian für ihn. Was so ziemlich niemanden überraschte. »Nein. Definitiv nicht. Er hat nichts getan, wofür er sich entschuldigen müsste.«

»Dann solltet ihr jetzt besser gehen.« Deborahs Stimme klang zwar ruhig und gemessen, aber es bestand keinerlei Zweifel, dass sie jedes Wort so meinte.

»Was?«

»Raus.«

»Nichts lieber als das«, erwiderte Vivian schnippisch.

»Das erinnert mich an eine Szene in einer türkischen Seifenoper, die ich mal gesehen habe.« Tore hatte den Arm um Cleos Schultern gelegt. Wenn überhaupt, schienen ihn die Ereignisse des Abends eher zu erheitern. Oder zumindest das, worauf sie hinausgelaufen waren. »Nur dass die Frau wie wild mit den Armen gerudert hat, als sie rief: ›Das wirst du noch bereuen! Merk dir das!‹ Aber auf Türkisch.«

»Klingt sehr dramatisch«, sagte Cleo.

»Oh, das war es auch.«

»Ich wusste gar nicht, dass du dir Seifenopern anschaust.«

Tore grinste. »Ich bin bemüht, stets für eine Überraschung gut zu sein.«

Aaron stand langsam auf. »Lars, ich …«

»Komm bloß nicht auf die Idee, dich zu entschuldigen«, fiel ihm Vivian ins Wort. Dann packte sie ihn am Arm und versuchte, ihn zur Tür zu ziehen.

Lars schüttelte den Kopf.

Aarons Gesicht war schmerzverzerrt. »Du könntest es mich dir wenigstens erklären lassen.«

»Da gibt es nichts, was ich von dir hören wollte«, erwiderte Lars. »Meine Mom hat dich gebeten zu gehen.«

Aaron ließ niedergeschlagen den Kopf hängen. Und ich reckte nicht die Faust, um ein Hoch auf die Reife auszubringen.

»Komm ja nicht mehr in unsere Nähe«, fuhr Lars fort. »Kapiert?«

Mit einem abschließenden Nicken folgte Aaron seiner Schreckschraube von Mutter nach draußen. Puh. Einen Moment lang herrschte in dem schwach beleuchteten Raum Totenstille. Alle hatten den Blick auf die Tür gerichtet. Aber nichts geschah. Sie tauchten nicht wieder auf. Das Drama des Abends schien beendet zu sein. Gott sei Dank.

»Nun«, sagte Ella grinsend, »ich fand das jetzt ziemlich daneben. Bin ich da die Einzige?«

»Hör auf, die Witzige in der Familie sein zu wollen.« Tore runzelte die Stirn. »Es gibt nur Platz für einen, und der Titel ist bereits vergeben.«

Ella streckte ihm die Zunge raus.

»Kinder«, sagte Henning tadelnd. Er verteilte kleine Gläser mit einer klaren Flüssigkeit. Als wir alle eins hatten, hob er seines zu einem Toast. »Auf die Familie. Skol.«

Ich lächelte, trank einen Schluck und hätte ihn am liebsten prompt wieder ausgespuckt, schaffte es aber, ihn hinunterzuwürgen. Dann flüsterte ich: »Was ist das?«

»Aquavit«, erwiderte Lars.

»Das schmeckt wie Lakritz.«

»Yeah.«

»Susie«, sagte Deborah und setzte sich neben mich. »Ich muss mich bei dir entschuldigen. Ich habe dich nicht so willkommen geheißen, wie es hätte sein sollen. Ich werde mich bessern.«

Mein Lächeln fühlte sich schief an. Ich wusste nicht, was ich sagen sollte.

»Ihr beide solltet noch mal eine Feier veranstalten«, schlug Tore vor. »Ihr habt eine Neuauflage verdient.«

»Nach dem, was das gekostet hat?«, fragte Henning skeptisch. »Auf gar keinen Fall.«

»Wir können zu Hause auf der Terrasse feiern.«

»Das wäre eine Idee.« Deborah zuckte mit den Schultern. »Aber es wäre eine Menge Arbeit.«

Ella lächelte. »Wir helfen alle.«

»Tore könnte seinen gebackenen Lachs machen«, schlug Cleo vor.

Henning verzog das Gesicht. »Hast du schon mal die Kochkünste meines jüngsten Sohns probiert? Nein, danke, kann ich da nur sagen. Ich vertraue ihm nicht mal mit dem Grill. Tores Begabungen liegen woanders.«

»Du bist nur neidisch, alter Mann«, sagte Tore. »Mein Ruf als Koch ist legendär, und das weißt du auch. Unterstütz mich, Schatz.«

Cleo hob grinsend die Hände. »Es wäre einfach nicht richtig, sich zwischen Vater und Sohn zu stellen.«

»Als wir uns kennenlernten«, sagte Henning, »habe ich mir gedacht, das ist mal eine nette und einfühlsame Frau. Zu nett, um dir, Tore, zu sagen, wie schlecht du kochst.«

Tore und Henning zogen sich gegenseitig auf, und Cleo sah amüsiert zu. Auch sie stellte ihren Aquavit beiseite, also war ich wohl nicht die Einzige, die keinen Anisschnaps mochte. Ella und Deborah unterhielten sich lebhaft über irgendetwas. Die ganze Spannung hatte sich aufgelöst. Gott sei Dank.

Lars beugte sich zu mir. »Ist wirklich alles okay?«

»Mir fehlt nichts«, erwiderte ich. »Jedenfalls nichts, was du nicht zu Hause mit ein paar Küssen beheben könntest.«

Er gab mir einen auf die Stirn. »Wird erledigt, Prinzessin. Was immer du willst.«

»Ich habe nachgedacht, ich werde die Scheidungsurkunde verbrennen.«

»Echt?«, fragte er überrascht.

Ich nickte. »Ich glaube an dich, und ich glaube an uns. Das reicht mir. Wir brauchen keine Botschaften aus der Zukunft oder was immer uns da einflüstern will, dass wir es nicht hinbekommen. Wir haben eine Chance verdient, zusammen zu sein, ohne dass diese dunkle Wolke über uns schwebt.«

»Okay«, erwiderte er. »Tu mir den Gefallen und lass dir ein paar Tage Zeit, bis du dir sicher bist, dass du das wirklich willst. Ich will nicht, dass du irgendetwas bereust und dann zu dem Schluss kommst, dass es da noch einen Exorzisten gibt, den du gern draufschauen lassen würdest oder irgendetwas in der Art.«

»Einverstanden.«

19. Kapitel

Am nächsten Morgen wachte ich in der Mitte des Betts auf. Allein. Verdammt. Aber Lars konnte nicht weit sein. Die Sonne tauchte die Ränder der Vorhänge in helles weißes Licht. Der Sommer neigte sich dem Ende entgegen. Die Nächte wurden kälter, was man auch an den zusätzlichen Decken auf unserem Bett erkennen konnte. Es war ein Wahnsinnsjahr gewesen. Es war mein erster Sommer, in dem ich für dieses Haus verantwortlich war, und es war mir wahrhaftig gelungen, nicht allzu viele von Tante Susans Pflanzen eingehen zu lassen.

Ich wartete schon sehnsüchtig auf Halloween, wenn ich ihre Dekoration hervorholen konnte. Wir reden hier von meinem Lieblingsfeiertag. Sie hatte ein lebensgroßes Plastikskelett mit dem Spitznamen Stanley, das vorn von der Veranda baumelte, dazu eine ganze Armee von Geistern, die neben ihm im Wind flatterten. Garnisonen von Kürbissen säumten die Treppe zur Haustür. Im Lavendelbeet beim Bürgersteig thronte ein Grabstein. Eine meiner ältesten Erinnerungen war, wie Tante Susan mir ein Hexenkostüm nähte, dessen Fertigstellung ich kaum erwarten konnte. Ich hatte das schwarze Kleid und den spitzen Hut so lange getragen, bis ich aus den Nähten platzte.

Ich würde nun diejenige sein, die an der Haustür stand und Süßigkeiten verteilte, wie sie das jedes Jahr getan hatte ... ein bittersüßes Unterfangen. Aber es war schön, etwas zu haben, worauf ich mich freuen konnte. Der Kummer schien sich jeden Tag ein wenig mehr zu wandeln, und ihr Fehlen löste nicht mehr ein solch intensives Gefühl von innerer Leere aus. Erinnerungen schmerzten nicht mehr so heftig, wie sie das getan hatten. Stattdessen wurde mir immer mehr bewusst, welch ein Segen es war, sie all diese Jahre in meinem Leben gehabt zu haben.

Das Chaos an Gefühlen, das mich beim Gedanken an Aaron zu überfallen drohte, hatte sich längst in Luft aufgelöst. Und zwar endgültig. Ein Glück, dass das vorbei war.

Ich drehte mich auf den Rücken und starrte auf die Schatten an der Decke. Alles war ruhig an diesem Sonntagmorgen. Friedlich. Bis zu dem Moment, als in der Nähe ein Rasenmäher zum Leben erwachte und ein Vogel lautstark protestierte. Ich nahm es als Wink des Universums, meinen Hintern aus dem Bett zu schwingen und mich auf die Suche nach meinem Boyfriend zu machen. Wobei *Boyfriend* nach Mittelstufe klang, und *Liebhaber* war auch nicht viel besser. *Partner* war in Ordnung. Oder nicht? Eine weitere Sache, über die ich nachdenken musste.

Lars' Bitte, noch etwas zu warten, bis ich die Scheidungsurkunde vernichtete, hatte mich überrascht. Andererseits hatte er vermutlich recht. Sie zu vernichten hatte etwas Endgültiges. Ich stand auf, holte sie aus meiner Schublade mit der Unterwäsche und starrte auf das zerknitterte Blatt mit dem verblassten Text. Noch immer roch es nach dem Staub und Dreck, die sich in der Wand angesammelt hatten.

Wieder überkamen mich dieselben alten Gefühle: Frustration, weil ich nicht wusste, woran unsere Ehe gescheitert war. Verwunderung, dass ich mich überhaupt auf eine Ehe einlassen würde ... auch wenn ich mir allmählich vorstellen konnte, wie es dazu gekommen sein mochte – meine Gefühle für diesen Mann gingen tief. Und eine Mischung aus Trauer und Wut darüber, dass unsere Verbindung vielleicht in die Brüche gehen würde.

Zum Teufel damit.

Ich hatte diese Stimmen so satt!

Ich packte die Urkunde fester. Der Wunsch, sie zusammenzuknüllen und in den Müll zu werfen oder das Mistding einfach zu verbrennen, war überwältigend.

Andererseits war nicht von der Hand zu weisen, dass Lars und ich nur zusammen waren, weil es sie gab. Erst nach ihrem Auftauchen hatten wir uns die Zeit genommen, uns gegenseitig näher kennenzulernen. Uns näherzukommen. Wie sich gezeigt hatte, waren ein gemeinsames Geheimnis und die Suche nach der Lösung für ein Rätsel eine prima Methode, Menschen zusammenzubringen. Vielleicht wäre es auch ohne das passiert, während er am Haus arbeitete. Aber so, wie ich mich kenne, wäre es mir wichtig gewesen, Abstand zum besten Freund meines Ex wahren. Nicht auszudenken, was ich dann verpasst hätte!

Vielleicht sollte ich der Urkunde letztendlich doch dankbar sein.

Hinten im Garten war Lars eifrig damit beschäftigt, einen der alten Adirondack-Sessel abzuschleifen. Kat saß in der Nähe und behielt ihn im Auge, wie sie das meistens tat. Ihr neues Regenbogenhalsband war richtig cool. Ein leerer Kaffeebecher in Reichweite, daneben das neue Buch von Tessa Bailey verrieten jedoch, dass er nicht nur gearbeitet hatte.

Wie immer schmeichelte ihm die Sonne. Sowohl seinem Haar als auch dem leichten Schweißfilm auf seiner Haut. Ich hätte ihn stundenlang anschauen können, während ich im Schatten auf der Treppe zum Garten saß, in der Hand einen Becher mit Kaffee und nur mit einem alten T-Shirt und einem

Unterhöschen bekleidet. So nett es war, sich hübsch zu machen – im eigenen Zuhause musste man es sich gemütlich machen können. Was auch hieß, dass es egal war, wenn die Liebe meines Lebens meine Zellulitis und mein verwuscheltes Haar sah.

»He«, sagte er und schenkte mir ein warmes Lächeln. »Ich dachte, ich schleife die mal ab und streiche sie neu. Die Oberfläche war ziemlich rau, und ich will nicht, dass du dir einen Splitter einziehst.«

»Danke«, erwiderte ich. »Von Tag zu Tag wird mir klarer, wie schwer es dir gefallen sein muss, nach dem Unfall still zu sitzen, um wieder gesund zu werden. Dir waren echt die Hände gebunden.«

»Ist das deine Art zu fragen, wieso ich heute Morgen nicht mehr im Bett war?«

»Ich bin wohl in leicht amouröser Stimmung aufgewacht.«

Er sah zu mir hoch und kniff wegen der hellen Morgensonne die Augen zusammen. »Schade, dass ich das verpasst habe. Kann ich es später wiedergutmachen?«

»Natürlich.«

Sein Lächeln war hinreißend.

»Ich habe im Kleiderschrank noch ein bisschen mehr Platz für dich gemacht.«

Sein Lächeln wurde zu einem breiten Grinsen. »Du räumst mir Platz in deinem Kleiderschrank ein? Allmählich glaube ich, dass du mich wirklich magst.«

»Ich will nicht lügen«, erwiderte ich. »Es ist mir nicht leichtgefallen. Aber dann fiel mir ein, dass ich ja auch noch den ganzen Schrank im Extrazimmer habe. Es soll ja fair zugehen. Ich würde sagen, du hast Anspruch auf ein Viertel des Schrankplatzes in meinem Haus. Aber erheb ja keinen Anspruch auf mehr.«

Er lachte. »Ganz mein Mädchen. Die Großzügigkeit in Person.«

»Wie geht es deiner Hand heute Morgen?«

Ein Schatten huschte über sein Gesicht, war aber gleich wieder verschwunden. »Die ist in Ordnung. Und was ist mit dir?«

»Ich habe ein paar kleinere Hautabschürfungen. Ich habe sie fotografiert, nur für den Fall, dass er uns Scherereien machen will.«

»Mistkerl«, murmelte Lars.

»Ein Mistkerl, der jetzt aus unserem Leben verschwunden ist.« Womit es an der Zeit war, das Thema zu wechseln. »Hast du Hunger? Was hättest du gern zum Frühstück?«

»Ja. Ich bin kurz vorm Verhungern. Wie wäre es mit Pfannkuchen?«

»Geht klar. Ich fange damit an, sobald ich hiermit fertig bin.« Ich trank von meinem Kaffee. Dann holte ich tief Luft und sagte. »Ich liebe dich tatsächlich, ist dir das klar?«

»Ja«, erwiderte er wie nebenbei.

Huch.

»Moment mal, Han Solo. Das war eine rhetorische Frage. Solch eine Erklärung müsste dich eigentlich schockieren und verblüffen.« Ich kniff ein wenig die Augen zusammen, lächelte ihn aber breit an. »Woher genau hast du das gewusst? War es der Platz im Schrank, der mich verraten hat?«

»Auch das.«

Sein glücklicher Gesichtsausdruck ließ mein Herz aus dem Rhythmus geraten. »Lars. Sag es mir. Was hat mich verraten?«

»Na ja, ich war schon seit dieser Sache, an der kein Weg vorbeiführte, voll von uns überzeugt. Ich war mir nur nicht sicher, ob ich es schaffen würde, dich zu überzeugen.«

»Dabei neigst du eigentlich nicht zu Selbstzweifeln.«

»Vielleicht hat es mich nervös gemacht – wie viel du mir bedeutest«, erwiderte er. »Aber dann hast du mir immer wieder Zeichen gegeben. Zum Beispiel, dass du den Tisch für ein romantisches Abendessen gedeckt hast, nachdem du gesagt hattest, du wolltest mich nicht daten. Das hat mir Hoffnung gemacht, dass du tief im Inneren eigentlich auch von uns überzeugt bist. Dass du dich nur erst sicher genug fühlen musst, um mir zu vertrauen und es mir zu sagen. Und dass das Zeit brauchen würde.«

»Okay.«

»Komm her, Susie.«

Ich stellte den Kaffeebecher weg und ging über den Rasen zu ihm hin. Als ich mich zu ihm hinabbeugte, um ihn zu küssen, legte er seine warme Hand auf meinen nackten Oberschenkel. Der süße Kuss war wie eine Verheißung. Ehrlich gesagt sah ich mich bereits, wie ich diesen Mann für sehr lange Zeit immer wieder glückselig küsste. Vielleicht sogar für den Rest meines Lebens. Und was für ein wunderbares Leben das sein würde!

Aus irgendeinem Grund sah uns Kat die Katze zu und schnurrte. Vermutlich gefiel ihr, was sie sah.

»Willst du die Scheidungsurkunde immer noch verbrennen?«, fragte er.

»Ich glaube schon.«

»Okay«, murmelte er. »Sag es noch einmal.«

»Ich liebe dich.«

»Gut«, erwiderte er und gab mir einen Klaps auf den Hintern. »Geh und mach mir Frühstück. Bitte.«

»Bin schon unterwegs. Da gibt es allerdings noch etwas, das ich dich fragen wollte.«

»Nämlich?«

»Willst du mich heiraten?«

Sein gesamter Körper schien schlagartig zu erstarren. »Was hast du gesagt?«

»Du hast mich verstanden.«

»Susie …« Lars stand auf und starrte mich mit ernstem Blick an. »Geht es um dieses Gerede gestern Abend über die Spiele in meiner Kindheit? Ich muss im richtigen Leben nicht unbedingt der Bräutigam sein.«

»Ich glaube, eigentlich geht es um eine Reihe von Dingen.«

»Als da wären?«, fragte er. »Du schienst ziemlich entschlossen, niemals heiraten zu wollen.«

»War ich auch. Das stimmt. Aber dann wurde mir klar, dass es im Leben nicht darum geht, immer nur auf Sicherheit bedacht zu sein.«

Er zeichnete mit seinen rauen Fingern Kreise auf meinen Oberschenkel.

»Die Ehe ist dir wichtig, Lars.« Er öffnete den Mund, um etwas zu sagen, aber ich legte ihm den Finger auf die Lippen. »Lass mich zu Ende reden. Sie hat immer zu deinem Lebensplan dazugehört, und ich möchte dir diesen Wunsch erfüllen. Weil mein Glaube an dich groß genug ist, um das Risiko einzugehen.«

Er sah mich noch immer besorgt an.

»Hör mir zu. Die Wahrheit lautet, mein Wunsch, dir das zu geben, ist viel größer als mein Misstrauen in diese Institution. Was für alle Zeit beweist, dass meine Liebe für dich größer ist als deine für mich. Bitte sag Ja.«

»Soll das jetzt ein Wettstreit sein?«

»Was denn sonst?«

»Es macht mich traurig, was für einen Mist du da verzapfst, Prinzessin. Es ist doch offensichtlich, dass ich dich mehr liebe.«

»Das sagst du doch nur so daher. Es hat nichts zu bedeuten.«
Ich sah ihn von oben herab an. »Deine Liebe ist ein Sandkorn,
und meine ist alle Strände dieser Welt.«

Das war der Moment, als mich Lars vorsichtig und gekonnt
zu Boden gehen ließ. Im Handumdrehen lag ich besiegt auf
dem Rücken. Der blaue Himmel über mir und das Gewicht
seines Körpers auf mir fühlten sich großartig an.

»Was ist mit der Scheidungsurkunde?«, fragte er.

»Wir werden sie widerlegen.«

»Willst du es deshalb tun?«

»Wie ich schon sagte: Es gibt eine Reihe von Gründen, aber
der wichtigste ist, dich glücklich zu machen. Ich weiß zwar,
dass du gesagt hast, du kannst auch ohne Trauschein leben,
aber ich möchte dir das gern geben. Es ist mir wichtig.« Ich
strich die Falte zwischen seinen Augenbrauen glatt. »Mach
eine ehrbare Frau aus mir. Sag Ja, Lars.«

»Moment mal.« Er pflückte etwas aus meinem Haar und
setzte es behutsam auf einem Blatt in der Nähe ab. »Da saß ein
Marienkäfer auf deinem Kopf.«

»Ach. Allerdings ziehe ich für die Zeremonie kein weißes
Kleid an. Damit musst du dich abfinden. Aber ich habe dieses
schwarze trägerlose Christian-Siriano-Kleid, das fantastisch
aussehen würde.«

»Dir ist es ernst damit.«

»Ich muss von Mode reden, damit du es mir glaubst?«

»Ich will mich nur vergewissern, dass du das wirklich möchtest und es dir gut überlegt hast.«

Ich lächelte. »Sowohl als auch. Weißt du, ich muss immer
wieder an das denken, was die Scheidungsanwältin neulich gesagt hat, dass wir uns immer wieder aufs Neue füreinander entscheiden müssen. So schwierig und so einfach ist es, eine Beziehung aufzubauen. Und hiermit entscheide ich mich für dich.«

»Und das für alle Ewigkeit?«, fragte er mich mit tiefer, ernster Stimme.

»Ich hätte dich nicht gefragt, ob du mich heiraten willst, wenn es nicht so wäre. Wie steht es mit dir?«

»Ich verspreche dir, verheiratet oder nicht, ich gehe nicht fort.«

Ich nickte.

»Danke, dass du mich gefragt hast, ob ich dich heirate.«

»War mir ein Vergnügen.«

»Okay«, sagte er und stand auf. Kat die Katze tauchte neben ihm auf, und er hob sie hoch und streichelte sie. »Gutes Gespräch, Prinzessin. Lass mich ein bisschen darüber nachdenken, und dann bekommst du meine Antwort. Soll ich dir bei den Pfannkuchen helfen?«

Ich setzte mich auf und runzelte die Stirn. »Moment mal. Das ist alles?«

Aber der Mann war bereits fort. Zurück im Haus mitsamt Katze und Kaffeebecher. Obwohl ich so gründlich darüber nachgedacht und meine kleine Ansprache einstudiert hatte, war mir die Kontrolle über das Gespräch völlig entglitten. Wobei ich mir, ehrlich gesagt, nicht sicher war, ob ich sie jemals gehabt hatte.

»Der Mann lässt dich gern zappeln«, sagte Cleo.

»Oh ja«, stimmte ich zu. »Einerseits ist es ja richtig, dass er sich Zeit zum Überlegen lässt. Andererseits hätte ich auch nichts dagegen gehabt, wenn er auf der Stelle Ja gesagt hätte.«

Leichter Regen hatte eingesetzt, und in der Luft hing dieser typische Geruch von Regen, der auf trockene Erde fällt: Nasse Kiefernnadeln und Mulch und Regen waren der Geruch von Seattle. Dazu der von Gerste aus den Brauereien und von Brot aus den Bäckereien, gemischt mit einem Hauch von Schimmel. Der Geruch der Heimat.

In den fünf Tagen seit meinem Heiratsantrag hatte sich nichts geklärt. Wir hatten insgesamt nicht viel geredet. Wann immer ich auf das Thema zu sprechen kam, war Lars auf einmal beschäftigt. Aber jeden Tag fragte er: »Willst du mich immer noch heiraten?«, und jedes Mal antwortete ich: »Ja.« Dann nickte er und wandte sich anderen Dingen zu. Auch wenn ich nicht vorgehabt hatte, jemals zu heiraten, ging mir diese Verzögerungstaktik gehörig auf die Nerven.

Inzwischen hatte ich beschlossen, aus unserer Zerstörung der Scheidungsurkunde ein besonderes Ereignis zu machen. Eigentlich hatte ich geplant, dafür die Feuerschale im Garten zum Einsatz zu bringen, aber das Wetter zwang uns nach drinnen. Der Kamin wurde zur Vorbereitung mit Holz bestückt, und Cleo und Tore wurden eingeladen, um als Zeugen diesem bedeutsamen Moment beizuwohnen.

»Wie weit seid ihr mit der Suche nach gemeinsamen Hobbys gekommen?«, fragte Cleo.

»Schach, Scrabble und Salsa sind ausgeschieden. Beim Schach hat er immer gewonnen, beim Scrabble habe ich gewonnen, und bei Salsa haben wir beide verloren. Tanzen liegt uns beiden nicht.«

»Was steht sonst noch auf der Liste?«

»Ich denke über einen Romance-Club für Paare nach. Wir diskutieren sowieso über Inhalt und Charaktere. Dann können wir es auch offiziell tun.«

Cleo nickte.

»Wir werden natürlich T-Shirts brauchen.«

»Natürlich.«

»War bei dir viel los diese Woche?«, fragte ich. »Wie lief das Treffen mit den Activewear-Leuten?«

»Gut.«

»Das freut mich.«

»Ich muss dir gelegentlich das Photoshop-Update zeigen. Einige der neuen Funktionen sind fantastisch«, sagte sie. »Und Tore und ich haben beschlossen, nach dieser Konferenz im November Urlaub auf Maui zu buchen.«

»Ein Strandurlaub? Nett.«

»Oh, ja«, erwiderte Cleo. »Übrigens soll ich dir von Mom ausrichten, dass sie einen Tierfriedhof gefunden hat, der die Asche deines mysteriösen Hunds annehmen wird. Sie sagte, der Preis sei vernünftig.«

»Das ist toll. Er verdient ein nettes Leben nach dem Tod. Etwas Besseres, als vergessen im Keller zu sitzen. Ich schicke ihr morgen eine Nachricht, um mich nach den Einzelheiten zu erkundigen und mich zu bedanken.«

Cleo nickte. »Ihre Kirchengruppe nimmt außerdem alles aus deinen Kartons, was du nicht willst, für ihre Benefizveranstaltung nächste Woche. Alles, was du für verkäuflich hältst.«

»Okay«, entgegnete ich. »Ich bin übrigens fast fertig. Abgesehen vom Dachboden. Lars wird mir helfen, die Sachen nach und nach runterzuholen.«

»Wenn man überlegt, wie es hier letzte Weihnachten aussah …«, sagte sie und sah sich im Wohnzimmer um. »Du hast echt Fortschritte gemacht.«

»Für dich, mein Schatz.« Tore reichte ihr ein Glas Wein und hob das Bier in seiner anderen Hand zu einem Toast. »Auf das Verbrennen seltsamer Nachrichten aus der Zukunft. Möget ihr euren Weg beschreiten.«

Lars reichte mir einen Gin Tonic. »Darauf trinke ich.«

Er kniete sich vor den Kamin und zündete vorsichtig das Anmachholz an. In kürzester Zeit hatten sich die Flammen durch den ordentlich aufgeschichteten Stapel gefressen. In der

Woche zuvor hatte er ein Foto von seiner Familie auf den Kaminsims gestellt, und seine Besitztümer waren im gesamten Haus verteilt. Seine Anwesenheit wirkte jetzt realer und dauerhafter. Mir gefiel, dass wir uns ein gemeinsames Leben aufbauten.

»Wenn ich schon mal hier knie«, sagte er und holte etwas aus der Tasche seiner Jeans, »kann ich dir auch gleich das hier geben.« Er hielt mir eine kleine schwarze Schachtel hin.

Meine Augen waren groß wie Teetassen. »Was ist das?«

»Mach sie auf und sieh nach.«

»Wahnsinn!«

Er lächelte nur.

Mit zitternden Fingern öffnete ich die Schachtel. Innen lag ein Platinring mit einem viereckigen Diamanten. Einfach und perfekt, und sein Funkeln raubte mir den Atem. »Lars, soll das heißen, du sagst Ja?«

»Ja« erwiderte er.

»Oh mein Gott!«

Er stand auf und nahm den Ring heraus. »Wagen wir es?«

Ich nickte. In meinen Augen standen Tränen. »Aber den hättest du doch nicht zu kaufen brauchen. Das Geld hättest du für deine Firma sparen können.«

»Du bist wichtiger. Nicht weinen.« Er schob mir den Ring auf den Finger. »Sieht aus, als würde er gut passen.«

»Ja, er passt.« Ich drehte meine Hand hin und her, damit der Diamant das Licht einfangen konnte. »Er ist wunderschön.«

»Es freut mich, dass er dir gefällt.« Sein Blick war so zärtlich und voller Zuneigung. »Ich liebe dich, Susie.«

»Ich liebe dich auch.«

Er warf die Schachtel auf den Couchtisch, nahm mein Gesicht in seine Hände und küsste mich ausgiebig und heftig. Als würde er sein Revier markieren. Ich fühlte mich wie im siebten Himmel mit seinen Lippen auf meinen und seiner Zunge in meinem Mund. Er drückte mich an sich und umfing mich mit seinem warmen Körper. So hätte ich für den Rest meines Lebens bleiben können.

»Herzlichen Glückwunsch, ihr beiden«, sagte Tore.

»Wusstest du davon?«, fragte ich schniefend.

Er zuckte nur mit den Schultern und lächelte. Der Mann wusste ganz genau Bescheid.

Cleo umarmte mich, und ihre Augen waren verdächtig feucht.

Hätte mir irgendjemand am Anfang des Jahres gesagt, dass ich unsagbar glücklich und völlig außer mir sein würde, weil ich bald heiratete … ich hätte denjenigen einen Lügner genannt.

Jetzt blieb nur noch eins zu tun. Eins, das noch unerledigt war.

»Also gut«, sagte ich und ging ins Schlafzimmer. »Es ist so weit. Die Scheidungsurkunde wird vernichtet, ein für alle Mal.

Ich zog die Schublade mit der Unterwäsche auf und schob diverse Spitzentangas und Männershorts beiseite. Alle meine Lieblingsunterhöschen. Ich hatte mir vorgestellt, die Scheidungsurkunde wäre dort bestens aufgehoben. Nur dass dort auf dem hölzernen Boden der Schublade nichts war. Als Nächstes wühlte ich mich durch Periodenhöschen, BHs und einen Vibrator, aber noch immer war von dem verdammten Ding nichts zu sehen.

»Lars, hast du sie woanders hingelegt?«

Er kam ins Schlafzimmer. »Wieso, was ist los?«

»Sie ist nicht mehr hier.«

»Ich habe sie nicht angefasst. Bist du dir sicher, dass du sie dorthin gelegt hast?«

»Ja«, erwiderte ich und runzelte die Stirn.

»Schau mal in den anderen Schubladen nach.«

»Gibt es ein Problem?«, rief Cleo.

»Ich kann sie nicht finden.« Als Nächstes waren T-Shirts und Tanktops an der Reihe. Gefolgt von Schals und Gürteln und Socken. Sommershorts und diversen Pyjamas. Jeans, Leggings und einigen Stricksachen in der untersten Schublade.

»Nichts.«

»Ziehen wir doch mal alle Schubladen raus und sehen nach, ob sie nicht irgendwo dahinter festklemmt«, sagte Lars.

Im Inneren des Schubladenschranks war nichts zu finden. Tore und Lars schoben das Möbel von der Wand, aber da waren nur Staubmäuse.

»Wann hast du sie zuletzt in der Hand gehabt?«, fragte Cleo.

»Sonntagmorgen«, erwiderte ich. »Bevor ich in den Garten gegangen bin, um mit Lars zu reden. Ich habe sie dann wieder genau hierhingelegt.«

»Lars?«

»Ich habe sie mir vor zwei Wochen mal angeschaut«, antwortete er. »Seitdem bin ich nicht mehr in ihre Nähe gekommen.«

Cleo seufzte. »Irgendwo hier muss sie doch sein.«

»Auf jeden Fall in diesem Zimmer«, stimmte ich ihr zu.

»Okay«, sagte sie. »Gehen wir systematisch vor. Wir leeren die Schubladen auf dem Bett aus und sehen nach, ob sie nicht aus Versehen irgendwo zwischen eure Sachen gerutscht ist.«

Wir untersuchten jedes Kleidungsstück in jeder einzelnen Schublade und räumten alles wieder ein. Nichts. Dann nahmen wir das Bett auseinander. Nur um sicherzugehen. Wir suchten hinter und unter dem Rahmen und der Matratze. Das Gleiche machten wir mit allen anderen Möbeln im Zimmer. Allmählich machte sich eine seltsame Panik in mir breit. Das alles ergab keinen Sinn. Wo konnte sie bloß sein?

»Ich weiß, dass sie hier war«, sagte ich. »Das weiß ich ganz sicher.«

»Wir finden sie.« Lars rieb mir den Rücken. »Sie muss ja irgendwo hier sein, Prinzessin.«

Ich nickte. »Schwörst du, dass du nicht beschlossen hast, sie ohne mich loszuwerden? Ich wäre auch nicht wütend. Na ja … vielleicht ein bisschen. Aber ich muss es wissen.«

»Ich schwöre.«

»Okay. Suchen wir im Esszimmer und im Wohnzimmer weiter. Nur für alle Fälle.«

Wir durchsuchten das Haus über drei Stunden lang. Crackers und Käse halfen uns durch die erste Hälfte der Suche. Für die zweite stärkten wir uns mit einer Sushi-Lieferung. Und die ganze Zeit saß Kat auf der Fußmatte an der Haustür und sah uns mit allwissendem Katzenblick zu.

Ich konnte nicht einfach aufgeben. Die Scheidungsurkunde hatte eine gefühlte Ewigkeit wie eine schwarze Wolke über unseren Köpfen gehangen. Sie musste irgendwo im Haus sein. Sie konnte sich nicht einfach in Luft aufgelöst haben. Vielleicht schlafwandelte einer von uns beiden und hatte sie irgendwo versteckt. Oder wir waren ohne unser Wissen irgendetwas Halluzinogenem ausgesetzt gewesen … ich weiß auch nicht. Wir wühlten uns durch Schränke und durchsuchten Manteltaschen. Wir stellten mein Büro auf den Kopf und die Küche und … nichts. Nicht die geringste Spur. Sogar meine Handtasche wurde ausgeleert und inspiziert.

»Sie ist einfach weg«, sagte ich schließlich und ließ mich auf die Couch fallen. »Wie kann das sein?«

Lars knurrte.

»Du gibst dich geschlagen?«, fragte Tore.

Er saß mit Cleos Füßen im Schoß auf dem Boden und knetete mit den Daumen ihre Fußsohlen. Ich hätte ebenfalls eine

Fußmassage brauchen können. Das Hochheben und Wegschieben und Suchen hatte uns alle geschafft. Wir hatten sogar den Dachboden durchsucht, obwohl es völlig unwahrscheinlich war, dass die Urkunde es irgendwie dort hinauf geschafft hatte. Im Staub waren keine neuen Fußspuren zu erkennen, seit Lars vor Monaten dort oben gewesen war. Damals, als die Urkunde gerade erst aufgetaucht war. Damals, als dies alles begann.

»Wir haben überall nachgeschaut«, sagte Cleo.

»Wenn ich wenigstens wüsste, was passiert ist.« Ich seufzte. »Falls ein Einbrecher hier war, wieso hätte er nur die Urkunde mitnehmen sollen? Es ergibt keinen Sinn. Meine Handtasche, mein Handy und mein Laptop sind alle noch da.«

»Dieses Ding war nie logisch zu erklären«, sagte Lars.

Cleo seufzte ebenfalls. »Niemand hat davon profitiert, dass ihr beide diese Urkunde gefunden habt.«

»Niemand außer den beiden«, fügte Tore hinzu.

»Stimmt«, sagte Cleo und nickte. »Ohne sie wären die beiden vielleicht nicht zusammengekommen.«

Kat die Katze kam herbeigeschlendert und sprang auf Lars' Schoß. Sie rollte sich zusammen und schlief auf der Stelle ein. Sie war ein weibliches Wesen, das ein gutes Schläfchen zu schätzen wusste. Und wer hätte es ihr verübeln wollen? Nach alldem hier würde ich ebenfalls gut schlafen, sobald wir das Bett abgeräumt und neu bezogen hatten.

»Ich weiß nicht«, sagte Lars. »Ich kann es nicht erklären, aber das Ding hat mich immer nur verwirrt.«

»Offenbar ist es auf genauso mysteriöse Weise verschwunden, wie es aufgetaucht ist«, ergänzte Cleo. »Was, glaubst du, würde Miss Lillian dazu sagen?«

»Hmm.« Ich dachte darüber nach. »Vielleicht, dass die Botschaft angekommen ist.«

»Als hätte das Schicksal entschieden, dass die Urkunde nicht länger benötigt wird?«, fragte Cleo.

Ich nickte. »Ja, vielleicht.«

»So was wie: Ihr habt das Schicksal korrigiert?« Tore ließ sich das durch den Kopf gehen. »Das ergibt genauso viel Sinn wie alles andere. Ihr beide habt eine Menge Hindernisse aus dem Weg geräumt …«

Lars' Gesichtsausdruck wechselte von entschlossen zu verblüfft und wieder zurück. Er nahm meine Hand und küsste meine Fingerknöchel. »Wenn du weiter nach ihr suchen willst, dann tun wir das. Es ist deine Entscheidung. Was meinst du, Prinzessin?«

Ich lehnte den Kopf hinten an die Couch und sah ihm in die Augen. Er war die Zukunft, die ich wollte. Direkt hier neben mir. Und viel mehr als an eine kryptische Urkunde glaubte ich an uns. »Ich würde sagen, wir lassen es gut sein.«

»Bist du dir sicher?«

»Ja.«

»Okay«, erwiderte er lächelnd. »Das reicht mir völlig.«

Epilog

Zehn Jahre später
4. Dezember

»Mama«, brüllte Ingrid. »Ich habe Hunger. Kann ich ein bisschen Käse haben?«

»Unter den Vorfahren deines Kindes müssen Mäuse gewesen sein. Ist dir das bewusst?«, fragte ich meinen Mann. Unserer siebenjährigen Tochter antwortete ich: »Ich habe kein Bitte gehört.«

»Bi-hitte.«

»Nur wenn du einen Apfel dazu isst.«

Sie stöhnte und gab würgende Geräusche von sich – wie man das so macht, wenn man ein kleines Kind ist, dem mit Obst gedroht wird.

»Ich gehe schon.« Lars lächelte und unterbrach das Spiel der Seahawks.

»Ingrid, deine Mutter und ich fragen uns, ob du eine Maus bist. Was meinst du?«

»Sie lebt schließlich auf dem Dachboden«, sagte ich. »Die Frage ist durchaus berechtigt.«

Ingrid kicherte vergnügt.

»Was meinst du? Stammt deine Schwester zum Teil von Nagetieren ab, oder hat sie bloß ein Faible für Milchprodukte?«, fragte ich den kleinen Jungen an meiner linken Brust. »Aber wen frage ich da, dein ganzes Leben dreht sich um Milch.«

Sobald die Nachricht von dem Baby unser ältestes Kind erreicht hatte, startete es seinen Feldzug, auf den Dachboden umziehen zu dürfen. Das Kinderzimmer war im zweiten Schlafzimmer untergebracht, und mein Büro befand sich jetzt in einer Ecke unseres Schlafzimmers.

Die Wahrheit lautete, unsere Familie war inzwischen zu groß für dieses Haus geworden. Lars hatte zwar kein Wort gesagt, aber ich wusste, er wartete nur darauf, dass ich das Thema ansprach, was ich tunlichst vermied. Tante Susans Haus zu verlassen würde wehtun, weil es für so lange Zeit mein Zuhause gewesen war. Aber wir mussten ja nicht unbedingt weit wegziehen.

Nachdem Lars unserer Tochter eine Schüssel mit Apfelschnitzen und Käsestücken gebracht hatte, ließ er sich wieder im Ohrensessel nieder.

»Miss Lillians Haus hat drei Schlafzimmer«, sprach ich aus, was mir durch den Kopf gegangen war. »Und das Elternschlafzimmer ist größer als unseres, sodass ich mehr Platz für mein Büro hätte. Wir alle hätten mehr Platz.«

Lars sah mich an, sagte aber nichts.

»Wir wissen, dass bei der Renovierung gute Arbeit geleistet wurde, weil sie von Tore, Mateo und dir gemacht wurde.«

»Ich habe gesehen, dass sie gestern ein Schild aufgestellt haben, dass das Haus zum Verkauf angeboten wird.«

»War nur so ein Gedanke.«

»Bist du dir sicher, dass du bereit bist, umzuziehen?«

Ich seufzte. »Also ehrlich gesagt, glücklich macht mich die Vorstellung nicht. Aber dieses Haus ist inzwischen zu klein für uns.«

»Ja.«

»Ja«, bestätigte ich.

»Ich könnte ein Haus mit Seeblick für dich finden.« Er lächelte. »Wenn du möchtest.«

»Wenn wir in der Nähe bleiben, braucht Ingrid nicht die Schule zu wechseln. Und die Gegend hier gefällt uns.«

Er nickte. »Das stimmt.«

»Außerdem hat das Haus gute Vibes.«

Er kicherte.

»Wäre das für dich okay?«

»Ja, Prinzessin.« Er stand auf und küsste erst mich auf die Stirn, dann seinen Sohn. Er lächelte glücklich und zufrieden. »Ich rufe mal an und mache einen Termin aus, damit wir es uns in den nächsten Tagen mal anschauen können.«

»Du bist wirklich bereit umzuziehen.«

»Solang wir als Familie zusammen sind, ist alles für mich in Ordnung. Aber du hast recht. Wir brauchen mehr Platz.« Er kniete sich neben mich. »Wir können dieses Haus ja vermieten. Dann gehört es immer noch dir. Und wenn die Kinder aus dem Haus sind, können wir uns immer noch überlegen, ob wir hierher zurückwollen.«

»Das würde mir gefallen.« Ich lächelte. »Außerdem habe ich mir überlegt, dass wir uns was zu essen bestellen könnten, statt uns heute scheiden zu lassen.«

Er runzelte die Stirn. Dann sagte er: »Das ist heute, nicht wahr? Verdammt.«

Die Scheidungsurkunde war nicht völlig in Vergessenheit geraten, allerdings hatte ich im Lauf der Jahre immer seltener daran gedacht. Wir hatten sie auch nie wiedergefunden. Aber wir hatten gewonnen. Wir waren noch immer hier. Man mochte sich nicht vorstellen, wie es gewesen wäre, wenn wir es nie miteinander versucht hätten. Der Gedanke, wie viel Gutes im Leben wir verpasst hätten, tat schon fast weh.

»Wir haben es geschafft«, sagte er leise.

»Ja. Das kann man wohl sagen.«

»Ich habe nie an uns gezweifelt. Nicht ein einziges Mal.«

Konnte man vor Glück zerspringen? Vermutlich schon, wenngleich der Anblick nicht besonders schön sein würde. Die letzten zehn Jahre hatte ich mein Bestes gegeben, dass unser Traum vom Glück in Erfüllung ging. Ich war beruflich erfolgreich. Dasselbe galt für Lars' und Tores Firma. Cleo und Tore waren vor ein paar Jahren auf ein wunderschönes Hausboot gezogen und dachten darüber nach, sich demnächst fortzupflanzen, nachdem sie in der ganzen Welt herumgereist waren. Cleo arbeitete für mehrere Zeitschriften und hatte im Lauf der Jahre zahlreiche Preise gewonnen. Das Leben war gut.

»Wir sollten uns zur Feier des Tages unbedingt Essen kommen lassen«, sagte Lars. »Wie wäre es mit Pizza und Cupcakes?«

»Habe ich dir jemals gesagt, wie unglaublich verführerisch du bist?«, fragte ich.

»Cupcakes?« Ingrid stürzte sich auf ihren Vater. »Wir bestellen Cupcakes?«

»Igitt«, sagte ich. »Wer will schon diese komisch riechenden ekligen Cupcakes?«

»Ich, ich, ich!«

»Ich glaube, ich weiß, woher unsere Tochter ihre Vorliebe für alles Essbare hat.« Lars grinste. »Soll ich dir den Kleinen abnehmen und ihn ins Bett bringen? Dann kümmern wir uns anschließend ums Essen.«

»Klingt gut«, erwiderte ich.

Das Baby in meinen Armen war mit einem milchseligen Lächeln eingeschlafen. Nicht einmal das Geschrei seiner Schwester konnte ihn stören. Sein Vater nahm ihn mir behutsam ab und trug ihn zu seiner Wiege, während Kat uns von ihrem Platz vor dem Kamin aus beobachtete und schnurrte.

DER ANFANG VOM ENDE

1. Kapitel

»Du ziehst nach London?«, fragte ich nun schon zum zweiten Mal.

»Das ist für mich eine einmalige Gelegenheit.« Aaron schob die Reste seiner Vermicelli mit Rindfleischstückchen zur Seite, als wäre ihm schlagartig der Appetit vergangen. Es war nicht das erste Mal, dass er bei einem unserer Dates zu schmollen begann. Als Einzelkind war er es gewohnt, dass alles nach seinem Willen ging, was ganz schön frustrierend sein konnte. Außerdem waren wir inzwischen so lange ein Paar, dass die Flitterwochen offenbar endgültig hinter uns lagen. »Ich dachte, du würdest dich freuen.«

»Ich, äh … ja. Es kommt nur sehr überraschend.«

Sein gutaussehendes Gesicht verfinsterte sich. »Ich bin ja nur ein Jahr drüben.«

Um uns herum aßen die Leute, plauderten und genossen ihren Dienstagabend. Das vietnamesische Café war ein beliebtes Lokal nahe der Bay in Ballard, Seattle mit hoher Decke und coolen, modernen Hängeleuchten. Die Leute am Tisch neben uns hatten inzwischen die angespannte Stimmung und die kurz angebundenen Äußerungen meines Boyfriends mitbekommen und lauschten nun mehr oder weniger unverhohlen unserem Gespräch.

Was mehr als ätzend war! Wenn man zusammen mit der Vorspeise doch auch eine Portion Ruhe bestellen könnte!

»Natürlich freue ich mich für dich«, sagte ich.

»So?«

Nach einem geschlagenen Jahr mit Aaron war es verdammt deprimierend, dass ich diesen ganzen Beziehungskram noch immer nicht draufhatte. Dass ich ihn noch immer nicht so unterstützte, wie er sich das wünschte. Ich wurde dieses Jahr dreißig. Da sollte das doch nicht so schwierig sein. Tja, Pustekuchen. Ursprünglich wollten wir heute Abend bei mir zu Hause essen, uns was kommen lassen und uns entspannen. Dann, in letzter Minute, änderte er seine Meinung und wollte lieber ausgehen. Da sollte man nicht neugierig werden?

»Wolltest du es mir deshalb lieber in einem Restaurant verkünden, weil du Angst hattest, ich würde ausrasten?«, platzte ich heraus, bevor mich mein gesunder Menschenverstand daran hindern konnte. Mein ungefiltertes Mundwerk geriet manchmal außer Kontrolle.

»Wie bitte?« Er zögerte kurz. »Nein, natürlich nicht.«

»Okay.«

»Wie kommst du denn auf die Idee?«

»Keine Ahnung.«

»Du bist meine Partnerin, Susie, meine Freundin.« Er strich über sein glattes dunkles Haar und zog seine Krawatte gerade. »Ich wollte ausgehen und gemeinsam mit dir diese wichtige Neuigkeit feiern.«

Ich nickte bloß, aber irgendetwas störte mich. Noch war ich nicht ganz überzeugt. Höchste Zeit, mich wie eine erwachsene Frau zu benehmen und die Frage aller Fragen zu stellen.

»Und wie wird sich das deiner Meinung nach auf uns auswirken, Aaron?«

»Keine Ahnung.« Er zuckte mit den Schultern und lehnte sich zurück. Was mir nicht gerade verheißungsvoll erschien. »Wieso sollte sich irgendetwas ändern?«

»Zum Beispiel, weil wir dann in unterschiedlichen Ländern leben. Das ist ja keine Kleinigkeit.«

»Schon richtig.« Er schaute sich im Restaurant um. »Aber, wie gesagt, es ist ja nur vorübergehend.«

Ich rutschte an die Kante meines Stuhls, beugte mich zu ihm vor und konnte es gerade noch verhindern, meinen üppigen Busen und meinen neuen schwarzen Kaschmir-Sweater in die Schale mit würzigem Zitronengras-Tofu zu tunken. »Du meinst also, wir sollten versuchen, eine Fernbeziehung zu führen. Das meinst du doch, oder?«

Sein Kinn zuckte kurz, was wohl ein Nicken bedeuten sollte. Sonst kam nichts.

»Okay.« Ich holte tief Luft und atmete ganz langsam wieder aus. »Für einen kurzen Moment habe ich schon geglaubt, du wolltest mit mir Schluss machen.«

»Du und deine Fantasie. Du bist immer so gefühlsbetont.« Lächelnd tätschelte er mir die Hand. »Wir haben Spaß miteinander, oder? Wir passen doch gut zusammen.«

»Klar.«

»Das ist die Hauptsache.« Er trank einen Schluck Bier. Die Frauen am Nebentisch hatten ihm die ganze Zeit bewundernde Blicke zugeworfen. Das passierte andauernd. Mit seinen eins achtzig, den dunklen Haaren und dem athletischen Körperbau sah Aaron aus wie ein Filmstar. Ich hingegen war durchschnittlich groß, wog durchschnittlich viel und hatte einen blassen Teint, der sich hartnäckig weigerte, braun zu werden. Wir ergänzten uns ideal, glaube ich. Aber ich schweife ab. Zurück zum Thema. Wenn man sich dann noch Aarons angeborenes Selbstvertrauen sowie einen perfekt sitzenden Anzug hinzudenkt, so hatte man einen Mann, der jede Menge Aufmerksamkeit auf sich zog. Im Grunde genommen sah er aus wie ein moderner Märchenprinz. Insofern war es schade, dass er, was seine Gefühle betraf, ein wenig zurückgeblieben war. Nun ja, wer war schon perfekt? Ich ganz bestimmt nicht, und trotzdem hatte dieser Mann mich auserwählt. Und wenn man bedenkt, dass ich in puncto Beziehungen alles andere als eine Erfolgsgeschichte vorweisen konnte, betrachtete ich das als Sieg auf der ganzen Linie.

Je länger ich so dasaß und über eine Fernbeziehung nachdachte, desto mehr positive Aspekte kamen mir in den Sinn. In letzter Zeit hatte es zwischen uns beiden ein wenig geknirscht. Die ganzen letzten Monate schon. Seine Neigung, sich ganz seiner Arbeit und seinen Freunden und so weiter zu widmen, hatte sich immer stärker ausgeprägt. Manchmal kam es mir vor, als hätte ich für ihn keinerlei Priorität mehr und wäre von seiner To-do-Liste gestrichen worden. Es war schon eine Weile her, dass ich den Eindruck hatte, seine volle Aufmerksamkeit zu genießen.

Und wenn ich ganz ehrlich war: Auch der Sex war mehr oder weniger zu einer Glückssache geworden. Seit sechs Monaten etwa war er zur Routine verkommen und hatte nichts mehr von dem fieberhaften Rumvögeln früherer Tage. Ich hatte es mit Reizwäsche versucht und einem romantischen Ambiente mit Kerzen und stimmungsvoller Musik. Trotzdem war unser Sex oberflächlich geblieben. Er kam, und ich nicht. Beziehungsweise, ich kam erst später, nachdem ich die Dinge selbst in die Hand genommen hatte.

Aber jede Beziehung macht schwierige Phasen durch, oder? An mir sollte sie jedenfalls nicht scheitern. Wenn ich an die

Zukunft dachte, dann mit Aaron an meiner Seite. Meine Eltern hatten sich scheiden lassen, als ich noch ein kleines Kind war. Zweifellos hatten sie mir keine gesunde Liebesbeziehung vorgelebt. Ich denke, sie hatten sich schon lange vor meiner Geburt und der meines Bruders Andrew auseinandergelebt. Das sollte mir nicht passieren. Diese Beziehung war meine längste bisher, und sie konnte und würde funktionieren.

Kennengelernt hatten wir uns eines Abends vor einer Bar, als mein Auto nicht anspringen wollte. Aaron und sein Freund Lars hielten an, um mir zu helfen. Während Aaron und ich flirteten, kam Lars zu dem Schluss, dass ich eine neue Batterie brauchte. Er kannte sogar einen Wartungsdienst, der uns auf der Stelle eine herbringen würde. Wie praktisch! Als alles erledigt war, lud ich die beiden auf ein paar Drinks ein, um mich zu bedanken. Aaron war charmant und aufmerksam, geradezu perfekt. Und zwar so richtig. Der Mann eroberte mein Herz im Sturm. Er hörte zu, wenn ich etwas sagte, und nahm meine Gedanken und Gefühle ernst. Und ich war mir sicher, dahin konnten wir es wieder bringen.

Wenn die halbe Erde zwischen uns lag, würde es Aaron vielleicht erst richtig bewusst, was er an mir hatte und wie sehr ich ihm fehlte. Vielleicht war es genau das, was wir brauchten. Man konnte nie wissen. Wenn wir eine Zeit lang getrennt waren, könnte unsere Sehnsucht nach einander erneut zum Leben erwachen. Na ja, theoretisch.

Außerdem schwebte mir vor, ihn in London zu besuchen. Das stellte ich mir aufregend vor. Was ich da alles einkaufen und besichtigen könnte!

»Eine Woche ist nicht lang, um alles zu organisieren.« Ich zog an meinem Zopf. Eine alte nervöse Angewohnheit. »Wann haben sie es dir gesagt? Wann hast du dich entschlossen, die Stelle anzunehmen?«

»Das ist noch nicht so lange her«, antwortete er ausweichend. »Ein Weilchen. Ist auch egal.«

»O-okay.« Es war an der Zeit, meine Vorbehalte abzulegen. Noch mehr Verkrampfung konnte diese Unterhaltung definitiv nicht gebrauchen. Ab und zu war ich in dieser Beziehung gut beraten, wenn ich meine toxisch positive Einstellung die Oberhand gewinnen ließ. *Immer schön lächeln!* »Was hältst du davon, wenn ich nächstes Wochenende eine große Abschiedsparty für dich schmeiße?«

»Das wäre großartig, Babe.« Endlich lächelte er. »Aber dann am Freitag. Mom hat für Samstag schon etwas geplant. Nur im engsten Familienkreis. Du verstehst.«

»Ach so, ja klar, natürlich.«

»Und am liebsten in einem Restaurant.«

Ich runzelte die Stirn. »Ziemlich kurzfristig für eine Reservierung.«

»Schon, aber du weißt ja, dass deine Mitbewohnerin und ich nicht sonderlich gut miteinander können. Die Party bei dir zu Hause steigen zu lassen wäre irgendwie peinlich.«

»Wenn du meinst.«

»Du bist die Beste«, sagte er lächelnd. Und alles war gut. Sehr gut.

»Moment. Er macht sich mir nichts dir nichts auf und davon?« Cleo saß mir gegenüber auf der Couch. »Ein ganzes Jahr lang? Ist das dein Ernst?«

»Yep.«

Wir teilten uns eine nette Wohnung mit zwei Schlafzimmern am Avalon Way in West Seattle. Es war ein großer, neuerer Block gegenüber vom Golfplatz, aber mir war alles recht, solang ein Trader Joe's, ein Thailänder, ein Mexikaner und ein Barbecue in fußläufiger Entfernung waren. Die Versorgung mit Essbarem brauchte ich zu meinem Glück. Küche, Esszimmer und Wohnzimmer waren alles eins, und das Bad teilten wir uns. In Anbetracht der enormen Zeit, die wir beide für Make-up und Hautpflege benötigten, erforderte dies einiges an Organisation und Kompromissbereitschaft. Aber wir hielten es schon Jahre miteinander aus. Kennengelernt hatten wir uns bei der Arbeit. Sie war Fotografin, ich Social-Media-Managerin. Eine tolle Kombination. Außerdem teilten wir eine Vorliebe für Eis und Liebesromane. Unsere Freundschaft stand auf solidem Fundament.

»Und du bist damit einverstanden?«, fragte sie.

»Es ist sein Leben.« Ich zuckte mit den Schultern. »Du weißt ja, wie ehrgeizig er ist. Dieser Schritt bringt ihn auf die Überholspur auf dem Weg zu dem Eckbüro, von dem er die ganze Zeit träumt. Er kann es kaum erwarten.«

Cleo trug schon ihren Schlafanzug und hatte eine Schlafhaube aus rotem Satin auf. »Aber ich mache mir Sorgen um deine Gefühle.«

»Ich komme schon klar damit.«

Sie kniff die Augen zusammen. »Tatsächlich, Susie? Bist du dir sicher?«

»Also, ganz ehrlich: Anfangs hat mich die Nachricht ein wenig aus der Bahn geworfen. Es war mein Fehler zu glauben, der Grund für die Änderung unseres Treffens in letzter Minute sei der gewesen, dass er mich fragen wollte, ob ich nicht mit ihm zusammenziehen will«, gab ich kleinlaut zu. »Schön dumm von mir, was?«

Ihr schiefes Lächeln war nicht gerade hilfreich. Aber berechtigt.

»Nicht, dass das zum jetzigen Zeitpunkt eine gute Idee gewesen wäre«, fuhr ich rasch fort. »Andererseits wäre das für ihn vielleicht der Anstoß gewesen, ein paar Paartherapiestunden zuzustimmen, was sicher nicht geschadet hätte. Aber ich schweife ab ... Ich habe darüber nachgedacht. Wenn er für ein Jahr nach London zieht ... könnte uns das tatsächlich guttun.«

»Erklär mir das bitte etwas genauer.«

»Erstens wäre so eine Trennung ein guter Test, ob wir wirklich zusammenbleiben wollen und unsere Beziehung stabil genug für etwas Langfristiges ist.«

»Klar.« Sie nickte. »Und weiter?«

Ich schnürte meine coolen schwarzen High-Heel-Leder-Stiefeletten auf und befreite meine armen, gequälten Füße. »Unsere Liebe könnte mit der Entfernung wachsen.«

»Du denkst, sein Umzug könnte dafür sorgen, dass er dich endlich zu schätzen weiß?«

»So schlimm ist er auch wieder nicht. Aber ja. Möglich wäre es.«

Cleo hatte vor einigen Jahren eine höllische Scheidung durchgemacht. Ihre Meinung über Männer und Beziehungen war nicht die beste. Mittlerweile war sie zwar wieder mit einem Mann zusammen, einem hiesigen Barista namens Josh. Er hatte allerdings monatelange Geduld aufbringen müssen, um sie dazu zu bringen, ihm eine Chance zu geben. Und sie schien verhältnismäßig glücklich, was schön mit anzusehen war.

»Ich weiß, dass du ihn liebst«, sagte sie mit einem gequälten Grinsen, »aber ...«

»Ja. Das Gespräch hatten wir schon. Es wäre schön, wenn ihr beide miteinander auskommen würdet, aber man kann nicht alles haben.«

Sie nickte. »Das Gespräch hatten wir. Und nicht nur einmal. Ich habe das Gefühl, dass die Welt ein besserer Ort wäre, wenn unsere Herzen ein bisschen klüger wären.«

»Vielleicht.«

»Du brauchst also für Samstagabend ein Restaurant?«

»Freitag«, sagte ich. »Für Samstag hat seine Mom etwas geplant. Im familiären Rahmen.«

Sie schaute mich vielsagend an.

»Ich weiß, ich weiß. Aber die halten zusammen wie Pech und Schwefel. Ich habe allerdings das Gefühl, dass ich bei seiner Mutter Fortschritte mache. So als stünde ich kurz davor, eine Einladung zu solch familieninternen Feiern zu bekommen.«

Cleo schüttelte stumm den Kopf.

Ich zuckte mit den Schultern. »Man wird ja noch träumen dürfen.«

»Familie kann verdammt kompliziert sein. Aber ich würde den Mann sehr viel besser leiden können, wenn er zumindest ein wenig Bereitschaft zeigen würde, sich für dich starkzumachen.«

Ich versuchte zwar, die Dinge weiter positiv zu sehen und zu »meinem Mann« zu halten, aber dazu fiel mir dann auch nichts mehr ein. Wir hatten das alles schon unzählige Male durchgekaut. Die Zukunft würde es zeigen.

Gut fünfhundert Anrufe später hatte ich endlich ein nettes Barrestaurant für die Party gefunden. Die Arbeit konnte ich dann am Wochenende nachholen. Aaron einen schönen Abend zu bereiten hatte für mich Priorität. Mein langes dunkles Haar hatte ich zu einem Bun hochgesteckt, und ich trug ein Kleid, das meine Figur betonte, dazu hochhackige Stiefeletten. Die ganze Aufmachung brachte meine Kurven voll zur Geltung, um meinem Boyfriend vor Augen zu führen, worauf er ein Jahr verzichten musste. Und zu wem er danach wieder zurückkommen würde.

Als ich Mittwochabend meine geliebte Tante Susan anrief,

um mir einen Rat zu holen, empfahl sie mir, mich mit einem Lächeln von ihm zu verabschieden, sodass er die Rückkehr zu mir kaum erwarten könne. Das war also der Plan. Obwohl sie selbst nie geheiratet hatte, hatte Tante Susan auf allen möglichen Gebieten kluge Ratschläge parat. Nachdem sich meine Eltern getrennt hatten, hatte *sie* mich praktisch großgezogen. Mit ihr konnte ich über so gut wie alles reden. Aber ob ich ihre Meinung über die Szene, die sich hier gerade abspielte, so genau wissen wollte, da war ich mir nicht sicher.

Die Abschiedsparty am Freitagabend war gerade einmal eineinhalb Stunden alt, und Aaron war betrunken. Nicht feucht-fröhlich beschwipst, sondern stockbesoffen. Arbeitskollegen spendierten ihm Schnäpse. Sie standen an der Bar, brüllten irgendeinen Song mit, während ich an dem langen Tisch hockte, der für unsere Partygäste reserviert war und für einen Haufen Freunde und Bekannte von ihm die Gastgeberin spielte. Gar nicht peinlich!

»Alles in Ordnung?«, fragte Lars.

Ich rang mir ein Lächeln ab. »Klar.«

Lars war blond, sonnengebräunt und sexy nach Holzfällerart, eher ein Mann der Berge als ein Hipster. Er war Handwerker und als solcher so muskulös und vom Gesamtbild her eher nachlässig, dass man ihm das auch sofort abnahm. Als Aarons bester Freund war er oft mit von der Partie, wenn wir ins Kino oder in Bars gingen, und so hatten wir letztes Jahr viel Zeit mit ihm verbracht. Von seinem Naturell her machte er einen ruhigeren und ernsthafteren Eindruck als sein *Bestie*. Jedenfalls ergaben die beiden eine interessante Mischung.

Lars' Freundin Jane kam nicht nur elegant daher, sondern war ein echter Spaßvogel. Und sie nahm kein Blatt vor den Mund. »Kannst du nicht mit ihm reden?«, fragte sie Lars unbeeindruckt.

»Dafür ist es jetzt ein bisschen spät«, meinte Lars.

»Er ist fünfunddreißig. Wieso mimt er dann den Party-löwen?«

Ich zuckte mit den Schultern. »Das ist seine Party. Da kann er sich wohl auch besaufen, wenn er das will.«

Lars runzelte die Stirn, sparte sich aber jeden Kommentar.

»Wahrscheinlich macht ihm der ganze Stress zu schaffen«, erwiderte ich. »Er hat eine Menge zu organisieren und so.«

»Dass du ihn in Schutz nimmst, ehrt dich.« Jane schnippte ihre Haare über die Schulter nach hinten. »Du siehst heute Abend übrigens hinreißend aus, falls ich das nicht schon erwähnt habe. Lars, sag Susie, wie großartig sie aussieht.«

Lars zuckte nur mit den Schultern. »Sie sieht immer umwerfend aus.«

Die Wärme, die diese Worte in meiner Brust entfachten, zeigte mir auf erschreckende Weise, dass ich offenbar großen Bedarf an Zuneigung hatte. »Danke.«

Lars stellte sein Glas ab und schaute mir direkt in die Augen. »Das ist schlicht und ergreifend die Wahrheit, Susie.«

Ich lächelte, und er lächelte zurück. Vielleicht war der heutige Abend doch nicht ganz so übel.

»Du hast sie zum Lächeln gebracht. Du weißt, wie man Komplimente macht.« Jane tätschelte eine seiner muskelbepackten Schultern. Als ein attraktiver junger Kellner mit dem Essen zu unserem Tisch kam, schenkte sie ihm ein breites Lächeln. »Oh hallo! Das sieht ja lecker aus. Wie heißt du?«

Plötzlich zog Lars die Stirn in tiefe Falten, und ich fragte mich, was da gerade vor sich ging.

»Ich sage ihm, dass unser Essen da ist.« Ich schob den Stuhl nach hinten und strich mein Kleid glatt. Nicht dass es Aaron je aufgefallen wäre, wie viel Mühe ich mir gab, bestmöglich auszusehen. Er hatte mir am Abend einen flüchtigen Kuss auf die

Wange gegeben, und das war's. Er hatte wohl zu viele Dinge im Kopf.

Er stand mit zwei seiner Arbeitskollegen am Ende der Bar, wo sie zusammen für einigen Krawall sorgten. So viel zu trinken war sonst gar nicht Aarons Art. Aber nach Übersee zu ziehen, einen neuen Job anzufangen und so weiter war eben ein bedeutsamer Anlass. Ich musste Geduld bewahren und Verständnis zeigen, schließlich würde auch das vorübergehen. Für seine letzten paar Tage in den Staaten hatten wir noch keine Pläne gemacht. Ich war mir allerdings sicher, dass uns etwas einfallen würde, womit wir unsere Zeit verbringen würden, um uns richtig voneinander zu verabschieden. Nur wir beide. Bumsen und Liebesgeflüster inklusive, denn auf die richtige Mischung kam es an.

»Aaron?« Lächelnd schob ich die Hand in seine. »Unser Essen wird serviert.«

»Häh?«

»He! Unser Essen wird serviert.«

Er blinzelte und runzelte die Stirn. »Wir kommen gleich, Susie.«

»Alles klar.«

»Na los, Mann.« Lars tauchte neben mir auf, schlug Aaron auf die Schulter und grinste. »Jetzt komm und halte eine Rede. Unterhalte dich auch mal mit deinen anderen Gästen. Ich habe dich den ganzen Abend noch nicht wirklich zu Gesicht bekommen.«

Mit einem schiefen Grinsen folgte Aaron seinem besten Freund zurück an unseren Tisch.

Ich war anscheinend unsichtbar. Das war die einzig logische Erklärung. Mir wurde immer flauer im Magen. Der Gedanke, jetzt etwas zu essen, riss mich nicht gerade vom Hocker. Aber ich nahm neben meinem Freund Platz und lächelte, so gut es eben ging. Aaron amüsierte sich jedenfalls köstlich. Es würde schon alles gut werden.

»Was hast du bestellt?«, fragte Lars, der mir gegenübersaß.

»Krabbenpuffer. Und du?«

»Shrimps mit Maisgrieß.«

»Ohh! Klasse. Tauschen wir nach der Hälfte?«

Lars nickte. »Unbedingt. Aber lass mir ein bisschen was von der Zitrone übrig.«

»Ihr beide habt echt seltsame Essgewohnheiten«, bemerkte Jane lachend.

Ich zuckte mit den Schultern. »Es lohnt sich doch immer, verschiedene Gerichte von der Speisekarte zu probieren.«

Lars war schon zu sehr mit essen beschäftigt, um darauf etwas zu erwidern.

Torkelnd erhob sich Aaron von seinem Platz, ein Glas Whiskey in der Hand. Als hätte er noch nicht genug intus. Offenbar hatte er sich entschlossen, doch noch eine Rede zu halten. »Hi, alle zusammen. Danke, dass ihr heute Abend gekommen seid.«

Die zwölf Leute am Tisch, die ihm heute *Bon Voyage* wünschen wollten, verstummten. Ein paar der Eingeladenen hatten schon etwas anderes vorgehabt, aber den harten Kern seiner Bekannten aus Arbeit, Fitness-Center et cetera hatte ich zusammenbekommen. Nur das Klappern von Besteck, das abgelegt wurde, und die Musik aus den Boxen waren noch zu vernehmen. Ich nippte an meinem Mineralwasser. Einer von uns musste nüchtern bleiben für den Fall, dass ein Erwachsener benötigt wurde, der noch bei klarem Verstand war.

Es war auch nicht weiter schlimm, dass er mir nicht dafür dankte, die Party organisiert zu haben, obwohl es eine nette Geste gewesen wäre. Auf wackeligen Beinen stehend sagte er: »Dass mir diese Beförderung angeboten wurde, war für mich eine ... eine wirklich große Sache. Und ich bin froh, euch alle vor meiner Abreise noch einmal sehen zu können. Richtig froh. Das ist ein toller Abend. Mein neuer Job wird fantastisch. Ich kann es kaum erwarten, endlich dort zu sein und loszulegen.«

Als er eine kurze Pause machte, klatschten einige Leute höflich.

»Ich bin noch nicht fertig«, lallte er. »So viel zum beruflichen Aspekt. Aus persönlicher Sicht kann ich gar nicht schnell genug nach London kommen und *alles* genießen, was diese Stadt zu bieten hat, wenn ihr versteht, was ich meine.« Er lachte und unternahm einen ernsthaften Versuch, unzweideutig zu zwinkern. Es war beim besten Willen nicht misszuverstehen.

Was zum Teufel redete er da? Fast alle am Tisch schauten mich an, und ich erstarrte. Eine Mischung aus Verlegenheit und Wut brachte meine Haut zum Prickeln. Auf der Liste der zehn peinlichsten Momente in meinem Leben war dies mit Abstand der neue Spitzenreiter.

Irgendein Blödmann am anderen Ende des Tischs rief auch noch: »Genau, Mann! Lass es krachen!«

Als Nächstes hörte ich ein schmutziges Lachen.

»Hat er gerade ...« Jane beendete den Satz nicht, ihr blieb vor Entsetzen der Mund offen stehen. »Du meine Güte!«

Lars drückte ihre Hand. Eine stille, aber mehr als deutliche Bitte, den Mund zu halten. Inzwischen hatte mein bescheuerter Freund wieder Platz genommen und schlug ein alkoholgeschwängertes High Five mit zwei seiner gleichfalls nicht mehr nüchternen Kumpels. Die Stille am Tisch dauerte an, bis Lars schließlich wieder nach seiner Gabel griff und erneut zu essen begann, als wäre nichts gewesen. Jane folgte seinem Beispiel, dann schlossen sich auch alle Übrigen an.

Es konnte einfach nicht wahr sein, dass mir so etwas passierte.

Ich beugte mich zu meinem Freund und sagte leise: »Aaron?«

»Hmm?«

»Was hast du mit *alles*, was London zu bieten hat, gemeint?«

Er schaute mich spöttisch an. »Nichts, Babe. Mach dir keine Sorgen.«

»Äh, nein. Das war nicht *nichts*. Und ich mache mir definitiv Sorgen.« Ich fuhr mir mit der Zunge über die Lippen und wählte meine nächsten Worte sorgfältig. »Du wolltest doch, dass wir eine Fernbeziehung versuchen.«

»Und?«

Ich versuchte ein Lächeln, aber es wollte mir nicht gelingen. Mein Mund weigerte sich offenbar lügen. »Willst du das noch immer? Du hast deine Meinung nicht geändert?«

»Das habe ich doch gesagt, oder?«

»Ja«, bestätigte ich. »Du hast aber auch durchblicken lassen, du würdest dich freuen, da drüben herumzuvögeln. Kannst du verstehen, dass mich das ein bisschen irritiert?«

Er ließ die Gabel scheppernd auf seinen Teller fallen. »Verdammt noch mal, Susie, das habe ich nicht gesagt. Und du weißt, dass ich es nicht mag, wenn du so daherredest. Damen sollten nicht so schmutzige Wörter in den Mund nehmen.«

»Hör auf, den Scheinheiligen zu spielen, und beantworte gefälligst meine verdammte Frage!«

Er zuckte zusammen und schaute sich um, als hätte er Angst, die anderen würden unsere Unterhaltung mitbekommen. »Du und deine Eifersucht. Immer ziehst du voreilige Schlüsse. Und um ganz ehrlich zu sein, das ist einer der Gründe, warum ich gehe. Um ein wenig Abstand von dir zu kriegen.«

»*Wie bitte?*«

»Können wir nicht einfach heute Abend unseren Spaß haben? Bitte.«

Ich lehnte mich zurück und starrte ihn an. Musterte ihn, genauer gesagt, wie er mit nach vorn gebeugter Schulter und verbissener Miene dasaß. Als hätte er etwas zu verheimlichen.

»Was?« Er blickte stur auf seinen Teller. »Hör auf damit. Du sorgst schon für Aufsehen.«

»Schau mich an.«

»Wie bitte?«, knurrte er und blickte mir endlich in die Augen.

»Hast du vor, mich in London zu betrügen?«

Er wandte das Gesicht ab. »Mach dich nicht lächerlich. Langsam wird es peinlich. Alles musst du kaputtmachen.«

Mit einem Ruck richtete ich mich auf. Mir war, als wäre in meinem Kopf eine Glühbirne angegangen. Und die metaphorischen Kakerlaken waren plötzlich auf der Suche nach dunklen Ecken ... Wow! Das Chaos, das ich angerichtet hatte, war herzzerreißend und schrecklich zugleich. Dieses Gefühl, dieses Wissen, dass irgendetwas nicht stimmte, war mir nur allzu vertraut. Nur fiel ich diesmal nicht auf seine bescheuerte Taktik herein, dass alles meine Schuld sei. Ich würde nicht zulassen, dass er es mir in die Schuhe schob. Dass ich allerlei Probleme und Neurosen hatte, wusste ich nur zu gut, aber nicht das war hier die Ursache, sondern er.

Wie hatte ich die Anzeichen übersehen können? Was war nur aus mir geworden? Von einer taffen Frau hatte ich mich zu einem Fußabtreter entwickelt.

»Das Problem ist, dass du kein so guter Lügner bist, wie du glaubst, Aaron. Ich habe nur eine Weile gebraucht, um das zu erkennen.«

»Jetzt reicht es, Susie«, zischte er mich an. »Darüber unterhalten wir uns später.«

»Nein! Ich denke, das sollten wir sofort ausdiskutieren.«

Sein hübsches Gesicht verzog sich zur Fratze. Er schlug mit der Hand auf den Tisch, dass alles wackelte. Ich zuckte vor Schreck zusammen. Und falls tatsächlich irgendwer noch nicht mitbekommen hatte, dass etwas im Busch war, wussten es jetzt definitiv alle. »Schluss!«, brüllte er. »Mir reicht es jetzt. Wir sind fertig miteinander.«

»He«, rief Lars mit seiner tiefen Stimme dazwischen. »Krieg dich mal wieder ein.«

»Ja. Es reicht wirklich.« Ich legte die Serviette auf den Tisch, stand auf und straffte die Schultern. Dieses Arschloch würde mich nicht weinen sehen. Diese Befriedigung würde ich ihm nicht geben. »Ich wünsche dir noch ein schönes Leben, Aaron.«

2. Kapitel

»Ich dachte, ich hätte jemanden hier draußen gehört.« Tante Susan, meine Namenspatin, setzte sich zu mir auf die Stufen vor ihrer Haustür. Es war kurz nach neun am Abend von Aarons Abschiedsfeier.

Ihr gehörte ein Cottage mit Gästezimmer in Ballard. Das Haus hatte bestimmt schon bessere Tage gesehen, ich betrachtete es aber immer noch als mein eigentliches Zuhause. Als Kind hatte ich mich nur hier wohlgefühlt, da meine Eltern nach der Scheidung viel zu sehr mit sich selbst beschäftigt gewesen waren, um Zeit für ihre Kinder zu haben. Und Andrew wollte immer nur zu seinen Freunden. Meine Tante hingegen hatte immer Zeit für mich. Und so wurde ihr Haus zu meinem Zufluchtsort, wenn in meinem Leben etwas schieflief. Hier fühlte ich mich geborgen, obwohl das Haus im Lauf der Jahre immer weiter herunterkam und immer mehr im Müll erstickte.

»Susie.« Sie zog ihre rosa Fleecejacke fest um sich und strich eine Strähne ihres langen silbergrauen Haars hinter das Ohr. »Warum sitzt du denn hier draußen im Dunkeln?«

»Ich wollte mich noch ein wenig sammeln, ehe ich zu dir reinkomme«, antwortete ich. »Ich musste mich erst ein wenig beruhigen.« Es war eine verdammt kalte Nacht. Ich kuschelte mich in meinen Wollmantel, den schwarzen Alexander-

McQueen-Schal fest um den Hals gewickelt, und schnäuzte mich gut vernehmlich. »Aaron und ich haben uns getrennt.«

»Oh je, mein armer Liebling.« Sie legte mir einen Arm um die Schultern und drückte mich fest an sich. »Das tut mir wirklich leid.«

»Weder du noch Cleo konnten ihn jemals leiden. Das hätte mir Warnung genug sein sollen. War es aber irgendwie nicht. Keine Ahnung, was ich mir dabei gedacht habe.«

»Tja, wo die Liebe hinfällt …«

»Genau«, hickste ich und wischte mir die Tränen aus dem Gesicht. Mein Make-up musste inzwischen total verschmiert sein. Wahrscheinlich sah ich aus wie ein hässlicher Clown mit gebrochenem Herzen. Und allzu weit von der Wahrheit war das auch nicht entfernt. Aaron hatte mich lange genug wie eine Witzfigur behandelt. Und ich hatte es zugelassen – das wollen wir mal nicht vergessen. »Ich mochte ihn wirklich. Ich dachte, wir bekämen das irgendwie schon hin. Jetzt allerdings …«

Sie sagte nichts, sondern wartete geduldig, dass ich ihr all mein Leid klagte. So wie sie es immer getan hatte. Sie roch nach Lavendel, deren Blüten sie von den Büschen vor ihrem Haus pflückte und in die Schubladen ihrer Kleiderkommode legte. Manche Dinge änderten sich nie.

»Beim Essen heute Abend erhob er sich, um zu verkünden, dass er es kaum erwarten könne, *alles* zu genießen, was London zu bieten habe«, erklärte ich ihr mit heiserer Stimme, die ich meiner vom vielen Weinen aufgerauten Kehle zu verdanken hatte. »Dann lachte und zwinkerte er anzüglich. Und als ich ihn darauf ansprach, besaß er auch noch die Frechheit, das Ganze als Lappalie hinzustellen und mir vorzuwerfen, ich würde ihm eine Szene machen.«

»Was für ein Idiot.« Meine Tante schnalzte mit der Zunge. »Wenn ich mich recht erinnere, hat dein Vater es bei deiner

Mutter mit derselben Masche versucht. Er hat sie so lange verunsichert, bis sie an sich selbst zu zweifeln begann. Dass sie sich von meinem Bruder hat scheiden lassen, war die klügste Entscheidung ihres Lebens. Natürlich abgesehen davon, dass sie dich so viel Zeit bei mir hat verbringen lassen.«

»Oh Mann«, schniefte ich und schaute sie an. »Willst du mir etwa durch die Blume mitteilen, dass ich in dem Kerl, mit dem ich zusammen war, eigentlich dieses Arschloch von meinem Vater gesucht habe?«

»Ich glaube eher, ich wollte dir durch einen ganzen Blumenstrauß verklickern, dass dir das gelungen ist.«

»Na großartig.«

Sie gab mir einen Kuss auf die Schläfe. »Man lernt nie aus.«

»Aber ich bin dreißig und sollte es eigentlich besser wissen.«

»Also entschuldige mal! Ich bin fast sechzig und lerne auch noch jeden Tag etwas Neues über mich, meinen Platz in dieser Welt und vieles mehr«, schimpfte sie milde. »Manche Lektionen dauern eben länger. Man kann sie auch nicht beschleunigen. Und Probleme aus der Kindheit, sind manchmal die, mit denen man sich am längsten herumschlagen muss.«

»Da hast du wohl recht.«

»Tut mir leid, dass du Liebeskummer hast, aber du weißt zumindest, dass du diesen Mann nur willst, nicht *brauchst*.«

»Ja, ich weiß.«

Sie nickte und sagte: »Manchmal ist es schwer, allein zu sein. Niemand Besonderen zu haben. Andererseits hat er dich auch nie behandelt, als wärest du etwas Besonderes, oder?«

Ich zuckte zusammen und schwieg. Was Antwort genug war.

»Du bist eine wunderbare Frau, klug und einfach wunderschön. Gib dich nicht mit weniger zufrieden, als du verdient hast, meine Liebe.«

»Danke.«

»Gern geschehen. Willst du reinkommen und eine Tasse Kakao trinken?«

Ich schüttelte den Kopf. »Nein, danke. Ich fahre nach Hause und versuche zu schlafen. Und überbringe Cleo die guten Neuigkeiten.«

»Alles klar. Ich sollte mich auch ins Bett legen. War ganz schön viel los in letzter Zeit. Ich könnte auch eine Mütze voll Schlaf brauchen.« Sie gähnte und drückte meine Schulter. »Wie wäre es mit Frühstück morgen früh? Wir könnten uns Waffeln machen.«

»Das wäre toll.«

Am nächsten Morgen sperrte ich die Tür von Tante Susans Haus auf. Ich war mit Kopfschmerzen von all dem Weinen aufgewacht, hatte mir einen ganzen Kübel Concealer aufgetragen, ein paar Paracetamol eingeworfen und meine bequemsten Klamotten angezogen. Eine Cargohose, einen Hoodie, dazu Sneakers. Kleidung, in der ich mich geborgen fühlte und mich verstecken konnte.

Liebeskummer war wirklich das Letzte. Aber auch der würde vorbeigehen. Cleo hatte bereits fest geschlafen, als ich letzte Nacht nach Hause kam. Ich hatte ihr die Neuigkeiten getextet und in der Früh dann eine Menge Nachrichten von ihr gefunden, mit denen sie mich bestärkte. Ich war froh, eine Freundin zu haben, die mir den Rücken stärkte.

Als ich kurz nach neun das Cottage betrat, war alles ruhig. Tante Susan musste wohl beschlossen haben, richtig auszuschlafen. Draußen fuhr ein Auto vorbei, aber das Innere des Hauses kam mir vor wie eine ganz eigene Welt. Nicht eine einzige Lampe war eingeschaltet, nur die Wintersonne linste um die zugezogenen Vorhänge herum ins Zimmer und tauchte es in Schatten. Ich hatte unruhig geschlafen und viele Albträume gehabt. Aber kaum war ich in diesem Haus, fühlte ich mich wohler. Hier wurde ich geliebt und akzeptiert.

Das brauchte ich auch dringend, nachdem ich kurz nach dem Aufstehen Aarons Stimme auf meiner Mailbox gehört hatte. Der volltrunkene Idiot hatte nachts kurz nach zwei Uhr angerufen. Lallend und stammelnd hatte er mir angeboten, vor seinen Augen wieder Gnade zu finden, wenn ich einer offenen Beziehung zustimmen und um Verzeihung für meinen Wutausbruch letzte Nacht bitten würde.

Sonst noch was? So ein Schwachkopf! An meiner Entscheidung, unsere Beziehung zu beenden, gab es nichts zu rütteln. Tante Susan hatte recht: Ich brauchte ihn nicht. Er hatte mich nie behandelt, als wäre ich etwas Besonderes. Ein Jahr meines Lebens hatte ich vergeudet in der Erwartung, dass ein Arschloch meinen Wert erkennt, während ich auf mehr Selbstachtung hätte Wert legen sollen. Komisch, wie klar manche Dinge im Rückblick erscheinen. Und mit *komisch* meine ich *abscheulich*.

Die Luft im Haus war voller Staub, und es roch nach Lavendel. Tante Susan gab ihr Bestes, ihr Heim sauber zu halten, aber die Unmenge an Dingen, die sie besaß, machte das schwierig. In der Nähe des Kamins stand ein Christbaum, der mich daran erinnerte, dass die Zeit knapp wurde. Dabei hatte ich noch nicht einmal begonnen, Geschenke zu kaufen. Wohin waren bloß all die Tage entschwunden?

Die Ansammlung von Aufbewahrungsboxen im Wohnzimmer war seit meinem letzten Besuch noch angewachsen. Da sich in Keller, Speicher und Gästezimmer bereits alles Mögliche bis zur Decke hoch stapelte, war freier Platz Mangelware. Man könnte Tante Susan für eine Messie halten und würde vermutlich richtigliegen. Ihre Abneigung gegen Veränderung spiegelte sich auch in der alten gold-gesprenkelten Tapete, dem Flauschteppich sowie der originalen Küchen- und Badeinrichtung von anno dazumal wider. Meine Großeltern, denen das Haus vorher gehört hatte, waren aus demselben Holz geschnitzt: Alles behalten, nur nichts wegwerfen, war die Devise. Das Haus war wie ein Museum für verlorene und vergessene Dinge. Egal. Ich mochte es trotzdem.

Behutsam klopfte ich an die Tür zum Schlafzimmer meiner Tante und öffnete sie leise. Nichts regte sich im Bett. Kein Mucks war zu hören. Kein Rascheln der Decken, kein Quietschen der Matratze. Nicht einmal ihr Atmen. Hier stimmte irgendetwas nicht. Mir kam ein unerfreulicher Gedanke in den Sinn, den ich allerdings gleich wieder verdrängte. Ich schaltete die Nachttischlampe ein, die einen langen Schatten auf ihren Körper unter der Bettdecke warf. Sie war so klein, kaum größer als ein Kind. Ihre Augen waren geschlossen, die Hand lag flach neben dem Gesicht. Als hätte sie noch etwas packen wollen, als sie einschlief.

Nur dass sie nicht schlief.

Keine Ahnung, wieso ich das wusste. Vielleicht weil das Haus so still war. Als würde es den Atem anhalten. Als würde es trauern. Tante Susan liebte es, viel Platz für sich zu beanspruchen, Lärm zu machen. Selbst im Schlaf atmete sie durch den Mund und schnarchte. Jetzt lag sie klein und bewegungslos da. Zumindest wirkte ihr Gesichtsausdruck friedlich. Vorsichtig setzte ich mich auf den Bettrand und berührte ihre Hand. Ihre Haut war sehr kalt. Sie musste schon vor Stunden gestorben sein. Es war seltsam, sie so zu sehen, als ob ihr Lebensfunke erloschen wäre. Aber aus irgendeinem Grund schrie oder weinte ich nicht. Ich saß einfach nur da und hielt ihre Hand.

Trauer legte sich über mich wie eine zweite Haut. Worte konnten den Verlust nicht beschreiben, den ihr Tod für mich bedeutete. Die Schwere ihrer Abwesenheit war unermesslich.

Ich war hier, und sie war fort. Unwiderruflich. Hätte ich das gestern bei unserer letzten Begegnung gewusst, hätte ich bestimmt nicht die Zeit mit meinem Gejammer über Aaron vergeudet. Hunderterlei Dinge gingen mir durch den Kopf ... Dinge, die ich sie hätte fragen sollen. Geschichten über ihr Leben, die anzuhören ich mir hätte die Zeit nehmen sollen. Jetzt war es zu spät. Und dieses Versäumnis würde ich den Rest meines Lebens bereuen.

Ich strich ihr die Haare aus dem Gesicht und sagte: »Ich liebe dich, Tante Susan. Danke für alles.«

Mit diesen Worten nahm ich Abschied von ihr.

Am Tag der Beerdigung meiner Tante war es ziemlich stürmisch. Seattle-Wetter vom Feinsten: ein eiskalter Wind und ein düsterer grauer Himmel. Doch als der Gottesdienst zu Ende war, tauchte die Sonne auf, und der Mount Rainier war plötzlich zu sehen. Ein echtes Weihnachtswunder.

Ich hatte nie zuvor einen Sarg getragen und musste es hoffentlich auch nie wieder tun. Aber ich hatte mich entschlossen, ihr diesen letzten Dienst zu erweisen, als Dank für all die Dienste, die sie mir erwiesen hatte. Ich verspürte eine große Leere in mir, so als hätte ich zu schnell zu viel verloren.

Aber dass mir Tante Susan fehlte, hatte keineswegs zur Folge, dass mir Aaron fehlte. Er wäre mir beim Begräbnis ohnehin keine große Hilfe gewesen. Wahrscheinlich hätte der Blödmann das Gesicht wegen meines schwarzen Hosenanzugs verzogen und mich gefragt, ob ich einen Pferdeschwanz tatsächlich als eine angemessene Frisur bei einem Begräbnis erachtete. All seine kleinen Gemeinheiten mit dem Ziel, mich niederzumachen, standen mir nun glasklar vor Augen. Liebe konnte wirklich blind machen. Damit hatte Tante Susan recht behalten.

Der Leichenschmaus fand in einer Bar ganz in der Nähe ihres Hauses statt. Dort hatte sie seit Jahren jeden Montagabend mit einer Gruppe von Freunden Scrabble gespielt, und es gab ein kleines Zimmer für private Anlässe. Auf einem Tisch in der Ecke hatte ich eine Auswahl an Fotos aufgestellt. Tante Susan als Baby, als Kind am Strand und in einem extravaganten Organza-Kleid beim Abschlussball der Highschool in den Achtzigern.

»Hi«, sagte Cleo und stieß mich mit der Schulter an. »Wie geht's?«

»Ganz gut. Danke, dass du gekommen bist.«

»Das versteht sich doch von selbst.«

Ich trank einen Schluck Bier und schaute mich um. Ein paar Freundinnen meiner Tante saßen um einen Tisch, in dessen Mitte brennende Kerzen standen. Sie schienen leise zu beten oder zu singen. Meine Tante war in vielen örtlichen Gruppen aktiv gewesen, inklusive einer heidnischen. Gut, dass hier Platz für alle und für alle Religionen war. Die Leute erzählten alle möglichen Geschichten über sie, die mich zum Lachen und Weinen brachten. Die Angewohnheit, im Gedenken an die Verstorbenen Geschichten zu erzählen und zu trinken, fühlte sich merkwürdig an. Aber was konnten wir sonst tun?

Der Gerichtsmediziner hatte bestätigt, dass sie an einem Schlaganfall gestorben war. Und dass es schnell und schmerzfrei gegangen war. Allerdings wusste ich nicht, wie viel davon er nur gesagt hatte, damit ich mich besser fühlte.

Plötzlich ertönte ein alter Song von Heart aus der Stereoanlage. Miss Lillian, eine Freundin von Tante Susan, stand am Tresen und reckte den Daumen. Offenbar hatte sie einen Wunsch von jemandem erfüllt und die Lautstärke hochgedreht. Die Leute wurden munterer, und die triste Stimmung lockerte ein wenig auf. Jetzt fühlte es sich eher nach Party an.

»Tante Susan hätte sich das so gewünscht«, sagte Cleo.

Ich nickte. »Sie mochte es gesellig. Dies ist eher nach ihrem Geschmack.«

Mein Bruder fummelte an seinem Krawattenknoten herum und lächelte kurz zu mir herüber. Wir standen uns nicht sonderlich nahe. Wie unser Vater war auch Andrew ein Workaholic und nahm sich nicht viel Zeit für Familie und Freunde. Das letzte Mal hatte ich ihn vor einigen Monaten gesehen, als Mom mit ihrem neuen Ehemann in der Stadt gewesen war.

»Ich muss los«, sagte er. »Aber wir sollten uns bald einmal treffen, um zu reden.«

»Worüber?«

»Das Erbe«, antwortete er. »Wann treffen wir uns mit ihrem Anwalt?«

»Ich habe mich gestern mit ihm getroffen.«

Er kniff die Augen zusammen. »Und warum habe ich davon nichts erfahren?«

»Weil dich das nichts angeht.«

»Wie bitte?« Er zuckte zurück. »Warum sollte mich das Vermögen unserer Tante nichts angehen?«

»Sie hat dir nichts hinterlassen, Andrew. Du wurdest im Testament nicht erwähnt. Tut mir leid.« Ich versuchte, nett zu ihm zu sein, bezweifelte aber, dass es so bei ihm ankam. Sein Anspruchsgehabe hatte bei mir einen Nerv getroffen. »Mich wundert, dass dich das wundert. Du hast ihr nie nahegestanden. Wenn Dad wollte, dass wir zu ihr gingen, bist du stattdessen immer zu einem Freund abgehauen.«

»Sie war trotzdem meine Tante.«

»Wann hast du sie zum letzten Mal gesehen?«

»Darum geht es nicht.«

Cleo schüttelte den Kopf und schwieg. Überaus beredt.

»Sie hat alles *dir* hinterlassen? Auch das Haus?«, fragte er, beinahe schon in schreiender Lautstärke.

Ich war regelrecht schockiert, was eigentlich verwunderlich war, denn Andrew erinnerte mich aus allen möglichen Gründen an unseren Vater. Wenn der seinen Willen nicht bekam, wurde er nur zu gern laut. Das klassische Einschüchterungsmanöver. Der Witz an der Sache war, dass meine Tante mir wegen meiner Vorliebe für bestimmte Männer erklärt hatte, ich würde auf Typen mit ähnlichen Arschloch-Attitüden abfahren. *Autsch! Eklig!* Sobald wir hier fertig waren, würde ich in mich gehen und über nötige Veränderungen meines Verhaltens nachdenken. Unverzüglich.

»Du verkaufst das Haus und gibst mir selbstverständlich die Hälfte, oder?«, blieb er hartnäckig. »Oder?«

»Schreist du mich jetzt tatsächlich auf einem Begräbnis wegen Geld an?«

»Susie …«

»Bist du deshalb heute gekommen? Um Anspruch auf das Haus zu erheben?« Ich legte den Kopf in den Nacken und starrte zur Decke hoch. Wo auch immer Susan jetzt war, falls sie das hier hören konnte, würde sie vor Wut platzen. »Heute erinnern wir uns feierlich an ihr Leben. Hören uns Geschichten über sie an und nehmen uns Zeit, dankbar dafür zu sein, dass wir sie gekannt haben. Dass sie Teil unseres Lebens war.«

»Dad hat gesagt, ihr Erbe soll zu gleichen Teilen zwischen uns aufgeteilt werden.«

»Das ist mir doch egal.«

»Auch Mom ist der Meinung, das wäre am besten so.«

»Noch einmal: Das ist mir egal. Unsere Eltern können so viel Unsinn denken, wie sie wollen. Und hier auszurasten wird dir nicht helfen, das zu kriegen, was du haben willst.«

Sein Gesicht wurde rot vor Zorn. »Sie war auch meine Tante. Deshalb ist das nur gerecht.«

»Du hast sie immer für verschroben gehalten. Sie war für dich nicht von Nutzen, deshalb hast du ihr keine Beachtung geschenkt.«

»Susie …«

»Jetzt rede ich«, unterbrach ich ihn lautstark. »Und das ist traurig. Richtig traurig. Denn dir ist da echt was entgangen, Andrew. Sie war nämlich ein großartiger Mensch. Verständnisvoll und lustig. Es war einfach wunderbar, mit ihr zusammen zu sein. Sie war ein so liebevoller Mensch, und wir lagen ihr am Herzen. Ungelogen. Wenn Mom und Dad keine Zeit für mich hatten, sprang sie ein. Hättest du dir ein bisschen Mühe gegeben, sie richtig kennenzulernen, wüsstest du, welch tragischer Verlust ihr Tod ist. Du aber denkst am heutigen Tag nur daran, dir etwas unter den Nagel zu reißen, das dir nicht zusteht und das du dir auch nicht verdient hast.«

»Das ist ja lächerlich.«

»Hau gefälligst ab. Und zwar sofort.«

»Susie …«

»Wenn du auch nur die geringste Ahnung davon hättest, wie satt ich Männer habe, die mit angeblichen Ansprüchen daherkommen, um mich herunterzuputzen, und sich mit ihrem selbstgerechten Gehabe vor mir aufbauen …«

»Da ist das letzte Wort noch nicht gesprochen.« Er schob das Kinn vor und schaute auf mich herab, als könnte er mich auf die Art in die Knie zwingen. Dann marschierte der Blödmann zur Tür hinaus.

In dem Moment ließ ich die Schultern sacken und den Kopf hängen.

»Tja«, sagte Miss Lillian, deren Unmenge an Armreifen bei jeder Bewegung, die sie machte, klimperten. »Ich glaube, nach dem Auftritt müssen wir hier alles mit Salbei ausräuchern.«

»Wie wäre es, wenn wir uns stattdessen einen Schnaps gönnen?«, meldete sich Cleo.

Miss Lillian wackelte mit den Augenbrauen. »Eigentlich dürfte ich das gar nicht verraten, aber Susan war seinerzeit ganz wild auf Tequila.«

Ich atmete aus. »Das klingt doch prima. Dann genehmigen wir uns jetzt einen.«

»Ich kann gar nicht glauben, dass man meine Tante verhaftet hat, weil sie nackt im Stadtpark herumgetollt ist, und sie mir das nie erzählt hat.« Grinsend schwang ich mir die Handtasche über die Schulter. Der ganze Tequila, die Mais-Chips und die Salsa-Soße verschafften mir ein warmes Brummen im Bauch. Ein Gefühl von Melancholie hatte den Schmerz der Trauer abgelöst. Vorerst zumindest. »Sie war wirklich unglaublich. Schön, dass ich diese Geschichte gehört habe.«

»Klingt, als hätten deine Tante und Miss Lillian allerhand angestellt im College.«

»Ist es nicht wunderbar, dass sie all die Jahre Freundinnen geblieben sind?«

Erneut stieß Cleo mit der Schulter leicht gegen meine. Das war ihre Version einer Umarmung. Ich torkelte fast gar nicht. Offenbar war ich nicht annähernd so betrunken, wie ich gedacht hatte. Trotzdem lachte Cleo über mich.

Die Bar-Betreiber waren so nett gewesen, uns länger als die eigentlich vorgesehenen zwei Stunden, für die wir bezahlt hatten, in dem Nebenraum bleiben zu lassen, um zu trinken und uns Geschichten zu erzählen. Zum ersten Mal in meinem Leben hatte ich Trink-Scrabble gespielt. Ich denke, Tante Susan hätte das für gut befunden. Geschichten wurden erzählt,

Lieder gesungen. Und obwohl auch einige Tränen vergossen worden waren, ging es insgesamt eher darum, ihr Leben zu feiern, als ihren Verlust zu betrauern. Nicht viele Leute hatten sich eingefunden, aber die, die gekommen waren, waren unterhaltsam und nett und hatten meine Tante wirklich gerngehabt. Mehr konnte man nicht verlangen.

»Ich denke, ihr hätte es gefallen«, sagte Cleo, als wir uns im Aufbruch befanden.

Auf dem Weg zur Tür knöpfte ich meinen schwarzen Wollmantel zu. Es war fast acht Uhr abends, und im Schankraum der Bar wimmelte es von Gästen. Aus den Boxen tönte ein alter Soundgarden-Song, und viele sangen mit. Am Ende des Tresens entdeckte ich ein bekanntes Gesicht. Lars war schwer zu übersehen, so groß und blond, wie er war. Gott sei Dank kein Anzeichen von Aaron. Der Tag reichte mir auch ohne ihn. Allerdings musste er jetzt ohnehin bereits auf dem Weg nach London sein. Jane saß auf einem Hocker und lachte über irgendetwas. Lars lächelte sie an. Er schien vernarrt in sie, komplett von ihr in Beschlag genommen. Und ein nettes Lächeln hatte er. Der Typ war auf männliche Art schön. Was mir besonders auffiel, war die Art, wie sie miteinander umgingen. Das Interesse, das sie einander entgegenbrachten. Sie waren einfach glücklich miteinander. Das wünschte ich mir auch. Und wenn ich das nicht haben konnte, blieb ich eben besser allein.

»Wo schaust du denn hin?«, fragte Cleo.

»Am Ende des Tresens sind ein paar von Aarons Freunden.«

Sie fuhr sich mit der Zunge über die Lippen. Wahrscheinlich leckte sie sich das Salz von den ganzen Tequilas weg. »Der Große da hinten? Sieht gut aus. Willst du rübergehen und Hallo sagen?«

»Nein.« Ich schüttelte den Kopf. »Wir sind ganz gut miteinander ausgekommen, aber … Na komm, lass uns gehen.«

»Susie!«, rief eine bekannte Stimme. Und schon kam Lars mit Riesenschritten auf mich zugestiefelt. »Hi.«

»Hi«, erwiderte ich. Es war überhaupt nicht peinlich.

»Ich warte da drüben«, sagte Cleo und marschierte zur Jukebox, um uns ein wenig Privatsphäre zu gönnen. So viel Privatsphäre, wie in einer überfüllten Bar eben möglich war.

Er schaute mich mit liebevollem Gesichtsausdruck an. »Wie geht es dir?«

»Danke, gut. Und dir?«

»Auch.«

Ich nickte wortlos.

»Schön, dich zu sehen«, sagte er. »Du siehst … ja … großartig aus.«

Peinlicher ging es nun echt nicht mehr. Jane winkte mir zu, und ich lächelte zu ihr hinüber. Nach einer Trennung verlor man wirklich viele Bekannte. Diese beiden hatte ich immer gemocht. Mit Jane konnte man Spaß haben, und Lars … war eben Lars.

»Danke«, sagte ich. »Ihr beide seht aus, als wärt ihr hier auf ein Date. Da will ich mal nicht länger stören.«

»Alles klar.« Er stand da und starrte mich an. »Dann auf bald einmal, Susie.«

»Genau. Auf bald, Lars.«

Ich hakte mich bei Cleo unter, dann bahnten wir uns den Weg durch die Menge zur Eingangstür. Draußen leuchteten jede Menge Sterne am klaren Himmel. Die Luft war knackig kalt. Im Fenster der Bar erstrahlte Festtagsbeleuchtung.

»Was hatte dir der Große denn mitzuteilen?«, fragte Cleo.

»Nicht viel. Er ist Aarons bester Freund. Was soll er schon sagen?«

»Auch wieder wahr.«

»Ohne sie wird Weihnachten dieses Jahr eine traurige Angelegenheit«, sagte ich plötzlich wie aus dem Nichts.

»Du kommst mit mir zu meiner Mutter. Das ist beschlossene Sache«, entgegnete Cleo. »Sie hat gesagt, du bist für den Wein zuständig.«

»Danke.«

»Keine Ursache.«

»Eine Wahlfamilie ist doch eine schöne Sache. Ich bin so froh, dass ich dich habe.«

Sie lächelte bloß.

Eine Frau, die ein Rentiergeweih trug, kam Arm in Arm mit einem Mann an uns vorbei. Sie sahen glücklich aus. Bevor Miss Lillian ging, hatte sie zu uns gesagt, es wäre unsere Pflicht, hinaus in die Welt zu gehen und das Leben zu genießen, so gut wie eben möglich. Tante Susan hatte dazu nun keine Gelegenheit mehr. Und ganz ehrlich, ich würde es versuchen. Und damit anfangen, auf Männer zu verzichten. Zumindest für eine Weile. Ich brauchte Zeit, um die jüngsten Ereignisse zu verarbeiten. Um herauszufinden, wer ich war, was ich wollte und warum die Beziehungen, für die ich mich entschied, samt und sonders in Rauch aufgingen. Und mir selbst ein gewisses Maß an Eigenliebe und Verständnis entgegenzubringen. All das würde dann hoffentlich dazu führen, dass ich bessere Entscheidungen traf. Man wird ja wohl noch hoffen dürfen. Aber mich um Susans Haus zu kümmern und all die Arbeit, die damit zusammenhing, würde mich noch eine Weile beschäftigen. In Anbetracht des Riesenbergs an unerledigten Dingen würde mir eine ganze Weile keine Zeit bleiben, mir wegen Männern und ähnlichem Unsinn Gedanken zu machen. Was will man mehr!

»Willst du dir eine neue Mitbewohnerin suchen, wenn ich

ausgezogen bin?«, fragte ich Cleo. »Nicht dass es eilig wäre. Am Haus meiner Tante muss allerhand gemacht werden.«

Cleo runzelte die Stirn. »Weiß ich noch nicht.«

»Dass immer jemand da war, mit dem ich reden konnte, wird mir fehlen.«

»Mir wird fehlen, dass ich immer deine Schuhe ausleihen konnte.«

Ich nickte. »Ich habe schon tolle Schuhe.«

»Du bist ja nicht aus der Welt. Wir werden uns trotzdem andauernd sehen.« Sie lächelte. »Es fühlt sich an, als würde unser Leben auf den Kopf gestellt. Als wäre es an der Zeit für Veränderungen.«

»Ja, so fühlt es sich an.«

»Schau!« Cleo zeigte zum Himmel. »Eine Sternschnuppe. Wünsch dir was.«

Wir blickten beide nach oben und erfreuten uns an der Schönheit des Naturschauspiels. Dann fragte ich sie: »Glaubst du, das ist ein Zeichen, dass sich die Dinge zum Besseren wenden?«

Sie zuckte mit den Schultern. »Durchaus möglich.«

»Genau.« Ich lächelte. »Lass uns nach Hause gehen.«

ENTDECKT UNSEREN LYX-PODCAST!

Was gibt es Schöneres, als Bücher zu lesen? Richtig: sich mit anderen über alles rund ums Lesen auszutauschen. Deshalb nehmen euch die LYX-Lektorinnen Katharina und Sabrina alle zwei Wochen mit hinter die Kulissen des LYX-Verlags, dem Ort, an dem all unsere wunderbaren New-Adult-Geschichten entstehen.

Es erwarten euch:

- Interviews mit Autor:innen und LYX-Kolleg:innen
- Insights & Behind the Scenes-Geschichten aus dem LYX-Verlag
- Ganz viel Buchliebe und gemeinsame Team-LYX-Zeit

Den LYX-Podcast findet ihr überall, wo es Podcasts gibt:

https://lnk.to/lyx-podcast

IHR ALLE SEID #TEAMLYX!

@LYX_VERLAG